ULRIKE RENK

Zeit aus Glas

AF217351

atb aufbau taschenbuch

November 1938: Ruth und ihre Familie stehen vor den Trümmern ihres Lebens. Zwar konnte Ruths Vater durch eine glückliche Fügung einer ansonsten sicheren Verhaftung entgehen, doch wurde in der Pogromnacht ihr Haus vollständig zerstört. Alles, was sich Martha und Karl ein Leben lang aufgebaut haben, ist der blinden Wut der Nazis zum Opfer gefallen. Werden sie jemals wieder in ihrem Zuhause wohnen können? Und gibt es für sie überhaupt noch eine Zukunft in Deutschland? Wie so viele ihrer Freunde bemühen sich die Meyers um Möglichkeiten, die Heimat zu verlassen, doch das Ausland nimmt nur wenige Emigranten auf. Außerdem weigern sich Karls Eltern standhaft, Krefeld zu verlassen. Und dann liegt mit einem Mal das Schicksal ihrer Familie allein in Ruths Händen: Wird es ihr gelingen, ihre Liebsten in Sicherheit zu bringen?

ULRIKE RENK

Zeit aus Glas

Das Schicksal einer Familie

ROMAN

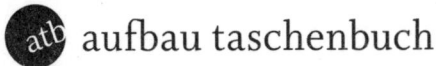 aufbau taschenbuch

MIX
Papier aus verantwor-
tungsvollen Quellen
FSC® C083411

ISBN 978-3-7466-3499-9

Aufbau Taschenbuch ist eine Marke
der Aufbau Verlag GmbH & Co. KG

3. Auflage 2020
© Aufbau Verlag GmbH & Co. KG, Berlin 2019
Umschlaggestaltung www.buerosued.de, München
unter Verwendung eines Bildes von © Richard Jenkins
Gesetzt aus der Aldus durch die LVD GmbH, Berlin
Druck und Binden CPI books GmbH, Leck, Germany
Printed in Germany

www.aufbau-verlag.de

Für meine drei Ks
in Liebe
Philipp
Tim
Robin

PERSONENVERZEICHNIS

Familie Meyer

Emilie Meyer (Großmutter)

Martha

Wilhelmine Meyer (Omi) und Valentin Meyer (Opi)

Karl

Martha Meyer (geb. Meyer) und Karl Meyer

Ruth

Ilse

Hedwig Simons (geb. Meyer) und Berthold Simons

Hans Simons

Freunde der Familie Meyer

Hans Aretz (ehemaliger Chauffeur)

Josefine Aretz (Tante Finchen)

Helmuth

Rita

Sofie und Walter Gompetz

Jakub Zimmermann

Heiner Goldstein (Glaser)

Familie Kruitmans

Familie Goldmann

Freddy und Olivia Sanderson

Jill

Hilde und Werner Koppel

Marlies

Edith und Jakub Nebel

Kapitel 1
Krefeld, November 1938

»Ihr könnt jetzt gehen, es scheint sicher zu sein«, sagte Josefine und schaute aus dem Fenster. »Niemand ist auf der Straße.« Sie sah Ruth und Ilse sorgenvoll an. »Aber mir wäre es lieber, ihr würdet bleiben.«

»Das geht nicht, Tante Finchen«, sagte die siebzehnjährige Ruth und biss sich auf die Lippen. Ihr war flau im Magen, sie hatte Angst, eine Angst, so groß, wie sie sie im Leben noch nicht verspürt hatte.

»Ich muss wissen, was mit Mutti und Vati ist.« Sie blickte zu Ilse, ihrer jüngeren Schwester. »Aber du kannst hierbleiben ...«

Ilse schüttelte stumm den Kopf.

Wieder sah Josefine Aretz nach draußen. »Dann geht jetzt. Schnell, aber unauffällig. Ihr könnt jederzeit zurückkommen, das wisst ihr!«

»Danke, dass ihr für uns da seid.« Mit entschlossenen

Schritten machte sie sich auf den Weg. Ilse folgte ihr, nach ein paar Metern griff sie nach ihrer Hand. Sie war warm und lag fest in der ihren, aber Ruth spürte, dass auch sie Angst hatte.

Auf der anderen Straßenseite lag der kleine Schreibwaren-laden der Familie Tauber. Curt Tauber nagelte gerade Bretter vor das eingeschlagene Schaufenster. Erst jetzt bemerkte Ruth die Scherben auf dem Bürgersteig.

Es war ungewöhnlich ruhig, fast schon gespenstisch nach dem Chaos und den Verwüstungen des letzten Tages. Eine Dunstglocke lag über der Stadt, es roch nach Qualm und Rauch, nach verbranntem Holz und Stoff, nach Vergeltung und Zerstörung.

Den neunten November 1938 würde Ruth nie vergessen, die Bilder hatten sich in ihr Gedächtnis eingebrannt. Die lodernden Flammen, die aus der Synagoge schlugen.

Ihnen kam eine Frau entgegen, sie hatte den Kopf gesenkt, doch Ruth erkannte Hilde Goldschmitt.

»Guten Tag, Frau Goldschmitt«, sagte sie.

Die Frau blieb stehen.

»Was macht ihr denn auf der Straße?«, zischte sie. »Das ist doch viel zu gefährlich.«

»Wir wollen nach Hause …«, sagte Ruth.

»Wo kommt ihr denn her?«

»Wir haben die Nacht bei unserem Chauffeur verbracht«, antwortete Ilse, ihre Stimme klang ängstlich.

»Habt ihr nicht gesehen, was die Nazis getan haben?«, sagte Frau Goldschmitt. »Wer weiß, ob sie damit fertig sind.«

»Die Synagoge hat gebrannt«, sagte Ruth. »Man konnte die Flammen bis zu uns sehen.«

»Alle Synagogen in allen Städten haben gebrannt oder brennen noch, sagt man. An eurer Stelle würde ich zusehen, dass ihr von der Straße kommt.« Sie nickte ihnen zu und lief weiter.

Ruth wurde mulmig zumute. Auch beim Möbelgeschäft der Familie Kaufmann waren die Fensterscheiben zerbrochen worden, die Ausstellungsstücke lagen zerschlagen auf der Straße verstreut. Sie konnte Frau Kaufmann im Laden sehen, sie weinte bitterlich. Doch wo war Herr Kaufmann?

»Komm weiter«, sagte Ilse. »Ich habe Angst.«

Die Nacht hatten Ruth und ihre dreizehnjährige Schwester Ilse bei Familie Aretz in der Innenstadt verbracht – Hans Aretz war lange Jahre der Chauffeur von Ruths Vater gewesen, bevor er ihn hatte entlassen müssen, weil er als Jude keine arischen Angestellten haben durfte. Seit langem schon waren die Familien befreundet.

Mit eiligen Schritten, den Kopf tief in ihren Schals vergraben, liefen sie Richtung Bismarckviertel, nur wenige Passanten kamen ihnen auf dem Weg entgegen. Der randalierende Mob des letzten Tages schien sich verkrochen zu haben. Dort, wo die Synagoge gestanden hatte, stieg immer noch Rauch in den verhangenen Himmel, und Ruth musste sich zwingen, den Blick abzuwenden. Menschen, die nicht davor zurückschreckten, ein Gotteshaus niederzubrennen, waren noch zu ganz anderen Dingen fähig, das war ihr klar geworden.

Wo waren bloß ihre Eltern? Hatten auch sie sich in Sicherheit bringen können? Ruth hatte sie angefleht, Schutz zu suchen und nicht in ihrem Haus zu bleiben. Wie sehr hoffte sie, dass die Eltern ihrem Flehen gefolgt waren.

Mit gesenktem Blick gingen die Mädchen weiter. Manche Bürgersteige waren von Splittern übersät, etliche Fensterscheiben waren eingeworfen worden. Da und dort lag beschädigtes und zerbrochenes Mobiliar auf den Straßen – von jüdischen Geschäften, die geplündert worden waren.

Doch je näher sie dem Stadtrand kamen, umso weniger Verwüstungen gab es, das machte Ruth Hoffnung.

»Meinst du, sie haben unser Haus …?«, fragte Ilse mit erstickter Stimme.

Ruth antwortete nicht, die Angst vor dem, was sie möglicherweise gleich sehen würden, schnürte ihr die Kehle zu.

Dann bogen sie in die Schlageterallee ein – die Straße lag ruhig und friedlich vor ihnen. Die Kastanien, die erst vor wenigen Jahren gepflanzt worden waren, hatten fast ihre ganzen Blätter verloren und streckten die kahlen Äste in den bleichen, grauen Himmel. Das Laub raschelte unter ihren Füßen, als sie den Bürgersteig entlanggingen. Es war kalt, viel kühler als in den letzten Tagen, bestimmt würde es bald anfangen zu frieren.

Plötzlich blieb Ruth stehen und kniff die Augen zusammen. Auf der Mitte der Straße lag etwas. Aber was war es? Es wirkte fremd und trotzdem auf eine merkwürdige Art vertraut … Langsam ging sie weiter, dann erkannte sie, worum es sich bei dem Gegenstand handelte. Wie vor den Kopf geschlagen blieb Ruth stehen, ballte unwillkürlich die Hände zu Fäusten – es war die taubenblaue Haustür ihres Elternhauses. Was macht die Tür mitten auf der Straße, und wie kommt sie dort hin? Eine Tür gehört in ein Haus und nicht auf die Straße. Irgendetwas in ihr weigerte sich, den Gedanken zu Ende zu denken. Wie in Trance ging sie weiter, ihre Schritte wurden schneller, je näher sie ihrem Elternhaus kam. Sie schaute nach links und nach rechts, aber alle Häuser, die Seite an Seite gebaut worden waren, sahen intakt aus, nichts schien beschädigt. Noch ein paar Schritte, und sie stand vor ihrem Zuhause. Es war tatsächlich ihre Haustür, die auf der Straße lag, der Eingang nun eine hässlich klaffende Öffnung im Mauerwerk. Aber woher kam dieses Geräusch? Ein unaufhörliches Rauschen, kaum wahrzunehmen, aber doch da. Dann sah sie es: Wasser lief über die Treppe in den Vorgarten und weiter nach unten, zur Garage.

Sie haben die Wasserhähne aufgedreht, dachte Ruth, und auf einmal war sie voller Wut, einer Wut, die sogar die Angst um ihre Eltern in den Hintergrund drängte. Sie haben einfach das Wasser aufgedreht. Mutters Teppiche und der schöne Parkettboden … Aber warum hatte noch keiner das Wasser abgedreht? Wo waren Mutti und Vati, dass sie nicht das Wasser abdrehten?

»Du bleibst hier und wartest«, zischte sie Ilse zu, dann lief sie die Stufen nach oben. Unter ihren Schuhsohlen knirschte es, und erst jetzt bemerkte Ruth, dass alle Fensterscheiben eingeschlagen worden waren. Sie blickte nach oben – selbst im dritten Stock gab es kein Fenster mehr, das unbeschädigt war. Was sie für Raureif gehalten hatte, waren Glassplitter.

»Mutti? Vati?«, rief Ruth erst zaghaft, dann immer lauter. Einen Moment zögerte sie weiterzugehen, was würde sie im oberen Stock erwarten? Welches Bild des Grauens? Dann watete sie durch das strömende Wasser die Treppe hinauf. Alles war nass, Wasser rann durch die Decken, lief an den Wänden entlang. Die Teppiche waren aufgequollen, das Parkett quietschte unter ihren Füßen.

Außer dem Rauschen und dem Wind, der durch die nackten Fenster strich, war nichts zu hören.

»Mutti? Vati?« Ruth schrie nun, rannte in das Herrenzimmer. Und erstarrte. Alle Bilder, alle Gemälde waren von den Wänden gerissen worden und lagen in Fetzen auf dem Boden. Das Sofa war umgestoßen, die Polsterung quoll heraus, und die Federung bewegte sich leicht im Wind. Vatis Bücher hatte jemand aus dem Einbauregal gerissen, es sah so aus, als wäre eine Armee darübergelaufen.

Ruth war fassungslos. Eine solche Zerstörung hatte sie noch nie gesehen. Nicht darüber nachdenken, sie musste ihre Eltern finden!

»Wo seid ihr? Wo seid ihr nur?« Der allerschrecklichste Gedanke tauchte in einer Ecke ihres Bewusstseins auf, aber sie erlaubte sich nicht, ihn zu Ende zu denken. Einfach nicht denken.

Wie in Trance erreichte Ruth das Bad, erst einmal musste

sie die Hähne zudrehen, das Wasser stoppen. In der Tür blieb sie abrupt stehen, das Wasser kam nicht aus den Hähnen – die Wände waren aufgebrochen, die Leitungen herausgerissen und zerstört worden – das Wasser strömte aus den offenen Leitungen.

Mechanisch versuchte Ruth, die Leitungen zurück in die Wand zu drücken, dann wurde ihr bewusst, wie sinnlos das war.

»Hallo? Ist jemand hier?« Ihre Stimme hallte im Haus wider, bald war es nur noch ein Wimmern.

»Wo seid ihr?«, schluchzte sie.

Oben in der Mansarde befand sich das Zimmer von Großmutter. Vielleicht hatten sie sich alle dort versteckt? Ruth hetzte die Treppe nach oben.

Die Türen zu den Zimmern musste sie nicht öffnen, sie waren aus den Angeln gerissen worden. Das Zimmer ihrer Großmutter war genauso verwüstet wie alle anderen Räume auch. Sie sah sofort, dass sich hier niemand versteckte.

Ruths Blick fiel auf die Ölbilder an den Wänden, die Großmutter Emilie aus ihrem Haus in Anrath mitgebracht hatte – Porträts ihrer Eltern und Großeltern. Sie hingen noch, nur hatte jemand mit einem Messer in die Augen, die Münder und die Herzen gestochen und die Leinwände zerrissen. Für einen Moment starrte Ruth das Gemetzel an, dann drehte sie sich um und lief zum kleinen Haushaltsraum am Ende des Flurs – die letzte Chance, das letzte Zimmer, in dem sie noch nicht gewesen war. Mit klopfendem Herzen spähte sie hinein – auch hier lag alles durcheinander, nur der große Schrank stand noch dort, wo sie ihn hingeschoben hatte. Immerhin hatten sie das Versteck nicht gefunden.

Auf einmal hörte sie Schritte auf der Treppe, schwere Schritte. Sie zuckte zusammen. Die Schritte ihrer Eltern klangen anders. Waren die Braunen wiedergekommen? Hatten sie beobachtet, wie sie in das Haus gegangen war? Was war mit Ilse?

»Ruth? Ruth, bist du hier?«

Erleichterung breitete sich wie eine warme Welle in Ruth aus. Es war die Stimme von Hans Aretz. »Ruth, Ilse sagte, dass du hier bist. Wir müssen das Wasser abstellen.«

»Was machst du hier, Onkel Hans? Wo sind meine Eltern?«

»Das weiß ich nicht, meine Liebe«, antwortete Hans, seine Stimme klang seltsam sonor. »Bestimmt werden sie sich in Sicherheit gebracht haben.«

»Aber warum sind sie dann jetzt nicht hier?«

Aretz zuckte hilflos mit den Schultern. »Ich weiß es nicht.« Er nahm Ruth in den Arm. »Aber solange es mich gibt, habt ihr ein Zuhause. Ich werde immer für euch da sein – egal, was kommt.«

»Das Wasser … alles hier …« Ruth fehlte der Atem, um weitersprechen zu können.

Aretz nickte. »Wir müssen den Haupthahn abstellen.«

»Den Haupthahn? Ich …«

»Der ist im Keller. Ich mach das schon, Spätzchen. Komm,

lass uns hinuntergehen.« Behutsam führte er Ruth nach unten. Es dauerte nicht lange, bis der sprudelnde Fluss zu einem Rinnsal wurde und schließlich ganz aufhörte. Immer noch tropfte Wasser aus den Decken, ein penetrantes Geräusch, Ruth versuchte, darüber hinwegzuhören.

Plötzlich stand Ilse vor ihnen, zitternd und tränenüberströmt.

»Was ist mit Mutti und Vati?«, fragte Ilse fast tonlos. »Und Großmutter?«

Ruth schüttelte den Kopf. »Alles ist kaputt, aber von ihnen keine Spur.«

»Haben sie sie mitgenommen?«

»Ich weiß es nicht«, murmelte Ruth und biss sich auf die Lippe, bis sie den metallischen Geschmack von Blut wahrnahm. »Ich glaube es aber nicht.« Sie wusste selbst, wie hohl ihre Worte klangen. »Ich will es nicht glauben.«

»Vielleicht sind sie ja bei Omi und Opi in der Klosterstraße?«

Ruth sah Ilse an. »Das könnte sein. Überhaupt müssen wir schauen, wie es ihnen geht.«

»Was für eine Misere«, sagte Aretz erschüttert. »Die Braunen haben ganze Arbeit geleistet.« Dann schaute er die beiden Mädchen an. »Geht bitte zurück zu Tante Finchen. Dort seid ihr sicher. Ich muss zur Arbeit, ich habe gestern schon gefehlt, ich kann nicht noch einen Tag wegbleiben.«

Ruth schüttelte heftig den Kopf. »Wir gehen jetzt erst zur Klosterstraße. Hoffentlich ist Omi und Opi nichts passiert.

Ilse kann dortbleiben, und ich werde Mutti und Vati suchen.«

Aretz seufzte. Er kannte Ruths Dickkopf – sie ließ sich nicht so schnell von ihren Plänen abbringen, aber sie war auch immer bedacht und riskierte keine unnötigen Schwierigkeiten.

»Aber pass auf deine Schwester auf. Denk daran, sie ist noch viel jünger als du.« Erneut seufzte er. »Gern lasse ich euch nicht allein, aber ich habe keine Wahl. Heute Abend, nach meinem Dienst, komme ich wieder hierher, und dann werden wir sehen, was wir machen können.«

»Danke, Onkel Hans«, sagte Ruth und drückte seine Hand. Sie sahen ihm nach, bis er hinter der Straßenecke verschwunden war.

»Ich will zu Omi und Opi«, sagte Ilse leise und wischte sich eine Träne von der Wange. »Und Mutti und Vati finden.«

»Ich auch«, sagte Ruth und straffte die Schultern. »Aber vorher muss ich noch einmal ins Haus.«

»Warum denn? Ach bitte, lass mich nicht wieder allein.«

»Warte hier, es dauert nicht lange.«

Im Hauswirtschaftszimmer in der Mansarde angekommen, schob Ruth den Wäscheschrank Stück für Stück zur Seite, der den Blick auf die kleine Tapetentür freigab, die zu einer noch kleineren Abstellkammer führte. Bevor sie gestern das Haus mit Ilse hatte verlassen müssen, hatten sie dort alles, was ihnen wichtig erschien, versteckt. Das gute Geschirr und Kristall ihrer Mutter, Papiere und Unterlagen.

Schnell kroch sie in das kleine Kabuff, tastete mit den Fingern an der Wand entlang und fand schließlich, was sie gesucht hatte – ihr altes Tagebuch. Eilig steckte sie es in die Manteltasche. Das Tagebuch war wichtig, sie würde es brauchen. Dann nahm sie alle verbliebene Kraft zusammen und schob den Schrank wieder zurück vor die Tür. Falls die randalierenden Männer zurückkommen sollten, würden sie vielleicht auch ein weiteres Mal das Versteck nicht entdecken.

Ruth lief nach unten, Ilse stand im Vorgarten und zitterte, ihre Unterlippe nach vorn geschoben, ihre Augen schwammen.

»Komm schon, Ilse«, sagte Ruth, die sich alle Tränen verkniff. »Wir müssen los.«

»Was hast du im Haus gemacht?«, fragte Ilse. »Warum musstest du noch einmal rein?«

»Ich musste etwas holen.« Ruth tastete nach dem Tagebuch, das schwer in der Manteltasche lag – aber sie musste sich vergewissern, dass es wirklich da war.

»Was denn?«

»Mein Tagebuch.«

»Du hast mich allein gelassen, um dein albernes Tagebuch zu holen? Dort stehen doch nur deine Tennisgeschichten drin und alles über deinen geliebten Kurt.«

»Ilse!« Ruth blieb stehen und sah ihre Schwester entsetzt an.

Ilse senkte den Kopf. »Verzeih, ich wollte nicht gemein sein.« Sie nahm Ruths Hand. »Ich habe nur so fürchterliche Angst. Alles ist so … schrecklich.«

»Ich weiß!« Ruth umarmte Ilse kurz, zog sie dann weiter. »Kannst du dich noch an den Sommer vor zwei Jahren erinnern? Als wir immerzu in der Kull waren? Mit all den anderen Mädchen und Jungs aus der Gemeinde? Als die Nürnberger Gesetze rauskamen und auf einmal so vieles verboten war?«

»Ja, klar. Wir durften nicht mehr ins Schwimmbad oder Kino«, sagte Ilse. »Es hat sich furchtbar angefühlt. So, als hätten wir eine ansteckende Krankheit.«

»Die haben wir aber nicht. Niemand von uns. Wir sind normal – im Gegensatz zu denen.«

Ilse schaute sich erschrocken um. »Ruth!«, wisperte sie entsetzt.

»Sei's drum. Also, damals habe ich jedenfalls eine Geheimschrift entwickelt, und jeder meiner Freunde hat davon eine Abschrift bekommen – um sie zu entschlüsseln. Bisher haben wir sie nur selten gebraucht – eher für Schabernack. Aber jetzt könnte es wichtig werden, dass wir uns verständigen können, ohne dass die Braunen verstehen, worum es geht. Um geheime Treffen zu vereinbaren oder so etwas.«

»Wirklich? Du hast eine Geheimschrift erfunden? Du bist so knorke. So einzig!«

Ruth drückte ihren Arm. »Der Code steht in meinem Tagebuch, deshalb musste ich es holen. Willst du mir helfen?

Wir werden an alle Nachrichten schreiben – einen geheimen Treffpunkt vereinbaren.«

Ilse nickte ernsthaft. »Ja, ich bin dabei. Natürlich. Wäre ja auch fatal, wenn nicht.«

Inzwischen hatten sie den Bismarckplatz erreicht. Hier waren wieder deutlich mehr Menschen auf der Straße. Vorsichtig musterte Ruth die Passanten. Waren Braune unter ihnen? Dann stockte ihr der Atem. Mit aufgerissenen Augen zeigte sie vor sich. »Dort … da vorn, schau nur, Ilse, da ist Vati!« Sie ließ den Arm ihrer Schwester los und rannte dem Mann im grauen Wollmantel, den Hut tief in das Gesicht gezogen, entgegen.

»Vati!«

Ruth hätte ihn unter Tausenden erkannt.

Karl blickte auf, ein Lächeln erhellte sein von Falten überzogenes Gesicht. »Ruthchen. Meine Ruth!« Er breitete die Arme aus. »Mein Töchterchen.«

Sie fielen sich in die Arme, hielten sich ganz fest. Ruth atmete den vertrauten Duft ihres Vaters ein. Er roch immer ein wenig nach Seife und Leder – nach Schuhcreme und nach Pomade. Zeit seines erwachsenen Lebens war er Vertreter und Handlungsreisender für Schuhe gewesen, bis Hitler den Juden verboten hatte, zu arbeiten.

»Wo ist Mutti?«

»Sie ist bei den Gompetz. Da waren wir die ganze Nacht. Sie ist in Sicherheit.«

»Dem Himmel sei Dank«, sagte Ruth erleichtert.

Auch Ilse umarmte nun schluchzend ihren Vater. »Es ist so schrecklich. So fatal …«

»Ja, das ist es«, sagte Karl ernst.

»Wir waren beim Haus …« Ruth stockte, wie sollte sie ihrem Vater erzählen, wie es dort aussah?

Karl nickte. »Ich war heute früh schon dort, aber ich konnte nichts machen. Als ich hineingehen wollte, habe ich gemerkt, dass bei Merländer noch Braune waren. Sie müssen ziemlich gewütet haben, dem Lärm nach zu urteilen. Ich hatte Angst, ihnen zu begegnen.«

»Bei Merländer waren sie auch? Was ist mit Rosi?«

»Ich weiß es nicht. Ich bin, so schnell es ging, zurück zu eurer Mutter. Sie ist ganz außer sich.«

»Mutti darf das Haus nicht sehen, so wie es jetzt ist«, sagte Ruth bedrückt. »Es würde sie umbringen.« Sie schluckte. »Onkel Hans war da. Er hat den Hauptwasserhahn abgedreht … zumindest läuft jetzt kein Wasser mehr. Aber es sieht schlimm aus.«

»Aretz? Hat er euch hingebracht?«

»Nein, wir sind allein zur Schlageterallee gelaufen, er hat nur kurz seine Arbeit unterbrochen, um nach dem Rechten zu sehen.«

»Ach Ruth, du hattest recht mit all deinen Befürchtungen.« Karl seufzte.

»Onkel Hans kommt heute Abend wieder und hilft beim Aufräumen«, sagte Ruth. »Das hat er mir vorhin versprochen.«

»Dieser Mann ist ein Engel, ein Held«, sagte Karl. »Obwohl ich befürchte, dass es mit Aufräumen allein wohl nicht getan ist …«

Ilse begann wieder zu weinen.

»Sie sind Monster«, stieß Ruth hervor. »Ganz schreckliche Monster, und sie beherrschen unser Land und machen alles kaputt.«

»Pst. Ruth, um Himmels willen.« Karl sah sich hektisch um. »Du darfst so etwas nicht sagen. Nicht laut und nie in der Öffentlichkeit!«

Ruth sah ihn an. »Das ist ja das Schlimme.«

Karl zog seine Töchter an sich und drückte sie fest. »Wir werden weitermachen, wir versuchen, alles zu tun, was in unserer Macht steht, aber ich befürchte, wir werden das Haus nie wieder so herrichten können, wie es einmal war.«

»Wir schaffen das schon, Vati.«

»Was wäre ich ohne euch?«

»Wollt ihr jetzt direkt zurück?«, fragte Ilse und klang plötzlich verzagt. »Ohne vorher zu Mutti zu gehen?«

Ruth strich ihr über die Wange. »Geh du zu Mutti und tröste sie. Vati und ich gehen zum Haus. Wenn wir alle zu Mutti gehen, wird das nichts mit dem Großreinemachen. Die paar Meter schaffst du allein, oder?«

Zu gern wäre auch sie zu den Gompetz gegangen, hätte Trost in den Armen der Mutter gesucht, aber sie wusste, dass sie jetzt stark sein musste.

Karl sah Ruth an. »Du bist so tapfer«, flüsterte er.

»Nein, eigentlich bin ich feige. Ich will Mutti erst sehen, wenn wir so aufgeräumt haben, dass sie es ertragen kann«, antwortete Ruth leise und drehte sich um.

Schweigend gingen sie zurück zum Haus.

»Bitte, Vati, lass uns die Tür von der Straße holen. Bisher fahren die Autos drum herum, aber bald schon wird einer der … einer dieser Menschen ohne Respekt und Anstand einfach darüberfahren.«

»Meinst du, wir können sie zu zweit tragen?«

»Das können wir, bestimmt.«

Sie hoben das Türblatt an, hievten es empor und trugen es bis zum Vorgarten, wo sie es keuchend fallen ließen.

»So, der erste Schritt ist getan«, sagte Ruth zufrieden und wischte den Dreck von den Händen und blickte zu Karl. Ihr Vater schien geschrumpft zu sein, auf einmal wirkte er klein und verletzlich. Immer wieder blinzelte er, nahm die Brille ab und rieb die Gläser blank. Als hoffe er, dass sich das Bild, das sich ihm bot, dadurch verändern würde. Ruth erinnerte sich noch zu gut daran, wie stolz ihr Vater beim Bau des Hauses gewesen war. Jetzt stand er vor der schier aussichtslosen Situation, es zumindest wieder bewohnbar zu machen. Karl hatte immer ein gutes Gespür für Zahlen gehabt, aber anpacken und Dinge reparieren konnte er nicht, nicht zuletzt wegen seines Augenleidens, das ihn fast blind gemacht hatte. Für alles Handwerklich-Praktische war in den vergangenen Jahren Hans Aretz zuständig gewesen. Mit einem Mal tat

Vati ihr unendlich leid. Wie hilflos musste er sich gerade jetzt fühlen?

Sie räusperte sich. »Am besten kehre ich erst einmal die Scherben zusammen. Und sie sind scharf, Vati …, nicht, dass du dich schneidest …«

»Ich helfe dir natürlich.«

»Nein, bei Scherben ist es fatal, wenn der eine von der einen Seite und der andere von der anderen Seite fegt.« Ruth überlegte. »Bring du doch erst einmal die kaputten Stühle nach draußen. Alles, was du allein tragen kannst. Ich fange oben mit dem Fegen an.«

»Gut, so machen wir es.« Ruth konnte hören, wie schwer ihm die Situation fiel.

»Ach, Vati.«

»Ich wünschte, ich könnte mehr tun«, sagte er und senkte den Kopf.

»Dass du hier und am Leben bist, ist schon genug«, meinte Ruth, zog ihren Mantel aus und krempelte die Ärmel hoch. Sie nahm den Besen mit den harten Borsten, der für die Veranda benutzt worden war, und ging zielstrebig nach oben.

Unsicher sah sie sich um. Die Scherben lagen überall, auch auf den Läufern und den Teppichen. Ruth lief wieder nach unten, holte sich ihre gefütterten Lederhandschuhe, die sie gerade erst für den Winter bekommen hatte. Dann machte sie sich im obersten Stockwerk daran, die mit spitzen Glassplittern übersäten Teppiche zusammenzurollen. Sie waren schwer, vollgesogen mit Wasser, und trotz der Handschuhe musste Ruth aufpassen, dass nicht einer der Splitter durch das Leder drang und sie verletzte. Schon bald lief ihr der Schweiß über die Stirn, auch wenn der Wind eisig durch die Fensterrahmen pfiff. Unten hörte sie ihren Vater rumoren und oftmals auch fluchen.

Dann plötzlich vernahm sie von unten eine tiefe Männerstimme. Wie erstarrt blieb Ruth stehen. Waren die Nazis zurückgekommen? Mit angehaltenem Atem versuchte sie zu hören, was gesprochen wurde. Dann erkannte sie die Stimme – es war Walter Gompetz, der Freund der Familie, bei dem ihre Eltern in der letzten Nacht untergekommen waren. Ruth schwang wieder den Besen, und schon bald hörte sie zwei Männer unten fluchen und schimpfen. Obwohl die Situation so bedrückend war, musste Ruth lächeln: Zwar fluchten und schimpften sie, aber sie taten auch, was getan werden musste.

Gegen Mittag ertönte ein Ruf aus dem Flur. »Essen! Es gibt Suppe und Würstchen!«, und Ruth ging nach unten. Außer Walter waren noch weitere Freunde und Bekannte der Familie gekommen. Tante Hedwig, Sofie Gompetz und Thea Horn. Luise Dahl stand in der Tür, neben ihr ihre Tochter Lotte. Als sie Ruth die Treppe herunterkommen sah, lief sie mit Tränen in den Augen zu der Freundin und umarmte sie. »Es war so schrecklich letzte Nacht. Und ich bin unendlich froh, dass euch nichts passiert ist.«

»Ihr wart zu Hause?«, fragte Ruth und konnte es kaum glauben.

Lotte nickte.

»Wollten sie denn nicht auch zu euch?«

Luise schnaubte. »Weshalb hätten sie zu uns kommen sollen? Bei uns gibt es nichts zu holen.«

Ruth blickte in die Runde. »Ihr meint, die Braunen seien gekommen, um zu räubern?«, fragte sie fassungslos.

»Nein, Kind«, sagte Walter Gompetz und legte väterlich den Arm um ihre Schulter. »Sie wollten zerstören. Die letzten Jahre haben doch gezeigt, dass sie es vor allem auf die Juden abgesehen haben, die erfolgreich sind. An ihnen lassen sie ihren Neid und ihre Wut aus.«

»Aber wir haben ihnen doch nichts getan«, sagte Ruth voller Verzweiflung. »Gar nichts.«

»Das stimmt, aber das ist ihnen egal.«

»Wie sind sie denn in das Haus gekommen?«, fragte Ruth ihren Vater. »Ihr wart doch sicher nicht mehr hier?«

»Nein, wir sind direkt zu Gompetz gegangen, nachdem ihr mit Aretz weg wart.«

»Theißen war es«, flüsterte Lotte, sie war kreidebleich. »Theißen ist durch den Garten und hat im Souterrain ein Fenster eingeschlagen. Dann ist er ins Haus rein und hat die Haustür für die anderen geöffnet.«

»Theißen? Unser Nachbar?«, fragte Karl nun entsetzt.

Lotte nickte. »Er ist ja schon lange bei den Nazis.«

»Das weiß ich, aber …«, sagte Karl mit erstickter Stimme und wandte sich ab.

»Vati?«, fragte Ruth besorgt, doch er schüttelte nur den Kopf.

»Lass ihn, er braucht einen Moment, um sich zu fangen«, meinte Sofie. »Ich habe Möhreneintopf gekocht, dazu gibt es Rindswürste. Ich habe auch Schüsseln mitgebracht – Walter sagte, sie haben hier alles zerschlagen.« Im Hausflur stand ein Bollerwagen, den großen Suppentopf hatte sie in eine Decke gewickelt, damit er nicht auskühlte. Sie setzten sich auf die nun trockene Treppe und aßen.

»Was ist mit Mutti?«, fragte Ruth Sofie, die neben ihr hockte.

»Es ist gut, dass Ilse bei ihr ist, ich denke, deine Mutter hatte einen Nervenzusammenbruch. Die Ereignisse der gestrigen Nacht und die Sorge um euch beide, das war zu viel für sie.«

»Wie geht es euch?«, fragte plötzlich eine zittrige Stimme an der Haustür. »Oje, das sieht ja furchtbar aus. Oje!«

»Opi!« Ruth sprang auf. »Opi, was machst du denn hier?«

»Ich habe all die furchtbaren Berichte gehört und musste einfach herkommen und sehen, wie es euch geht. Emilie ist bei uns. Wir haben uns alle so große Sorgen gemacht.«

Entsetzt sah er sich um. »Haben *die* das getan?«

Ruth nickte. »Ja, das haben sie.« Plötzlich schämte sie sich, weil sie nicht mehr daran gedacht hatte, sich bei den Großeltern zu melden. »Geht es euch gut?«, fragte sie leise.

Opi sah sie an und nahm sie dann fest in den Arm. »Ja, ja, Ruthchen, uns geht es gut. Großmutter Emilie auch. Wir hatten zwar eine sehr sorgenvolle Nacht, weil immer wieder Pöbel durch die Straße lief, aber zu uns sind sie nicht vorgedrungen. So ein Masel.« Wieder sah er sich kopfschüttelnd um. »Aber hier haben sie gewütet. Grundgütiger! Was soll nur aus uns, aus diesem Land werden? Es macht mich ganz meschugge.«

»Hier«, sagte Luise Dahl, die wie immer praktisch veranlagt war, reichte ihm eine Schale mit noch dampfender Möhrensuppe und legte eine Rindswurst dazu. »Essen Sie erst einmal, Herr Meyer. Mit vollem Bauch kann man immer noch klagen, aber es geht leichter.«

»Risches. Sie sind alle risches. Und was sie tun, auch.«

»Ja, Opi, aber das wussten wir doch schon. Wir wissen, dass die Nazis die Juden hassen und dass sie boshaft, risches, sind. Das werden wir aber auch nicht mehr ändern können.« Ruth legte ihm eine Hand auf den Arm. »Die Suppe von Tante Sofie ist wirklich lecker. Iss mal.«

Während die anderen aßen, war Karl in sein Arbeitszimmer gegangen, nun kam er wieder zu ihnen.

»Vater. Was machst du hier?«, fragte er. »Ist alles gut bei euch?« Er drückte seinen Vater. »Wie geht es Mutter?«, fragte er besorgt. »Geht es ihr gut?«

»Ja, mein Sohn. Die Nacht war laut und unruhig, aber niemand ist in unser Haus eingedrungen. Auch Emilie geht es gut, sie ist bei uns.« Er schluckte. »Ich habe Berichte im Radio gehört. Sie klangen harmlos, aber man muss ja zwischen den Zeilen lesen in dieser Zeit. Was für ein Schlamassel. Was wirst du tun, Sohn?«

Karl sah sich hilflos um. »Ich weiß es nicht, Vater. Ich weiß es wirklich nicht. Hier können wir vorerst nicht mehr wohnen.«

»Ihr könnt bei uns bleiben«, sagte Walter Gompetz sofort. »Wirklich.« Er sah seine Frau an, Sofie nickte. »Natürlich könnt ihr das, und ich bestehe darauf, dass ihr es tut.«

»Aber ihr habt nur eine Wohnung ... wie sollen wir da alle unterkommen?«, fragte Karl. »Das geht nicht.«

»Ach, Karl, mein lieber Karl, natürlich wird das gehen. Wir werden eben ein wenig zusammenrücken. Es ist auch nur für kurze Zeit.« Sofie räusperte sich. »Wir haben das Ausreisezertifikat für Amerika bekommen. Schon vor einer Weile. Nun haben wir auch fast alle Dokumente zusammen, und in wenigen Wochen werden wir auswandern dürfen«, sagte sie leise.

»Tante Sofie, das ist doch wunderbar!«, rief Ruth und küsste sie auf die Wange. »Wie schön für euch.«

»Ja, für uns ist es schön«, sagte sie mit gesenktem Kopf.

»Na, da muss man aber erst einmal drankommen, an so ein Zertifikat«, schnaubte Luise Dahl. »Unsereins hat da keine Chance.«

»Hast du denn einen Antrag gestellt?«, fragte Sofie. »Wir haben unseren vor zwei Jahren eingereicht.«

»Dann weißt du ja auch, was man alles angeben muss. Ich kann kein Kapital vorweisen«, sagte Luise bitter. »Und nein, ich habe mich erst gar nicht bemüht – wir würden ohnehin keine Ausreisegenehmigung bekommen.« Sie sah in die Runde. »Das wisst ihr alle. Man braucht Geld, um auswandern zu können.«

»Liebe Luise, wir haben auch keinen Antrag gestellt«, warf

Valentin ein. »Wir können einfach nicht glauben, dass wir Alten, die wir immer für das Land da waren, verfolgt werden. Und auch du wirst nichts zu befürchten haben. So bitter das ist – die Nazis sind hinter den jungen und erfolgreichen Juden her.«

»Aber ich bin nicht mehr jung«, sagte Karl leise. »Ich bin fast fünfzig, ich habe mein Leben lang hier gearbeitet und Steuern gezahlt. Wir haben uns in unserer Gemeinde für Hilfsbedürftige engagiert. Und als Dank haben die Braunen mein Heim zerstört.«

»Karl, du bist ein erfolgreicher Geschäftsmann – das war Neid, der Neid deines Nachbarn Theißen, dem dummen Nazi«, sagte Walter leise und sah sich dann, erschrocken von seinen eigenen Worten, um.

»Er ist ein Spieler«, sagte Karl nun. »Wusstet ihr das? Er hat um Geld gespielt. Um viel Geld. Und er hat viel verloren. Gegen Merländer hat er gespielt, in dubiosen Kartenrunden in Düsseldorf. Einige Zeit hat er gewonnen und auch als Geschäftsmann gut verdient. Das war die Zeit, als er das Nachbargrundstück gekauft und angefangen hat, dort zu bauen.« Karl schüttelte den Kopf. »Ich mochte ihn nie, aber ich wollte ein gutes nachbarschaftliches Verhältnis.«

»Du hast ihm doch sogar Geld gegeben«, sagte Opi.

»Ja, ich habe ihm Geld geliehen. Er hatte Spielschulden und konnte den Bau nicht fortsetzen. Also kam er zu mir und bat mich um einen Kredit. Da Martha und ich nicht wollten, dass hier eine Bauruine steht, gab ich ihm den Betrag. Es war ein zinsloser Kredit, und er hat auch den größten Teil zurückbezahlt.«

»Nicht alles?«, fragte Walter nach.

Karl schüttelte den Kopf. »Nachdem die Nürnberger Gesetze herausgekommen waren, hat er die Zahlungen eingestellt. Einfach so, ohne ein Wort. Es war aber nicht mehr viel. Ich habe seine Schuld als abgegolten angesehen.« Er sah sich um.

»Doch dass er zu so etwas fähig ist, nicht zu fassen.«

»Dieser miese Schmock«, sagte Valentin und schnaubte.

»Wir waren hier so glücklich«, sagte Karl leise.

»Das werden wir wieder«, meinte Ruth entschlossen. »Wir werden alles aufräumen, säubern und reparieren.«

Nachdenklich sah Karl seine Tochter an, sagte aber nichts.

Ruth aß den letzten Löffel des Eintopfs und stellte dann den Teller wieder auf den Bollerwagen. Ihr war kalt, aber im Mantel ließ sich nicht gut arbeiten. Sie ging in das erste Stockwerk, nahm den Besen. »Ich helfe dir.« Lotte war ihr gefolgt und sah sich nun erschrocken um. »Hier oben haben sie ja auch alles zerstört.«

»In der Mansarde ebenso, dort habe ich die Scherben schon aufgefegt und die kaputten Sachen, die ich allein tragen konnte, hinuntergebracht.«

Lotte ging in Ruths Zimmer, unter ihren Schuhen knirschte es.

»Dein schönes Zimmer …«, flüsterte sie. »Ich habe dich immer ein wenig darum beneidet.«

»Nun gibt es nichts mehr, was zu beneiden wäre.«

»Man weiß gar nicht, wo man anfangen soll.«

»Ich habe hinten angefangen, im Schlafzimmer meiner Eltern. Habe die zerschnittenen Daunendecken zusammengeschnürt und nach draußen gebracht.« Im Vorgarten wuchs der Berg an beschädigten oder zerstörten Gegenständen. Jakub Zimmermann, ein weiterer Freund der Familie, war mit einem Pritschenwagen gekommen. Die Männer luden den Müll und Eimer voller Scherben ein.

»Kannst du mir helfen, die Matratzen nach unten zu bringen?«, fragte Ruth ihre Freundin.

Jakub nahm die Matratzen entgegen und warf sie auf den Wagen, der schon fast voll war.

»Ich bringe das nach Inrath, zur Müllkippe«, sagte er. »Und komme dann wieder. Mit einer Fuhre wird es ja nicht getan sein.«

»Ist unser Haus das einzige, das zerstört wurde?«, fragte Ruth leise.

Jakub schüttelte den Kopf. »In der Stadt sind viele Geschäfte von Gemeindemitgliedern geplündert worden, und auch noch einige andere Häuser und Wohnungen sind betroffen.«

Ruth schloss die Augen. Sie hatte noch mehr Fragen, wusste aber nicht, ob sie die Antworten ertragen würde. Also schwieg sie.

Als sie und Lotte wieder in den ersten Stock kamen, stand Karl an der Tür des Schlafzimmers.

»Ach, Ruthchen«, sagte er mit fast tonloser Stimme. »Ach, Ruthchen.«

»Wir räumen auf, Vati!«

»Das kann man nicht mehr aufräumen«, sagte Karl. Er ging zum Kleiderschrank, der in die Wand eingebaut war, öffnete die Tür und nickte. »Ich habe es mir gedacht. Sie haben Muttis Pelzmantel mitgenommen. Auch den Schmuck haben sie gestohlen. Zum Glück hat Mutti die wichtigsten Dinge gestern mit zu Gompetz genommen. Und einiges hat Aretz.«

»Wir dürfen jetzt nicht aufgeben, wir müssen aufräumen, müssen weitermachen«, sagte Ruth. »Komm, Lotte, lass uns nach drüben in mein Zimmer gehen.«

»Wir schaffen das. Gemeinsam«, sagte Lotte. Ruth wusste, wenn sie jetzt aufhören würde, würde die schwarze Verzweiflung, die sich in ihrem Inneren befand, sich ausbreiten und sie ausfüllen. Dann würde es ihr wie ihrer Mutter gehen, und das durfte nicht sein. Solange sie sich beschäftigte, war sie abgelenkt von den schrecklichen Gedanken – und von der Furcht.

Ein weiteres Mal beluden Walter und Jakub den Pritschenwagen.

»Morgen komme ich wieder«, versprach Jakub. »Wir sind noch lange nicht fertig.«

»Ich weiß nicht, wie ich euch danken soll«, sagte Karl mit belegter Stimme.

Jakub schüttelte den Kopf. »Wir müssen jetzt zusammenhalten. Das ist doch selbstverständlich.«

Kapitel 2

Es dämmerte schon, und Ruth war am Ende ihrer Kräfte. Am Nachmittag war Ilse zurückgekommen, um zu helfen. Einen Eimer nach dem anderen, voller Scherben und Unrat, trugen sie nach draußen.

»Wie geht es Mutti?«, hatte Ruth gefragt.

»Doktor Hirschfelder war da und hat ihr eine Spritze gegeben. Sie schläft jetzt. Er hat auch Tabletten dagelassen, die sie beruhigen sollen«, sagte Ilse. Die beiden Mädchen packten einige Taschen mit Kleidung und anderen Dingen, die noch zu retten waren.

»Meinst du, sie kommen heute Nacht wieder?«, fragte Ilse ängstlich.

»Ich weiß es nicht, aber es könnte sein.«

»Ich will hier weg.« Ilses Augen füllten sich mit Tränen. »Ich will weg von hier.«

»Willst du zurück zu Mutti?«

»Nein, ich kann sie nicht trösten. Ihr Anblick bricht mir das Herz.« Sie blickte nach draußen, die Vorhänge vor den leeren Fenstern flatterten im Wind, es wurde langsam dunkel.

Plötzlich fuhr ein Auto in die Einfahrt. Der schwarze Adler, der früher ihrem Vater gehört hatte und den er, nachdem er seinen Beruf nicht mehr ausüben durfte, Hans Aretz, seinem ehemaligen Chauffeur, überlassen hatte.

»Onkel Hans ist da!« Ruth schloss die Augen. »Welch ein Glück«, murmelte sie. Er wusste immer, was zu tun war. Auch Karl atmete erleichtert auf.

Hans Aretz ging wortlos an dem Müll- und Schutthaufen vorbei, stieg die Treppe nach oben. Er sah sich kopfschüttelnd um.

»Hier können Sie vorerst nicht mehr wohnen, Karl«, sagte er. »Das ist ein ganzes Stück Arbeit, das da vor uns liegt.«

Karl nickte. »Martha und ich können bei Freunden bleiben.«

»Die Mädchen kommen wieder mit zu uns«, sagte Aretz entschieden. »Wer weiß, was heute Nacht noch passiert. Es herrscht eine seltsame Stimmung in der Stadt.«

»Danke«, sagte Karl. »Bei Ihnen sind sie in Sicherheit.«

»Dürfen wir wirklich wieder zu dir, Onkel Hans?«, fragte Ilse und putzte sich die Nase.

»Natürlich. Ich bringe euch jetzt heim und komme dann wieder. Wenigstens die Tür und die Fenster im Erdgeschoss sollten wir noch verrammeln. Man muss ja keine Einladungen an die Braunen verschicken.«

»Was würde ich nur ohne Sie tun?«

»Sie haben mir in meinem Leben mehr als einmal geholfen, ich verdanke Ihnen viel. Nun kann ich etwas zurückge-
ben. Kommt, Mädchen, lasst uns fahren.«

»Moment!«, rief Ilse, lief nach oben und holte die Taschen,
die sie gepackt hatte. Auch Ruth hatte noch Kleidung gefunden, die nicht zerschnitten worden war. Nicht nur ihren
Schrank hatte sie durchsucht, sondern auch die Schränke der
Eltern.

»Nimm das nachher mit zu Gompetz«, sagte sie zu ihrem
Vater. »Die gute Weißwäsche, die sie nicht gefunden haben,
habe ich auf den Dachboden gebracht – es ist alles nass, also
habe ich sie auf dem Speicher aufgehängt, damit sie keine
Stockflecken bekommt.«

Josefine Aretz hatte ein einfaches, aber nahrhaftes Essen gekocht. Die Mädchen aßen schweigend. Helmuth und Rita,
die Kinder der Aretz, saßen auf der Bank und sahen ihnen
zu. Hans hatte hastig ein paar Bissen runtergeschlungen,
dann bat er seine Frau um belegte Brote.

»Eine Kanne mit Tee wäre auch nicht verkehrt«, sagte er.
»Mach ruhig einen ordentlichen Schuss Rum hinein, es wird
heute Nacht eisig werden, und das Haus hat sich mit Wasser
vollgesogen wie ein Schwamm. Wir können nur hoffen, dass es
keinen Frost gibt – dann platzen uns die Böden und Wände auf.«

Ilse schluckte, legte ihren Löffel zur Seite und senkte den Kopf.

»Hans!«, ermahnte Josefine ihren Mann. »Denk an die Kinder.«

»Ach, Ilschen, es tut mir leid, alles wird gut werden.«

»Das glaube ich auch«, log Ruth und legte Ilse die Hand auf die Schulter. »Komm, iss noch ein bisschen. Tante Finchen hat so lecker gekocht.«

»Danke, aber ich kann nicht mehr«, murmelte Ilse.

»Ist schon gut, mein Kind«, sagte Josefine und strich ihr tröstend über den Kopf. Dann schmierte sie einige Brote, kochte Tee mit Rum. Kaum war der Tee in der Stahlkanne, als Aretz auch schon wieder aufbrach.

»Öffne niemandem die Tür«, flüsterte er noch seiner Frau zu.

Ilse war in Ritas Zimmer gegangen, dort hatte Josefine Betten für sie vorbereitet. Die elfjährige Rita würde die nächsten Tage das Zimmer mit ihrem Bruder Helmuth teilen. Rita folgte Ilse.

Die Familien Meyer und Aretz hatten früher oft die Ferien gemeinsam verbracht, da Karl wegen seines Augenleidens nicht selbst Auto fahren konnte. Die Kinder waren zusammen aufgewachsen und zu Freunden geworden.

»Ilse, du kannst meinen Teddy haben«, sagte Rita. »Er tröstet mich immer richtig gut, und ich glaube, du kannst Trost gebrauchen.«

Ilse, die bisher nicht viel gesagt hatte, fing plötzlich bitterlich an zu weinen. »Danke, Rita. Ich …«

Ruth hatte den Kopf gehoben und lauschte. Als sie ihre Schwester weinen hörte, wollte sie aufstehen, aber Helmuth hielt sie davon ab. »Lass Rita machen. Sie ist noch jung und manchmal richtig blöd, so wie es kleine Schwestern eben sind«, er lächelte schief. »Aber das kriegt sie sicherlich gut hin. Sie kann sich in andere hineinversetzen wie kein anderer. Ich …« Er sah Ruth an. »Wie geht es dir? Eine blöde Frage sicherlich.« Immer wieder kippte seine Stimme von hoch nach tief. Wäre die Situation nicht so bedrückend, würde sie jetzt kichern, wurde Ruth klar. Aber ihr war nicht nach Kichern, ihr war nach Heulen. Am liebsten hätte sie sich die Decke über den Kopf gezogen und wäre erst aufgetaucht, wenn die Welt wieder in Ordnung war – aber würde das jemals der Fall sein? Im Moment glaubte sie nicht daran.

Ruth nahm Helmuths Hand in ihre, hielt sie fest. »Deine Frage ist nicht blöd, aber ich weiß nicht, ob und wie ich sie beantworten soll. Es ist alles so unvorstellbar schrecklich. So unwirklich und grauenvoll. Ich möchte tot sein, das alles nicht erleben, und gleichzeitig möchte ich natürlich leben … aber nicht so. Nein, auf keinen Fall so.« Ruth senkte den Kopf. »Vati und Mutti flüstern nur noch, seit Monaten. Alle flüstern nur noch, als ob sie die Dinge vor uns geheim halten könnten – aber das können sie nicht. Wie auch? Es ist doch so offensichtlich: Die Synagoge brennt, die Straßen sind voller Schutt und Splitter. Die Welt ist aus den Fugen, wie wollen sie das vor uns verbergen?«

In ihren Augen schwammen Tränen, als sie ihn jetzt ansah. »Du und Rita – ihr müsst euch alles, was in diesen Tagen passiert, einprägen. Ihr müsst hinsehen und euch später daran erinnern. Ihr müsst es bewahren. Auch wenn ihr keine Juden seid – oder vielleicht gerade deshalb.«

Helmuth schüttelte den Kopf. »Warum wir? Müsst ihr es nicht umso mehr? Ihr als Juden? Ihr müsst es erzählen!«

Ruth nahm nun auch noch seine andere Hand. Sie waren warm und fest, Hände eines Freundes, eines Vertrauten. Ihr Blick wurde fest. »Aber Helmuth, es wird uns doch nicht mehr geben«, flüsterte sie. »Die Nazis wollen uns vertreiben. Sie wollen keine Juden mehr in Deutschland.«

»Sie können euch doch nicht alle vertreiben.«

»Vermutlich nicht. Und vielleicht hören sie ja auch auf, wenn ein Teil gegangen ist – das ist zumindest das, was die Leute aus meiner Gemeinde glauben. Wir sollen gehen und unser Hab und Gut hierlassen.«

»Das ist doch ungerecht. Das ist fatal«, schnaubte Helmuth.

»Möglich, aber was ist ein Haus, was ist Besitz gegen ein würdevolles Leben?«

Helmuth sah sie an. »Ihr könnt nicht gehen. Ich kenne dich und deine Familie fast mein Leben lang, ohne euch wäre mein Vater untergegangen – dein Vater hat ihn gerettet.«

»Ich will auch nicht weg, Krefeld, unser Haus in der Schlageterallee, das ist doch mein Zuhause, aber nun ist alles anders. Die Nazis machen unser Leben kaputt, und ich habe Angst, große Angst. Du hast die Zerstörung nicht gesehen, hast nicht gesehen, was und wie sie es gemacht haben. Zum Glück war keiner von uns da, denn sonst hätten sie uns etwas angetan, da bin ich mir sicher.« Ruth schloss kurz die Augen, aber in ihrem Kopf erschienen sofort wieder die hässlichen und furchtbaren Bilder. Schnell sah sie Helmuth an.

»Magst du darüber reden?«, fragte er leise.

»Ich weiß nicht, ob ich das kann«, flüsterte Ruth. »Es war so ein schrecklicher Anblick; sie haben in unserem Haus regelrecht gewütet und einfach alles kaputt gemacht – als wollten sie alles auslöschen.«

Fassungslos schüttelte Helmuth den Kopf. »Was sind das nur für Monster?«

»Ich weiß nicht, warum sie uns so hassen. Ich habe niemandem etwas getan, und es wird seit Jahren immer schlimmer und schlimmer. Aber jetzt ist es klar – in diesem Land können wir nicht bleiben.«

»Ihr habt doch schon die Ausreiseanträge für Amerika gestellt«, meinte Helmuth.

»Ja, aber wenn die Quoten so bleiben, können wir frühestens in drei Jahren weg. Und wer weiß, was bis dahin ist.« Plötzlich fühlte sich Ruth unendlich müde, sie musste ein Gähnen unterdrücken. Ihr ganzer Körper schmerzte, und sie fühlte sich leer und ausgelaugt. »Ich muss ins Bett. Morgen will ich wieder zum Haus und weiter aufräumen.«

»Ich komme mit und helfe dir«, sagte Helmuth entschlossen.

Josefine, die die Küche aufräumte, hatte mit halbem Ohr mitgehört. Nun drehte sie sich um. »Nein, Helmuth«, sagte sie.

»Nein«, sagte Ruth beinah gleichzeitig. »Das geht nicht. Du musst zur Schule.«

»Papperlapapp. Vati geht doch auch und hilft. Und in der Schule ... heute gab es kaum Unterricht, alles drehte sich um den Brand der Synagoge und die Ausschreitungen. Immer nur Getuschel und Geflüster, selbst die Lehrer waren nicht bei der Sache.«

»Das mag sein«, sagte Ruth. »Aber du musst dich und deine Familie schützen, und das geht am besten, wenn du dich unauffällig verhältst. Du musst so normal wie möglich weitermachen, damit hilfst du uns mehr, als wenn du das Augenmerk auf dich und damit auch auf uns richtest.«

»Ruth hat recht, Helmuth.« Josefine trocknete sich die Hände ab und setzte sich zu den beiden an den Tisch. »Es ist löblich, dass du Meyers helfen willst – aber ihnen ist nicht damit gedient, wenn sie plötzlich im Augenmerk der Nazis stehen.«

»Das tun sie doch sowieso, Mutti. Die haben ihr Haus zerstört. Und jetzt müssen wir es wieder herrichten, wo wollen sie denn sonst hin?«

Ruth sah ihn an. »Dort werden wir sicherlich nicht mehr wohnen.« Dass es tatsächlich so sein würde, wurde ihr erst in diesem Moment klar. Die Erkenntnis traf sie wie ein Schlag. Am liebsten wäre sie aufgestanden und nach draußen gerannt, aber das ging nicht, es war zu gefährlich.

Tante Finchen und Helmuth sahen sie an und schwiegen.

»Du meinst ... ihr werdet nie wieder dort wohnen?«, fragte Helmuth leise.

»Ich kann es mir nicht vorstellen.«

»Ich auch nicht«, sagte Ilse mit erstickter Stimme. Keiner hatte bemerkt, dass sie in der Tür stand und das Gespräch mit angehört hatte. »Nicht in diesem Haus. Ich könnte dort nie wieder barfuß laufen, egal, wie viele Splitter wir auffegen.« Sie sah ihre Schwester an, versuchte die Tränen wegzudrücken. »Ich hätte immer Angst vor den Braunen, ich will dorthin nicht mehr zurück.«

Ruth nickte. »Ja, ich fühle genauso. Mal sehen, was die Eltern denken.«

»Warum können die einfach so unser Zuhause zerstören? Was haben wir denen denn getan?«, schluchzte Ilse.

»Nichts! Wir haben nichts getan, Ilschen. Vergiss das nie. Niemals. Wir tragen keine Schuld.« Ruth stand auf und nahm ihre Schwester in die Arme, drückte sie an sich. »Ich kann dir nicht versprechen, dass alles gut wird, aber ich werde alles dafür tun.«

»Ich wäre jetzt so gern bei Mutti – bei Mutti, wie sie früher war.«

Ruth drückte ihre Schwester noch fester an sich. »Ja. Ich auch.«

Josefine zog es das Herz zusammen, sie trat zu den Mädchen, umarmte sie.

»Was in den letzten Tagen passiert ist, ist ungemein scheußlich. Und schmerzhaft. Aber hier werdet ihr immer eine Zuflucht, eine Heimstatt haben. Hier wird euch keiner verfolgen, wir müssen nur achtsam sein.« Sie schaute von Ruth zu Ilse und zurück. »Versteht ihr das? Es geht um eure Sicherheit und auch … ja, auch um unsere.«

»Ja, das verstehe ich«, sagte Ruth. »Ihr werdet Ärger bekommen, wenn ihr uns Juden unterstützt. Wir können sicherlich woanders unterkommen.«

Josefine Aretz atmete tief ein.

»Meine liebe Ruth, so habe ich das nicht gemeint, und du weißt das auch. Du bist hier kein Gast, du bist Teil der Familie – wie auch Ilse. Ihr beide seid fast wie meine Kinder, ich habe euch aufwachsen sehen. Ihr gehört zu uns.« Sie schluckte, musste einen Moment innehalten. »Ich will euch nicht wegschicken – im Gegenteil. Ich möchte euch hierbehalten. Aber wir müssen aufpassen, damit die Braunen euch nicht hier finden.« Sie sah von Ruth zu Ilse, sah beide voller Ernst an. »Ich bin jetzt für euch verantwortlich, und deshalb ist es wichtig, dass ihr auf mich hört. Versteht ihr das? Es geht um euer Leben, aber es geht auch um das Leben von Rita und Helmuth.«

Ilse atmete hörbar aus. »Ja, Tante Finchen«, sagte sie mit zitternder Stimme.

»Natürlich hast du recht, Tante Finchen, wir versprechen,

vorsichtig zu sein«, schloss sich Ruth an. Ihre Stimme klang fest und entschlossen. »Trotzdem möchte ich gern morgen zurück nach Hause und weiter aufräumen.«

»Warum?«, fragte Helmuth. »Hast du nicht gerade gesagt, dass du nie wieder dort wohnen willst?«

»Ich möchte die Sachen aussortieren, die noch nicht zerstört sind, und außerdem ... müssen dieses Chaos, diese Zerstörung beseitigt werden. Aus der Welt geschafft, so gut wie möglich zumindest. Ansonsten hätten uns die Braunen besiegt, und das könnte ich nicht ertragen.«

»Was wird, werden wir in den nächsten Tagen sehen«, sagte Josefine. »Jetzt solltet ihr ins Bett gehen und versuchen zu schlafen.«

Die Mädchen nickten. Arm in Arm gingen sie in Ritas Zimmer. Sie zogen sich aus, suchten aus den Taschen und Koffern, die sie mitgebracht hatten, Nachtwäsche heraus.

»Ich habe die Zahnbürsten vergessen« sagte Ruth entsetzt. »Wir haben keine Zahnbürsten ...«

»Hier.« Tante Finchen stand in der Tür und hielt ihr zwei neue Zahnbürsten hin. »Ich hatte noch welche. Ich habe immer einige auf Vorrat – noch aus der Zeit, als Hans mit eurem Vater auf Reisen war, er hat immer seine in den Pensionen vergessen.«

»Danke«, sagte Ruth. Sie und Ilse gingen in das kleine Bad, machten sich nachtfertig.

»Geh du schon ins Bett, ich komme gleich«, sagte Ruth zu Ilse, als sie im Bad fertig waren.

»Du kommst wirklich?«, fragte Ilse ängstlich.

»Wenn ich es doch sage. Nun geh schon. Ich möchte nur noch etwas mit Tante Finchen besprechen.«

»Dann ist ja gut.«

Ruth ging in die Küche, wo Josefine am Küchentisch saß. Das Radio lief, aber so leise, dass man kaum etwas verstehen konnte.

»Haben sie etwas gesagt?«, fragte Ruth und zeigte auf das Radiogerät.

»Nur Lügen. Hans sagt immer, dass das Radio nur Propaganda verbreitet. Das große Sprachrohr der Nazis. Und ich befürchte, er hat recht. Sie berichten von vereinzelten Ausschreitungen, ohne zu erwähnen, dass die Synagogen brannten. Ich habe von etlichen Leuten gehört, dass es auch in Moers, Neuss, Düsseldorf und Köln zu Ausschreitungen gekommen ist. Man weiß nichts Genaues, aber vermutlich wird es überall so gewesen sein wie hier.« Sie sah Ruth an. »Es tut mir so leid, Liebes.«

»Wir sollten nicht bei euch sein«, sagte Ruth leise. »Ihr seid keine Juden, aber ihr werdet durch uns mit in den Schlamassel hineingezogen, und vielleicht werdet ihr dafür büßen müssen.«

»O nein, Ruth, so darfst du nicht denken. Ohne deinen Vater wären wir damals verloren gewesen. Aber das ist nur die eine Seite der Medaille, mein Liebes, die andere Seite seid ihr – ihr als Personen, als Menschen, als Freunde, die ihr für uns geworden seid. Ich habe das nicht nur so dahingesagt –

du bist fast wie eine Tochter für mich. Ihr beide. Ich könnte euch doch niemals in solch einer Situation wegschicken. Niemals! Wir müssen füreinander da sein und die Menschlichkeit bewahren.«

Ruth biss sich auf die Lippen. »Was wird werden, Tante Finchen? Wie soll unser Leben weitergehen?«

»Ich weiß es nicht, Liebes. Ich weiß es wirklich nicht.«

Sie sahen sich lange an, beide wussten, dass die Zukunft ungewiss war.

»Versuch zu schlafen, Ruth. Und sei für Ilse da.«

»Danke, dass wir hier sein dürfen.«

»Ich nehme deinen Dank an – jetzt, ein einziges Mal. Und dann ist es gut. Ihr seid hier. Basta. Und über Dank wird nicht mehr gesprochen.«

Ruth nickte. »Dank … ja. Gute Nacht.« Ein kleines Lächeln schlich sich auf ihre Lippen, obwohl Ruth gedacht hatte, dass sie nie wieder lächeln könnte. Vielleicht hatte sie sich getäuscht. Nachdenklich ging sie in das Kinderzimmer. Ilse lag schon im Bett, schlief aber noch nicht.

»Du musst morgen zu Mutti gehen«, sagte Ilse.

»Es gibt so viel im Haus zu tun …«

»Ja, aber du musst dennoch mit zu Mutti. Bitte. Ich kann das nicht allein. Es war so schrecklich, sie hat nur geweint und wirre Sachen gesagt.«

»Was für wirre Sachen?« Den Gedanken an die Mutter hatte Ruth den ganzen Tag immer wieder von sich weggeschoben, es war zu viel für sie.

»Sie jammerte und sagte, es wäre besser, gar nicht mehr zu leben, als hier und ...« Ilse sah Ruth an, die Hilflosigkeit malte bleiche Schatten in ihr Gesicht. »Ich wusste nicht, was ich sagen sollte.«

»Gar nichts, Kleines.« Ruth setzte sich auf das Bett und sah ihre Schwester an. »Mit Muttis Nerven ist es nicht gut bestellt, das weißt du ja, aber davon lassen wir uns nicht unterkriegen.«

»Trotzdem musst du mitkommen morgen. Versprich es mir«, flehte Ilse sie an.

»Ja, natürlich. Ich komme mit«, sagte Ruth und hatte ein mulmiges Gefühl im Bauch. »Aber jetzt müssen wir schlafen.«

»Gute Nacht, Ruth«, sagte Ilse und drückte ihre Puppe an sich, die sie schon gestern mitgenommen hatte – sie war weder nass noch beschädigt, nur alt. Und sie roch so herrlich nach zu Hause. Ilse schnupperte an ihren Haaren, dann nahm sie Ritas Teddybär in den anderen Arm, schloss die Augen und schlief ein.

Sie ist noch so wunderbar unschuldig, dachte Ruth und schlüpfte in das Behelfsbett, das aber eine warme Decke hatte und überraschend bequem war. Obwohl jeder Knochen in ihrem Körper schmerzte und sie mehr Muskeln als jemals zuvor zu haben schien, die sich nun bemerkbar machten, konnte sie nicht in den Schlaf finden. Immer wieder döste sie ein, aber dann waren da die Bilder von ihrem mutwillig zerstörten Zuhause, das verzweifelte Gesicht ihres Vaters.

Spät in der Nacht hörte sie, wie Onkel Hans endlich wiederkam. Tante Finchen war aufgeblieben und hatte auf ihn gewartet.

»Ich koche dir einen Tee«, hörte sie sie sagen.

»Nein. Ich nehme einen Schnaps, und dann muss ich ins Bett.«

»Du siehst furchtbar aus.« Das war Finchens leise, aber eindringliche Stimme.

Ruth rutschte ein wenig näher zum Türspalt. Sie wusste, es gehörte sich nicht zu lauschen, aber vielleicht hatte Onkel Hans ja neue Informationen.

»Uns geht es gut«, sagte er gerade. »Uns geht es wirklich gut, Finchen. Wenn wir Juden wären, würde ich zusehen, dass wir unseren Boppes aus dem Land bekommen – egal wie. Denn eins ist sicher, sie werden hier nicht mehr glücklich werden. Es ist eine verdammte Schande.« Seine Stimme wurde lauter.

»Pst«, zischte Josefine. »Wenn dich jemand hört?«

»Ist mir egal! Es ist doch nicht zu fassen, was man ihnen angetan hat.«

»Mir ist es aber nicht egal!«, sagte Josefine mit Nachdruck. »Willst du auch in ein Konzentrationslager kommen? Nach Dachau? So wie Frank Müller? Ihn haben sie mitgenommen, weil er lauthals gegen die Braunen geschimpft hat. Drei Monate war er in Dachau – seitdem ist er ein gebrochener Mann.« Sie atmete tief ein. »Du darfst deine Meinung haben. Und ich teile sie ja auch, wie du weißt – aber du darfst sie nicht laut äußern. Jetzt nicht mehr. Schon seit dreiunddreißig nicht mehr. Damals haben sie doch schon angefangen, alle mundtot zu machen, wenn nicht gar Schlimmeres. Du kennst doch die Situation, du weißt doch, wie gefährlich es ist.«

»Aber man kann es doch nicht so hinnehmen.«

»Das tun wir ja auch nicht. Wir helfen, wir sind da. Aber wir müssen an Helmuth und Rita denken. Wenn wir beide nach Dachau kommen, was wird dann aus den Kindern?«

Hans Aretz schwieg betroffen, dann räusperte er sich. »Du hast ja recht. Wir müssen vor allem an sie denken. Die Zeiten, in denen man politisch etwas hätte tun können, sind vorbei. Aber dennoch gibt es Wege, um da zu sein, zu helfen, aber auch um unseren Standpunkt zu zeigen. Und das müssen wir machen – gerade für unsere Kinder. Was sollen sie denn später von uns denken? Du und ich, wir waren noch nie Duckmäuser. Wir hatten und haben unsere Einstellung. Und zeigen sie auch.«

»Das stimmt. Aber was willst du denn tun?«, fragte Josefine, ihre Stimme klang verzweifelt.

»Wir können im Kleinen helfen. Im Moment bedeutet das, dass wir weiterhin für die Meyers da sind – für Karl und Martha und die Mädchen.«

Nun schwieg Josefine für einen Moment. »Meinst du das ernst?«, fragte sie dann leise.

Ruth, die ihr Ohr an die Türspalte gepresst hatte, kniff die Augen zusammen, versuchte die Tränen der Enttäuschung

zurückzuhalten. Alles und jeder hatte sich gegen sie ver-
schworen. Wenn Josefine so dachte, dann konnten sie nicht
hierbleiben. Keine Minute könnten sie länger hierbleiben.
Aber wo sollten sie nun, mitten in der Nacht, noch hin? Das
elende Gefühl, allen ausgeliefert, auf Hilfe angewiesen zu
sein, machte sie mutlos. Sie kannte dieses Gefühl bisher
nicht. Hier, hier bei den Aretz, hatte sie den letzten sicheren
Unterschlupf erhofft und auch fest daran geglaubt, doch
Josefines Worte hatten sie eines Besseren belehrt.

»Meinst du das wirklich ernst?«, fragte Josefine erneut,
ihre Stimme klang entrüstet. »Den Meyers zu helfen ist
keine, aber auch gar keine Geste, kein politisches Zeichen
oder sonst etwas. Die Meyers sind ein Teil unserer Familie.
Dass Ruth und Ilse hier sind, ist mehr als selbstverständlich«,
ihre Stimme wurde lauter. »Die Meyers sind unsere Freunde.
Karl hat dich aus dem Dreck gezogen. Ohne ihn wären wir
nicht hier. Wage nie wieder, ein Engagement für die Meyers
mit einer politischen Tat gleichzusetzen.«

Ruth sackte in sich zusammen. Tränen der Erleichterung
liefen ihr über die Wangen. Zitternd schlich sie zurück auf
das Behelfsbett und betete. Lange schon hatte sie nicht mehr
gebetet. Ihre Familie war zwar jüdisch und ging am Sabbat
in die Synagoge – aber nur Mutti folgte dem Gottesdienst.
Vati ging mit, um andere zu treffen und mit ihnen zu disku-
tieren, und auch Ruth und Ilse standen lieber im Vorhof mit
den anderen Jugendlichen, als dem Gottesdienst von der Em-
pore aus zu lauschen.

Jetzt aber, das spürte sie deutlich, war die Zeit, um zu beten. Und auch die Zeit, um zu danken. Die Aretz waren keine Juden, aber Gott musste sie geschickt haben. Josefine lehnte sie nicht ab, wie Ruth bei ihren ersten Worten gedacht hatte. Im Gegenteil – die Aretz würden für sie da sein. Was für ein Glück.

Kapitel 3

Am nächsten Morgen war es schon fast acht, als Ruth aufwachte. Ilse schlief noch, und in der Wohnung war es ruhig. Als sie sich aufsetzte, spürte sie die körperlichen Anstrengungen des gestrigen Tages noch stärker als am Abend zuvor. Aber es half nichts, mit einem Seufzer stand sie auf und ging in die Küche. Dort saß Josefine, eine Tasse Muckefuck vor sich, und blickte gedankenverloren aus dem Fenster. Als sie Ruth hörte, drehte sie sich um. »Guten Morgen. Hast du schlafen können?«

Ruth nickte und setzte sich an den kleinen Resopaltisch.

»Magst du einen Muckefuck? Echter Kaffee wird immer teurer. Ich habe mich an den Malzkaffee fast schon gewöhnt«, sagte Josefine lächelnd.

»Wenn er heiß ist, gern.«

»Mit Zucker?«

»Unbedingt.« Ruth lächelte verhalten.

Josefine ging zum Herd. »Ich koche ihn noch mal auf.«

Dann stellte sie eine kleine Schale mit Zucker auf den Tisch und schnitt Brot ab. Ruth senkte den Kopf. »Sie haben alle Messer mitgenommen, und vorher haben sie fast alles zerschnitten – die Kleider, die Vorhänge, die Bettwäsche … und so.«

Josefine blieb für einen Moment wie erstarrt stehen, atmete tief durch. Dann drehte sie sich zu Ruth um, gab ihr einen Teller mit zwei Scheiben Sauerteigbrot, holte Käse und Wurst aus dem Eisschrank und stellte eine Tasse Muckefuck vor sie hin.

»Iss erst einmal.«

Von Ilse war noch immer nichts zu hören, als Josefine sich zu Ruth setzte.

»Was meinst du mit ›und so‹?«, fragte Josefine. »Du sagtest, sie hätten alles zerschnitten, Wäsche, Kissen, Kleidung – und so …«

Ruth hatte sich Zucker in die Tasse geschüttet und rührte bedächtig um, dann strich sie sich Butter auf eine der Brotscheiben. »Ja, das haben sie«, sagte sie gedankenverloren.

Josefine wartete. Schwieg. Ruth biss von ihrem Brot ab, kaute, nahm einen Schluck gesüßten Malzkaffee. Dann endlich hob sie den Kopf und sah Josefine an.

»Die Bilder. Sie haben die Bilder zerschnitten. Auf sie eingestochen. Sie haben sie getötet. Sie haben die alten Ölbilder meiner Großmutter zerstört, haben die Abbilder meiner Urgroßeltern mit den Messern, wahrscheinlich mit unseren Küchenmessern, zerschlitzt – sie in die Augen gestoßen, den Mund, die Herzen.«

Ruth atmete schwer, begann zu würgen und rannte zum Bad. Es dauerte eine Weile, dann kam sie zurück.

»Tut mir leid«, murmelte sie.

»Da gibt es nichts, was dir leidtun muss«, sagte Josefine. »Es ist gut, dass du darüber sprichst. Du musst es mir nicht sagen, wenn du nicht willst, aber du musst es irgendwann aussprechen, sonst wird es zu einem Geschwür in dir und wird dich krank machen.«

»All die Dinge sind schon wie Geschwüre, Tante Finchen«, sagte Ruth hilflos.

»Das stimmt. Aber wenn man sie ausspricht, darüber redet, verlieren sie an Gewicht. Sie werden nicht unbedeutender, das meine ich nicht. Was gerade passiert, ist schrecklich. Man darf es aber nicht verdrängen – Dinge, die man verdrängt, werden zu einer Gefahr – zu Angst und Schrecken.«

»Aber das ist es doch schon lange. Alles ist nur noch voller Angst«, sagte Ruth.

»Ich weiß, mein Liebes, ich weiß.«

Für eine Weile schwiegen sie. Dann sagte Ruth leise: »Ich habe euch gestern Abend gehört, dich und Onkel Hans. Als er nach Hause gekommen ist.«

»Oh.«

»Ich habe gehört, was du gesagt hast … und ich wollte sofort gehen. Weg von euch. Weit weg.«

Josefine schnappte nach Luft. »Warum?«

»Weil ich deine Worte erst falsch verstanden habe. Weil

ich gedacht habe, dass du uns nicht hier haben willst. Dass du meinst, dass wir euch gefährden – was wir ja auch tun. Aber dann hast du weitergesprochen und gesagt ... und ... und ...« Ruth sah Josefine an, kämpfte mit den Tränen.

»Ach, Kind ...«

»Ihr seid so großartig ...«, schluchzte Ruth.

»Nein, das ist selbstverständlich.«

Ruth schluckte. »Es waren nicht nur die Ölbilder, die sie zerstochen haben«, sagte sie dann leise. »Es waren auch die Fotografien von uns. Von Mutti, Vati, Ilse ... und von mir. Sie haben das Glas zerschlagen und mit dem Messer in die Gesichter gestoßen und gebohrt. Die haben alle Bilder von uns ... sie haben sie ... zerstochen!«

Josefine griff nach Ruths Hand, drückte sie. »Das ist schrecklich. Aber ihr lebt noch.«

»Aber ...«

»Ihr lebt noch«, unterbrach Josefine sie. »Ihr lebt, und das zählt. Mach dir das bewusst. Ihr lebt. Alles, was passiert ist, ist furchtbar und unerträglich, aber ihr lebt. Und müsst, sollt und werdet weiterleben. Und wir werden alles tun, damit es so ist.« Sie blickte Ruth lange an. »Es waren nur Bilder. Ja, es ist schrecklich, aber sag dir, dass es nur Bilder waren. Du lebst.«

»Was für Bilder?« Ilse stand plötzlich in der Tür und rieb sich die Augen. »Worüber redet ihr?«

Ruth sah sie erschrocken an. »Über nichts Wichtiges«, sagte sie dann hastig.

»Du lügst«, antwortete Ilse und setzte sich an den Tisch.

Josefine stand auf und stellte eine Tasse Muckefuck und einen Teller mit Brot vor Ilse auf den Tisch.

»Danke«, sagte Ilse mit einem kleinen Lächeln. Dann sah sie Ruth wieder an. »Worüber habt ihr gesprochen? Es ging um Bilder, das habe ich gehört.«

»Es ging um meine Fotoalben«, sagte Ruth. »Die habe ich in der Mansarde versteckt.«

»Nein, Ruth, darum ging es nicht. Ich bin zwar jünger als du, aber ich bin kein Baby mehr. Und ja – du willst mich schonen, so wie du Mutti schonst. Aber ich bin nicht Mutti, sondern deine Schwester. Und alles, was dir passiert ist in den letzten Tagen, ist auch mir passiert.«

»Ja, das stimmt«, sagte Ruth. Erneut stiegen ihr Tränen in die Augen.

Leise ging Josefine aus der Küche. Ruth sah ihr hinterher, lächelte traurig. »Dass wir hier sind, hier, bei Tante Finchen, und uns geborgen fühlen – aber nicht bei Mutti sind, das sagt eine Menge aus, oder?«

Ilse holte tief Luft. »Dass Mutti schwache Nerven hat, ist nicht ihre Schuld.«

»Das habe ich auch nicht gesagt, Ilse. Aber Mutti wird nie so für uns da sein können. Eben weil sie schwache Nerven hat. Tante Finchen tut es einfach – und das ist grandios, es ist phänomenal. Die Aretz bringen sich selbst in Gefahr, um uns zu helfen.«

Ilse schluckte, ihre Augen schwammen. »Mutti kann nichts dafür«, sagte sie mit zitternder Stimme.

»Nein, natürlich nicht, und das habe ich auch nicht gesagt.« Ruth seufzte, rückte neben ihre Schwester und nahm sie in den Arm. »Mutti ist eine wunderbare, liebevolle und herzliche Mutter. Das weiß ich, und du weißt es auch. Sie ist aber eben auch sehr gefühlvoll. Manchmal so sehr, dass sie keinen Weg mehr herausfindet.«

»Aber das macht sie doch aus.«

»Ja, das stimmt. Aber in der heutigen Zeit, mit dem, was gerade passiert und was noch passieren wird, ist Verzweiflung der schlimmste Fehler. Ich bin ja auch verzweifelt, Ilse, natürlich, wie könnte ich es nicht sein. Aber eben nicht nur. Gleichzeitig überlege ich, was wir tun müssen und können. Damit es uns nicht zerstört. Und ich wollte dich beschützen, aber vielleicht muss ich das gar nicht, vielleicht habe ich dich unterschätzt.«

Ilse schluchzte auf und drückte sich an Ruth. »Nein, ich glaube nicht, dass du mich unterschätzt hast. Ich wäre gern so stark wie du. Wie schaffst du das nur?«

»Ich bin gar nicht so stark, Ilse. Bestimmt nicht. Aber es muss ja weitergehen. Wir müssen das Haus saubermachen, die Sachen sortieren, sehen, ob nicht doch noch etwas zu retten ist. Wir können doch nicht den Kopf hängen lassen und nur weinen, auch wenn wir es am liebsten tun würden.«

Die beiden Schwestern umarmten sich, dann atmete Ruth tief durch. »Vielleicht sollten wir uns jeden Tag eine Zeit zum Trauern, Jammern und zum Verzweifelt-Sein geben. In dieser Zeit dürfen wir allen Gefühlen ihren Lauf lassen. Aber danach müssen wir uns wieder zusammenreißen und zusehen, was zu machen ist. Was hältst du davon?« Ilse hatte rote Augen und fleckige Wangen. Sie putzte sich die Nase und nickte. »Das klingt nach einer guten Idee, Ruth. So machen wir das.«

Nach einer Weile kam Josefine wieder in die Küche. »Bevor ihr geht, esst ihr bitte noch die Brote«, sagte sie. »Entschuldigt, wir haben nur eine kleine Wohnung, und ich habe euer Gespräch gehört. Ich wollte euch nicht belauschen.«

»Du hättest auch hierbleiben können, Tante Finchen«, sagte Ruth und schmierte sich die zweite Scheibe Brot. »Vor dir haben wir ja nun wahrlich nichts zu verheimlichen.«

»Das mag sein. Aber es ist wichtig, dass man auch mal für sich ist. Hier kann ich euch das schlecht ermöglichen, aber ich denke darüber nach.«

»Ohne dich …« Ruth plinkerte schon wieder ein paar Tränen weg.

»Hätte ich ständig so geweint, als euer Vater uns geholfen hat, hätte ich tagelang Taschentücher waschen und bügeln müssen.« Josefine versuchte, eine gewisse Leichtigkeit in das Gespräch zu bringen, aber als sie aufschaute und Ruths Blick sah, schien sie zu ahnen, dass es unnötig war. »Was macht ihr nun? Geht ihr zurück zum Haus?«

»Zuerst werden wir in die Bismarckstraße gehen. Da sind die Eltern ja untergekommen. Bei den Gompetz. Wir müssen schauen, wie es Mutti geht.«

»Das ist gut. Ihr dürft nicht mit eurer Mutter hadern. Sie ist einer der großherzigsten Menschen, die ich kenne.«

»Ja, das ist sie«, sagte Ilse und biss hungrig in ihr Brot.

»Soll ich euch noch weitere Brote schmieren?«

Ruth überlegte, dann nickte sie. »Das wäre wundervoll. Für heute.«

»Liebe Ruth, du bist zwar schon siebzehn und fast erwachsen, aber du musst nicht alles schultern«, sagte Finchen und drückte Ruth kurz an sich. »Es ist wirklich in Ordnung, Dinge anzunehmen. Das musste ich auch erst lernen. Aber als ich es begriffen hatte, war es ganz einfach.«

»Onkel Hans hat für Vati gearbeitet, das war immer etwas anderes«, sagte Ruth bedrückt. »Jetzt können wir nicht mehr zahlen.«

»Hans hatte die Stelle bei deinem Vater. Helmuth war noch klein, und Rita kam auf die Welt. Rita hat all die Babykleidung von dir getragen – lag in dem Kinderwagen, in dem auch du gelegen hast. Deine Mutter hat mir alles überlassen. Ich wollte es nicht annehmen, aber sie hat darauf bestanden. Zuerst war es mir peinlich, aber deine Mutter war so gütig, sie hat mir erklärt, dass es keine Almosen seien, sondern ein Geschenk.« Josefine atmete tief durch. »Was ich euch jetzt geben kann, ist wenig genug. Lasst es mich bitte tun.«

Ruth nickte. »Danke – du musst jetzt noch einmal ertragen, dass ich mich bedanke.«

Josefine lächelte. »Das kann ich gut ertragen.«

Ilse hatte ihre Brote aufgegessen. »Ich gehe ins Bad und mache mich fertig«, sagte sie dann. »Mutti wartet sicher schon.«

Ruth seufzte auf.

»Deine Mutter ist stärker, als du denkst«, sagte Josefine.

Ruth half ihr, den Tisch abzuräumen und das Geschirr zu spülen.

»Vielleicht hast du recht, aber die kommenden Tage werden schwer werden«, sagte sie.

»Vermutlich. Aber irgendwann wird es auch wieder besser.«

»Besser? Nicht hier. Nicht in Deutschland. Wir müssen hier weg.«

»Ihr habt doch die Ausreisebestätigung für die USA.«

»Ja, die haben wir. Aber mittlerweile dürfen nur etwa dreiundzwanzigtausend Juden pro Jahr ausreisen – Juden, die ein Visum bekommen haben. Nach den Nummern und Listen werden wir erst 1941 ausreisen dürfen, frühestens. Das sind noch drei Jahre. Wie sollen wir hier noch drei Jahre leben?«

»Es wird eine Lösung geben«, sagte Josefine. »Daran glaube ich ganz fest.«

»Wieso?«

Josefine sah sie an. »Weil es keine Alternative gibt, die ich akzeptieren und ertragen könnte.«

»Du hast recht, Tante Finchen«, sagte Ruth und trocknete sich die Hände ab.

Bevor sie das Haus verließen, blickte Josefine zunächst wieder durch das Küchenfenster auf die Straße. »Es ist alles gut. Keine Braunen zu sehen. Verhaltet euch trotzdem unauffällig.«

Ruth und Ilse gingen zur Wohnungstür.

»Wartet!«, rief Josefine, »hier sind die Stullen drin, und falls euch doch jemand anspricht, macht ihr gerade Einkäufe für eure Mutter.«

»Das ist eine gute Idee«, sagte Ruth. »Bis heute Abend.«

Die Tür fiel ins Schloss, ein dumpfer Hall im Treppenhaus. Als sie aus dem Haus traten, sahen sie, dass unter dem dunklen und dichten Novemberhimmel noch immer Rauch und Qualm hingen. Kam das von der Synagoge, oder brannten noch andere Gebäude?

Heute waren mehr Leute auf der Straße – Frauen und Männer, die aber betriebsam wirkten, die ein Ziel hatten, ihrem Tagesgeschäft nachgingen. Der Alltag hatte die Stadt wieder im Griff, und der Qualm würde verschwinden – nur die Angst, fürchtete Ruth, die würde erst einmal bleiben. Kein Wind konnte sie vertreiben.

Schweigend gingen die beiden Schwestern durch die Straßen. Ein kalter Wind fegte ihnen entgegen, und Ruth war froh, dass sie die warmen Mäntel hatten retten können. Sie zog ihre Mütze tief ins Gesicht.

Als sie zur Bismarckstraße kamen, wo die Familie Gompetz wohnte, blieb Ilse stehen. »Hast du Angst?«, fragte sie Ruth. Ihre Unterlippe zitterte.

»Wegen Mutti?«

Ilse nickte.

»Ja«, gestand Ruth. »Ich möchte nicht, dass es ihr schlecht geht – aber wir kennen sie. Sie besteht nur aus Gefühlen.«

Bei diesem Gedanken schlich sich ein kleines Lächeln auf ihre Lippen. »Sie ist so jüdisch.«

Nun lächelte auch Ilse. »Sie ist sie selbst. Mit all ihren Gefühlen. Wegen ihrer Gefühle. Weißt du, wie ich das meine?«

Ruth nickte. »Ja, ich weiß genau, was du meinst. Mutti liebt die Oper. Sie liebt die großen Emotionen. Immer schon. Erinnerst du dich an die Sabbatgeschichten, die sie uns erzählt hat?«

»Wollt ihr eine gute oder eine traurige Geschichte?«, imitierte Ilse die Stimme der Mutter. »Wir wollten immer eine traurige Geschichte.«

»Richtig. Und Mutti hat die Geschichten voller Leidenschaft gelebt. Manchmal flossen Tränen – nicht nur bei uns.«

»Meinst du, sie wäre gern Schauspielerin geworden? Oder Opernsängerin?«

Ruth zuckte mit den Schultern. »Als Sängerin wäre sie eine fatale Katastrophe geworden. Manchmal singt sie ja im Bad. Das ist immer grässlich. Ich glaube, sie kann keinen Ton halten, auch wenn sie es mit Begeisterung versucht.«

Ilse kicherte. »Das stimmt. Sogar Spitz hat geheult, wenn sie gesungen hat.«

Ruth räusperte sich. »Wir wissen, wie Mutti ist – und auch wenn wir es uns anders wünschen würden, müssen wir jetzt für sie da sein.«

»Das werden wir auch.«

Ruths Herz klopfte, während sie weitergingen. Sie liebte

ihre Mutter sehr, sie war ihr unglaublich nah, Mutti war fast wie eine Freundin, eine Vertraute für sie gewesen. Mit ihr hatte sie über Kurt und Manfred reden können – über Liebesdinge und über Freundschaften. Mutti hatte immer verständnisvoll zugehört. In den letzten zwei Jahren war ihr Verhältnis jedoch ein wenig schlechter geworden – allein schon dadurch, dass sich die ganzen Familienverhältnisse verändert hatten. Vater hatte seine Arbeit verloren und trotz seiner Bemühungen keine neue Anstellung mehr gefunden. Da er in den ganzen Jahren zuvor meist nur am Wochenende zu Hause gewesen war, war die Umstellung für alle schwierig, besonders er litt darunter, dass ihn keiner mehr wollte. Außerdem hatten Ilse und Ruth ganz anders als früher mit im Haushalt anpacken müssen, weil ihre Dienstmädchen nicht mehr hatten für sie arbeiten dürfen. Die zunehmende Ausgrenzung und das entwürdigende Verhalten, das ihnen mehr und mehr entgegenschlug, hatten ihre Mutter schwermütig gemacht. Und nun hatten sie sogar ihr Heim verloren. Wenn es ein Unwetter gewesen wäre, ein Sturm, ein Blitz, ein Brand, dachte Ruth, dann wäre das Haus zwar auch zerstört worden, aber so war es der Willkür einiger Menschen zum Opfer gefallen, das wog viel schwerer. Sie waren nur wegen ihres Glaubens und ihres Wohlstands zu Opfern geworden. Das würde ihre Mutter kaum ertragen können.

»Wir müssen unbedingt verhindern, dass sie zum Haus geht.«

»Hast du die Fotografien weggeworfen?«

»Du hast es also gehört.«

Ilse nickte. »Mutti würde den Anblick nicht ertragen.«

»Ich habe sie beiseitegelegt, aber nachher werde ich sie wegwerfen. Einige Negative habe ich noch – oben im Kabuff in der Mansarde. Ich hoffe, sie sind nicht beschädigt.«

»Dass du die Kristallschüssel gerettet hast, ist einzig. Als ob du geahnt hättest, was passiert.«

»Ich habe es geahnt«, sagte Ruth leise. »Ich habe es gewusst.«

»Diese Scheußlichkeiten?«, fragte Ilse entsetzt.

»Nicht in dem Ausmaß, nein, das hat auch meine Vorstellungen übertroffen. Aber dass sie zerstören wollten und würden – das schon.«

»Ich habe dich vorgestern so gehasst«, gestand Ilse. »Deine Art, dein in meinen Augen übertriebener Tatendrang: wie du das ganze Geschirr – Stück für Stück – in die dritte Etage geräumt, hektisch diese kleine Kammer gefüllt hast – und du hast mich angetrieben, angebrüllt, damit ich dir helfe. Und ich hatte einfach nur Angst.«

»Ich hatte doch auch Angst, Ilse.«

»Ja, aber du hast etwas getan, ich war wie gelähmt. Vati, der mit Aretz unterwegs war, Mutti bei den Nachbarn und Freunden, und wir allein im Haus. Ich hatte so große Angst, dass sie Vati verhaften, und das Erste, was dir einfiel, war, das Geschirr zu retten. Warum?«

»Ich weiß nicht. Vielleicht, weil es nichts anderes gab, was ich hätte tun können. Ich weiß doch, wie sehr Mutti an dem

Kristall hängt, an der großen Bowleschüssel. Es waren ihre Aussteuer, Hochzeitsgeschenke und auch das Erbe von unseren Urgroßeltern. Ich wollte nicht, dass das im Esszimmer auf dem Boden steht, wenn die Braunen kommen.«

»Mutti wird so glücklich sein, dass du das alles gerettet hast.«

»Ein kleiner Trost«, murmelte Ruth.

Dann hatten sie das große Jugendstilhaus erreicht, in dem die Gompetz eine Wohnung im ersten Stock bewohnten – eine schöne und große Wohnung mit Erker vorn und großem Balkon zum Garten. Bei ihnen waren die Nazis nicht gewesen, obwohl die Gompetz durchaus auch als wohlhabend galten. Ihr Vermögen war sicher auch ein Grund dafür, dass sie so schnell eine Ausreisegenehmigung in die USA bekommen hatten, ihr Geld und sicher auch, dass sie kinderlos waren.

Die Wohnung war schon recht leer, die Bilder von den Wänden genommen, alle Habseligkeiten verpackt, die Möbel verschickt. Unzählige Kisten, zugenagelt und ordentlich beschriftet, standen aufgereiht im Flur. Nur ein alter Tisch, Stühle, die man nicht mehr brauchte, und zwei Kommoden dienten noch als Einrichtung. In einem der Schlafzimmer stand ein Doppelbett. Dort lag Martha, ein feuchtes, kühles Tuch auf der Stirn.

»Sie hat noch nichts gegessen seit gestern«, sagte Sofie Gompetz, die den Mädchen die Tür geöffnet hatte, besorgt.

Ruth schaute sich um. Alles in der Wohnung zeugte von Aufbruch und Weggehen. Eine merkwürdige Atmosphäre.

Ilse rannte sofort in das Schlafzimmer. »Mutti«, sagte sie. »Mutti! Wir sind hier.«

»Ilschen, ach, mein Ilschen«, seufzte Martha Meyer. »Ach, mein Töchterlein. Geht es dir gut?«

»Du musst deine Mutter dazu bringen, etwas zu essen«, flüsterte Sofie Gompetz Ruth zu. »Ich habe eine kräftige Suppe gekocht – aus einem frischen Huhn und Gemüse. Aber sie will nichts zu sich nehmen.«

»Danke, Tante Sofie, ich werde mich bemühen.« Noch einmal atmete Ruth tief durch, dann ging sie in das Schlafzimmer. Das Lächeln, das sie wie eine Maske aufzog, war mühselig und tat weh – aber es war nötig. »Mutti! Wie geht es dir?«

Martha nahm den Waschlappen von der Stirn und richtete sich auf. »Ruth! Ach, Ruth! Endlich bist du hier! Ich habe mir solche Sorgen gemacht.«

Ruth setzte sich auf die Bettkante, umarmte ihre Mutter. »Hat dir Vati nicht gesagt, dass wir bei den Aretz sind?«

»Doch, das hat er. Aber es passiert so viel, und ich hatte Angst um euch … ich hätte es lieber gehabt, wenn ihr hierhergekommen wärt.«

»Mutti, wo hätten wir schlafen sollen?« Ilse zeigte um sich. Sie sah Sofie an. »Wo schlaft ihr?«

»Im Moment in der Mansarde, in den Zimmern der Dienstboten.«

»Wirklich? Ihr seid in die Zimmer der Dienstboten gezogen, damit Mutti und Vati hier unterkommen?« Ilse schüttelte verblüfft den Kopf.

»Aber ja doch. Das ist gar kein Problem. Hier ist nicht mehr unser Zuhause – fast alles ist schon verschickt worden, die restlichen Sachen werden nächste Woche verschifft. Dort oben ist es überraschend gemütlich – das hätte ich gar nicht gedacht. Und hier unten, ohne meine Möbel, möchte ich gar nicht mehr sein. Es ist alles so fremd ohne sie, so kalt und kahl.«

»Das stimmt«, seufzte Martha. »Aber wir können eure Gastfreundschaft nicht länger in Anspruch nehmen. Wir müssen wieder nach Hause.«

Ilse und Ruth sahen sich entsetzt an. »Hat Vati nicht mit dir gesprochen? Wo ist er überhaupt?«, fragte Ruth.

»Vati wurde aufs Amt bestellt.«

»Was?« Ruth schrie es fast. »Welches Amt? Und weshalb? Wollen sie ihn verhaften?«

Martha sah sie an, wurde bleich. »Das will ich doch nicht hoffen.«

»Nein«, beruhigte Sofie sie. »Alle jüdischen Männer wurden einbestellt, auch Walter. Sie sind zusammen hingegangen.« Dann senkte sie den Kopf. »Alle, die noch da sind.«

»Was meinst du damit?«, fragte Martha leise.

»Nun, wie ich gehört habe, sind viele unserer Gemeindemitglieder am neunten November, noch bevor die Nazis loszogen und so vieles zerstörten, verhaftet und abtransportiert worden. Man munkelt, sie wurden in das Konzentrationslager nach Dachau gebracht.«

»Ja, deshalb ist ja Aretz mit Vati über Land gefahren. Um einer Verhaftung zu entkommen«, sagte Ruth.

»Waren sie auch hier?«, wollte Martha wissen. »Waren sie auch hinter Walter her?«

Sofie schüttelte den Kopf. »Nein.«

Plötzlich hörten sie schwere Schritte auf der Treppe, die Wohnungstür wurde aufgeschlossen. Entsetzt sahen sich die vier Frauen an.

»Das muss Walter sein, sonst hat niemand einen Schlüssel«, wisperte Sofie und schlich zur Tür, spähte in den Flur. »Walter!«, sagte sie erleichtert. »Ach, Walter.« Sie lief in den Flur und fiel ihm um den Hals. Auch Ruth war aufgesprungen und rannte nun in den Flur. Auf dem teppichlosen Parkett hallten ihre Schritte durch die leeren Räume.

»Vati!«, erschrocken blieb sie vor ihm stehen. In den letzten Tagen schien er gealtert zu sein. Seine Schultern waren nach vorn gebogen, sein Blick müde, die Augen eingefallen und die Haut grau.

»Ruth«, sagte er leise und küsste sie auf die Wange. Dann ging er an ihr vorbei in das Schlafzimmer. Martha stand auf, aber sie wirkte wacklig. Die beiden umarmten sich stumm.

Kapitel 4

Es lag eine gewisse Unruhe in der Luft, eine Unsicherheit und Bedrückung. Sofie eilte in die Küche, in der noch ein Gasofen stand. Sie setzte Wasser auf, mahlte Bohnen in der Handmühle, und schon bald zog der würzige Duft von Bohnenkaffee durch die Räume.

»Ich habe nicht viel im Haus«, sagte Sofie entschuldigend. »Ich habe mich nicht auf die Straße getraut, um einkaufen zu gehen. Nur etwas Brot und Butter, und ein wenig Marmelade.«

Ruth holte den Korb hervor, den ihr Josefine gegeben hatte, und legte die Stullen auf einen Teller.

»Wir können uns das teilen, Ilse und ich hatten ein reichhaltiges Frühstück bei den Aretz«, sagte sie. »Und danach kann ich einkaufen gehen.«

»Ach Kind, du kannst doch nicht auf die Straße …«, sagte Sofie besorgt.

»Man sieht mir doch nicht an, dass ich Jüdin bin – es steht zumindest nicht auf meiner Stirn«, sagte Ruth und schob das Kinn nach vorn. »Wir müssen sicher aufpassen, aber verhungern dürfen wir nicht, Tante Sofie.«

»Wir müssen vorsichtig sein«, sagte Walter Gompetz, »das stimmt. Aber dennoch dürfen wir auch nicht den Kopf in den Sand stecken. Die nächste Zeit wird schwer genug für uns alle. Aber wir können nicht hier hocken, bis der Ausreisetermin gekommen ist.«

»Noch drei Wochen«, sagte Sofie. »Noch drei lange Wochen.« Dann sah sie Martha an. »Ihr müsst auch weg. So schnell es geht.«

»Ja«, sagte Karl. »Das müssen wir. Ich werde alles dafür tun.« Er klang sehr angespannt.

»Was haben sie auf dem Amt gesagt?« Marthas Stimme zitterte. »Was wollten sie?«

»Es gibt einen neuen Erlass. Damit waren sie sehr schnell. Er besagt, dass wir zahlen müssen …« Karl schluckte. »Jemand, dessen Haus oder Wohnung zerstört wurde, der aber bei einem Arier zur Miete wohnte, ist oft durch eine Versicherung gedeckt. Wenn aber Eigentum zerstört wurde, greift die Versicherung nicht – das ist ein neues Reichsgesetz. Sie haben es gestern verabschiedet und umgehend an die Ämter gekabelt.«

»Aber was bedeutet das genau?«, fragte Martha.

»Dass wir für die Schäden selbst aufkommen müssen, Liebes. Wir müssen alles aus eigener Tasche zahlen.«

»Das ist die erste Frechheit«, sagte Walter. »Die zweite ist, dass alle Juden die Schäden an ihren Häusern und Geschäften innerhalb von zwei Wochen beseitigen müssen. Das Straßenbild müsse wieder ordentlich hergestellt werden.«

»Aber die Nazis haben doch ... also, sie haben doch selbst ...«, stotterte Ruth.

»Ja, das haben sie, mein Kind«, sagte Karl. »Doch sie sagen, es sei unsere Schuld. Allein durch unsere Provokation sei es dazu gekommen. Und deshalb müssten wir den Schaden auch beseitigen und dafür aufkommen.«

»Außerdem muss jeder Jude, der ein Vermögen über fünftausend Reichsmark hat, davon zwanzig Prozent an den Staat zahlen.«

»Was?«, fragte Sofie entsetzt. »Wir auch?«

»Jeder, der so viel Geld hat. Es soll in vier Raten gezahlt werden, die erste Rate wird im Dezember fällig.« Walter sah Sofie an. »Vermutlich sind wir dann schon außer Landes. Aber ich fürchte, die Gelder, die noch auf der Bank sind und die wir nicht beiseiteschaffen konnten, werden sie konfiszieren.«

Es klingelte, alle zuckten zusammen. Sofie schlich zum Fenster, spähte durch einen Spalt der Gardinen nach draußen. »Es sind die Kaufmanns, Hermann und Elise.«

»Ich habe unten abgeschlossen«, sagte Walter.

»Ich laufe rasch hinunter.« Ilse sprang auf.

»Schließ aber bloß wieder ab!«, rief ihr Sofie hinterher.

»Zwanzig Prozent – wie sollen wir das machen?«, fragte Martha Karl.

»Dafür gibt es auch schon Regelungen, wenn wir Staatsanleihen haben, dürfen wir sie nicht verkaufen. Zum Glück habe ich meine Staatsanleihen schon vor Jahren abgetreten. Nun, wir werden das Haus veräußern müssen.«

»Unser Haus?«, fragte Martha entsetzt.

Karl nickte. »Ich denke, ich werde dafür nicht annähernd das bekommen, was es wert ist, noch nicht einmal in dem jetzigen Zustand, aber das ist mir inzwischen auch egal.«

»Du kannst doch nicht einfach unser Haus verkaufen. Wo sollen wir denn wohnen?«

Ruth sah sie an. »Dort können wir ohnehin nicht mehr wohnen, Mutti. Glaub mir. Du würdest es nicht mehr wollen. Und Ilse und ich auch nicht. Ich könnte dort keine Nacht mehr ruhig schlafen.«

»Richtig, Ruth. In dem Haus können wir nicht mehr schlafen«, sagte Karl.

»Aber die paar Scherben … das werden wir doch beseitigen können. Kannst du nicht das andere Haus verkaufen? Das Mietshaus in der Drießendorfer Straße?«

Karl schüttelte den Kopf. »Ich könnte es, und es würde mich nicht wundern, wenn sie mich dazu auch noch zwingen. Aber im Moment wirft es noch Miete ab – unser einziges Einkommen, Liebes.«

»Aber wo sollen wir hin?«

»Hierhin«, sagte Sofie. »Ihr könnt hier wohnen. Die Miete ist noch bis August bezahlt. Der Vermieter entlässt uns nicht vorher aus dem Mietvertrag. Also könnt ihr die Wohnung solange nutzen.«

Martha schaute sich um. »Aber … aber …«

»Das ist doch wunderbar, Mutti«, sagte Ruth erleichtert. »Wir gehen nachher ins Haus und machen weiter sauber. Alle Möbel, die noch zu gebrauchen sind, bringen wir dann hierher. Es ist ja genügend Platz.«

»Was meinst du mit: alle Möbel, die noch zu gebrauchen sind?«

Ruth sah ihren Vater an, er zuckte hilflos mit den Schultern, zum Glück traten in diesem Moment die Kaufmanns ein.

»Guten Tag«, sagte Elise, ihre Stimme klang gehetzt. »Habt ihr es schon gehört?«

»Was denn? Kommt, setzt euch erst mal.« Sofie holte noch zwei weitere Stühle aus dem Wohnzimmer, setzte neues Wasser für Kaffee auf.

»Doktor Blum ist verhaftet worden und etliche andere auch«, sagte Hermann. »Was machen die nur? Sie bringen unseren Rabbiner nach Dachau? Warum?«

»Ich habe heute mit ein paar Leuten gesprochen, Karl und ich waren auf dem Amt«, sagte Walter. »Musstest du nicht hin?«

»Vermutlich, aber wir haben die letzten Tage in unserer Kull verbracht – unsere Wohnung ist ja zerstört. Alles haben sie zertreten, eingeworfen, aufgeschnitten.«

»Und unter Wasser gesetzt«, murmelte Ruth.

»Nein, das zum Glück nicht«, sagte Elise. »Bei den Davids nebenan haben sie die Leitungen aus den Wänden gerissen –

aber wir wohnen ja mit *echten* Deutschen in einem Haus, denen wollte man wohl nicht den Wasseranschluss nehmen.«

»Wohnt ihr zur Miete?«, fragte Sofie.

Elise nickte. »Ja, zum Glück. Und ich denke, unser Vermieter ist versichert.«

»Macht euch keine Hoffnung.« Walter zog ein Schreiben aus der Jackentasche. »Es gibt ein neues Gesetz. Hier, lies selbst.«

Kaufmann las das Schreiben, wurde immer bleicher. »Wir sollen die Schäden aus eigener Tasche bezahlen? Und noch zwanzig Prozent als Sühneabgabe?«

Walter nickte. »Es wird Zeit, dass wir alle das Land verlassen.«

»Meine Eltern wollen nicht gehen«, sagte Elise leise. »Ich kann sie doch nicht hier zurücklassen.«

»Vielleicht ändern sie ja jetzt ihre Meinung. Meine Eltern wollen auch nicht auswandern, und das, obwohl ich für uns alle schon einen Auswanderungsantrag gestellt habe«, sagte Karl.

»Es ist ja nicht so einfach …«, sagte Hermann.

»Nein, das ist es nicht. Aber nun müssen die anderen Länder reagieren. Nach den Vorfällen des neunten Novembers muss die USA doch ihre Quote erhöhen. Wir haben einen Ausreisebescheid, aber er ist erst 1941 gültig, wenn das Kontingent so bleibt, wie es jetzt ist.«

»Das sind drei Jahre«, seufzte Elise. »Aber immerhin habt ihr schon eine Nummer. Wir haben gar nichts.«

»Ich habe Kontakt zu Freunden in Holland aufgenommen und versuche, dort Möglichkeiten zu finden«, sagte Hermann. »Ich wünschte, Rabbi Blum wäre noch da und könnte mit meinen Eltern reden.«

»Sie werden ihn bestimmt bald wieder nach Hause schicken und die anderen auch. Sie haben doch nichts verbrochen«, meinte Sofie. »Es gibt doch keinen rechtlichen Grund, sie festzuhalten.«

»Das Ganze war geplant«, sagte Karl düster. »Sie sagen zwar, dass es eine Reaktion auf den Tod von Rath war, aber das kann ich nicht glauben – in allen Städten Deutschlands haben die Synagogen gebrannt. Gleichzeitig. Und dann die Verhaftungen …«

»Habt ihr mal überlegt, wen sie verhaftet haben?«, sagte Walter nachdenklich. »Es sind nur Männer – Männer aus gutsituierten Familien. Soweit ich weiß, ist niemand von den Orthodoxen mitgenommen worden.«

»Die Orthodoxen aus dem Osten haben ja auch meistens kein Geld«, murmelte Martha.

»Ganz genau«, pflichtete ihr Walter bei. »Sie haben nur gutsituierte Männer verhaftet.«

»Und es sind auch nur Wohnungen und Häuser von Juden zerstört worden, die über ein gewisses Vermögen verfügen«, sagte Karl. »Und jetzt sollen wir dafür bezahlen – weil sie wissen, dass wir es können.«

»Du meinst, es war alles geplant?«, fragte Hermann. »Das Geschäft meines Bruders haben sie geplündert. Und das der

Davids auch. Und beide wurden verhaftet ...«, sagte Hermann stockend.

»Sie haben Wolfgang verhaftet?«, fragte Martha ungläubig. »Warum?«

»Es gibt keinen Grund, außer dass er Jude ist.«

»Doch«, sagte Karl. »Sie wollen uns aus dem Land haben – aber unser Eigentum wollen sie behalten. Das Geld und die Immobilien.«

»Wahrscheinlich brauchen sie es«, meinte Walter. »Die Staatskasse ist leer, und Hitlers Pläne sind teuer.«

»Es wird Krieg geben«, sagte Martha. »Es wird ganz sicher Krieg geben.«

Alle sahen sie schweigend an – die Gedanken lagen schwer im Raum.

»Was sollen wir bloß machen?«, unterbrach Martha mit Tränen in den Augen die Stille. »Es wird noch schlimmer werden, noch viel schlimmer.«

»Mutti, reg dich bitte nicht auf«, flehte Ilse. »Bitte. Du darfst nicht weinen.«

»Ilse hat recht«, sagte Ruth. »Wir müssen uns jetzt auf das konzentrieren, was unmittelbar vor uns liegt. Wir haben nur zwei Wochen, um das Haus wiederherzustellen. Dann müssen wir uns jetzt an die Arbeit machen.« Sie sah ihre Schwester an. »Kommst du mit? Wir schauen, welche Möbel noch repariert werden können. Und die müssen dann irgendwie hierhergebracht werden.«

Karl nickte. »Jakub kommt nachher und einige andere

auch. Ich habe mit Aretz die halbe Nacht gearbeitet. Wir haben die Fenster mit Brettern verkleidet und die Tür zusammengeflickt und wieder eingebaut – behelfsmäßig – aber immerhin. Hans kommt heute Abend nach der Arbeit wieder und hilft.«

»Mit eurem Aretz habt ihr wirklich Glück«, sagte Walter Gompetz.

Ruth stand auf. Sie konnte die Gespräche nicht mehr ertragen, ihr Kopf dröhnte, und die Angst drohte sie zu lähmen – dabei gab es so viel zu tun. »Kommst du, Ilse?«

Ilse sah zu Martha, die leise weinte.

»Mutti?«

»Ist schon gut«, sagte Sofie Gompetz. »Geh nur. Doktor Hirschfelder hat Beruhigungstabletten hiergelassen. Ich werde ihr eine geben und auf sie aufpassen.« Sie sah sich in der Küche um. »Nur werde ich euch nichts zu essen bringen können … es ist nichts mehr da.«

»Ich gehe einkaufen«, sagte Elise. »Und dann kochen wir zusammen und schmieren Stullen.«

»Ich muss in die Stadt und sehen, was mit dem Laden meines Bruders ist«, sagte Hermann.

»Dort sieht es furchtbar aus«, erzählte Ruth. »Wir sind an dem Geschäft vorbeigegangen. Die beiden Schaufenster waren eingeworfen. Irgendjemand hatte einen Davidstern auf die Fassade gemalt. Und ein Schild lag im Schaufenster: ›Dies ist nicht der Weg nach Jerusalem‹ stand darauf«, sagte sie. »Alle Schaustücke lagen auf der Straße – zerschlagen und zerstört.«

Hermann seufzte. »Furchtbar. Ich weiß gar nicht, wie ich meiner Schwägerin gegenübertreten soll. Aber wir müssen ihr helfen. Und dann schauen, was mit Wolfgang ist. Sie können ihn doch nicht in ein Konzentrationslager gebracht haben.«

»Warum nicht?«, fragte Walter. »Sie haben auch den Rabbi nach Dachau gebracht.«

»Wie so viele andere auch«, fügte Sofie hinzu.

Hermann schüttelte den Kopf. »Wolfgang ist nicht gläubig. Er hat sich nie in der Synagoge blicken lassen. Sie werden ihn freilassen, da bin ich mir sicher.«

»Ich werde zum Gemeindehaus gehen und hören, ob es noch mehr Informationen gibt. Vielleicht sollte man eine Liste anfertigen, welche Haushalte betroffen sind und Hilfe brauchen. Dann können wir uns besser organisieren«, sagte Walter.

»Das ist eine gute Idee.«

Ruth umarmte ihre Mutter. »Es wird alles gut werden. Irgendwie. Wir schaffen das schon, wenn wir nur alle zusammenhalten«, flüsterte sie ihr zu.

»Ach, Kind, es ist so schrecklich. So unglaublich furchtbar. Wir haben das nicht verdient.«

»Niemand hat so etwas verdient, Mutti«, sagte Ruth. »Und doch ist es so. Jetzt werden wir erst einmal aufräumen und dann weitersehen. Wir haben ja jetzt schon einmal eine Bleibe gefunden. Alles Weitere wird sich finden.«

»Ich weiß nicht, ob ich dafür die Kraft habe«, seufzte Martha.

»Du musst, Mutti. Wir brauchen dich doch.« Ruth schüttelte den Kopf. »Aber jetzt ruh dich erst einmal aus. Tante Sofie kümmert sich um dich.«

Ruth war froh, die Wohnung verlassen zu können. Sie nahm ihren Mantel und eilte die Treppe hinunter, zog den Mantel im Gehen an.

»Warte!«, rief Ilse ihr nach. »Warte doch.«

Aber erst an der Haustür blieb Ruth stehen, atmete tief durch.

»Was hast du denn? Musst du denn unbedingt so schnell weglaufen?«, fragte Ilse und knöpfte ihren Mantel zu. »Hast du es wirklich so eilig, zum Haus zu kommen?«

»Nein«, sagte Ruth. »Eigentlich nicht. Aber ich wollte nicht mehr hören, wie sie alle darüber sprechen, und ich konnte den Anblick von Mutti nicht mehr ertragen. Wenn ich sie so sehe, macht mich das traurig. Und Traurigkeit hemmt. Aber ich möchte etwas tun.« Mit energischen Schritten ging sie los.

Nachdem sie einige Minuten geschwiegen hatten, sagte Ilse leise: »Ich habe solche Angst.«

Ruth blieb stehen und sah ihre Schwester an. »Ich auch. Wovor hast du am meisten Angst?«

»Ins Haus zu gehen und all das Zerstörte zu sehen. Ich war dort immer so glücklich … Werden wir jemals wieder glücklich sein?«

»Ja!«, sagte Ruth grimmig. »Ja, wir werden wieder glücklich sein. Ich werde alles dafür tun.«

»Du bist siebzehn«, sagte Ilse skeptisch. »Was willst du denn schon tun?«

»Das weiß ich noch nicht, aber ich werde einen Weg finden. Erst einmal kümmern wir uns um das Haus, damit Vati es verkaufen kann. Dann machen wir die Wohnung der Gompetz irgendwie gemütlich, damit Mutti sich erholen kann. Und danach sehen wir weiter. Man muss einen Schritt nach dem anderen gehen, denn wenn man zu schnell läuft und nicht auf die Steine achtet, stolpert man.«

Ilse schob ihre Hand in die ihrer Schwester, Ruth drückte sie, hielt sie ganz fest – warm und weich fühlte sich das an. Vertraut. Wann waren sie das letzte Mal Hand in Hand gegangen? Es schien ewig her zu sein, dabei war es erst gestern gewesen.

Langsam gingen sie vom Bismarckplatz die Schlageterallee stadtauswärts. Alles sah so aus wie immer. Sie erreichten die Nummer 23, ihr Haus. Die Haustür stand zwar wieder, aber sie wirkte schief und war sichtbar beschädigt. Vati hatte Ruth gesagt, dass er abgeschlossen hatte. Langsam stieg sie die Stufen empor, zog den Schlüssel aus der Tasche und steckte ihn ins Schloss, die Tür klemmte, und sie musste sich mit der Schulter dagegenwerfen, bis sie mit einem lauten Quietschen endlich aufging. Es roch modrig im Haus, war kalt und immer noch feucht. Die Holzböden hatten sich verzogen, knarrten und knarzten bei jedem Schritt, und immer noch knirschten Scherben unter ihren Sohlen, dabei hatten sie gefegt und gefegt.

Es gab so viel zu tun, zwei Wochen hatte man ihnen dafür gegeben. Zwei kurze Wochen, dachte Ruth wütend. Damit es wieder schön aussieht, wenn das Rote Kreuz alles kontrolliert. Wo wir dann sind und was mit unseren Sachen ist, wird keinen interessieren, solange die Fassade stimmt. Aufgeräumt soll es sein, ohne sichtbare äußere Schäden, was aber mit unseren Seelen ist, das interessiert niemanden.

Die Wut stieg in ihr hoch.

»Es ist so dunkel hier«, sagte Ilse verzagt und sah zu den mit Brettern verrammelten Fenstern. »Können wir nicht das Licht anmachen?«

»Ich weiß nicht, ob es funktioniert«, meinte Ruth skeptisch. »Nicht, dass wir einen Schlag bekommen.« Dann sah sie die alten Petroleumleuchten im Flur stehen. Natürlich, Aretz und Vati hatten gestern Nacht ja auch Licht gebraucht, um hier arbeiten zu können.

Das warme Licht tat gut, schon sah alles nicht mehr ganz so schrecklich aus.

»Meinst du, sie waren noch einmal hier?«, flüsterte Ilse und ging lauschend zum Treppenhaus.

»Das sieht nicht so aus.« Ruth nahm eine der Lampen, ging die Treppe hoch und zum Esszimmer. Auch da waren die Fenster zugenagelt. Die Tür zum Wintergarten ebenfalls.«

»Was machen wir als Erstes?«

»Zuerst schauen wir in der Mansarde nach, ob die Sachen noch da sind«, sagte Ruth plötzlich entschlossen. »Man weiß ja nie.« Sie stapfte die Treppe hoch, trat extra laut auf, damit man sie hörte, falls irgendwo doch noch jemand war. »Bleib du unten, Ilse. Wenn etwas ist, rufe ich, und du rennst auf die Straße und schreist, so laut du kannst.«

»Warte!«, schrie Ilse. »Warte – ich höre Schritte. Lass mich nicht allein.« Panisch rannte sie hinter Ruth her. Die Eingangstür öffnete sich knarzend und mit einem lauten Ächzen.

»Ruth? Ilse?«, rief Karl. »Seid ihr schon hier?«

»Es ist Vati«, sagte Ilse erleichtert.

»Vati! Es ist so gruselig hier und so dunkel.«

»Ja«, antwortete Karl. »Das ist es. Ich habe schon mit dem Glaser telefoniert. Aber er hat viel zu tun.« Sein Lachen klang bitter. »Es gibt noch mehr Petroleumlampen im Herrenzimmer und in der Küche.«

»Die brauchen wir jetzt nicht alle«, entschied Ruth. »Ich muss oben in die Mansarde.«

»Was willst du denn dort?«, fragte Karl, aber Ruth hörte ihn schon nicht mehr, lief nach oben. Erleichtert stellte sie fest, dass der Schrank noch da stand, wo sie ihn hingeschoben hatte – vor der Tapetentür. Sie schob ihn zur Seite, im Kabuff war alles so, wie sie es verstaut hatte – das gute Geschirr ihrer Mutter, die gute Weißwäsche, ihre Gitarre, ihr Fotoapparat, ihre Tagebücher und die Fotoalben und einiges mehr. Erleichtert seufzte Ruth auf.

»Wie kommt Muttis gutes Geschirr hierher?«, fragte Karl, der ihr gefolgt war, verblüfft.

»Wir müssen die Sachen einpacken und zur Bismarck-straße bringen«, sagte Ruth, nachdem sie ihrem Vater alles erklärt hatte

Karl nickte. »Das wird das Beste sein. Kommt.« Er führte die Kinder in sein Arbeitszimmer im Souterrain. In dem Raum daneben waren seine Musterkoffer – stabile Koffer mit Fächern. »Was meinst du?«, fragte er Ruth. »Kann man die Koffer für den Transport gebrauchen?«

Es waren mindestens zwanzig. Ruth überlegte nur kurz. »Die große Kristallschüssel müssen wir separat wegbringen, aber für die Gläser und Teller sollte es passen. Aber wo be-kommen wir jetzt Zeitungspapier her, um alles einzuwi-ckeln?«

»Du hast doch auch die Bettlaken und Servietten und die andere Weißwäsche weggeräumt. Ein Teil war auch noch im Wandschrank – nass, aber unversehrt«, erinnerte Ilse sie. »Das haben wir auf dem Speicher zum Trocknen aufge-hängt.«

»Ja, richtig«, sagte Ruth. »Damit schlagen wir sogar zwei Fliegen mit einer Klappe – so können wir sowohl das Ge-schirr als auch die Wäsche mitnehmen.«

»Was aber machen wir mit den ganzen Schuhen?«, fragte Ilse.

»Schüttet sie aus. Und nehmt euch, was ihr haben möchtet, den Rest können wir in der Gemeinde verschenken«, sagte Karl mit rauer Stimme. Ruth nahm seine Hand und drückte sie.

»Ich habe meinen Beruf immer gern ausgeübt«, sagte er leise.

»Du wirst bestimmt wieder arbeiten können – nur nicht in Deutschland.«

»Ich hoffe es, Ruthchen. Ich hoffe es sehr.«

Ilse hatte schon angefangen, die verschiedenen Koffer zu öffnen und die Schuhpaare herauszunehmen. »Das sind alles Sommerschuhe«, sagte sie. »Davon können wir nichts gebrauchen.«

»Ilsekind«, sagte Karl, »auch nächstes Jahr wird es einen Sommer geben. Ich hoffe zwar, dass wir ihn nicht hier verbringen müssen, weiß es aber nicht. Du wächst im Moment wie Unkraut, also such die Sommerschuhe in einer Nummer größer aus.«

»Das stimmt. Sind denn auch noch Winterschuhe dabei? Meine Stiefel werden allmählich zu klein.«

Ruth hatte keinen Kopf für modische Dinge. Sie hatte das Gefühl, dass ihnen die Zeit im Nacken saß. »Wir nehmen erst einmal die Schuhe heraus und packen. Aussuchen können wir ja später immer noch, Ilse«, drängte sie ihre Schwester. Sie leerte zwei Koffer, nahm sie und ging zur Treppe.

»Du bist plötzlich so anders, so … hart«, sagte Ilse verzagt.

Ruth schaute zum Fenster hinaus. Es hatte begonnen zu schneien, ein leichter Schneeregen, typisch für den Niederrhein. Oder war es doch wieder nur Asche, die vom Himmel fiel? Wurden wieder Häuser angezündet?

»Ilschen, ich muss jetzt so sein. Wir müssen das hier erledigen.« Sie zeigte um sich. »Tun wir es nicht, wird alles nur schlimmer und schlimmer und schlimmer. Wenn man nur abwartet, verändert sich alles um einen herum, aber nicht immer zum Besseren, das hast du jetzt doch gesehen. Vati und die anderen haben so lange nichts getan, weil sie geglaubt haben, dass sich all der Hass gegen uns wieder legen wird. War das so?«

Ilse schüttelte den Kopf. »Nein«, murmelte sie.

»Siehst du. Und ich glaube nicht, dass es schnell wieder besser wird. Wir müssen versuchen, so viel wie möglich zu retten. Diese Dinge …«, sie zeigte auf das Kabuff, »sind alles, was wir noch haben.«

Bis zum Mittag hatten sie sieben Musterkoffer gepackt – darin waren das gute Geschirr, die gute Weißwäsche, der Schmuck, den die Nazis nicht gefunden hatten. Das Silber, das versteckt gewesen war. Sie hatten die geretteten Fotoalben eingepackt, ein paar Bücher, die es überstanden hatten und die ihnen wichtig waren.

Im Untergeschoss hatten sich die Helfer versammelt, die Männer trugen Möbelstücke nach draußen.

»Wir haben Sachen gepackt«, sagte Ruth zu Jakub, der wieder mit dem Pritschenwagen gekommen war. »Koffer. Sie sind schwer und müssen nur um die Ecke zur Bismarckstraße.«

»Für solchen Firlefanz habe ich jetzt keine Zeit, Mädchen«, sagte Jakub.

»Aber die Koffer sind schwer …«

»Das Leben ist schwer«, sagte er. »Aber Arbeit ist keine Schande.« Dann lud er den kaputten Esstisch auf den Pritschenwagen und nahm von einem der Helfer noch zwei Eimer voller Scherben entgegen.

Ruth stellte die Koffer in die Ecke, ging in das Wohnzimmer, das ganz anders aussah – so leer und durch die Bretter vor den Fenstern ganz dunkel. An der einen Seite standen ein paar Stühle, der Küchentisch, zwei Sessel und ein Schränkchen. Karl brachte gerade ein zweites Schränkchen herein.

»Schaut bitte in euren Zimmern, was an Möbeln noch zu gebrauchen oder zu reparieren ist«, sagte er.

»Wir haben Koffer gepackt. Aber wir sind noch nicht fertig.«

»In einem Tag werden wir das auch nicht schaffen«, sagte Karl.

Ruth seufzte, dann ging sie nach oben. Dort stand schon Ilse vor der Tür zu ihrem Zimmer.

»Ist etwas?«, wollte Ruth wissen.

»Ich trau mich nicht, die Tür zu öffnen …« Tränen liefen ihr über die Wangen. »Eigentlich möchte ich mein Zimmer so in Erinnerung behalten, wie es war.«

»Ja, verstehe ich«, sagte Ruth und nahm sie in den Arm. »Es hilft aber nichts. Was wir retten können, müssen wir retten.« Energisch öffnete sie die Tür und nahm die Petroleumlampe, die sie von unten mitgebracht hatte. Auch hier roch es feucht, und es war eisig kalt und dunkel. Ruth hielt die Lampe hoch. Die Scherben hatte sie schon gestern beseitigt, genauso wie die zerschnittene Matratze und den Unrat. Dennoch sah es aus, als wäre ein Sturm durch das Zimmer gefegt.

Ilse war in der Tür stehen geblieben, schluchzte leise. »Schau, den Einbauschrank neben deinem Bett haben sie gar nicht entdeckt.« Ruth öffnete die Tür. Hier war die Wäsche ihrer Schwester verstaut gewesen, aber auch Spielzeug und andere Dinge. »Sieh nach, was du unbedingt brauchst.«

»Es ist alles meines, ich brauche alles«, sagte Ilse.

»Nun gut«, seufzte Ruth. »Wenn du meinst.«

»Was sollte ich denn zurücklassen?«

»Altes Spielzeug vielleicht. Oder Sachen, die dir eh in den nächsten Wochen zu klein werden. Sommersachen brauchst du gar nicht erst mitzunehmen, im nächsten Sommer werden sie nicht mehr passen.«

»Aber sie gehören doch mir!«, sagte Ilse trotzig. »Und wenn sie mir nicht mehr passen, kann ich sie ja immer noch weitergeben.«

»Das ist richtig, aber wir müssen nicht alles in die Bismarckstraße schleppen und dann dort aussortieren, Ilschen. Es wird jetzt schon schwer genug sein, alles hinüberzubringen.«

Ilse nickte. »In Ordnung, ich mache Stapel – Dinge, die ich behalten will und noch gebrauchen kann, Dinge, die noch gut sind, die ich aber nicht mehr brauche, und Dinge, die kaputt sind.«

»Das klingt nach einem famosen Plan. Dann mache ich drüben weiter.«

Ilses Unterlippe zitterte. »Nein, bitte lass mich nicht allein. Geh nicht.«

Ruth verdrehte die Augen, dann aber sah sie in das verängstigte Gesicht ihrer Schwester. »Na gut«, sagte sie. »Fang du mit dem Schrank an, und ich schaue nach den Möbeln.«

Ilses Schreibtisch stand kopfüber in der Ecke. Ruth richtete ihn auf. Er schien noch weitestgehend intakt zu sein, von einigen Kratzern abgesehen. Das eine Bein wackelte etwas, aber das konnte man sicher wieder fixieren. Auch der Schreibtischstuhl schien noch heil zu sein. Ruth stellte beides neben die Tür. Danach besah sie sich das Bett. Alle Betten im Haus hatten ein großes Kopfteil, das in die Wandvertäfelung eingelassen war. Es gab eine Aussparung wie ein rechteckiges Regalfach direkt in der Wand. Darin hatte Ilse ein paar Bücher und aus Glas geblasene bunte Vögel aufbewahrt – natürlich waren diese zu Bruch gegangen. Nun, da die Matratze nicht mehr im Bettgestell lag, konnte Ruth sehen, dass das Bett an das Kopfteil an der Wand nur angeschraubt war. »Das muss sich Aretz anschauen«, murmelte sie. »Wenn das überall so ist und die Betten dennoch stabil stehen, können wir sie mitnehmen.«

»Mädchen, kommt essen!« Es war Sofie Gompetz, die von unten rief.

»Ich habe gar keinen Hunger«, seufzte Ilse und hielt ihren

alten Stoffbären, den sie unter der Kommode gefunden hatte, an sich gepresst. »Sie haben meinen Teddy kaputt gemacht.« Wieder traten ihr Tränen in die Augen.

»Zeig her«, sagte Ruth und nahm den Teddybären. Ihm fehlte ein Arm. »Ist der Arm noch da?«

Ilse nickte und gab ihn Ruth. »Das kann ich wieder annähen«, meinte Ruth schon nach dem ersten Blick. Dann sah sie ihre Schwester an. »Ich weiß, dass du keinen Hunger hast, dass dir das alles auf den Magen schlägt. Es geht mir ja nicht anders. Aber wir müssen versuchen, bei Kräften zu bleiben. Wir müssen stark sein. Für Mutti und Vati und auch für uns.«

»Aber wenn ich nicht so stark bin wie du?«

»Doch, das bist du, und nun komm.« Sie zog ihre Schwester mit sich nach unten. Sofie hatte wieder einen großen Eintopf gekocht.

»Hast du den Bollerwagen dabei?«, fragte Ruth. »Ich habe Koffer gepackt – mit Geschirr und Wäsche. Es ist zu schwer, um alles zu tragen. Kann ich mir den Wagen ausleihen?«

»Natürlich, Ruth. Aber gibt es denn keine andere Möglichkeit? Hat keiner mehr ein Automobil und kann dich und die Koffer zu uns fahren?«

»Die meisten, die ein Automobil haben, sind verhaftet worden. Und die anderen helfen in der Gemeinde, so gut es geht. Es gibt momentan Dinge, die wichtiger sind als unsere Koffer und das Geschirr«, sagte Karl.

»Mit dem Bollerwagen wird es gehen. Es ist ja nur um die

Ecke, ich muss einfach nur ein paarmal gehen«, sagte Ruth und trug einen der Koffer nach unten.

»Du musst doch erst etwas essen, Kind«, rief Sofie ihr nach.

»Das mache ich, wenn ich wiederkomme«, versprach Ruth. Sofie hatte den Topf in Decken gewickelt, damit er nicht auskühlte. Eine der Decken lag noch auf dem Wagen, und Ruth legte sie über den Koffer, zog dann den Bollerwagen zur Bismarckstraße.

Gretel, eine weitere Freundin aus der Gemeinde, öffnete Ruth die Tür, half ihr, den Koffer nach oben zu tragen.

»Wie geht es Mutti?«, fragte Ruth leise.

»Im Moment schläft sie. Ich habe angeboten hierzubleiben, aber wenn Sofie gleich wieder da ist, komme ich zu euch und helfe. Oder ich gehe zu Elise und Hermann – oder zu Gerta und Hans … ah, es sind so viele, die betroffen sind. Wir haben Glück gehabt, dem Himmel sei Dank.«

»Danke, dass du auf Mutti achtest«, sagte Ruth und zwang sich zu einem Lächeln.

»Willst du nicht hereinkommen?«

Ruth schüttelte den Kopf. »Ich habe noch mehr Koffer.«

Kapitel 5

Ruth machte sich auf den Weg zurück in die Schlageterallee. Das Realgymnasium am Moltkeplatz und das Lyzeum
an der Moerser Straße hatten Unterrichtsschluss, und nun
strömten die Schülerinnen und Schüler auf die Straßen und
zu den Tramhaltestellen. Viele trugen die Uniformen des
BDM und der HJ – mehr noch als in der Woche zuvor, schien
es Ruth. Sie überlegte kurz, ob sie besser wieder zurück-
ging, aus Furcht, die Schüler könnten sie anpöbeln. Dann
entschied sie sich jedoch dagegen. Sie würde sich in der
nächsten Zeit ja nicht immer nur verkriechen können, wenn
Leute auf der Straße waren. Am Bismarckplatz hatte sie etwas Mühe, durch die Wartenden an der Haltestelle zu kommen, aber niemand nahm Notiz von ihr. Erleichtert bog sie
auf die Schlageterallee ein. »Ruth? Bist du das, Ruth?«,
hörte sie auf einmal eine Stimme hinter sich. Die Stimme
klang dünn und im ersten Moment fremd. Ruth senkte den

Kopf und beschleunigte ihren Schritt, ohne sich umzudrehen.

»Ruth! Ruth Meyer! Warte doch. Ich bin es, Rosi.«

Abrupt blieb Ruth stehen. Rosi war ihre ehemals beste Freundin. Sie waren gemeinsam ins Lyzeum gegangen, hatten viele Nachmittagsstunden miteinander verbracht. Erst als Ruth letztes Jahr das Lyzeum verlassen musste, weil Juden dort nicht mehr unterrichtet werden durften, war der Kontakt abgebrochen, denn Ruth hatte ihre Ausbildung auf einer jüdischen Schule in Bayern fortgesetzt. Seitdem sie wieder zu Hause war, hatten sich ihre Wege nur selten gekreuzt. Immer wieder hatten sie versprochen, sich doch bald wieder zu verabreden. Doch Juden durften weniger und weniger am gesellschaftlichen Leben teilnehmen. Der Besuch des Schwimmbads, des Lichtspielhauses und anderer öffentlicher Orte, ja sogar eines Cafés war ihnen verboten.

Ruth drehte sich um, Rosi lief auf sie zu, blieb erst kurz vor ihr stehen.

»Du lebst! Du lebst wirklich!«, sagte Rosi atemlos. »Oh, ich bin so froh.« Sie fiel ihrer Freundin um den Hals. »Ich habe mir solche Sorgen gemacht.«

Ruth schluckte. »Wieso?«, fragte sie.

»Ich kann nicht mehr schlafen seit jener Nacht. Keiner wusste, wo ihr wart und was mit euch passiert ist, es war ja alles so schrecklich.«

»Ich verstehe nicht …« Ruth sah sich um. »Wir können nicht hier auf der Straße stehen bleiben. Komm mit.«

Ohne zu zögern, folgte Rosi ihrer Freundin in deren Haus. Mittlerweile hatten sich alle im Wohnzimmer versammelt und aßen. Ruth lief das Wasser im Mund zusammen, obwohl sie fünf Minuten vorher geschworen hätte, dass sie keinen Hunger habe. »Magst du auch?«, fragte sie ihre Freundin und reichte ihr einen Teller.

»Wer ist das?«, fragte Sofie mit heiserer Stimme. »Ich kenne das Mädchen nicht, und ich kenne alle Mädchen aus der Gemeinde.«

»Das ist Rosi«, sagte Lotte, die auch wieder zum Helfen gekommen war. »Rosi Sanders.«

»Es ist die Tochter von Richards Chauffeur – sie wohnen bei ihm in der Villa«, erklärte nun Karl. »Setz dich, Rosi. Wie ist es euch ergangen? Wie geht es Richard und seinem Bruder?«

Rosi sah sich verschüchtert um. »Vielleicht sollte ich besser gehen«, sagte sie.

»Iwo. Nimm dir zu essen, und erzähl«, sagte Lotte und zog Rosi auf den Stuhl neben sich.

»Waren sie auch bei euch, bei Merländer?«, wollte Karl wissen.

Rosi atmete tief ein, nickte dann. »Mein Zimmer liegt im Erdgeschoss. Es geht zur Straße hinaus. Ich habe sie gehört … als sie kamen, als sie in euer Haus einbrachen.« Sie sah Ruth an, Tränen standen ihr in den Augen. »Sie haben gesungen und ihre Parolen geschrien. Dann sind sie rein.« Rosi schluckte. »Tante Lisa wurde ganz nervös. Man hörte das Gegröle der Männer und das Zersplittern der Scheiben – es waren furchtbare Geräusche, so voller Gewalt. Es klang, als ließen sie nicht einen Stein auf dem anderen.«

Rosi senkte den Kopf. »Tante Lisa hat Onkel Richard gefragt, was sie denn nun tun sollten, aber er hat ihr gesagt, dass wir uns keine Sorgen machen müssten, uns und ihm werde nichts geschehen, da war er sich sicher.« Nun stellte sie den Teller auf den Boden, ihre Hände zitterten. »Aber … er hat sich getäuscht. Als sie bei euch fertig waren, kamen sie wieder rufend und grölend über die Straße … zu uns. Ich … ich … ich habe mich im Schrank versteckt, ich hatte solche Angst.« Sie stockte.

»Haben sie die Haustür bei euch aufgebrochen?«

Rosi schüttelte den Kopf. »Tante Lisa hat sie aufgeschlossen. Sie hatte Angst, hat gedacht, wenn sie gewaltsam eindringen, wird es noch schlimmer«, wisperte sie.

»Und dann?«, fragte Ruth. »Ist euch etwas passiert?«

»Nein«, sagte Rosi. »Die Braunen sind schnurstracks nach oben.«

»Woher wussten sie, dass Merländer oben wohnt?«, fragte Ilse nun nach. »Warum haben sie nicht erst unten alles durchsucht?«

»Sie wussten es eben. Da war ein Mann, der hat sie direkt nach oben geführt.«

»Theißen?«

Rosi senkte den Kopf. »Ich weiß nicht, ich hatte mich ja im Schrank versteckt.«

»Und dann?«

»Dann … dann …«, Rosis Stimme wurde merkwürdig hoch und leise. »Dann haben sie Onkel Richard und Onkel Karl aus ihren Zimmern in der Mansarde geholt und hinunter ins Wohnzimmer gebracht.«

Ruth schloss die Augen. Die Villa Merländer war schon immer ein Sehnsuchtsort für sie gewesen – vermutlich deshalb, weil sie so anders war als ihr Elternhaus. Merländer hatte die Wände von einem Künstler – Heinrich Campendonk – mit wunderbaren Bildern bemalen lassen. Oft hatte Ruth sie staunend betrachtet und jedes Mal ein neues, anderes Detail entdeckt. Doch Campendonk gehörte zu den ersten Künstlern, die als entartet eingestuft wurden. Aus Furcht vor den Nazis hatte Merländer die Fresken und Wandbilder schon bald überstreichen lassen.

Richard Merländer war Stofffabrikant. Er hatte eine große Fabrik gehabt, in der Muster entworfen und Stoffe bedruckt worden waren. Stoffe, die die Mode in Europa seit Jahren prägten. Die Fabrik hatte er 1936, nach der Olympiade und nachdem Hitler die Nürnberger Gesetze mit noch härterer Linie durchgesetzt hatte, verkauft. Seitdem lebte er von der Rendite, besuchte gern seine Freunde in Berlin und spielte – Karten und Glücksspiel waren schon immer seine Leidenschaft gewesen.

Ruth hatte Rosi kennengelernt, als Karl das Haus in der Schlageterallee gebaut hatte. Schnell waren sie Freundinnen geworden. Die pompöse Villa Merländer hatte Ruth immer fasziniert, vor allem aber reizten sie die Seiden- und Samtstoffe. Merländer war großzügig, und die beiden Mädchen bekamen immer wieder alte Musterbücher und Musterstoffe geschenkt. Sie konnten damit tun, was sie wollten. Ruth liebte es, zu nähen, Oma Minnie hatte es ihr beigebracht. Sie liebte die feinen Stoffe, den weichen Samt und das feste Leinen. Nähen wurde zu ihrer großen Freizeitbeschäftigung.

Die Merländers waren Juden von Geburt, aber weder Richard noch sein älterer Bruder Karl, der seit ein paar Jahren bei ihm wohnte, hatten jemals einen Fuß in die Krefelder Synagoge gesetzt. Sie feierten keinen Sabbat, aßen nicht koscher und pflegten keinerlei jüdische Traditionen. Sie hatten sich immer neutral verhalten und machten sich keine großen Sorgen wegen der Nationalsozialisten.

Doch in den Augen der Nazis hatte Onkel Richard, wie Ruth ihn nennen durfte, einen großen Makel – er liebte Männer und unterstützte seinen Freund in Berlin, dem er ein kleines Geschäft gekauft hatte. Die beiden Männer waren sehr diskret, dennoch hatte es immer wieder Gerüchte gegeben. Merländer war Jude und homosexuell – zwei Gründe, um die Nazis gegen sich aufzubringen.

Ruth schluckte und ahnte Fürchterliches. Hatte nicht Luise Dahl gesagt, dass die Nazis noch in den Morgenstunden in der Villa gegrölt und gehaust hatten? Sie schloss die Augen.

Bitte, bitte, bitte, dachte sie, die Nazis können doch diesen zwei alten, harmlosen, freundlichen, großherzigen Männern nichts angetan haben. Bitte nicht.

»Es hat Stunden gedauert«, sagte Rosi kaum hörbar. »Es war schrecklich. Ihre Stiefel knallten auf dem Parkett im Wohnzimmer über uns, sie brüllten und lachten – ein fieses, gemeines Lachen.« Rosi stockte, schluchzte. »Sie ließen die beiden Übungen machen …« Ihre Stimme verstummte.

»Was für Übungen?«, fragte irgendjemand nach einer Weile nach.

»Turnübungen. Sie mussten auf einen Stuhl klettern, dort mussten sie sich vorbeugen und ihre Zehen anfassen … sie sollten Liegestütze machen. Peitschen knallten, und Onkel Richard und Onkel Karl haben geweint und geschrien. Es war ganz furchtbar. Ich habe in meinem Zimmer gesessen, die Anweisungen und das Gelächter der Braunen gehört. Meine Mama war bei mir, hielt mich fest. Sie sagte immer nur: »Wir können nichts tun, wir können nichts tun. Sonst tun sie uns etwas.«

»Und ihr?«, fragte Luise nach. »Ihr habt nichts unternommen? Dein Vater? Deine Tante?«

Rosi schüttelte den Kopf. »Nein, nichts. Wir hielten uns die ganze Zeit versteckt. Wir hatten Angst, wir hatten solche Angst, dass wir als Nächstes dran wären.«

»Aber … ihr seid nicht weggelaufen«, stellte Ruth trocken fest. »Ihr seid im Haus geblieben. Ich wäre ja weggelaufen, wenn ich solche Angst gehabt hätte.«

»Tante Lisa sagte, sie wolle da sein, wenn die Nazis weg seien …«

»Warum?«

»Um zu helfen.« Alle sahen das Mädchen an, die Gesichter voller Erschütterung, aber auch voller Anklage.

»War es dann nicht zu spät?«, fragte Jakub leise nach. »Und wenn sie nicht mehr gelebt hätten …?«

Rosi riss die Augen auf. »Wir hätten doch nichts tun können. Es waren so viele …«

»Hat deine Tante die Polizei verständigt?«

Rosi nickte. »Sie hat angerufen, aber auf der Wache haben sie gesagt, dass man nichts machen könne.«

»Das habe ich jetzt schon mehrfach gehört«, sagte Horst Birnbaum, der auch zum Helfen gekommen war. »Die Polizei ist nicht eingeschritten, wo es um Juden ging. Nirgendwo.«

»Was ist mit Richard und Karl?«

»Beide sind krank. Onkel Karl geht es besonders schlecht. Gestern endlich hat mein Vater ihn in ein Krankenhaus in Meerbusch bringen können. In Hüls, in der Stadt, und in Uerdingen wollten sie ihn nicht behandeln. Sie nehmen keine Juden mehr auf.«

»Was?«, fragte Karl entsetzt. »Sie wollten ihn nicht aufnehmen? Was hat er denn? Ist er verletzt?«

Rosi schüttelte den Kopf. »Er ist zusammengebrochen. Und ist seitdem völlig verändert. Und er hat große Schmerzen. Was es genau ist, weiß ich nicht. Beide hatten Schrammen und Blessuren, aber nichts, was so schlimm war, dass sie es nicht überstehen könnten, sagte Tante Lisa. Sie hat sich direkt um die beiden gekümmert, als die Braunen aus dem Haus waren.«

Alle schwiegen erschüttert.

»Dass sie Merländer auch …«, sagte Jakub. »Das hätte ich nicht gedacht.«

»Er war nie Teil der Gemeinde.«

»Er ist Jude von Geburt«, sagte Sofie. »So wie wir alle. Wir können es nicht ablegen, selbst wenn wir konvertieren. Es ist nicht der Glaube, den dieser Mann aus Österreich hasst, es ist unsere Rasse.«

»Ja«, sagte Jakub verächtlich, »die Rasse. Als ob es eine jüdische Rasse gäbe.« Er stand auf, stellte den fast blitzsauberen Teller auf den kleinen Resopaltisch. »Und nun wird diese sogenannte jüdische Rasse all die Schäden beseitigen, die die Arier angerichtet haben.« Er spuckte aus. »Diese Schmocks, diese elendigen.«

Rosi putzte sich die Nase, sie war immer noch sehr blass, wirkte unsicher. »Ich bin froh, dass es euch gutgeht«, sagte sie leise zu Ruth. »Aber schrecklich, wie es hier aussieht. In der Villa haben sie nur einige Möbel zertrümmert – die lassen sich reparieren, sagt Papa.«

»Das ist erst der Anfang«, meinte Ruth bedrückt und begleitete ihre Freundin zur Tür.

»Ich hoffe nicht. Im Radio haben sie gesagt, dass diese Ausschreitungen spontan entstanden seien und sie missbilligt wurden.«

»Und deshalb hat die Polizei auch alles getan, um die Krawalle einzudämmen«, antwortete Ruth bitter. »Deswegen …«, sie unterbrach sich. Ihr wurde plötzlich bewusst, dass Rosi arisch war. Auf einmal trennten sie Welten: Die Sanders waren, obwohl zu Hause, nicht behelligt worden. Wären die Meyers zu Hause gewesen, wer weiß, was die Braunen dann mit ihnen gemacht hätten. Also sagte sie nur: »Richte Onkel Richard und Onkel Karl gute Besserung aus.« Lange sah sie Rosi nach, wie sie über die Straße und zur Villa ging. Dies war kein normaler Abschied, das wusste sie.

Ruth kehrte, wischte, sortierte und packte, nachdem sie die letzten Koffer in die Bismarckstraße gebracht hatte. Am Abend tat ihr wieder jeder Muskel weh. Sie war ein halbes Jahr in einer jüdischen Schule in Bayern gewesen, dort hatte sie Haushaltsführung, Nähen, aber auch Tierhaltung gelernt. Sie hatte Kühe und Ziegen gemolken, Ställe ausgemistet und die Eier der Hühner eingesammelt. Das war anstrengend gewesen, aber mit dem, was sie im Moment durchlebte, war es nicht vergleichbar. Es war nicht die harte körperliche Arbeit, die ihr zu schaffen machte, es waren die seelischen Belastungen, die sie so gut wie möglich zu verdrängen versuchte.

Am Abend ging sie zusammen mit Ilse zur Bismarckstraße.

»Wie sieht es zu Hause aus?«, fragte Martha, die im Wohnzimmer schon auf sie gewartet hatte, leise.

»Es wird«, antwortete Ruth ausweichend und nahm sich eine Scheibe Brot mit Käse, die Sofie auf einer Platte angerichtet hatte. Sie wollte nicht mit ihrer Mutter reden, sie wusste nicht, was sie ihr hätte sagen sollen. Außerdem sehnte sie sich nach einem heißen Bad, einem Moment Ruhe und dann nach ihrem Bett.

»Nun rück schon raus«, sagte Martha und klang verletzt. »Ilse, magst du mir mehr erzählen?«

Ilse trank langsam von dem Tee, den Sofie gekocht hatte. »Wir haben viel getan, Mutti«, sagte sie nachdenklich. »Aber wir sind noch lange nicht fertig.«

»Was habt ihr denn gemacht?«

»Nun quäle die Kinder nicht so, Martha«, warf Sofie ein und setzte sich zu ihnen an den kleinen Tisch.

»Ich habe das Gefühl, dass ihr mir alle etwas verheimlicht. Aber das ist egal.« Sie straffte die Schultern. »Morgen werde ich in die Schlageterallee gehen und mir alles selbst anschauen.«

Entsetzt sah Ruth Tante Sofie an, und auch Ilse schüttelte nur den Kopf.

Sofie Gompetz räusperte sich, warf Ruth einen langen Blick zu, nickte dann. »Martha, deine Kinder wollen dich nur schonen. Sie meinen es nicht böse.«

»Schonen?«

»Ja, Martha, sie wollen dich beschützen.«

»Aber wovor denn? Es ist doch alles schon passiert. Ich muss doch endlich wissen, wie es dort aussieht und wann wir das Haus wieder beziehen können.« Sie sah zu Ruth. »Ich verstehe auch nicht, warum ihr Koffer um Koffer hierherbringt. Wir müssen das alles schlussendlich wieder zurückschleppen. Das ist doch doppelte Arbeit.«

Ruth schob den Teller zur Tischmitte. Sie schloss kurz die Augen, dann sah sie ihre Mutter an. »Wir werden nicht zurückkehren, Mutti. Niemals. Das Haus ist für uns verloren. Hast du nicht gehört, was Vati heute Morgen gesagt hat? Wir müssen es verkaufen.«

»Das kann er nicht ernst gemeint haben. Ich habe den ganzen Tag darüber nachgedacht. Er steht unter Schock, er kann das nicht so meinen. Es ist doch unser Zuhause.« Verwirrt sah sie sich um. »Hier in dieser leeren Wohnung können wir nicht bleiben. Und ich habe Radio gehört heute. Den ganzen Tag. Immer wieder wurde gesagt, dass die Taten von Einzelnen begangen worden sind – es war keine Maßnahme der NSDAP. So etwas würde der Staat nie zulassen. Wir haben hier in Krefeld einfach nur Pech gehabt.«

Entsetzt schaute Ruth zu Tante Sofie.

»Liebe Martha«, sagte Sofie ganz ruhig. »Natürlich behaupten sie das. Aber kann es wirklich sein, dass in jeder Stadt zur gleichen Zeit Einzeltäter unterwegs waren? Die alle unabhängig voneinander jede Synagoge angezündet haben? Und die gezielt die Häuser der wohlhabenden Juden zerstörten? In Düsseldorf, München, Berlin, Hamburg, Bremen, Krefeld und in vielen anderen Städten? Einzeltäter?«

Sie stand auf und legte den Arm um ihre Freundin. »Das waren angeordnete Aktionen der NSDAP. Es nützt nichts, die Augen davor zu verschließen. Und in euer Haus könnt ihr nicht mehr zurück, das haben wir doch schon heute Morgen besprochen. Ihr könnt bis August hierbleiben. In dieser

Wohnung. Aber ihr müsst zusehen, dass ihr auch das Land verlasst – so wie wir.«

Entsetzt sah Martha sie an, dann stand sie auf. »Entschuldigt mich«, sagte sie mit zitternder Stimme. »Ich muss allein sein und nachdenken.« Schritt für Schritt, einen Fuß vor den anderen setzend, verließ sie die Küche, schloss die Tür hinter sich. Dann fiel die Tür zum Schlafzimmer zu.

»Wird Mutti verrückt?«, fragte Ilse flüsternd und voller Entsetzen.

Sofie schüttelte den Kopf. »Ich glaube, die Tabletten, die Doktor Hirschfelder ihr gegeben hat, machen sie nur etwas verwirrt. Das wird sich wieder geben.«

»Und wenn nicht?«

»Doch, das gibt sich wieder«, sagte Ruth pragmatisch und tätschelte den Arm ihrer Schwester, dann zog sie den Teller mit den Käsebroten wieder zu sich, nahm eine Scheibe und biss herzhaft hinein. »Mutti wird lernen müssen, mit der neuen Situation umzugehen.«

»Du klingst so hart«, sagte Ilse leise, Tränen standen ihr in den Augen.

Ruth hielt inne, sah ihre Schwester an. »Entschuldige bitte«, sagte sie nachdenklich. »Ja, du hast recht, ich klinge hart.«

»Und das ist richtig so.« Tante Sofie stand auf, holte eine kleine Flasche aus dem Schrank. »Du musst stark sein. Dazu gehört auch ein wenig Härte. Martha kann das nicht. Ich liebe sie, als wäre sie meine Schwester, aber wenn Situationen schwierig werden, ist sie wie das Kaninchen vor der

Schlange. Sie kann nicht reagieren. Aber wir brauchen jetzt Menschen, die das Schicksal in die Hand nehmen – und ihr beide, ihr seid solche Menschen. Ihr müsst die anderen retten, die, die es nicht können.«

»Ich kann die Welt nicht retten«, sagte Ruth auf einmal verzagt.

»Das musst du auch nicht – aber dich und deine Familie. Das ist jetzt deine Aufgabe.«

»Aber wie, Tante Sofie? Wie soll ich das machen?«, fragte Ruth verzweifelt. »Ich bin siebzehn, ich habe keinen wirklichen Schulabschluss, keine Ausbildung. Was soll ich denn tun?«

»Wir werden zusammen einen Weg finden, meine Süße. Du bist ja nicht allein.«

Ruth senkte den Kopf, ließ die Schultern fallen. »Alles, was ich eigentlich will, ist ein heißes Bad und dann ein Bett. Ich will nicht die Verantwortung für meine Familie übernehmen müssen.«

»Ein heißes Bad, natürlich!« Sofie sprang auf. »Ich werde den Ofen anheizen. Warum solltet ihr nicht baden? Noch haben wir hier die Möglichkeit.« Sie sah Ruth an. »Du hast doch einige Koffer mitgebracht, hast du saubere Sachen darin? Dann such sie schon mal heraus. Handtücher habe ich noch.«

»Darf ich dann auch baden?«, fragte Ilse schüchtern.

»Aber sicher, mein Kind. Wenn ihr wollt, könnt ihr auch hier schlafen. Auf dem Dachboden sind noch Matratzen, und Decken haben wir auch noch.«

»Ich würde lieber wieder zu den Aretz gehen«, sagte Ruth. »Eigentlich jetzt sofort, bevor es wirklich Nacht ist. Ich hoffe, du bist nicht böse.«

Sofie seufzte. »Nein, ich bin nicht böse. Aber erst einmal geht ihr baden, und dann sehen wir weiter. Allein geht ihr beide nicht durch die Stadt zu dieser Stunde, das erlaube ich nicht.«

Dann ging sie ins Badezimmer und heizte den Ofen an.

»Wird Mutti wieder gesund?«, fragte Ilse Ruth flüsternd.

»Ja.«

»Aber wie?«

»Wir müssen das Land verlassen, Ilse, das ist der einzige Weg. In Deutschland haben wir keine Zukunft mehr.«

Ilse senkte den Kopf. »Aber ich will nicht nach Palästina.«

»Ich auch nicht«, gestand Ruth. »Egal, wie toll es Onkel Berthold findet. Ich weiß nicht, ob ich da leben könnte.«

»Aber du warst doch in Wolfratshausen, in einem Heim der Hachscharah …«

»Und?«, fragte Ruth.

»Die Heime der Hachscharah sind doch dazu gedacht, dass man die Jugendlichen auf das Leben in Palästina vorbereitet. Und du hast ein Visum für Palästina, genauso wie Großmutter Emilie.«

»Was heißt das schon?«

»Ich dachte immer, du bist nach Wolfratshausen gegangen, um dich auf Palästina vorzubereiten …«

Ruth schüttelte den Kopf. »Den Platz dort habe ich sicherlich bekommen, weil ich das Visum hatte – aber der Plan war nie, dass ich allein nach Palästina gehe – oder mit Großmutter Emilie.« Sie zog eine Grimasse. Ein Lächeln stahl sich auf Ilses Gesicht. »Das wäre für mich undenkbar. Ich gehe ohne euch nicht weg! Niemals.«

»Aber wir haben kein Visum bekommen ...«

»Genau. Und deshalb ist Palästina für mich keine Alternative. Es muss und wird einen anderen Weg geben.« Ruth klang entschlossener, als sie sich fühlte.

»Das Wasser ist heiß«, sagte Sofie, die wieder in die Küche kam. »Du kannst gleich baden. Ich lasse das Wasser schon mal ein.«

Ruth sprang auf. Zum Glück fand sie schnell einen Koffer, in dem saubere und trockene Wäsche von ihr war.

»Oje«, sagte sie und schaute über die Koffer und Kisten. »Wir haben alles wahllos eingepackt. Da werden wir tagelang sortieren und räumen müssen.«

Sofie nahm sie in den Arm, drückte sie an sich. »Ein Schritt nach dem anderen.«

»Es sind so viele Schritte, und kein Ende ist in Sicht. Und ich weiß noch nicht einmal, wohin uns der Weg führen wird.«

»So ist das im Leben. Auch wenn man denkt, der Weg ist immer gerade und führt mich, gibt es urplötzlich eine Gabelung. Man muss sich entscheiden – geht man nach rechts oder links? Geht man um diese Kurve oder lieber doch nicht?

Nicht jede Entscheidung ist richtig, aber jede Entscheidung bringt uns weiter. Alles ist besser, als stehen zu bleiben. Und Umwege, mein Kind, erweitern die Ortskenntnis.« Sofie lächelte, aber es war ein trauriges Lächeln. »Diese Zeit macht es uns nicht einfach, aber ich spüre in dir eine Stärke – die musst du dir bewahren.«

Die Frage ist nur, wie lange ich das noch schaffen werde, dachte Ruth, als sie Sofie in das Badezimmer folgte. Das Wasser floss schon dampfend in die Wanne.

»Ich habe hier noch Lavendelseife, die darfst du gern benutzen, und dort liegen Handtücher. Falls du wirklich heute noch zu den Aretz willst, solltest du dir die Haare vielleicht nicht waschen – es ist kalt draußen, und so schnell werden sie nicht trocknen.« Sofie verließ den Raum, der mittlerweile von Dampfschwaden erfüllt war, und schloss die Tür hinter sich. Schnell schlüpfte Ruth aus ihren Kleidern, die vor Dreck zu starren schienen, und ließ sich in das heiße Wasser gleiten. Es war eine wahre Wohltat. Der Dampf umhüllte sie wie ein zärtlicher Nebel.

Sie ließ sich in dem Wasser aufweichen, versuchte ihre Gedanken zu verdrängen. Ganz gelang es ihr nicht. Wir müssen da durch, dachte Ruth, wir müssen es schaffen. Es gibt keine Alternative. Wir wollen – nein, ich will nicht, dass die Nazis gewinnen. Sie dürfen nicht unser Leben bestimmen. Es ist unser Leben und liegt in unserer Hand.

Dann hörte sie im Flur Schritte, Stimmen, Türenschlagen. Es klang nicht bedrohlich – es waren keine Feinde gekommen, mit denen sie nun jederzeit rechnete, es waren Freunde. Ruth stieg aus der Wanne, trocknete sich ab, schlüpfte in die saubere Kleidung. Aus der Küche kamen die Stimmen – Vati und Aretz, stellte Ruth erleichtert fest. Schnell ging sie in den Raum, umarmte ihren Vater, begrüßte dann Onkel Hans. Ilse saß am Fenster, zusammengesunken wie ein kleines Häufchen Elend, mit bleichem Gesicht.

»Ilse, das Wasser in der Wanne ist noch sehr warm. Husch, husch – ab ins Bad.«

Ilse sah erst zu Vati und dann zu Tante Sofie. »Darf ich wirklich?«, fragte sie.

»Was spricht dagegen?«, fragte Vati zurück und lachte – es war sein normales, beruhigendes, tiefes Lachen. Nicht das, was er aufsetzte, wenn er Entsetzen überspielen wollte. Inzwischen konnte Ruth die Nuancen gut unterscheiden.

»Ich habe dir Wäsche hingelegt«, sagte Ruth zu ihrer Schwester. »Aber beeil dich – das Wasser kühlt mit jeder Minute ab.«

»Wir können neues, heißes Wasser einlassen«, sagte Sofie Gompetz. »Sie muss nicht in deinem Badewasser baden.«

»Ich würde die Mädchen gern so schnell wie möglich in unsere Wohnung bringen. Karl und ich haben im Haus noch einiges zu tun – aber die beiden jungen Dinger sollten nicht in der Nacht allein durch die Straßen laufen«, unterbrach Aretz sie.

Ilse hielt inne. »Ich muss nicht baden, Onkel Hans. Wir können auch sofort fahren«, sagte sie mit dünner Stimme.

Ruth schloss die Augen. In diesem Moment hätte sie ihre Schwester küssen und sich selbst ohrfeigen können. Warum hatte sie nicht Ilse zuerst in die Wanne gelassen?

»Ich finde schon, dass du baden solltest, Kind«, sagte Aretz mit ernster Stimme. »Wir haben nur eine Zinkwanne in der Küche. Also husch schnell in das heiße Wasser. Aber lass dich nicht zu sehr aufweichen.« Dann lächelte er sein Lächeln – Tausende Fältchen überzogen dann sein Gesicht – und zwinkerte ihr zu.

Als Ilse im Bad verschwunden war, nahm sich Hans Aretz noch einmal von dem Eintopf, den es schon am Mittag gegeben hatte. Ruth setzte sich zu ihnen an den Tisch. »Du bringst uns in die Stadt, Onkel Hans?«

»Natürlich, meine Süße.«

»Die Mädchen können auch hierbleiben. Wir könnten Behelfsbetten aufstellen. Und vielleicht könnt ihr ja morgen schon die Betten aus dem Haus herbringen«, sagte Tante Sofie.

Ruth wurde bleich und knetete ihre Hände. »Wir können auch gern noch eine Weile bei Onkel Hans schlafen«, stotterte sie. »Dann macht es keine weiteren Umstände.«

Karl sah auf, kniff die Augen zusammen und fixierte seine Tochter. »Warum?«, fragte er knapp, »willst du nicht bleiben?«

Ruth senkte den Kopf. Sie wusste nicht, was sie sagen sollte.

Doch plötzlich schien Tante Sofie es zu verstehen. »Du hast Angst, nicht wahr, Kind?«

Ruth schaute auf, sah sie an und fand Verständnis in ihrem Blick. Sie nickte. »Ja, ich habe Angst.«

»Wovor?«, fragte Vati und runzelte die Stirn.

»Das ist doch glasklar«, sagte Hans Aretz, nahm sich noch eine Scheibe Brot und wischte damit seinen Teller aus. »Sie hat Angst vor den Nazis, so wie wir alle.«

»Aber warum bei Ihnen weniger als hier?«, fragte Vati. »Die sind doch überall inzwischen.«

»Wir sind keine Juden«, sagte Aretz trocken.

Sofie nickte. »Sie haben recht, Herr Aretz. Ich würde meine Kinder in den nächsten Tagen, bis sich alles wirklich beruhigt hat, auch lieber bei Ihnen als hier lassen.«

Ruth seufzte erleichtert auf, dann ging sie in das leere Wohnzimmer, wo ihre Koffer standen, und suchte eilig ein paar Sachen zusammen, stopfte sie in eine Tasche.

»Wir wären dann so weit«, sagte sie, als Ilse aus dem Bad kam. Hans Aretz lachte und drückte sie an sich. »Solange wir alle hier sind, brauchst du keine Angst zu haben. Vorläufig wird auch nichts mehr passieren, da bin ich mir sicher.«

»Ich bin mir da nicht so sicher«, murmelte Karl.

»Doch, Karl. Heute in der Firma habe ich viel Unmut über die Willkür der Nazis gehört. Natürlich gibt es die Ablehnung der Juden in der Bevölkerung, da müssen wir uns kein X für ein U vormachen – aber das, was vor zwei Tagen passiert ist, war doch etwas zu viel des Guten. Es wird nicht beklatscht, sondern nur hingenommen. Und ich glaube nicht, dass die breite Bevölkerung jetzt anders handeln wird als zuvor.«

»Das wollen wir hoffen, das wollen wir doch sehr hoffen«, sagte Karl, klang aber nicht überzeugt. Er sah zu den Mädchen, schien sich zu einem Lächeln zu zwingen. »Dann geht jetzt mit Aretz. Wollt ihr euch vorher von eurer Mutter verabschieden?«, fragte er sie.

»Ich glaube, Martha schläft«, wandte Sofie ein. »Und vermutlich ist es keine gute Idee, sie jetzt aufzuwecken – so durcheinander, wie sie noch ist.«

Karl nickte resigniert. »Hat sie heute noch von den Beruhigungstabletten genommen?«

»Ja, aber weniger als gestern.«

»Vielleicht sollte ich mit Doktor Hirschfelder reden«, murmelte Karl und umarmte die Mädchen zum Abschied.

»Bis morgen«, sagte Ruth und gab ihrem Vater einen Kuss auf die Wange. »Wir kommen morgen wieder und machen weiter.«

»Danke, Liebes. Ihr seid eine so große Hilfe und Stütze für uns.«

Aretz hatte den Adler vor dem Haus geparkt. Die Mädchen stiegen hinten ein, duckten sich, obwohl kaum jemand auf der Straße zu sehen war. Die Angst steckte ihnen jedoch immer noch in den Knochen. Als sie die Alte Linner Straße erreicht hatten, Aretz parkte vor dem Haus, warteten sie noch einen Moment, ob auch niemand zu sehen war oder aus dem Fenster schaute.

»Dort«, sagte Ilse mit zitternder Stimme. »Dort steht eine

Frau am Fenster und schaut die ganze Zeit zu uns her.« Im Wagen war es dunkel, die Wohnung gegenüber der der Familie Aretz war jedoch hell erleuchtet. Hans Aretz schaute hinauf.

»Das ist Frau Tauber«, sagte er. »Sie wird euch nicht melden. Ihr könnt beruhigt gehen.« Er stieg aus, öffnete die hintere Tür, schloss die Haustür auf, nachdem er geklingelt hatte. »Sagt Tante Finchen, dass ich noch einmal zur Schlageterallee fahre und eurem Vater helfe.«

Die Mädchen huschten ins Haus und eilten die Treppe hinauf. Die Wohnungstür der Aretz war geöffnet, warmer Lichtschein kam ihnen entgegen, und Josefine wartete mit ausgestreckten Armen auf sie, umarmte sie herzlich.

»Da seid ihr ja endlich. Ich habe mir schon Sorgen gemacht, je dunkler es wurde.«

»Onkel Hans hat uns gefahren«, erklärte Ruth. »Jetzt ist er zurück zu Vati in die Schlageterallee. Er kommt später und sagt, du sollst dir keine Sorgen machen.«

»Ach, ich habe für ihn gekocht – Grünkohleintopf mit Würstchen.«

»Er hat bei den Gompetz warmes Essen bekommen, aber wenn er nachher kommt, wird er deinen köstlichen Eintopf sicher auch noch essen«, meinte Ruth und schnupperte.

»Wollt ihr etwas?«, fragte Josefine und verriegelte die Tür sorgfältig. »Es ist genügend da.«

»Grünkohl mit Mettwurst?«, fragte Ilse und leckte sich über die Lippen. »Ja, gern.«

»Aber nur eine kleine Portion.« Ruth sah ihre Schwester mahnend an. »Wir hatten ja auch schon etwas.« Sie spähte in die Wohnung. »Schlafen Helmuth und Rita schon?«

»Nein«, sagte Helmuth und kam aus der Küche. »Wir konnten nicht schlafen, bevor ihr nicht nach Hause gekommen seid.« Er lachte erleichtert auf.

Rita fiel Ruth und Ilse um den Hals. »Wie könnt ihr nur den ganzen Tag fortbleiben?«

»Ach, Ritachen«, sagte Ruth. »Es gibt so viel zu tun.«

»Wie sieht es denn aus?«, fragte Josefine und stellte Teller auf den Tisch.

»Besser, aber trotzdem weiß ich nicht, wie wir das in so kurzer Zeit schaffen sollen«, seufzte Ruth.

»Morgen ist Samstag. Wir werden alle zusammen gehen und helfen«, sagte Josefine.

»Das … das müsst ihr nicht«, stotterte Ruth.

»Ich weiß«, sagte Josefine. »Aber wir möchten. Jede Hand ist wahrscheinlich hilfreich, auch Ritas.«

»Ich darf mit?«, rief Rita aufgeregt. »Das ist knorke!«

Josefine füllte die Teller – auch für Helmuth und Rita gab es noch eine Portion. »Ich habe reichlich gekocht. Es wird auch noch für morgen reichen.«

Ruth setzte sich an den Tisch, aber Ilse ging zum Fenster, zog die Gardine vorsichtig zur Seite und spähte hinaus.

»Sie ist nicht mehr da«, murmelte Ilse dann.

»Wer?«, fragte Josefine nach und trat zu dem Mädchen ans Fenster. Es war dunkel, und auf der Straße war alles ruhig.

Ilse zeigte zu dem Haus gegenüber. »Als wir kamen, stand dort eine Frau am Fenster und hat uns beobachtet. Onkel Hans sagte, dass sie uns nicht verraten würde. Aber ... weiß er das auch sicher?« Ilse klang verängstigt.

»Das ist Frau Tauber gewesen«, sagte Josefine, und plötzlich war ihre Stimme belegt. »Von ihr haben wir nichts zu befürchten.« Sie zog Ilse vom Fenster weg und zum Stuhl. Ilse setzte sich, nahm einen Löffel und probierte den leckeren Eintopf.

»Nein, vor ihr muss man sich wirklich nicht fürchten. Ihr Vati ist etwas Hohes bei der Polizei«, sagte Rita mit ihrer Singsangstimme vergnügt. »Sie ist immer nett zu uns.«

Ruth rutschte die Gabel aus den Fingern. »Bei ... bei ... der Polizei?«

»Ja.« Josefine nickte. »Aber ihr Mann, Curt, ist Jude. Sie wird weder euch noch uns verraten.«

»Schon gar nicht nach dem, was Vati für Onkel Hugo getan hat«, sagte Helmuth und langte kräftig zu.

»Wer ist Onkel Hugo?«, wollte Ilse wissen.

»Weißt du nicht mehr? Drüben, das Schreibwarengeschäft?«, sagte Rita. »Da sind wir früher ein paarmal gewesen, und haben Sachen für unsere Väter gekauft – Stifte, Quittungsblöcke und so etwas.«

»Ach natürlich«, sagte Ilse nun erleichtert. »Da waren Tante Inge, Onkel Carl und Onkel Hugo. Die waren so nett, wir haben immer Bonbons bekommen.«

Rita nickte. »Onkel Hugo ist ein wenig komisch, er kann nicht richtig laufen.«

»Er hat eine Spastik«, sagte Josefine. »Er hatte wohl als Kind Kinderlähmung. Aber er ist nicht dumm, sondern genauso klug wie sein Bruder.« Sie seufzte. »In den letzten Jahren lief das Geschäft nicht mehr gut, jetzt werden sie es wohl ganz schließen müssen.«

»Weil sie Juden sind«, sagte Ruth verbittert.

»Ja, und weil sie Juden sind und Onkel Hugo nicht gut laufen kann, haben die Braunen ihn gequält … in der Nacht, du weißt schon«, sagte Helmuth leise.

»Wir haben die Scheiben splittern hören und dass sie das Geschäft verwüstet haben«, sagte Josefine und schluckte. »Aber keine Schreie oder Proteste oder so etwas. Wir haben geglaubt, dass sie den Taubers nichts antun, weil Inges Vater ja bei der Polizei ist.«

Ruth legte den Löffel auf den Tisch, sah sie an. »Was ist passiert?«

»Sie haben Hugo aus dem Bett gezerrt – er hat nicht geschrien und sich nicht gewehrt. Seine Wohnung, sie liegt im Anbau, im Hinterhaus hinter dem Geschäft, haben sie wohl auch zerstört – aber das haben wir nicht mitbekommen.« Josefine holte tief Luft. »Als es gerade hell wurde, ist Hans rüber. Da saß Hugo – nur mit einer Unterhose bekleidet – auf einem Stuhl in dem zerstörten Schaufenster des Ladens. Hans hat ihm sofort etwas geholt, damit er sich bekleiden konnte, und hat ihn dann nach oben zu Curt und Inge gebracht – sie hatten sich auf dem Speicher des Hinterhauses versteckt.«

»Lebt er noch?«, fragte Ruth kaum hörbar.

Josefine nickte. »Aber er ist völlig verwirrt.«

»Warum hat ihm sonst niemand geholfen?«, fragte Ruth traurig.

»Vielleicht aus Angst«, sagte Josefine. »Vielleicht ist es die Angst, die sie hemmt.«

Kapitel 6

Obwohl die diffuse Angst jetzt zu Ruths Leben gehörte, schlief sie in dieser Nacht tief und fest, mit einem Gefühl von Geborgenheit in Ritas Zimmer. Am nächsten Morgen erwachte sie sogar erfrischt und ausgeschlafen, auch wenn der Muskelkater sie plagte.

Für einen kurzen Moment spürte sie nur die Wärme der Decke und das weiche Kissen unter ihrem Kopf, streckte und drehte sich, bis ihr bewusst wurde, wo sie war und weshalb sie hier war.

Aus der Küche waren leise Geräusche zu hören.

»Natürlich kommen wir mit und helfen«, sagte Josefine entschieden. »Ich und auch die Kinder. Wenn Ruth und Ilse dort schuften können, können wir es auch. Und je mehr Hände es sind, umso schneller geht es.«

»Ich möchte nicht, dass ihr euch in Gefahr begebt, Finchen«, entgegnete Hans leise, aber in bestimmtem Ton.

»Niemand möchte sich in Gefahr begeben, aber unsere Freunde sind in Not!«

»Aber die Kinder, Finchen, die Kinder … können wir sie nicht zu deiner Mutter schicken?«

»Grundgütiger, Hans«, sagte Josefine, und Ruth hörte, wie sie ihren Stuhl zurückschob und aufstand. »Gerade von dir hätte ich eine andere Antwort erwartet.«

Hans seufzte. »Aber es sind doch unsere Kinder.«

»Ganz genau. Und sie sollen von uns lernen, nicht wahr? Von wem sonst könnten sie in den heutigen Zeiten Anstand lernen, wenn nicht von uns? Bei der Hitlerjugend? Beim Bund deutscher Mädchen? Überall nur Propaganda und Judenhetze. Schau dich doch um – kaum einer traut sich, etwas gegen die Braunen zu sagen oder zu unternehmen. Es geht doch darum, einen Standpunkt zu zeigen, ihn zu leben. Du lebst ihn. Wie sollen Helmuth und Rita das lernen, wenn du sie außen vor hältst?«

»Du hast ja recht«, sagte Hans nachdenklich. »Aber du kannst dir nicht vorstellen, wie es dort aussieht. Rita kennt das Haus als Sehnsuchtsort, als heimelige Wohnstätte. Davon ist nichts mehr übrig.«

»Du willst ihr die Erinnerungen daran nicht nehmen?«, fragte Josefine. »Warum nicht?«

»Weil sie schöne Erinnerungen an ihre Kindheit haben sollte.«

»Die hat sie ja auch, Hans. Die sind ja nicht weg. Was früher war, ist noch da – dass es jetzt anders aussieht und anders ist, wird sie vielleicht entsetzen, aber es wird ihr auch die Realität zeigen. Und die Kinder werden lernen müssen, mit der Realität zu leben.«

»Über kurz oder lang wird es Krieg geben.«

»Ja, das wird es. Der österreichische Junker tut alles, damit das passiert.« Nun seufzte Josefine. »Und der Großteil des deutschen Volkes scheint ihm zu folgen. Aber ich möchte, dass unsere Kinder erleben, dass man der Herde nicht ohne Widerspruch folgen muss. Das hatten wir schon einmal, und es hat nichts Gutes gebracht.«

»Du hast ja recht, meine Liebe. Wir nehmen die Kinder mit.«

Ruth fand, dass dies ein guter Augenblick war, um aufzustehen. Sie griff nach einer ihrer Strickjacken, die sie am Tag zuvor mitgenommen hatte, und schlüpfte in die Hausschuhe. Barfuß hatte sie noch nie gehen können, denn ihre Mutter hatte ihr immer gesagt, dass nackte Füße krank machen würden. Eigentlich war das eine ihrer geringsten Sorgen im Moment, aber Ruth merkte, dass gewisse Dinge, die zur täglichen Routine gehörten, ihr Leben in Bahnen hielten.

Ilse schlief noch, und Ruth wollte ihr jede Minute der Ruhe, die sie bekommen konnte, gönnen. Leise öffnete sie die Tür und trat in den Flur. Dort wäre sie beinahe mit Helmuth zusammengestoßen, der ebenfalls auf dem Weg zum Badezimmer war. Er fuhr sich durch die wuscheligen Haare, die wie ein Hahnenkamm auf seinem Kopf standen.

»Morgen«, grunzte er verschlafen. »Du erst oder ich?« Er hielt ihr die Tür zum Badezimmer auf.

»Du zuerst«, sagte Ruth belustigt. Das Badezimmer in der Wohnung war nur ein kleines, abgeteiltes Kabuff, aber immerhin mit einem Wasserklosett und einem Handwaschbecken. Eine Badewanne gab es nicht – in der Küche stand die Zinkwanne hinter einem Vorhang. Samstag war Badetag – abends wurde die Zinkwanne mit heißem Wasser vom Herd gefüllt, und nach und nach durfte jeder hinein. Den Anfang machte immer Hans Aretz, dann folgte Helmuth, und zum Schluss kam Rita an die Reihe. Tante Finchen hatte Ruth verraten, dass sie montags badete – wenn Hans arbeiten war und Helmuth und Rita in der Schule waren.

»Dann muss ich zwar allein das Wasser kochen, in die Wanne schütten und wieder ausleeren«, sagte sie schelmisch, »habe aber eine Stunde nur für mich.«

Ruth konnte das nachvollziehen. »Guten Morgen«, sagte sie und trat in die Küche.

Josefine hatte sie schon gehört und ihr eine Tasse mit heißem Malzkaffee eingegossen.

»Guten Morgen, Ruth«, sagte Hans und betrachtete sie aufmerksam. »Wie geht es dir heute?«

»Ich habe gut geschlafen.« Ruth rutschte auf den Stuhl, nahm die Tasse mit dem Malzkaffee und atmete in den duftenden Dampf. »Eigentlich habe ich wie ein Stein geschlafen.«

»Kein Wunder bei dem, was ihr so gemacht habt die letzten Tage. Ich bin wirklich beeindruckt davon, wie du geschuftet hast.«

»Ich war ja nicht allein.«

»Das mag sein, aber du hast dich der Aufgabe gestellt. Das finde ich bewundernswert.«

»Wir kommen heute mit und helfen«, sagte Josefine und schnitt dicke Scheiben von dem frischen Brot herunter. Butter und Marmelade standen auf dem Tisch.

»Es ist gut, dass du heute mitkommst, Tante Finchen, denn ich glaube, dass Mutti heute auch zum Haus kommt. Und dann wird es gut sein, wenn du da bist. Du bist ihr vertraut«, sagte Ruth leise.

Josefine und Hans wechselten einen nervösen Blick.

»Deiner Mutter geht es nicht gut?« Es war eher eine Feststellung als eine Frage.

»Sie nimmt Medikamente, die Doktor Hirschfelder ihr gegeben hat. Karl hält da nicht viel von«, murmelte Hans.

Ruth sah ihn an. »Hat Vati dir das gesagt?«

Hans senkte den Kopf. »Nun, das ist nichts, was wir hier am Tisch besprechen sollten«, antwortete er leise.

»Guten Morgen!«, unterbrach Helmuth das Gespräch und zog sich einen Stuhl an den Tisch. Dann gähnte er ausgiebig. »Gibt es Malzkaffee? Es duftet danach.«

»Sehr wohl, du Pascha«, sagte Josefine mit einem Lächeln und goss Malzkaffee in seine Tasse. »Lass es dir schmecken.«

»Danke, Mama, du bist die Beste«, antwortete Helmuth und nahm einen großen Schluck.

Ilse und Rita kamen aus ihren Zimmern und gesellten sich zu ihnen. Während Josefine Brote schmierte und weiteren Malzkaffee kochte, ging Ruth ins Bad. Obwohl sie alle hier auf engem Raum zusammenlebten und die Familie einiges von ihrer Privatsphäre für Ruth und Ilse aufgegeben hatte, war die Stimmung doch fröhlich und gut – fast so wie auf einem Ausflug an die Kull. In den Niepkuhlen, an einem Altrheinarm bei Krefeld, hatte Karl Meyer ein Wochenendhäuschen gekauft. Dort hatten sie viele glückliche Stunden verbracht – vor allem im Sommer. In den Niepkuhlen konnten sie schwimmen, mit dem Paddelboot fahren, fischen, und sie hatten so manche lustige Feier dort ausgerichtet.

Warum habe ich bisher nicht an die Kull gedacht?, fragte sich Ruth und ging zurück in die Küche. »Onkel Hans, warum können wir nicht einfach in die Kull ziehen, bis wir wissen, wie es weitergeht?«, fragte sie aufgeregt. Bestimmt hatte noch keiner daran gedacht – aber das Häuschen hatte nicht nur Betten, sondern auch eine kleine Küche. Man konnte dort sicherlich problemlos einige Wochen leben.

Hans senkte den Kopf. »Frag deinen Vater und nicht mich«, sagte er nur und seufzte.

»Vati will es nicht?«

»Nein. Es sind die neuen Bestimmungen, Ruth. Er würde es sicher tun, aber die Kull wurde beschlagnahmt. Es tut mir leid, das sagen zu müssen.«

»Beschlagnahmt? Von wem?«, fragte Ruth fassungslos.

»Von wem wohl?«, sagte Helmuth und verzog das Gesicht.

»Die Braunen machen doch diesen ganzen Unfug. Ich hoffe, irgendwer in Europa wird sie bald in die Schranken weisen.«

Josefine sah ihn an. »Diese Worte darfst du hier in der Küche aussprechen, mein Sohn, aber nirgendwo sonst. Hast du mich verstanden?« Ihre Worte klangen ernst, und sie sagte sie mit Nachdruck. »Du darfst deine Meinung haben, die wir auch teilen, aber bitte sag sie nicht laut. Bring uns nicht in Gefahr und die Meyers auch nicht.«

»Wenn keiner aufsteht und etwas sagt, wie soll es dann weitergehen?«, fragte Helmuth.

»Es wird weitergehen. Europa kann und wird sich nicht blind stellen«, entgegnete Hans. »Und jetzt seht zu, dass ihr fertig werdet. Auf uns wartet eine Menge Arbeit.«

Die Kinder zogen sich an, Ruth half Josefine, Brote zu schmieren.

»Vom Grünkohl ist noch etwas übrig – aber es reicht nicht für viele, und Hans meinte, dass einige heute zum Helfen kommen werden«, sagte Josefine besorgt.

»Mach dir keine Gedanken, jeder wird irgendetwas zu essen mitbringen, und Sofie macht sicher wieder eine Suppe, so dass auch alle etwas Warmes in den Bauch bekommen.«

»Ach, Ruth, aber sie macht doch schon so viel, sie muss doch nicht noch jeden Tag für alle Helfer kochen, die ganzen Zutaten besorgen. Es sind ja so viele Familien eurer Gemeinde betroffen …«, seufzte Josefine.

»Zum Glück ist Sofie auch nicht allein, unsere Gemeinde organisiert die Hilfsaktionen. Nicht nur den Einkauf der Lebensmittel, sondern es wird auch überlegt, wer wo was kocht. Überall gibt es Haushalte, in denen die Frauen zusammenkommen, gemeinsam kochen und die Suppen und Eintöpfe dann verteilen. Bei unserem Gemeindevorsteher laufen die Fäden zusammen, er koordiniert auch die Einsätze der Männer, und es wird geschaut, wer am besten auf welcher Baustelle helfen kann. Doktor Blum selbst ist ja verhaftet worden.«

»Ach, so ist das. Doktor Blum ist wirklich ein bemerkenswerter Mann. Ich hoffe, er kommt bald zurück und darf noch lange eure Gemeinde unterstützen.«

Ruth seufzte. »Ich halte es hier nicht mehr aus. Ich habe so große Angst, sie sitzt in meinem Nacken, auf meiner Kopfhaut und in den kleinen Härchen auf meinen Armen, sie sitzt in meinen Fußsohlen und in meinem Rückgrat. Immer, wenn ich einen Braunen sehe, zieht sich alles in mir zusammen.« Sie schluckte, ihr Blick wurde leer. »Ich werde das nicht noch Jahre aushalten. Eher sterbe ich.«

»Aber was willst du tun?«

»Das weiß ich noch nicht, doch es muss einen Weg geben. Es muss noch Möglichkeiten geben, dieses Land, das uns Juden so hasst, zu verlassen.«

»Ganz bestimmt gibt es diese Möglichkeiten, Ruth. Wir werden sie finden. Und solange ihr noch hierbleiben müsst, werden wir euch unterstützen und für euch da sein. Immer.« Hans Aretz stand plötzlich an der Küchentür.

»Ich möchte am liebsten nach Amerika«, sagte Ruth leise.

»Aber im Moment spielt das keine Rolle – ich würde auch nach England oder in die Niederlande, nach Belgien, Frankreich oder Spanien gehen. In Italien scheint Mussolini sich nicht wirklich von Hitler zu unterscheiden, das wäre wahrscheinlich kein guter Ort für die Flucht.«

»Würdest du auch allein gehen?«, fragte Helmuth und trank nachdenklich seinen Muckefuck.

Ruth schüttelte den Kopf. »Nein, nicht ohne meine Eltern und Ilse. Ohne Omi und Opi.«

Helmuth sah sie lange an. »Wirklich nicht? Auch nicht, um ihnen einen Weg zu bereiten?«

»Wie meinst du das?«, fragte Ruth.

»Ich habe da etwas gehört …«

»Dazu haben wir jetzt keine Zeit, wir müssen los. Karl wartet sicher schon auf uns«, unterbrach Hans seinen Sohn.

Josefine packte eilig die Brote, die sie in Wachspapier gewickelt hatte, in einen Korb. Sie gab Ruth einen Eimer mit Kehrzeug, Helmuth durfte den Werkzeugkoffer tragen, und die beiden kleinen Mädchen bekamen Putzlappen und Flaschen mit grüner Seife in die Hand gedrückt. Dann brachen sie auf.

Der Adler stand vor der Haustür, dennoch prüfte Hans die Straße zu beiden Seiten, die Furcht vor Nazischergen saß bei allen tief.

Das Feuer in der Synagoge war nach drei Tagen endlich erloschen, der Gestank des Rauchs lag jedoch immer noch unangenehm in der kalten Novemberluft. Über die Stadt hatte sich ein feiner Staub- und Aschefilm gelegt, machte sie noch grauer, als sie in dieser Jahreszeit ohnehin schon war.

Helmuth zog einen Zettel aus seiner Tasche. »Das habe ich aus der Schule«, wisperte er Ruth zu. »In England sucht man Aushilfen – im Haushalt und in der Landwirtschaft.« Er gab ihr das Blatt.

Ruth überflog es schnell. »Davon habe ich gehört«, flüsterte sie. »Aber lies selbst: Gesucht werden junge Frauen mit Erfahrung in Hauswirtschaft und Landwirtschaft ab achtzehn Jahren.« Sie schüttelte den Kopf. »Ich werde erst im Juni nächsten Jahres achtzehn, und die Erfahrungen habe ich auch nicht.«

»Du warst doch auf dieser Schule in Bayern.«

Ruth lachte bitter auf. »Da habe ich Eier aus den Nestern geholt und die Kühe gefüttert. Ein paarmal habe ich gemolken, aber wie das alles wirklich geht, weiß ich nicht. Ich kann Pudding kochen und Suppe – aber ob es schmeckt, ist eine andere Frage. Eigenständig einen Haushalt führen? Machst du Witze?« Ruth reichte ihm den Zettel zurück.

»Es ist eine Möglichkeit, Ruth. Überleg es dir.« Er drückte ihre Hand weg. »Nimm das Blatt, und denk darüber nach.«

»Bis ich achtzehn bin, haben sie uns alle nach Dachau gebracht«, raunte Ruth.

»Dann musst du dich jetzt bewerben«, sagte Helmuth. »Die paar Monate ... wen interessiert das schon?«

Ruth sah ihn an, ihr Blick wurde hart. »Die Nazis interessiert das. Hast du mal mitbekommen, wie wir kontrolliert werden? Überall. Immer. Wie soll ich mit so etwas durchkommen?«

»Ruth, es weiß doch keiner. Du füllst das Formular aus, gibst an, dass du achtzehn bist – dann muss dich ja erst einmal jemand in England nehmen. Und bis es so weit ist, bist du achtzehn. Vielleicht. Und wenn es dir eher gelingt, werden wir schon Mittel und Wege finden.« Er knuffte sie in den Arm. »Bisher haben wir das doch immer, oder?«

Ruth schluckte, dann nickte sie. »Vielleicht hast du recht. Ich werde darüber nachdenken.«

Helmuth nahm ihre Hand, drückte sie – eine einfache, herzliche Geste. Wie gut das tat, dachte Ruth.

Aretz fuhr zur Schlageterallee, für einen Moment musste Ruth die Augen schließen. Kein Nachhausekommen mehr, sondern das Sinnbild dessen, was sie alles verloren hatten. Der Wagen hielt, und Ruth öffnete die Augen. Jakubs Pritschenwagen stand schon in der Einfahrt. Gerade hievten zwei Männer Ruths Bett auf die Ladefläche.

»Nein!«, rief Ruth und sprang aus dem Wagen. »Nein, nein, nein! Mein Bett soll nicht auf den Müll! Bitte nicht!« Hatten sie nicht vereinbart, dass alle Möbelstücke, die noch halbwegs zu gebrauchen waren, gerettet werden sollten?

»Ruth! Ruthchen!« Ihr Vater kam ihr entgegen, nahm sie in den Arm. »Alles ist gut. Warum regst du dich so auf?«

»Mein Bett. Das ist mein Bett, Vati!«

»Ja, tatsächlich ist das dein Bett, Ruthchen.« Er rückte ein wenig von ihr ab, sah sie an. »Was ist daran falsch?«

»Es soll nicht auf die Müllkippe.«

»Da kommt es auch nicht hin, Liebes. Heute bringen wir alle Möbel, die noch halbwegs intakt sind, zur Bismarck-straße.«

»Wirklich?« Ruth sah ihn skeptisch an. »Das kommt nicht nach Inrath?«

»Nein. Wir werden versuchen, einige Möbel zu verschicken, so wie wir es schon vorher getan haben ...« Er räusperte sich. »Vorher war es nur eine vage Idee«, sagte er leise.

»Jetzt ist es Realität«, sagte Hans Aretz, der zu ihnen getreten war. »Und so weh es tun mag, es ist gut, sich der Realität zu stellen.«

»Ich habe wieder Kontakt zu den Goldmanns in Utrecht, und natürlich stehe ich im ständigen Kontakt mit den Kruitmans in Amsterdam – du hast beide kennengelernt, Ruth. Sie werden uns helfen, da bin ich sicher.« Karl seufzte. »In Utrecht ist schon die große Anrichte deiner Mutter. Dahin werden wir hoffentlich noch weitere Möbelstücke schicken können.«

»Das ist doch nicht mehr erlaubt«, mischte sich Salomon Hirsch ein. »Ich habe es versucht, die Braunen haben es nicht genehmigt.«

»Nee, nee«, sagte Jakub und sah Salomon an. »Was haste getan? Versucht, Möbel zu schicken?« Er schüttelte den Kopf. »Was für ein Masel, dass sie dich nicht verschickt haben. Ins Lager. Biste meschugge? Musste mich fragen. Ich mach den Transport.«

Ruth lachte auf. Ich lache, dachte sie im nächsten Moment

erschrocken, ich bin belustigt. Wie kann das sein? Jetzt und hier? Wie ist das möglich? Das Grinsen wich ihr aus dem Gesicht. Sie schaute wieder auf.

»Kannst nicht die Möbel mit 'ner normalen Spedition verschicken«, sagte Jakub. »Musst 'nen Auftrag haben vonne Braunen.«

»Du bekommst Aufträge von den Braunen?«, fragte Salomon überrascht. »Du?«

»Gerade ich. Sind ja keine sauberen Aufträge.« Er zog mit dem Zeigefinger das Unterlid seines rechten Auges herunter. »Du willst Sachen außer Landes bringen, sie wollen es auch. Ich mache Mülltransporte – auch in die Niederlande. Da kenne ich nichts. Mein Schaden isses nich. Auf jedem Transport kann ich Sachen von euch mitnehmen. Mach ich immer, seit die Braunen anner Macht sind. Über meine Pritsche sind viele Dinge inne Niederlande gekommen, glaub mir mal.«

»Wird mein Bett jetzt in die Niederlande gebracht?«, fragte Ruth verwirrt.

»Kommt erst mal inne Bismarckstraße«, sagte Jakub. »Stimmt doch, Karl, oder?«

Karl nickte und sah Ruth an. »Wir schaffen alles in die Bismarckstraße in die Wohnung der Gompetz und sortieren dann neu.«

Erleichtert seufzte Ruth auf und ging ins Haus.

Es war schon Mittag, als Ruth plötzlich lautes Jammern vernahm. »O nein, o nein, o nein!« Es war die Stimme ihrer

Mutter. Für einen Moment schloss Ruth die Augen. Das würde nicht leicht werden. Andererseits war es höchste Zeit, dass sich ihre Mutter den Tatsachen stellte.

»Das ist so furchtbar«, flüsterte ihre Mutter gerade, als Ruth die Treppe hinunterging. »Karl, was haben sie mit unserem Haus gemacht?«

»Das ist doch schon ...«, fing Ilse an, doch Ruth legte ihr die Hand über den Mund, drehte ihren Kopf zu sich und sah ihre Schwester an.

»Pst. Mutti muss das nicht wissen!«, wisperte sie. »Ja, es war viel schrecklicher, aber das erzählen wir ihr nicht. Hast du mich verstanden?«

Ilse nickte. Langsam und vorsichtig löste Ruth den Griff. »Kein weiteres Wort.«

»Aber ...«

»Kein Aber, Ilse. Mutti muss ihre Nerven behalten, irgendwie.«

»Bis wann?«, spie Ilse aus. »Bis die Nazis uns holen? Du siehst doch, was überall passiert. Es wird nicht besser, es wird alles nur schlimmer und schlimmer.« Tränen stiegen Ilse in die Augen, sie entriss sich dem Griff ihrer Schwester und rannte in den Garten. Seufzend ging Ruth hinter ihr her.

Es regnete inzwischen, der Himmel war niederrheinisch grau, die Wolken zogen dicht über die Baumwipfel.

Ilse stand unten an der Treppe, Tränen liefen über ihr Gesicht, vermischten sich mit den Regentropfen – alles an ihr schien zu triefen.

»Komm«, sagte Ruth und zog ihre Schwester mit sich in den Kellereingang – dort standen sie wenigstens ein bisschen geschützt.

»Nun, nun, nun«, flüsterte Ruth. »Beruhige dich. Ich weiß, es ist alles schwer zu ertragen.«

»Wie hältst du das aus?« Ilse befreite sich aus der Umarmung und sah ihre große Schwester an. Ihr Blick war voller Wut.

»Überhaupt, wie machst du das?« Sie schluckte. »Als wärst du darauf vorbereitet gewesen, was passiert. Du hast uns alle an dem Abend aus dem Haus getrieben, hast gesagt, dass wir wegmüssen. Wie konntest du es wissen?«

»Ich wusste es nicht«, sagte Ruth leise. »Es war … ein Impuls, ein Gefühl … ich weiß es wirklich nicht.« Ruth schluckte hörbar. »Nur eines weiß ich: Im Leben habe ich nicht gedacht, dass es so furchtbar werden würde.«

»Warum bleibst du so ruhig? Du heulst nicht, du drehst nicht durch … warum kann ich nicht so sein wie du? Ich möchte weinen, kreischen, schreien. Manchmal denke ich, gleich drehe ich durch – ich werde verrückt.«

»Ich auch«, sagte Ruth langsam und leise. »Ja, so geht es mir auch.«

»Man sieht es dir nicht an, Ruth, glaub mir, man sieht es dir nicht an. Und das macht es schwer, es zu glauben.« Die Wut stand in Ilses Augen.

»Du magst es nicht glauben, aber es geht mir so wie dir. Die Wut und Angst sind da, sie sitzen in mir wie in einem kleinen Raum. Dort hämmern und wummern sie, wollen raus, wollen einen Platz in meinem Leben, in meinen Gedanken haben. Aber noch kann ich sie nicht rauslassen. Denn wenn ich das tue, dann breche ich zusammen. Und wenn ich zusammenbreche, was wird dann?«

Die beiden Schwestern sahen sich an. Plötzlich breitete Ilse ihre Arme aus und umarmte Ruth. »Du darfst nicht zusammenbrechen. Du nicht. Du hältst uns alle aufrecht.«

»Ich weiß nicht, wie lange ich das noch schaffe, Ilse. Das weiß ich wirklich nicht«, murmelte Ruth.

»Du musst es schaffen. Mutti kann es nicht und Vati auch nicht. Ich verstehe dich jetzt besser. Ich versuche, dir zu helfen, so gut es geht.«

Für einen Moment hielten sich die Schwestern fest und innig umarmt. Herzschlag an Herzschlag, eine warme Wange an der anderen. Im Garten regnete es Bindfäden, und über ihnen wurden die Schritte lauter. Irgendwann lösten sie sich voneinander und schauten sich an.

»Ich möchte wieder frei sein«, sagte Ruth.

»Palästina?«, fragte Ilse ängstlich. »Willst du doch gehen? Ohne uns?«

»Nein. Es muss einen Weg geben, dass wir alle zusammen wegkönnen. Vielleicht aber nicht gleichzeitig«, sagte Ruth nachdenklich.

»Wie meinst du das?«

Ruth winkte ab. »Das sind noch unausgegorene Gedanken.« Ihre Hand fuhr in die Manteltasche. Dort war das Blatt

Papier, das ihr Helmuth gegeben hatte – der Aufruf, als Hausmädchen oder Hilfskraft nach England zu gehen.

»Du und ich, wir müssen stark sein – für Mutti und Vati, für Omi und Opi – und für uns. Wir müssen uns gegenseitig Kraft geben. Meinst du, wir schaffen das?« Ruth sah Ilse in die Augen. »Werden wir das können?«

Ilse nickte.

»Dann müssen wir jetzt nach oben gehen und weitermachen. Wir müssen Mutti trösten.«

Kapitel 7

Martha saß mit bleichem Gesicht auf einem der Stühle, die Hans Aretz hatte notdürftig reparieren können. Sie hatte sich das Ausmaß der Zerstörung nicht ausmalen können oder wollen. Nun wurde ihr klar, dass sie wirklich nie wieder hier leben würden. Die Erkenntnis brachte sie völlig aus dem Gleichgewicht. Ihre Gedanken flogen zurück zu den glücklichen Monaten, in denen sie gemeinsam mit Karl und dem Architekten das Haus geplant hatte. Wie viel Freude hatte es ihr gemacht, die Möbel auszusuchen, all die kleinen Dinge, die aus Räumen ein Zuhause machten. Karl waren sein Arbeitszimmer im Souterrain wichtig gewesen und die Garage für den Adler – ansonsten hatte er ihr freie Hand gelassen.

Die Tapeten, den Putz, die Böden, selbst die Fensterrahmen hatte Martha sorgfältig ausgewählt – modern, aber nicht so kühl und sachlich wie die Häuser von Esters und Lange. Bauhausstil, aber nicht nur. Es war ein gemütlicher Mix aus Alt und Neu – aus Funktion und Tradition. Alte Bilder aus Öl, gemischt mit gerahmten Fotografien, hatten die Wände geschmückt, Kerzenständer, Vasen, Kissen und sogar ein paar Nippes hatten die Einrichtung ausgemacht. All das hatte für ihr Leben, für ihre Familie, die gemeinsame Vergangenheit mit Karl gestanden. Jedes einzelne Stück war ihr lieb und teuer gewesen. Nun war alles unwiederbringlich verloren und zerstört.

Fassungslos stand sie auf und ging durch die Räume. Josefine begleitete sie.

»Hast du das gewusst, Finchen?«, fragte Martha leise und mit erstickter Stimme. Immer wieder musste sie sich die Tränen von den Wangen wischen.

»Nein«, sagte Josefine. »Hans hat zwar gesagt, dass es entsetzlich sei, aber so schlimm habe ich es mir nicht vorgestellt.«

»Das sind doch keine Menschen, das sind Tiere, die so etwas machen …«

»Es ist ungeheuerlich und grausam, aber das Leben muss weitergehen. Du musst für Ruth und Ilse stark sein.«

»Die beiden sind weitaus stärker als ich.«

»Martha!« Josefine blieb stehen und drehte ihre Freundin zu sich um. »Schau mich an. Bitte, sieh mich an.«

Widerwillig hob Martha den Kopf, ihre Augen waren verquollen.

»Ruth und Ilse sind einzigartig. Sie versuchen, sehr, sehr

tapfer zu sein. Aber Ruth ist gerade erst siebzehn und Ilse noch nicht einmal vierzehn. Sie wollen für dich da sein, wollen dich unterstützen. Und das fällt ihnen nicht leicht. Du musst ihnen jetzt zeigen, wie sehr du das wertschätzt. Das bist du ihnen schuldig.«

Martha sah sich um. Dann schüttelte sie den Kopf. »Wenn ich das hier sehe, möchte ich gar nicht mehr leben.«

»So was kannst du doch nicht sagen!«

»Das ist erst der Anfang. Sie werden uns Stück für Stück zerbrechen und zerstören. So geht es doch schon seit Jahren. Es ist wie eine Schlinge, die sich immer enger zuzieht. Sie haben uns die Bürgerrechte genommen, sie werden uns die Staatsangehörigkeit auch noch nehmen.«

Josefine nahm ihre Freundin in die Arme und drückte sie an sich. »Das werden sie nicht«, sagte sie mit mehr Zuversicht, als sie wirklich besaß. »Alles hat Grenzen, und das Ausland wird das, was geschehen ist, nicht so hinnehmen. Diese Nacht hat mehr für die Nazis zerstört, als sie gedacht haben. Nun sind die anderen Staaten alarmiert, und den Nazis wird es nicht mehr so leichtfallen, gegen die Juden zu hetzen. Das hört man überall – in der Presse und im Radio. Das Entsetzen über diese Nacht ist andernorts groß.«

»Wie oft haben wir das schon gesagt?«, fragte Martha mutlos. »Mit den Nürnberger Gesetzen haben sie uns so viel genommen – und nun nehmen sie uns noch die Häuser und unser Eigentum.«

Ruth war den beiden auf dem Weg nach oben gefolgt und

kam nicht umhin, den letzten Satz ihrer Mutter mit anzuhören.

»Mutti, sie haben nicht alles zerstört. Einen Teil konnten
wir retten. Und ich schwöre dir, diese Sachen werden sie nie
wieder in die Finger bekommen. Unser Leben muss weitergehen.« Ruth schluckte.

Martha sah sie für einen Moment schweigend an. »Woher
nimmst du nur diese Kraft, mein Kind?«, fragte sie dann.

»Ich bin deine Tochter«, sagte Ruth und streckte das Kinn
vor. »Und Opi sagt immer: Kinder kommen selten auf andere
Leute.«

Ein kleines Lächeln schlich sich auf Marthas Gesicht. »Wo
Opi recht hat, hat er recht ...«, sagte sie. »Aber du bist so viel
stärker als ich.«

»Vielleicht gerade – aber du wirst auch wieder stark werden, Mutti. Du musst.«

Martha nickte. Es war ein trauriges und mutloses Nicken.
»Ich werde mich bemühen«, sagte sie.

Sie hörten einen Wagen vorfahren und Stimmen im Eingang.
Ruth beugte sich über die Treppenbrüstung. »Es ist Heiner
mit den Fenstern!«, rief sie.

»Das ist gut«, sagte Josefine. »Dann werden wir mal sehen,
was wir noch tun können, bevor sie die Fenster einsetzen.«
Sie wartete gar nicht darauf, was Martha sagte, sondern zog
ihre Freundin einfach mit sich.

Vermutlich, dachte Ruth, die den beiden hinterherschaute,

ist das der beste Weg. Mutti muss eine Aufgabe bekommen, etwas tun und weniger nachdenken.

Heiner Goldstein war der jüdische Glaser. Er hatte Fensterscheiben mitgebracht, die mehr schlecht als recht passten – und er nahm nur so viel Kitt wie nötig, um sie einzubauen.

»Für die Braunen werde ich mir keine Mühe geben. Bei denen zieht es eh im Oberstübchen«, sagte er grimmig, »da darf es ruhig noch ein wenig mehr Wind sein. Vielleicht bläst der ihnen ja die blöden Ideologien weg.«

»Glaubst du wirklich?«, fragte Karl seufzend.

»Die Hoffnung stirbt zuletzt«, sagte Heiner. »Eigentlich könnte ich mich freuen – so eine Auftragslage hatte ich seit Jahren nicht mehr.« Er schnaubte.

»Ich will einfach nur hier weg mit meiner Familie – Deutschland ist kein sicheres Land mehr.« Er wischte noch einmal über den Fensterrand, wandte sich dann dem nächsten Fenster zu. Im Erdgeschoss hatte er schon überall Fenster eingesetzt – manche Scheiben hatten eine leichte Tönung, andere hatten Schlieren und waren aus einer schlechten Produktion, das war Karl aber egal. Sie mussten die Scheiben ersetzen, doch niemand konnte ihnen vorschreiben, wie es auszusehen hatte.

Karl räusperte sich. »Du willst ins Ausland?«

»Du etwa nicht?«, fragte Heiner und entfernte sorgfältig den alten Kitt und die letzten Splitter, die noch im Fensterrahmen steckten.

»Jetzt ganz gewiss. Aber wohin? Wir haben Zertifikate für die Staaten, aber sie sind erst in drei Jahren gültig.«

»Ich werde nach Frankreich gehen. Da habe ich Verwandtschaft. Die Anträge laufen schon. Und wenn es sein muss, gehe ich ohne Genehmigung.«

»Was?«

Heiner sah zu Ruth, die den alten Kitt und die Splitter auffegte. »Ich habe keine Kinder, so wie du. Mein Sohn ist an der Spanischen Grippe gestorben. Meine Frau und ich würden auch untertauchen. Hier hält uns jedenfalls nichts mehr, bis auf meinen Vater. Er will nicht gehen.«

»Omi und Opi wollen auch nicht weg«, sagte Ruth leise.

»Diese Meinung werden sie noch ändern«, meinte Karl. »Es bringt doch nichts hierzubleiben.«

»Mein Vater meint, er habe genug für das Land getan und in seinem Alter sei er keine Gefahr für die Braunen«, sagte Heiner skeptisch.

»Genau das sagen Omi und Opi auch«, meinte Ruth und schaute ihren Vater an.

Karl nahm die Brille von der Nase, zog das Taschentuch aus der Westentasche und putzte die Brillengläser sorgfältig. »Ja, so sehen sie das, die alten Leute. Ich möchte sie dennoch ungern zurücklassen. Eine schreckliche Vorstellung, von ihnen getrennt zu sein. Ich hätte keine ruhige Minute mehr.«

Heiner sah ihn an. »Letztendlich geht es um mein Leben und das meiner Frau. Bei dir hängen noch die Kinder mit dran – sind sie nicht wichtiger als deine Eltern, die schon erwachsen sind und über ihr Leben selbst entscheiden müssen?«

»Ja, ja, sicher. Aber ... dennoch ...«

»Wen würdest du eher retten? Ruth und Ilse oder deine Eltern?« Heiners Stimme klang plötzlich sehr hart. »Wenn mein Sohn noch lebte, würde ich mir gar keine Fragen stellen – sein Leben würde es zu retten gelten, noch vor meinem oder Susannes.«

Karl schwieg, senkte den Kopf. »Damit hast du sicher recht. Aber es ist furchtbar, es zu denken.«

»Natürlich ist es das.«

»Bitte glaub mir, ich weiß, dass ich lange dagegen war, aber nun kann es kein Zögern mehr geben. Wir werden das Land verlassen«, sagte Karl.

»Ich hoffe sehr, du bleibst dabei.«

»Aber sicher, ich habe schon angefangen ...«, Karl stockte und warf einen Blick über die Schulter, »... Sachen ins Ausland zu bringen. Auch Geld ...«, flüsterte er. »Münzen. Papiergeld ist ja nichts wert. Hast du Münzen?«

Heiner hielt kurz in seiner Arbeit inne, dann nickte er. »Wie machst du das?«, raunte er kaum hörbar.

»Wir haben Freunde in den Niederlanden. In Rotterdam und Maastricht. Boten nehmen die Dinge mit über die Grenze ...«

»Aber das ist doch verboten ... sie werden doch kontrolliert.«

»Eingenäht in die Mäntel oder Hosenbunde – natürlich geht nicht viel auf einmal, aber …«

»Du vertraust den Leuten?« Heiner sah ihn an.

»Ja. Bei zweien bin ich mir ganz sicher, aber ich bekomme auch hin und wieder Angebote – da muss man abwägen. Im Prinzip sind es ja nur kleine Summen.«

»Kleine Summen, die dich ins Gefängnis bringen können – ins Konzentrationslager. Unsereins kommt nicht mehr in ein normales Gefängnis, da machen die Braunen schon ganze Sache.«

Karl schluckte hörbar. »Weiß ich doch – aber was haben wir für eine Wahl?« Er wischte sich nervös über den Mund. »Jakub wird einen Teil unserer Möbel in die Niederlande bringen. In den Möbeln werde ich Besteck und anderes Silber verstecken. Jakub fährt im Auftrag der Braunen, sie wissen nicht, was er sonst noch geladen hat – aber seine Papiere sind sauber.«

»Das klingt gut. Ich habe natürlich auch das ein oder andere, was ich wegbringen will – vielleicht kann ich mal mit ihm reden.«

»Jakub ist doch unten«, sagte Ruth. Die beiden Männer sahen sie überrascht an, sie waren so in ihr Gespräch vertieft gewesen, dass sie sie glatt vergessen hatten.

»Ach, Ruthchen«, sagte Karl verlegen, »das sind alles Themen, mit denen du dich nicht beschäftigen solltest.«

Ruth schüttete die Scherben und Abfälle von der Kehrschaufel in den Eimer, der neben ihr stand, dann richtete sie sich auf. »Du magst denken, dass das alles nichts mit mir zu tun hat – aber es hat ALLES mit mir zu tun. Ich bin noch nicht volljährig, aber ich bin im Vollbesitz meiner geistigen Kräfte, das habe ich ja wohl in den letzten Tagen gezeigt.« Sie holte tief Luft. »Du kannst nicht sagen, dass mich diese Dinge nicht beschäftigen sollen, denn das tun sie, Tag und Nacht. Ich mache alles, damit es weitergeht, damit Mutti es halbwegs ertragen kann, und werde auch noch viel mehr machen. Machen müssen.« Ihre Hand fuhr in die Jackentasche, zu Helmuths Zettel. Es beruhigte sie allein schon, das Stück Papier zu spüren, auch wenn sie noch gar nichts unternommen hatte. Allein die Möglichkeit machte ihr wieder Mut.

»Du musst gar nichts machen«, sagte Karl.

»Nein, das stimmt nicht«, unterbrach Heiner ihn. »Deine Tochter sieht das schon richtig. Jeder von uns muss nach Wegen suchen – egal, welche Wege es sind. Aber um zu überleben, müssen wir jeden Ausweg in Betracht ziehen.«

Ruth sah ihn an. »Auch allein, jeder für sich?«, fragte sie leise. »Erst einmal?«

Heiner schaute sie an, nickte dann leicht. »Jeder Weg ist ein Weg. Man muss ihn nur gehen.«

»Du würdest doch nicht ohne uns nach Palästina gehen?«, fragte nun Karl. »Oder doch? Das Geld liegt schon auf einem Anderkonto in England – da können die Nazis nicht mehr dran.«

»Das Geld?«, fragte Heiner irritiert nach.

»Tausend Pfund musste man überweisen – nach Großbritannien. Um überhaupt zum Programm zugelassen zu werden.«

»Das wusste ich nicht«, sagte Heiner. »Mit Palästina haben wir uns nie beschäftigt. Das Leben dort erscheint uns zu anders, zu fremd. Im Kibbuz – nein, das wäre nicht meine Art zu leben.«

»Ich glaube, dass es dort auch europäische Lebensweisen geben wird. Je mehr Juden dorthin gehen, umso mehr wird ihr altes Leben dort prägend sein«, sagte Ruth.

»Du meinst also, es wäre durchaus möglich, in Palästina angemessen zu leben?«, fragte Heiner erstaunt.

»Das weiß ich nicht«, sagte Ruth und senkte den Kopf. »Palästina ist für mich nur der letzte Weg. Irgendwie glaube ich nicht, dass wir dort glücklich werden würden.«

»Was für Gedanken du dir machst, Kind«, sagte Karl erstaunt.

Ruth sah ihn an. »Die Gedanken machst du dir doch auch. Und Mutti. Und alle anderen. Ich habe Ohren, um zu hören, habe Augen, die sehen, wie ihr euch entsetzte Blicke zuwerft. Das hat doch immer mehr zugenommen. Monat für Monat, Jahr für Jahr.« Sie wies in den Flur. »Wie stolz waren wir, hier einen Fernsprecher im Haus zu haben. Wie großartig war das! Eine Errungenschaft. Und vor zwei Jahren bekam er zuerst eine Wollmütze verpasst. Dann einen Kaffeewärmer aus Aluminium – aus Angst, dass er verwanzt ist und die Braunen mithören, was wir sagen. Du glaubst doch nicht, dass Ilse und ich das nicht mitbekommen hätten?« Sie holte tief Luft. »Im Gegenteil. Wir haben all diese Dinge bemerkt, aber ihr habt es immer heruntergespielt. ›Das wird schon wieder, mein Kind. Das ist nur vorübergehend. Hab keine Angst.‹ Das habt ihr uns gesagt, aber verhalten habt ihr euch anders, Vati. Und das haben wir gemerkt. Und meine, unsere Angst wurde dadurch nur größer und größer.« Sie sah ihn an, biss sich auf die Lippen. »Das soll kein Vorwurf sein, Vati, aber ich musste es endlich einmal loswerden.«

»Ach, Kind. Ach, Ruthchen«, murmelte Karl und nahm sie in die Arme. »Das habe ich nicht gewusst, nicht realisiert. Natürlich, ihr habt das alles mitbekommen, und jetzt auch noch dies.« Er zeigte um sich. »Es muss furchtbar für euch sein.«

»Es ist furchtbar, aber wir können uns nicht damit aufhalten zu jammern, wir müssen zusehen, was wird. Was wir machen. Wohin wir gehen werden.«

»Deine Tochter ist klug«, sagte Heiner. »Sehr, sehr klug.«

Am Ende des Tages waren die meisten Fenster wieder mit Glas versehen. Die Möbel, die noch intakt waren, hatte Jakub in die Bismarckstraße gefahren. Ruth und Ilse hatten weiter sortiert und gepackt. Immer noch lag jede Menge kaputter Sachen in den Räumen – aber man sah die Veränderung. Viel Zeit blieb ihnen allerdings auch nicht mehr – spätestens in einer Woche musste das Haus wieder bewohnbar sein.

»Ich komme morgen wieder«, sagte Heiner zu Karl. »Ich habe die letzten Fenster ausgemessen und glaube, dass ich noch genügend Glas dafür habe.«

»Wie kann ich dir danken?«, fragte Karl.

Heiner winkte erst ab, dann aber schaute er Karl an.

»Es gibt tatsächlich etwas, was du tun kannst«, wisperte er. »Kannst du mir helfen, Wertgegenstände außer Landes zu bringen?«

Karl nickte. »Montag fährt jemand für mich nach Holland. Und am Donnerstag auch. Dem Transport morgen werde ich deine Bezahlung mitgeben. Anschließend werde ich dir mitteilen, wo du die Sachen findest. Und wenn der Transport am Donnerstag zustande kommt, lasse ich es dich wissen. Alles aber immer nur mündlich – nichts Schriftliches.«

Heiner nickte. »Ja, natürlich. Kann ich dir morgen schon ein paar Sachen mitgeben? Für die Sendung am Montag?«

»Ja, aber ich muss mich erst besprechen, es gibt keine Garantie. Und je kleiner, desto besser. Silberne Leuchter kannst du eher Jakub anvertrauen. Mein Mittelsmann nimmt nur Sachen mit, die in die Manteltasche passen – manchmal etwas größer. Münzen, Ketten, Ringe … so etwas. Und dann pack einen kleineren Koffer mit Schmutzwäsche – sie kann ruhig ordentlich dreckig sein und stinken. Darin kannst du Tafelsilber verstecken, vielleicht auch eure Menora, wenn ihr eine wertvolle habt …«

Ruth hatte nur mit halbem Ohr dem Gespräch zugehört. Sie war so unendlich müde. Es war nicht nur die körperliche

Arbeit, die sie erschöpfte, es war auch die Sorge um Mutti. Martha hatte das Haus inspiziert, ihr Gesicht war dabei immer bleicher geworden. Sie hatte auch eine Weile versucht, beim Aufräumen mitzuhelfen, aber nach drei Stunden saß sie tränenüberströmt auf der Treppe und konnte sich kaum noch beruhigen. Ilse hatte sie zurück in die Bismarckstraße gebracht und war auch mit ihr dortgeblieben.

Doch nun öffnete sich die Haustür, und Ilse stand wieder vor ihr.

»Wie geht es Mutti?«, wollte Ruth wissen.

»Sie schläft. Sie hat wieder eine Tablette genommen. Sofie ist bei ihr«, sagte Ilse. Auch sie wirkte erschöpft. »Wir gehen doch wieder zu Aretz, nicht wahr?«, fragte sie unsicher.

Ruth nickte. »Ja, ich glaube schon. Oder möchtest du lieber in die Bismarckstraße und da schlafen?«

Ilse schüttelte den Kopf. »Nein, auf keinen Fall. Dort habe ich Angst«, sagte sie mit dünner Stimme.

»Angst? Warum?«

»Es ist da so chaotisch – alles steht einfach nur herum. Ich wollte anfangen, mit Mutti die Räume einzurichten, aber sie konnte nicht, sie hat nur geweint.« Ilse schluckte. »Und außerdem ist es doch eine Judenwohnung – wer weiß, wann die Braunen auch dorthin kommen und … und … du weißt schon …«

Ruth legte den Arm um ihre kleine Schwester und drückte sie fest.

»Hier seid ihr«, hörten sie plötzlich jemanden sagen. »Ich

habe euch schon gesucht.« Helmuth kam die Treppe herunter und setzte sich neben die beiden. Er sah sie an. »Wie geht es euch?«, fragte er leise.

»Einzig«, sagte Ruth und musste dennoch lächeln.

Helmuth stupste sie in die Seite. »Zum Glück hast du deinen Humor nicht verloren«, grinste er. »Mutter und Rita sind schon zurück in die Alte Linner Straße. Ich wollte auch gleich gehen. Kommt ihr mit?«

»Dürfen wir denn?«

»Das war doch so ausgemacht. Mutter rechnet fest mit euch«, sagte Helmuth.

»Gut«, sagte Ruth und zog ihr Tagebuch und einige Zettel aus der Manteltasche. »Es gibt aber etwas, was ich noch tun muss. Und dafür brauche ich deine Hilfe, Ilse.«

»Meine nicht?«, wollte Helmuth wissen und klang ein wenig beleidigt.

»Es geht um unsere Freunde aus der jüdischen Gemeinde«, sagte Ruth. »Ich will dich nicht in Gewissenskonflikte oder in Verlegenheit bringen.«

»Das klingt nach einer Verschwörung.«

»Nun, nicht ganz«, sagte Ruth.

»Spuck es schon aus, was hast du vor?«, sagte Helmuth. Sie sah ihn an, schien ihre Gedanken abzuwägen.

»Komm schon«, sagte Helmuth. »Wir sind quasi Familie. Was hast du zu verbergen?«

»Ich habe«, sagte Ruth langsam und schlug ihr Tagebuch auf, »vor einiger Zeit eine Geheimschrift entwickelt. Den

Code habe ich an die Jugendlichen aus unserer Gemeinde verteilt. Erst haben wir uns damit Nachrichten geschickt, dann ist es irgendwann eingeschlafen. Aber nun ist die Zeit, um diese Geheimschrift zu nutzen.« Sie biss sich auf die Lippe. »Ich möchte, dass sich alle melden, um zu erfahren, wie es den anderen Familien ergangen ist. Ich habe einiges gehört – aber manches waren nur Gerüchte. Ich möchte ein Treffen vorschlagen – aber ich will nicht, dass ein brauner Spitzel das mitkriegt – verstehst du das?«

»Eine Geheimschrift? Und du hast sie erfunden? Phänomenal. Aber ich wusste ja schon immer, dass du knorke bist, Ruth«, sagte Helmuth bewundernd. »Zeig mal.« Er sah sich den Eintrag an. »Das ist wirklich genial. Und die anderen haben das auch? Die anderen aus deiner Gemeinde?«

Ruth nickte. »Falls sie den Zettel nicht weggeschmissen haben.«

»Es ist doch ganz einfach«, sagte Ilse. »Wir schreiben eine Liste mit all den Namen – allen, die du erreichen möchtest. Und dann schreiben wir eine Nachricht an zwei oder drei Leute – zusammen mit den Namen. Und jeder muss die Nachricht an zwei weitere schreiben.«

»Schneeballsystem«, sagte Helmuth und nickte eifrig. »Das könnte gut und schnell funktionieren. Das ist eine wunderbare Idee, Ilse.«

Ilse lächelte und streckte sich voller Stolz. Normalerweise heimste Ruth immer das ganze Lob ein.

»Ja, das ist eine wirklich gute Idee, ganz einzig und knorke,

Ilse. So machen wir das.« Ruth überlegte. »Ich schreibe erst einmal die Namensliste. Die könnt ihr dann kopieren – jeder von euch eine Liste. Dann haben wir drei. Wir kommen bei den Fleischhauers, den Hirschs und den Goldmanns vorbei, wenn wir von hier zur Alten Linner Straße gehen. Drei Listen – wenn jeder von ihnen zwei anderen schreibt und diese wieder zwei anderen ... dann dürfte die Nachricht schnell im Umlauf sein.«

»Wie viele Namen stehen auf deiner Liste?«, fragte Helmuth eifrig.

»Ich muss die doch erst noch schreiben, du Dussel«, sagte Ruth. Sie überlegte. »Aber erst die Botschaft. In Geheimschrift. Ihr kopiert sie dann schon mal, während ich die Liste schreibe.«

Ruth kam auf sechsunddreißig Namen. Sie schrieb, dass sich alle, die dazu in der Lage wären, am Montag am jüdischen Tennisplatz im Stadtwald treffen sollten. Wer nicht kommen könne, solle möglichst eine Nachricht schicken. Die Liste kopierten sie auch zweimal und nummerierten die Namen – jeder bekam zwei Namen zugewiesen, an die die Botschaft gehen sollte. Ruth machte sich viele Gedanken darüber, wer wen am besten erreichen konnte – wer in der Nachbarschaft oder wenigstens in fußläufiger Entfernung wohnte. Es war keine einfache Aufgabe, aber schließlich hatten sie es geschafft.

Sie nahmen die Zettel, steckten sie in Umschläge, die Ruth aus Karls Arbeitszimmer gerettet hatte, und gingen nach oben, dorthin, wo früher das Wohnzimmer gewesen war. Alle Helfer waren inzwischen gegangen. Nur Hans Aretz und Karl saßen noch auf der Fensterbank, jemand hatte ein paar Flaschen Bier vorbeigebracht. Überrascht sahen die beiden Männer die Kinder an.

»Wo kommt ihr denn her?«, fragte Karl. »Ich dachte, ihr seid schon längst gegangen.«

»Wir haben noch etwas aufgeräumt«, log Ruth. Sie wusste, ihr Vater würde ihr Vorhaben nicht gutheißen. Es war nicht ungefährlich, jetzt zu einem Treffen aufzurufen, egal, in welcher Schrift man es tat.

»Wir wollten jetzt aber gehen«, fügte Helmuth hinzu.

Hans sah nach draußen – auch das Wohnzimmer hatte wenigstens zur Front hin schon wieder neue Scheiben. Der Wintergarten mit seinen großen Fenstern war immer noch vernagelt. »Es ist schon dunkel. Und es regnet«, sagte er missmutig. »Warum seid ihr nicht mit Josefine und Rita gegangen?«

»Wir haben gar nicht mitbekommen, dass sie gegangen sind«, sagte Helmuth und schaute sich suchend um. »Sind sie wirklich schon weg?«

»Schon eine Weile, mein Sohn«, sagte Hans und schüttelte seufzend den Kopf. »Du hast dich noch von ihnen verabschiedet und gesagt, dass du gleich mit den Mädchen nachkommst.«

Helmuth zog den Kopf ein, eine Schildkröte auf der Flucht. »Das mache ich jetzt ja auch«, sagte er entschuldigend.

»Es ist dunkel, es regnet …«, seufzte Karl.

Hans sah sich um. »Wir müssen noch einiges an den Leitungen tun. Und das würde ich auch gern noch heute Abend in Angriff nehmen, Karl. Morgen haben wir noch einen ganzen Tag, aber wir könnten den Abend nutzen, um etliche Vorarbeiten zu machen.«

Karl schnaufte. »Ich weiß ja, dass es gemacht werden muss … aber …«

»Aber?«

»Ich möchte nach Martha sehen. Ich mache mir Sorgen um sie.«

»Das verstehe ich gut«, sagte Hans nachdenklich. »Dann machen wir das so: Ich bringe Sie in die Bismarckstraße, Sie sehen nach Ihrer Frau, essen etwas und ruhen sich aus. In der Zeit bringe ich die Kinder zu uns, esse auch etwas, und dann hole ich Sie wieder ab. Was meinen Sie?«

Karl nickte. »Das klingt nach einem guten Plan.«

»Dann machen wir das so«, sagte Hans. »Packt eure Sachen zusammen, Kinder.«

Ruth sah Helmuth an. Er zuckte mit den Schultern.

»Aber … wir müssen diese Nachrichten weitergeben«, flüsterte Ruth.

»Zur Not müssen wir sie morgen verteilen«, sagte Helmuth.

»Oder wir warten auf den nächsten Sabbat, in der Synagoge sehen wir ja die meisten«, sagte Ilse.

Ruth sah sie an und schüttelte den Kopf. »In welcher Synagoge, Ilse?«

»Ach!« Ilse senkte betroffen den Kopf. »Das habe ich ganz …«

Sie griffen nach ihren Jacken und packten die benutzten Blechbecher, Teller und das Besteck in einen Korb.

»Nun kommt schon«, trieb Karl sie zur Eile an. »Wir haben nicht ewig Zeit.«

In der Bismarckstraße angekommen, räumten sie eilig das Auto aus. Der Kofferraum war voll mit Dingen, die sie hatten retten können. Die Wohnung sah inzwischen wie eine Lagerhalle aus.

Martha saß in der Küche, sie wirkte erschöpft.

»Hat sie ihre Tabletten genommen?«, fragte Karl Sofie besorgt.

»Doktor Hirschfelder war heute Nachmittag da und hat ihr eine Spritze gegeben. Das alles nimmt sie sehr mit. Der Anblick des Hauses macht ihr zu schaffen.«

Karl nickte. »Das habe ich befürchtet.«

Ruth nahm die Schwester in den Arm, drückte sie an sich. »Komm, wir verabschieden uns. Onkel Hans möchte nach Hause.«

Schnell gingen sie in die Küche, umarmten Martha. Fast teilnahmslos küsste Martha ihre Töchter.

Karl brachte die Mädchen zur Tür. »Es ist die Spritze, ihr Lieben, es ist nur die Spritze für ihre Nerven …« Ein wenig hilflos sah er sie an.

»Das wissen wir, Vati«, murmelte Ruth. Dann gab sie ihm

einen Kuss. »Wir sehen uns morgen.« Die beiden Schwestern liefen die Treppen nach unten, wo Hans Aretz schon auf sie wartete. Kaum saßen sie im Auto, fuhr er auch schon los.

Ruth stupste Helmuth an. »Dort vorn, Ecke Rheinstraße, da wohnen Fleischhauers. Dein Vater muss doch nur kurz anhalten«, wisperte sie ihm zu.

»Papi, kannst du kurz anhalten?«, fragte Helmuth, Unsicherheit schwang in seiner Stimme mit.

»Wie bitte? Wieso?«

»Du musst eben anhalten, Onkel Hans«, sagte Ilse, ihr konnte Hans am wenigsten etwas abschlagen. »Nur ganz kurz, ich muss eben einen Brief bei Freunden einwerfen.«

»Na gut. Wo denn genau?«, fragte Aretz.

»Direkt da vorn. Danke!« Kaum hielt der Wagen, sprang Ilse auch schon auf die Straße und lief zu dem Haus, schnell steckte sie die Nachricht in den Briefkasten, und schon saß sie wieder im Wagen.

»Das hast du gut gemacht«, flüsterte ihr Ruth zu.

»Wo wohnen die beiden anderen Familien?«, fragte Helmuth.

»Elisabethstraße und Ostwall.«

»Das machen wir dann gleich anders«, meinte Helmuth und zwinkerte ihr zu.

Josefine hatte schon auf sie gewartet. »Es wird doch so früh dunkel«, sagte sie mit sorgenvoller Stimme. »Ich bin froh, dass du die Kinder mitgebracht hast.«

»Ich fahr gleich wieder hin«, sagte Aretz und ging ins Bad. »Es ist immer noch so viel zu tun. Hast du etwas Warmes für mich?«

»Es gibt Suppe. Und Bratwürste, Kartoffelpüree und Steckrüben.« Sie sah die Kinder an. »Ihr habt sicher auch noch Hunger?«

Alle drei nickten.

»Ihr esst etwas, dann fülle ich euch die Waschschüssel, im Kessel ist noch warmes Wasser.« Sie strich allen nacheinander über den Kopf.

Ruth half ihr, die große Emailleschüssel, die auf einem Ständer in der Ecke der Küche stand, zu füllen.

Nachdem sich alle frisch gemacht hatten, deckten sie den Tisch. Josefine kochte eine halbe Kanne Bohnenkaffee auf. »Vielleicht hilft das heute Nacht«, sagte sie, an Hans gewandt. »Was wollt ihr denn noch machen?«

»Wir müssen einige Leitungen erneuern. Das muss gelötet werden – aber zuerst muss man die Rohre vorbereiten. Das würde ich gern heute noch machen, dann geht es morgen zügiger. Jakub arbeitet fast rund um die Uhr, es gibt ja so viele Baustellen in der Stadt, und fast alle sollen zur gleichen Zeit fertig werden. Zwei Wochen! Das muss man sich doch mal vorstellen! Perfide ist das, die wollen doch nur Beweise vertuschen. Ich wünsche mir so sehr, dass die NSDAP für diese Nacht eine Quittung bekommt.«

»Nicht so laut, Hans«, beschwichtigte Josefine ihren

Mann, der sich immer mehr ereiferte. »Denk an die Nachbarn.«

»Was ist denn mit den Nachbarn?«, fragte Rita unschuldig und nahm sich noch eine Portion Kartoffelbrei.

»Die haben manchmal mehr Ohren, als sie sollten«, sagte Hans unwirsch. Als er Ritas erschrockenes Gesicht sah, zwang er sich zu einem Lächeln. »Mit den Nachbarn ist alles in Ordnung, aber Dinge, über die wir hier sprechen, bleiben auch in diesen Wänden, Ritalein. Hast du das verstanden?«

»Aber Papi, wie sollte man denn auch Worte, die gesprochen werden, mitnehmen?«

»Du bist vielleicht eine dumme Gans«, lachte Helmuth und zog sie an dem Zopf. »Papi meint, dass wir nichts erzählen sollen von dem, was hier passiert und worüber wir sprechen.«

Rita sah ihren Bruder an, dann ihren Vater. »Ist das sonst gefährlich?«

Beide nickten.

»Gut, dann werde ich niemandem etwas sagen. Aber … vorhin hat mich Tante Elsbeth Vonderhalft gefragt, wer denn bei uns wohnt. Sie hat Leute hinter den Gardinen gesehen …«

»Was hast du geantwortet?«, fragte Hans hastig.

»Nur, dass niemand bei uns wohnt außer uns. Und dass wir die Kinder von deinem Chef zu Besuch haben. Da hat sie genickt – sie kennt euch ja, ihr wart ja früher auch oft hier.«

»Das hast du gut gemacht«, lobte Josefine ihre Tochter.

Nach dem Essen trank Hans noch eine Tasse Bohnenkaffee, den Rest füllte Josefine in die kleine Kanne. Dann machte er sich wieder auf den Weg zur Schlageterallee.

»Warte nicht auf mich«, sagte er und gab seiner Frau einen Kuss. »Und ihr seid alle artig und hört aufs Wort, verstanden?«

Alle vier nickten. Die Tür fiel hinter ihm ins Schloss, sie lauschten den Schritten, die im Flur hallten und immer leiser wurden. Ruth war sich sicher, dass alle eine Gänsehaut hatten. Abschiede waren anders seit einigen Tagen – sie konnten für immer sein.

Josefine ging in die Küche, füllte die Spülschüssel mit Wasser, gab etwas Schmierseife dazu und legte das schmutzige Geschirr hinein.

Ilse brachte den Korb aus der Schlageterallee. »Wir haben noch das ganze Geschirr von heute Mittag«, sagte sie.

»Aber lass bitte uns spülen, Tante Finchen. Setz du dich ins Wohnzimmer«, meinte Ruth und nahm ihr die Bürste und den Lappen aus der Hand. »Wir machen das schon.«

»Ihr könntet abtrocknen«, sagte Josefine unschlüssig.

»Nein, wir spülen und trocknen ab«, sagte Ruth energisch. »Ruh du dich aus.«

»Ja, mach das, Mama, ich helfe den beiden!« Ritas Stimme überschlug sich vor Eifer. Schon immer hatte sie die älteren Mädchen bewundert; dass sie nun bei ihnen wohnten, war herrlich für sie.

Josefine lächelte. »Dann gebe ich mich euch geschlagen«, sagte sie.

Im Wohnzimmer schaltete sie das Radio an. Es lief Musik – Vivaldi, die *Vier Jahreszeiten*. Josefine setzte sich auf das Sofa und schloss die Augen.

Auf diesen Moment schien Helmuth gewartet zu haben. »Wo sind die Briefe?«, fragte er Ruth leise.

»In meiner Manteltasche.«

»Gut. Ich bringe sie schnell weg.«

»Und deine Mutter?«

»Das mach ich schon. Wart's ab!«

Er zog seine Stiefel wieder an und nahm den Mantel von der Garderobe.

»Muss noch mal schnell weg«, rief er. »Bin gleich wieder da.«

Josefine schreckte hoch. »Warte, Helmuth – wo willst du jetzt noch hin?«

»Papi hat kaum noch Tabak, ich will ihm noch schnell welchen holen, für nachher«, sagte Helmuth. »Darum hat er mich doch gebeten.«

»Wann?«

»Bei Tisch, weißt du das nicht mehr?«, fragte Helmuth erstaunt.

»Da hast du gerade den Kessel aufgesetzt«, fügte Ruth wie beiläufig hinzu.

»Dann habe ich es wahrscheinlich nicht gehört.« Josefine lehnte sich zurück und schloss abermals die Augen. »Beeile dich aber und richte Hildchen einen schönen Gruß aus.«

Tatsächlich hatte Hans bei Tisch erwähnt, dass er eigentlich zu Hildes Eck, der Kneipe am Ende der Straße, müsse. Dort kaufte er immer seine Zigaretten. Allerdings hatte Hans seinem Sohn nicht gesagt, welche zu besorgen.

Ganz schön clever, dachte Ruth.

Nachdem sie abgespült hatten, verzogen sich Rita und Ilse in das Kinderzimmer. Sie kicherten und flüsterten. Josefine war auf dem Sessel vor dem Radio eingeschlafen.

Helmuth und Ruth setzten sich in die Küche.

»Hast du über England nachgedacht?«, fragte er sie.

»Ich denke die ganze Zeit darüber nach. Aber – ich weiß nicht, ob ich das tun kann. Ob ich ohne meine Familie gehen kann.«

»Natürlich ist es schwer, mutterseelenallein in ein fremdes Land zu gehen, von dem du ja kaum die Sprache sprichst. Aber wie fremd ist dir denn Deutschland geworden? Ich habe solche Angst um euch! Die Ereignisse vom neunten November, das war doch nur der Anfang. Ruth, wirklich, ich glaube, du musst jetzt jede Chance nutzen, die sich dir bietet, um euch eine Ausreisemöglichkeit zu verschaffen. Wenn du erst einmal in England bist, wirst du ganz andere Kontakte haben, Informationen, vielleicht deutsche Juden treffen, die es bereits geschafft haben und die dir helfen können. Und vielleicht sind die englischen Behörden auch viel eher bereit, deinen Eltern und Ilse ein Visum zu geben, wenn sie damit eure Familie wieder zusammenführen können.«

»Aber ich bin doch erst siebzehn«, sagte Ruth mutlos. »Eigentlich gilt das Programm für mich noch nicht ...«

»Als ob dich diese paar Monate ernsthaft davon abhalten könnten! Denk darüber nach, Ruth. Es könnte eine Chance für euch alle sein.«

Kapitel 8

Auch am Tag darauf arbeiteten sie wieder in dem Haus in der Schlageterallee. Die Rohre wurden gelötet, die Wände zum Teil neu verputzt und Schäden an den Böden behoben. Nachmittags gingen Ruth und Ilse hinüber zur Bismarckstraße. Dort herrschte immer noch heillose Unordnung – überall standen Kisten, Kästen, Körbe und Taschen mit Sachen. Die Möbel hatten die Helfer alle ins Wohnzimmer gestellt. Nun galt es, die Zimmer einzurichten. Martha sah blass aus, aber sie gab sich alle Mühe, zu helfen. Gemeinsam mit Ruth und Ilse ging sie durch die Räume.

»Das Zimmer hinten im Flügel können Ilse und ich uns teilen«, schlug Ruth vor. »Wir müssen nur schauen, wie wir die Betten ohne das Kopfteil stabil bekommen.«

»Ich wollte immer, dass jede von euch ein Zimmer für sich hat.«

»Ja, Mutti, das hatten wir ja auch. Für ein paar Wochen oder Monate wird es auch so gehen.«

»Hier ist noch ein kleiner Raum, ich denke, den werden wir für Großmutter einrichten«, sagte Martha.

»Sie kommt wieder zu uns?«

»Bei Omi und Opi kann sie auf Dauer nicht bleiben – sie leben zu beengt. Und du weißt, sie ist nicht ganz einfach.«

»Das stimmt wohl«, antwortete Ruth.

Das erste Mal seit Tagen schlich sich so etwas wie der Schatten eines Lächelns auf Marthas Lippen. »Wir haben uns ja daran gewöhnt und können damit umgehen.«

Ruth nickte und nahm ihre Mutter in die Arme. »Du bist ganz tapfer, Mutti. Ich bin stolz auf dich.«

»Ich bin stolz auf euch – wie ihr alles meistert. Ohne euch wären wir bestimmt verloren.«

»Ohne die Aretz wären wir das. Onkel Hans ist eine Wucht.«

»Das ist er.«

Nach und nach richteten sie die Zimmer ein, sortierten Sachen und räumten ein und um.

Immer wieder dachte Ruth über das Formular nach. Sollte sie es wagen? Natürlich war es eine Chance. Aber wie würde ihre Mutti darauf reagieren. Mutti mit ihren schwachen Nerven – sie konnte ihr das unmöglich zumuten, sie konnte sie unmöglich allein lassen.

Beim Aufräumen fiel ihr das Nähtäschchen in die Hand, das Omi für sie gemacht hatte. Es war alles noch da – sogar die kleine Einfädelhilfe aus Blech. Ruth legte das Täschchen auf den Schreibtisch. So viele Kleider hatten die Nazis zerschnitten – aber vielleicht konnte sie einiges flicken oder gar etwas Neues nähen. Ein Gedanke, der sie beruhigte.

Früher hatte es ihr doch auch immer geholfen, zu nähen, wenn es ihr nicht gutging, wenn sie sich ganz in ihre Welt zurückziehen wollte.

Gegen Abend zog der Duft von Sauerkraut durch die Wohnung – Sofie kochte wieder einen großen Topf mit Würstchen und Rippchen für alle Helfer.

Später saßen sie erschöpft am Tisch. Auch die Aretz waren bei ihnen, Josefine hatte einen Topf Hühnerfrikassee mitgebracht.

»Das ist so viel«, sagte Sofie erleichtert, »es wird noch für morgen reichen.«

»Morgen muss ich zur Arbeit, aber abends werde ich kommen und weiter helfen, Karl«, sagte Hans.

»Bitte übernehmen Sie sich nicht, Hans«, sagte Karl besorgt.

»Bis Ende nächster Woche, spätestens nach dem nächsten Wochenende werden wir so weit fertig sein. Je schneller es geht, desto besser ist es doch. Wir wollen dieses Kapitel hinter uns lassen«, sagte Aretz mit belegter Stimme.

Marthas Augen füllten sich mit Tränen. »Ich will das nicht! Ich habe das Haus so geliebt. Es ist furchtbar …«

»Doch, Martha, wir müssen. Und wir werden es schaffen.« Karls Stimme war ganz sanft.

»Genau – die Braunen werden uns nicht zerstören, dafür werde ich sorgen.«

»Du hast die richtige Einstellung, mein Mädchen«, lobte Hans Aretz Ruth. »Es wird schon irgendwie weitergehen.«

»Ich verstehe nur nicht, warum das Ausland nicht reagiert. Die können doch diese Zerstörung, diesen Hass nicht einfach so hinnehmen«, sagte Walter Gompetz.

»Wenn sie uns wenigstens aufnehmen würden, aber die anderen Länder wollen uns ja auch nicht, das haben sie im Sommer klargemacht. Nur wer zahlen kann, kann auch gehen«, sagte Friedel Goldmann und kaute wütend auf seinem Pfeifenstiel.

»Die Konferenz von Évian war eine Farce«, sagte Karl. »Ich kann verstehen, dass die anderen Länder, die ja auch wirtschaftliche Probleme haben und mit Arbeitslosigkeit kämpfen, niemanden aufnehmen wollen. Ja, das kann ich irgendwie verstehen. Aber andererseits … sie können uns doch hier nicht verrecken lassen.«

»Auswandern ist nicht das Problem«, sagte Walter. »Die Papiere habe ich schnell bekommen. Natürlich musste ich auf einen Teil meines Besitzes zugunsten des Staates verzichten – aber was ist Besitz wert, wenn man nicht mehr leben darf? Nein, Auswandern ist nicht das Problem.«

»Was ist dann das Problem?«, fragte Martha verwirrt.

»Einwandern, Martha. Raus dürfen wir schon, aber niemand will uns aufnehmen.«

»Ich hatte gehofft, dass Roosevelt die Einreisequoten erhöht. Die Schweiz auch – aber nach dem Anschluss Österreichs an das Reich sind so viele Juden von dort in die Schweiz geflohen, dass sie nun Angst vor einer ›Überjudung‹ haben«, sagte Friedel.

»Deshalb gibt es auch die neuen Pässe«, sagte Sofie bedrückt. »Pässe, die auf den ersten Blick klarmachen, dass wir Juden sind.«

»In Evian haben sich die anderen Staaten nur gegenseitig auf die Schulter geklopft, erreicht haben sie nichts mit der Konferenz, sie sind nur zu der Erkenntnis gelangt, dass es ein innerdeutsches Problem ist und dass sich natürlich niemand in Hitlers Politik einmischen will.«

»Seit letztem Jahr lassen die Briten auch kaum noch jemanden nach Palästina einreisen. Der Konflikt mit den Arabern droht dort überhandzunehmen. Egal, ob man zahlt oder nicht – keiner will uns haben.«

»Aber wer kann sich jetzt denn noch leisten, zu gehen? Jetzt, wo man uns diese horrenden Entschädigungszahlungen auferlegt?« Friedel lachte bitter auf. »Sie wollen uns weghaben, nehmen uns aber alle Möglichkeiten dafür.«

»Sie brauchen das Geld«, sagte Hans Aretz nüchtern. »Sie brauchen euer Geld, um aufzurüsten. Hitler plant einen Krieg im Osten.«

»Das ist zu befürchten. Aber werden England und Frankreich das zulassen?«

»Chamberlains Politik hat versagt, Appeasement – das war doch vorauszusehen, dass Hitler darüber nur lacht.«

»Aber wieso lässt ihm das Ausland das einfach so durchgehen?«

»Wer weiß, was sie planen. Wir werden abwarten müssen, wie sich alles entwickelt«, sagte Karl und seufzte. »Und wir müssen versuchen, so viele Wertgegenstände wie möglich in Sicherheit zu bringen.«

»Ich habe einige Wertsachen im Garten vergraben. Aber ein sicheres Versteck ist das nicht. Am liebsten würde ich sie auch ins Ausland bringen«, sagte Friedel.

»Wo willst du hin?«, fragte Walter Gompetz.

»Nach Frankreich – dort habe ich Verwandtschaft. Ich hoffe, dass es uns bald gelingt.«

An diesem Abend las Ruth den Zettel, den ihr Helmuth gegeben hatte, noch einmal sorgfältig durch. Gesucht wurden junge Frauen, die in der Landwirtschaft und im Haushalt helfen sollten. Junge Frauen ab achtzehn Jahren. Nirgendwo gab es einen Hinweis, dass jüdische Frauen nicht genommen würden. Am 30. Juni 1939 würde sie achtzehn werden. Das war noch über ein halbes Jahr hin. Viel zu lange, fand Ruth. Sollte sie sich bewerben? Sollte sie wirklich nach England gehen – ohne Mutti, Vati und Ilse? Sie wusste es nicht.

Ich habe ja noch ein halbes Jahr Zeit, dachte sie. Ich kann mich immer noch entscheiden, wenn ich fast achtzehn bin. Vielleicht hat Vati bis dahin ja eine andere Lösung gefunden.

Auf Ilses Bett lag ihr Teddybär – daneben der abgetrennte Arm. Ruth nahm ihr Nähzeug, setzte sich auf ihr Bett und nähte den Arm wieder an. Auch eines der Glasaugen drohte sich zu lösen, mit drei geschickten Stichen befestigte sie es.

Am nächsten Morgen – Hans Aretz hatte schon früh die Wohnung verlassen, um zur Arbeit zu gehen, und Helmuth und Rita waren in der Schule – nahm Ruth den Zettel abermals hervor. Heiners Worte gingen ihr wieder und wieder durch den Kopf. *Jeder Weg ist ein Weg. Man muss ihn nur gehen.* Doch konnte sie den Weg gehen? Vielleicht musste sie es wagen … Erst einmal galt es, die Wohnung in der Bismarckstraße zu beziehen. Mutti musste es besser gehen, dann vielleicht … Ein Schritt nach dem anderen.

Auf dem Weg zur Bismarckstraße, Ilse und sie wollten weiter aus- und aufräumen, kamen sie an einem Briefkasten vorbei. Ruth blieb stehen. Wieder dachte sie an die Bewerbung.

»Was ist?«, fragte Ilse.

»Ach, ich denke nur an einen Brief, den ich noch schreiben will.«

Ilse grinste. »An deinen süßen Kurt?«, fragte sie.

Ruth biss sich auf die Lippen. In den vergangenen Tagen hatte sie nicht einmal an Kurt gedacht. Die Briefe, die sie am Anfang fast wöchentlich über den Atlantik getauscht hatten, waren weniger geworden. Kurts Leben in Amerika unterschied sich so sehr von ihrem Leben in Deutschland. Er machte Erfahrungen, die Ruth nicht verstand und nicht nachvollziehen konnte. Immerzu schrieb er vom »American way of life«.

Die Kluft zwischen ihr und ihrer ersten großen Liebe wuchs und schien inzwischen fast unüberwindbar. Wie sollte sie ihm schildern, was hier passiert war? Wie konnte man das in Worte fassen? Und wie sollte es jemand, der es nicht miterlebt hatte, begreifen können?

Vielleicht, wenn sie es ihm von Angesicht zu Angesicht erzählte. Und vielleicht würde das ja auch passieren, wenn Vati es schaffte, was sie alle erhofften – dass sie nach Amerika auswandern könnten. Dann würde sie Kurt wiedersehen, und dann wüsste sie, ob er sie noch verstand.

»Ja«, sagte sie, denn sie wollte Ilse nicht erzählen, wohin der Brief wirklich ging, »ja, ich will Kurt schreiben.«

»Bestimmt siehst du ihn bald wieder. Ganz sicher. Vati wird uns nach Amerika bringen, das hat er mir versprochen.«

Ruth nickte. Es wär zu schön, um wahr zu sein.

Während sie die Möbel nach und nach an ihre neuen Plätze räumten und Kisten und Koffer auspackten, sah Ruth immer wieder unruhig auf ihre Armbanduhr. War ihre Entscheidung richtig gewesen? Oder war es zu riskant, was sie vorhatten? Sie hoffte, dass ihr Geheimschreiben alle erreicht hatte und viele kommen würden. Doch Versammlungen von Juden waren schon seit einiger Zeit verboten, Versammlungen generell waren nach dem neunten November, der inzwischen wegen der zerstörten Scheiben, die im Widerschein der Feuer geglitzert hatten, Kristallnacht genannt wurde, untersagt worden. Dennoch hoffte Ruth, dass es ihnen gelingen würde, sich zu treffen. Wenn auch nur kurz, um zu planen, wie sie sich in der nächsten Zeit würden austauschen können. Denn dass sie jetzt mehr denn je zusammenhalten und sich gegenseitig unterstützen mussten, davon war sie überzeugt.

Mittags stellte Sofie einen kleinen Imbiss aus den Resten des vergangenen Abends zusammen. Dann endlich war es drei Uhr. Mit klopfendem Herzen zog Ruth ihre Stiefel und den Mantel an. »Du bleibst hier«, wisperte sie Ilse zu.

»Ich will aber mit!«

»Du musst bei Mutti bleiben, sie ablenken.« Ruth holte tief Luft. »Außerdem musst du dich kümmern, falls ich verhaftet werde.«

»Verhaftet?«, fragte Ilse mit tonloser Stimme. »Aber warum?«

»Versammlungen sind verboten, Ilse. Das weißt du doch.«

»Aber … aber wir sind doch nur Kinder, die sich treffen. Sie würden uns doch nicht verhaften?«

»Den Braunen traue ich inzwischen alles zu«, sagte Ruth finster. »Und deshalb bleibst du hier.«

Ilse nickte. »Musst du wirklich gehen?«

»Ich bitte dich. Ich habe all die anderen zusammengetrommelt – ich MUSS da hin.«

»Aber was soll ich Mutti sagen? Sie wird verrückt werden vor Angst.«

»Du wirst ihr gar nichts sagen. Sie darf nicht erfahren, was ich vorhabe«, sagte Ruth eindringlich.

»Ich gehe in die Schlageterallee, um dort zu helfen. Entweder komme ich hierher zurück, oder ich gehe direkt zu den Aretz. Das sagst du Mutti. Verstanden?«

Ilse nickte ernsthaft. »Gut, so machen wir das«, sagte sie. Dann seufzte sie auf. »Bleib hier, Ruth. Ich weiß nicht, was wird, wenn ich dich verliere.« Tränen standen in ihren Augen.

»Du verlierst mich nicht, Ilse. Was soll der Unfug? Ich treffe mich mit den anderen – aber niemand wird es mitbekommen. Es ist wichtig, dass wir uns verbinden, vernetzen, Wege finden, miteinander zu kommunizieren – aber dafür müssen wir uns nun einmal treffen und alles besprechen. Mach dir keine Sorgen, es wird alles gut werden.«

Ruth vermied es, ihre Schwester anzusehen. Sie knöpfte den Mantel zu, legte den Schal um den Hals.

»Mutti, ich geh jetzt nach drüben«, rief sie. »Ins Haus.«

»Ja, ist gut, Ruthchen«, rief Martha zurück. »Pass aber auf dich auf.«

»Mach ich!« Ruth drückte Ilse kurz an sich, dann öffnete sie die Tür. Als sie auf die Straße trat, klopfte ihr Herz so laut, dass sie meinte, jeder müsse es hören. Ruth zwang sich, langsam zu atmen. Ein – aus. Ein – aus. Aus langsamer als ein. Immer wieder. Einen Schritt vor den anderen. Als wäre es das Normalste der Welt. Es nieselte – das typische Novemberwetter am Niederrhein: kalt und nass und düster. Das passte zu ihrer Stimmung.

Auf keinen Fall wollte sie an ihrem Haus vorbeigehen, also bog sie schon vorher ab, auf die Hohenzollernallee. Von dort lief sie die Straßen im Zickzack bis zum Stadtwald. Wieder stieg die Furcht in ihr auf. Warum habe ich das getan? Ich bringe sie alle in Gefahr, ich bin so meschugge, so blöd, so größenwahnsinnig. Es ist verrückt. Hoffentlich kommt niemand, hoffentlich sind sie klüger als ich. Bitte, lass niemanden da sein, keinen! Aber tief in ihrem Inneren hoffte sie doch, andere zu treffen.

Der Tennisplatz der jüdischen Gemeinde lag etwas abseits der anderen Sportplätze am Stadtwald. Es gab ein kleines Häuschen mit Umkleidekabinen und einer Dusche, die aber nur mit viel Glück im Sommer funktionierte. An der einen Hausseite befand sich eine überdachte Veranda, auf der einfache Holztische und Bänke standen. Dort saßen schon einige ihrer Freunde und Bekannten und blickten Ruth erwartungsvoll entgegen.

»Hallo Sara«, sagte Heinz Goldmann. »Wir sind deinem Aufruf gefolgt.« Er zwinkerte ihr zu.

»Sara?«, fragte Ruth irritiert. Dann fiel es ihr ein. Seit Anfang Oktober hatten alle Juden neue Pässe bekommen – alle Frauen zwangsweise den Beinamen »Sara«, alle Männer hießen nun auch »Israel«. Außerdem prangte ein dickes, rotes »J« in ihren Pässen.

Ruth kicherte; es tat gut, sie alle zu sehen! Dann wurde sie ernst. »Wie viele sind wir?«

»Zehn«, erwiderte Heinz. »Bisher.«

»Es ist besser, ihr geht nach drinnen«, schlug Ruth vor. »Da sieht uns keiner. Ich warte hier draußen.«

Die Jungs hatten Bier mitgebracht, Ruth hörte das Ploppen der Bügelverschlüsse, das Klirren der Flaschen, als sie anstießen und sich zuprosteten. Sie konnte sie verstehen – alles war düster und voller Furcht, ein Schluck Bier hellte den Tag vielleicht für sie auf. Aber betrinken durften sie sich nicht.

Schnell füllte sich das kleine Gebäude, fast alle Freunde waren dem Aufruf gefolgt.

»Verdammt, du ahnst gar nicht, wie lange ich nach dem Zettel mit deiner verfluchten Geheimschrift gesucht habe. Hättest du nicht eine normale Botschaft schreiben können?«, sagte Heinz, als sich Ruth endlich zu ihnen gesellte.

»Jau, ging mir auch so«, sagte Fritz Schwartz. »Aber ich hatte den Zettel noch.«

»Hattest du nicht«, sagte seine Schwester Hannah trocken. »Ich hatte ihn.«

»Immerhin habt ihr die Botschaft lesen können«, meinte Ruth. »Vielleicht kommen ja auch noch mehr.«

Sie hatte die Liste dabei und las nun die Namen vor.

»Wo sind wir hier?«, fragte einer mit rauer Stimme. »Bei der Hitlerjugend? Rufst du nun die Mitglieder auf?«

Ruth hielt inne, sah ihn an. »Nein. Dies ist kein Verein. Wir sind eher eine Randgruppe. Wir sind die, die es nicht mehr geben soll. Deshalb wollte ich wissen, wen von uns es noch gibt.« Sie stockte. »Ich weiß nicht, wie es euch vor anderthalb Wochen ergangen ist – aber mein Elternhaus, das Haus, in dem ich aufgewachsen bin, ist von den Braunen völlig zerstört worden. Wir hatten Glück und konnten dem Mob entkommen, andere aber nicht. Ich wollte wissen, wie es euch ergangen ist – ich wollte eine Art Status schaffen.«

»Wofür?«, fragte Esther Zucker. »Wofür brauchst du einen Status?« Ihre Stimme klang nicht freundlich.

»Um … damit wir wissen, wer von uns und unseren Eltern noch da ist, wie es den Familien geht. Damit man Hilfe untereinander leisten kann?« Ein wenig hilflos sah sich Ruth um. Hatte sie ihren Aufruf falsch eingeschätzt?

»Und wer sagt uns, dass du kein Spitzel der Braunen bist?«, fragte Simon Silberthal.

»Ich?« Ruth schnappte nach Luft.

»Dein Vater wurde nicht verhaftet, soweit ich weiß. Meiner schon. Dabei seid ihr viel vermögender als wir.« Trotzig schob er das Kinn vor. »Da kann man doch schon mal ins Grübeln kommen, oder?«

Es dauerte einen Moment, bevor Ruth antworten konnte. »Ich bin kein Spitzel«, sagte sie so ruhig wie möglich. »Ich bin kein Spitzel, und ich bin kein Feind. Mein Vater wurde nicht verhaftet, weil ein Freund ihn versteckt hat. Unser Haus indes wurde zerstört. Ihr dürft alle gern kommen und es ansehen. Vieles haben wir repariert – aber die Schäden sind noch deutlich zu sehen.« Sie hielt kurz inne, versuchte, sich nicht anmerken zu lassen, wie sehr der Vorwurf sie gekränkt hatte. »Ich dachte, es wäre wichtig, uns zu treffen und uns gegenseitig zu helfen. Es wird ja nicht leichter für uns.«

Ein junger Mann trat vor, Ruth hatte ihn vorher noch nicht bemerkt – es war Hans, ihr Cousin.

»Wir müssen zusammenhalten«, sagte er. »Ruth hat recht daran getan, uns zu dieser Versammlung einzuberufen. Seit dem neunten November haben der Hass und die Ausgrenzung eine neue Ebene erreicht.« Er sah sich um. »In den Augen der Nationalsozialisten sind wir minderwertig. Und warum? Weil wir eine andere Religion haben. Sie glauben, dass wir zu einer anderen Rasse gehören, fremd sind, dass sie uns deswegen ausgrenzen können. Aber sind wir nicht alle hier geboren, hier aufgewachsen und zur Schule gegangen? Warum sollten wir anders sein?« Er spuckte auf den Boden. »Was wissen die denn von uns?«

Ruth hielt den Atem an. Noch nie hatte sie ihren Cousin so erlebt. Er hatte Charisma, er war redegewandt – genau wie Berthold, sein Vater.

»Sie wissen nichts, und es interessiert sie auch nicht. Sie wollen nur eines: uns unsere Heimat nehmen. Und das haben sie geschafft. Bis zum neunten November habe ich mich als Deutscher gefühlt.« Er stockte, seine Stimme wurde leiser. »Aber in dieser einen Nacht haben die Braunen uns Deutschland als Heimat genommen.« Wieder sah er sich um. »Sie wollen uns nicht mehr hier.«

Viele nickten zustimmend.

»Aber was sollen wir machen?«, fragte jemand.

»Wir werden auswandern«, sagte ein anderer.

»Meine Eltern wollen nicht gehen – sie glauben nicht, dass es noch schlimmer werden könnte.«

Alle redeten durcheinander.

»Bitte seid ruhig!«, rief Ruth, so laut sie konnte. »Wir sollten miteinander reden, aber so, dass jeder jeden versteht.« Sie sah Hans hilfesuchend an.

»Ruhe!«, rief er, seine Stimme hallte durch den Raum. »Lasst uns erst einmal die Fakten sammeln. Wer ist nicht gekommen, Ruth?«

Ruth schaute auf ihre Liste und nannte fünf Namen.

»Weiß jemand, was mit den Familien ist?«, fragte Hans.

»Die Friedmanns sind weg«, sagte jemand. »Nach Holland, sagte meine Mutter.«

»Bist du sicher?«

»Ich denke schon – es kam ein Wagen, und sie haben alles eingepackt und sind gefahren.«

»Rita Süßkind konnte nicht kommen, ihre Mutter hat sie nicht gehen lassen«, sagte ein Mädchen. »Ihr Vater wurde verhaftet. Sie haben Angst.«

Ruth nickte und machte sich eine Notiz auf der Liste.

»So ist es auch bei Sternliebs«, sagte jemand anderes. »Und David Moses ist krank, deshalb konnte er nicht kommen.«

»Wer von euch musste sein Haus oder seine Wohnung verlassen?«, fragte Ruth. Zehn zeigten auf.

»Wir haben einen Brief bekommen, dass wir auch ausziehen müssen«, sagte Hilde Zucker.

»Wir auch!«

»Ja, wir auch.«

»Wer soll umziehen?«, fragte Ruth und notierte sich dann die Namen. »Wisst ihr schon, wohin?«

»Wir ziehen nächste Woche zu meinen Großeltern in die Stadt«, sagte Hilde.

»Wir gehen nach Anrath, zu Verwandten.«

»Uns ist eine Wohnung zugewiesen worden«, sagte ein Mädchen. »Meine Eltern müssen ihr Haus verkaufen – wegen der Strafe, die die Juden zahlen müssen.«

Ruth nickte. »So ist es bei uns auch.« Sie seufzte. »Ich lasse die Liste herumgehen. Bitte tragt eure neuen Adressen ein, damit wir uns erreichen können. Die Mitteilungen sollten aber immer in der Geheimschrift geschrieben werden.«

»Meine Mutter hat erzählt, dass jüdische Kinder vielleicht nach England ausreisen dürfen«, sagte Karl Fleischhauer. »Dort sollen sie in Familien untergebracht werden, bis alles wieder besser ist. Das versuchen die jüdischen Gemeinden in England gerade zu organisieren.«

»Ich würde nicht allein nach England gehen«, sagte Hilde entsetzt.

»Ich habe auch davon gehört – das soll aber wohl nur für kleine Kinder gelten.«

»Warum sollten Familien ihre Kinder allein ins Ausland schicken?«

»Damit sie sicher sind«, sagten Hans und Ruth gleichzeitig. »Wer weiß, was noch passieren wird. Mein Vater meint, dies sei erst der Anfang. Es wird noch viel schlimmer werden.« Hans schluckte. »Er wird nächste Woche nach Palästina gehen.«

»Ohne euch?«

Hans nickte. »Erst einmal schon. Aber er hat mir versprochen, mich und Mutti nachzuholen. Wir müssen übrigens auch umziehen. Der Vermieter hat uns gekündigt, er will keine Juden mehr im Haus haben. Aber wir wissen noch nicht, wohin.«

»Oh!« Ruth sah ihn überrascht an. »Das wusste ich noch gar nicht.«

»Mutti hat es auch noch niemandem gesagt. Sie will erst etwas finden, weil sie Angst hat, dass sich Omi und Opi sonst zu sehr aufregen.«

Nachdem die Liste herumgegangen war, bildeten sich kleine Gruppen, man erzählte von der schrecklichen Nacht und was seitdem passiert war.

Draußen dämmerte es schon, und es hatte wieder begonnen zu regnen.

»Ihr Lieben«, rief Ruth. »Ihr wisst, es gibt ein Versammlungsverbot. Deshalb sollten wir jetzt nach und nach gehen. Lasst uns schriftlich in Verbindung bleiben. Wenn es gravierende Neuigkeiten gibt, können wir uns sicher wieder treffen.«

Bevor er ging, nahm Kurt Ruth kurz zur Seite. »Tut mir leid, dass ich dich vorhin so angegangen bin. Das war ungerecht, ich habe mich einfach anstecken lassen von diesem Misstrauen, das überall herrscht. Alle um uns herum scheinen meschugge zu werden. Alle haben Angst …«

»Das verstehe ich doch, Kurt«, sagte Ruth. »Ich habe ja auch Angst. So etwas Schreckliches habe ich noch nie erlebt.«

»Was macht ihr denn?«, fragte er.

»Wir wollen auch auswandern, haben ein Zertifikat für Amerika, aber erst für 1941, frühestens«, sagte sie. »Wir hoffen sehr, dass Amerika die Quoten nun erhöhen wird und mehr ins Land lässt.« Sie sah ihn an. »Und ihr?«

»Mein Vater meint, dass sie ihm nichts tun werden – schließlich haben sie uns noch unser Geschäft gelassen. Die meisten anderen sind ja enteignet worden. Meine Mutter möchte nach Ungarn – dort haben wir Verwandtschaft.«

»Alles scheint sich aufzulösen«, sagte Ruth traurig. »Was werden wir wohl später über diese Zeit sagen? Und werden wir alle noch in Kontakt bleiben können?«

»Natürlich, Ruth. Wir sind doch alle zusammen aufgewachsen und haben viel Zeit im Kulturkreis verbracht, wir alle. Das schweißt doch zusammen.«

»Ja, das sehe ich auch so«, sagte Ruth und küsste ihn auf die Wange. »Pass auf dich auf, und lass von dir hören.«

»Das werde ich.«

Nach und nach verließen alle den Vereinsraum. Vorsichtig, manchmal zu zweit oder zu dritt, manchmal auch einzeln, gingen sie in die Dämmerung.

Hans und Ruth blieben bis zuletzt. Inzwischen regnete es heftig, das Licht der Straßenlampen war kaum zu sehen.

Hans hatte einen Regenschirm dabei. Ruth hängte sich bei ihm ein, und Seite an Seite gingen sie in Richtung Stadt.

»Und?«, fragte Ruth und drückte sich an ihren Cousin. »Willst du nach Palästina?«

»Ja!«, sagte er voller Inbrunst. »Ich will weg aus diesem Land, weg aus Deutschland. Ich will ein ehrliches, arbeitsreiches, jüdisches Leben führen! Du nicht?«

»Ich wollte mal unbedingt nach Palästina. Das war vor ein paar Jahren. Ich fand die Idee, in einem jüdischen Staat zu leben, ohne verfolgt zu werden, so einzig und phänomenal. Aber meine Eltern sehen das kritischer.« Sie schluckte. »Und dann haben wir nur Ausreisezertifikate für mich und Großmutter Emilie bekommen. Erklären konnte uns das keiner. Vermutlich war das ein seltsames Losverfahren – ich bin jung und war in einer Hascharah-Schule, und deshalb gelte ich als geeignet. Großmutter Emilie ist alt, aber sie hat viel Kapital, von dem sie einiges schon lange auf Auslandskonten angelegt hat. Dieses Vorgehen hat mich abgeschreckt. Sie sehen uns nicht als Menschen, sondern als Kapital – entweder als Kapital, um das Land aufzubauen, oder eben, um Geld in das Land zu bringen.«

»Das ist sehr pragmatisch, aber … sei ehrlich … auch verständlich. Würde Palästina alle Juden aufnehmen, ohne vorher zu filtern, würde ein heilloses Chaos entstehen. Dort gibt es noch keine große Struktur, die muss erst aufgebaut werden.«

»Ich mag, wie enthusiastisch du bist«, sagte Ruth. »Das bewundere ich an dir. Du hast – genau wie dein Vater – einen Traum und willst ihn verwirklichen. Euer Traum ist ein perfektes Palästina.«

»Hast du diesen Traum nicht?«, fragte Hans verwundert.

»Nein.« Ruth stockte. »In der Schule in Wolfratshausen haben sie versucht, uns auf ein Leben in Palästina vorzubereiten. Aber es war so ideologisch und dann so … fremd. Es hatte nichts mit dem Judentum zu tun, wie wir es leben. Es waren rein zionistische Gedanken. Sie wollten uns schnell zu effektiven Arbeiterinnen machen. Alles Persönliche fiel hintenüber. Ich habe es gehasst.«

»Du hast die Schule gehasst?«, fragte Hans überrascht. »Das hast du nie erzählt.«

»Ich habe mich dafür auch geschämt, weil die Hascharah mir ja einen Weg öffnete. Aber ich glaube nicht, dass ich diesen Weg gehen kann. Es ist nicht mein Weg. Und der Gedanke, für immer ohne meine Familie zu sein, macht mir Angst.«

»Du wirkst so stark, so fröhlich …«

»Das täuscht. Ich muss so wirken, allein schon für Mutti.«

Hans drückte sie an sich. »Deine Mutter wird das schon meistern.«

»Sie ist schwermütig – schon seit Jahren, mal mehr, mal weniger. Im Moment ist es ganz schlimm.«

»Ja, ich weiß, meine Mutti hat mir davon erzählt. Es ist wohl eine Art Krankheit des Geistes, der Seele.«

»Sie ist nicht geisteskrank«, sagte Ruth empört. »Sie ist melancholisch.«

»Das meinte ich ja. Aber das macht es ja nicht einfacher. Vermutlich wirkt Aspirin nicht.« Er lächelte zaghaft – ein Versuch, Ruth wieder freundlich zu stimmen. Ruth nahm es an und lächelte zurück.

»Nein, Aspirin hilft nicht. Und vor allem ist eines klar: Wir können nicht bis 1941 ausharren, um dann erst in die USA zu reisen. Bis dahin wird hier alles zu schlimm sein. Wir müssen jetzt gehen.«

»Dein Vater hat Geld, er wird sicher einen Weg finden. Und ihr habt wenigstens das ›Affidavit of support‹ von der Cousine deiner Mutter.«

»Du glaubst gar nicht, wie schwer das war. Tante Bärbel wollte sie uns nicht geben. Sie ist mit einem Amerikaner verheiratet und hat fast allen Kontakt nach Deutschland abgebrochen. Sie hat es nur getan, weil Vati ihr über Kruitmans Geld schicken konnte.«

»Geld, es dreht sich alles immer um Geld.«

»Wie hat es dein Vater geschafft? Wie ist er an das Ausreisezertifikat nach Palästina gekommen?«

»Er hat es schwarz gekauft. Mit welchen Mitteln auch immer.« Hans blieb stehen, senkte den Kopf. »Ich muss dir etwas sagen. Keinem sonst kann ich es anvertrauen, schon gar nicht meiner Mutter. Aber irgendwem muss ich es sagen, weil ich sonst platze.«

»Spuck es aus«, sagte sie. Der alte Spruch, den sie in Kindertagen immer verwendet hatten, wenn es um Dinge ging, die schwer auszusprechen waren.

Hans nickte und grinste verhalten. »Du darfst es nie jemandem sagen. Keinem. Wirklich.«

»Großes Ehrenwort.«

Hans sah sie an, dann schaute er zu Boden. »Mein Vater hat auch ein Ausreisezertifikat für mich gekauft. Schwarz. Unter der Hand. Aber es ist gültig.«

»Du ... du könntest jetzt schon nach Palästina?«, fragte Ruth ungläubig.

»Ja, ich könnte. Ich könnte nächste Woche mit meinem Vater ausreisen. Wir könnten dort ein neues Leben anfangen.«

»Aber du machst es nicht.«

»Ich ... ich weiß nicht, ich will meine Mutter nicht allein lassen.«

»Hat dein Vater nicht auch für sie ein Visum bekommen?«

»Er kann es sich nicht leisten. Ich habe Mutti und Vati streiten hören. Sie haben sich angeschrien. Ich habe jedes Wort gehört«, schluchzte er. »Was soll ich bloß machen, Ruth?«

»Würde denn Onkel Berthold deine Mutter noch nachholen? Nach Palästina? Ich habe gehört, es ist einfacher, wenn man erst einmal da ist.«

»Das habe ich auch gehört, und er hat es versprochen. Auch wenn sie ... wenn sie sich nicht mehr lieben, ich glaube nicht, dass Vati Mutti einfach so im Stich lassen würde.«

»Und dich schon gar nicht.« Ruth überlegte.

»Und wenn du doch jetzt mitfährst?«

»Ich bin ganz zerrissen, einerseits will ich weg aus Deutschland … weg und neu anfangen. Ich wäre auch gern auf eine Hascharah-Schule gegangen, hätte wenigstens etwas Hebräisch gelernt.«

»Hebräisch habe ich nicht gelernt«, sagte Ruth verächtlich. »Das wurde uns versprochen, aber Bayrisch verstehe ich jetzt einigermaßen.« Sie grinste schief. »Gräm dich nicht – alles, was ich gelernt habe, wirst du auch schnell können. Ställe ausmisten, Kühe melken, Vieh füttern – da ist nicht viel dran, aber es ist anstrengender, als man denkt. Ich habe noch Kurse in Hauswirtschaft gehabt und Kinderpflege. Die Jungs haben Holzwirtschaft gelernt und so etwas. Aber ich bin sicher, wenn du da bist und ihr in einem Kibbuz seid, wird sich alles fügen.«

»Aber ich kann doch Mutti nicht alleinlassen. Das geht nicht. Daran zerbricht sie.« Er schluckte. »Es war schon hart für sie, als Vati sich von ihr getrennt hat, weil sie nicht einer Meinung waren.«

»Aber … aber würde sie denn nach Palästina gehen, wenn er ihr die Möglichkeit gibt?«

»Vor einem Monat hätte ich noch ganz klar gesagt, dass sie hierbleibt, wenn Omi und Opi nicht mitkommen können. Jetzt, nach dieser grauenvollen Nacht und allem, weiß ich es nicht mehr. Vielleicht würde sie doch gehen. Wenn ich gehe und sie auch mitkönnte? Ja, ich glaube, das würde sie tun.«

»Omi und Opi wollen nicht gehen«, sagte Ruth leise. »Sie glauben, dass sie nichts zu befürchten haben. Ich sehe das anders.«

Der starke Guss hatte nachgelassen, aber immer noch fielen die Tropfen kontinuierlich, ein Vorhang aus Regen.

»Was würdest du an meiner Stelle tun?«, fragte Hans.

Ruth überlegte eine Weile. »Ganz ehrlich?«, fragte sie ihn dann. »Ganz wirklich ehrlich?«

Er nickte.

»Ich würde gehen. Jetzt. Und dann alles daransetzen, deine Mutter zu euch zu holen. Und Omi und Opi. Fliehen und dann alles dafür tun, die anderen auch zu retten.«

»Nein«, sagte Hans und atmete erschrocken ein. »Das meinst du nicht ernst?«

»Doch«, sagte Ruth leise.

Er blieb wieder stehen. »Das hätte ich nie von dir gedacht. Niemals.«

»Wie meinst du das?«, fragte Ruth und löste sich aus seinem Arm.

»Du würdest doch deine Eltern, deine Mutter, du würdest doch Martha nie alleinlassen. Du nicht.«

»Du täuschst dich«, sagte Ruth leise. Plötzlich war ihr klar, was sie tun würde – sie würde sich auf eine Stelle in England bewerben. »Ich würde und werde es tun.«

»Was?«

»Ich werde alles dafür tun, dieses Land so schnell wie möglich zu verlassen. Auch ohne meine Familie.«

»Nein!« Hans schüttelte den Kopf. »Das kannst du nicht tun!«

Sie sah ihn schweigend und voller Ernst an.

»Nein, Ruth, das machst du nicht. Du gehst nicht allein nach Palästina.«

»Stimmt. Ich werde nicht nach Palästina gehen. Aber vielleicht nach England. Ich bewerbe mich schon seit einem Jahr auf Austauschstellen, um einen Platz an einer Schule – bisher ohne Erfolg. Nun gibt es ein neues Programm – es werden junge Frauen für die Landwirtschaft und in Haushalten gesucht. Dafür will ich mich bewerben.« Sie griff nach seinen Händen. »Aber – bitte, bitte, bitte – verrate es niemandem. Bitte nicht. Ich weiß ja nicht, ob es klappt, und wenn, dann werde ich mich der Familie stellen. Aber erst dann.«

»Wie kannst du das tun?«, fragte Hans fast tonlos.

»Wie kann ich was tun?«

»Gehen – allein. Das ist so … feige.«

Ruth zuckte zusammen. »F… feige?«, stotterte sie verblüfft, und nach einem Moment wurde Entsetzen daraus. »Wie meinst du das?«

»Wie kannst du gehen wollen und deine Familie, deine Mutter, die so labil ist, zurücklassen? Einfach, um dein Leben zu retten? Wir sind Juden, wir wurden schon immer verfolgt, und das Einzige, was uns gerettet hat über die Jahrhunderte, ist, dass wir zusammengehalten haben. Dass die Familie im Mittelpunkt stand.«

»Glaubst du, ich will fliehen? Weglaufen?«, fragte Ruth

nun und kniff die Augen zusammen. »Meinst du, ich will mich feige aus dem Staub machen?« Sie schüttelte den Kopf. »Glaubst du das wirklich, Hans? Wir sind doch quasi zusammen aufgewachsen, weißt du wirklich nicht, wie sehr ich meine Familie liebe?«

Hans senkte den Kopf. »Ich dachte, ich wüsste es. Aber wie kannst du dann gehen wollen?«

»Ich habe die vergangenen Wochen seit dem neunten November alles für meine Familie getan, alles, um meine Mutter zu schützen. Ich habe von der ersten Minute an im Haus aufgeräumt …«

»Ich weiß, aber trotzdem: Du willst gehen.« Er sah sie fassungslos an. »Allein.«

»Natürlich will ich nicht, aber was bleibt mir anderes übrig? Ich kann nur allein gehen und nur mit viel Glück, wenn mich jemand haben will in England. Als Haushaltshilfe.« Sie schnaubte. Erst als sie die Worte aussprach, wusste sie, dass es stimmte. Sie hatte Angst vor der Zukunft, und sie hatte Angst, allein zu gehen. Doch sie würde es versuchen müssen – damit ihre Familie eine Chance hatte. »Das ist nicht das, was ich mir von meinem Leben erträumt habe«, sagte sie mit rauer Stimme, »aber es ist eine Chance. Für mich, aber vor allem auch für meine Familie! Wenn ich erst einmal da bin, werde ich ganz andere Möglichkeiten haben, sie nachzuholen – vielleicht auch dich und deine Mutter, Omi und Opi. Ich werde alles versuchen. Wir haben Verwandte und Bekannte, wir haben Freunde und inzwischen auch Gemeindemitglieder in England. Ja, das ist richtig, die Juden haben immer nur überlebt, weil sie zusammengehalten haben, und das werden sie hoffentlich jetzt wieder tun.«

»Glaubst du wirklich, dass du aus einem anderen Land heraus mehr erreichen kannst?«

»Ja.« Ruth nickte. »Ja, das glaube ich. Ich kann zu Botschaften gehen, zu Ämtern, habe Unterstützung von Leuten, die auch schon das Land verlassen haben und nicht mehr aufpassen müssen, was sie tun oder sagen. Wir sind doch hier gefangen – es ist wie ein Netz, das sich immer enger und enger um uns zieht. Wir werden bewegungslos in diesem Netz, irgendwann werden wir ersticken. Deshalb will ich das Land verlassen. Damit das nicht passiert. Wie kannst du nur glauben, dass ich feige bin und einfach abhaue? Was meinst du, wie schrecklich für mich die Vorstellung ist, von euch allen getrennt zu sein?« Die Brust wurde ihr eng. Noch waren es nur Worte, aber sie wollte es wenigstens versucht haben, wurde ihr klar.

»Puh.« Hans schüttelte den Kopf. »Ich bin so ein Armleuchter, und du bist so famos.« Wieder schüttelte er den Kopf. »Ich muss das erst für mich sortieren.«

»Was gibt es da zu sortieren?«, fragte Ruth nach. Sie fröstelte, der Regen hatte ihren Mantel durchweicht, und sie wollte einfach nur nach Hause. »Wir müssen uns beeilen«, sagte sie und zog ihn mit sich.

»Ich muss darüber nachdenken. Muss entscheiden, ob du recht hast oder nicht. Tut mir leid«, sagte er und sah sie an, »aber das ist alles fremd und neu für mich.«

»Ist es nicht!«, protestierte Ruth. »Dein Vater macht es doch genauso. Er geht nach Palästina und will euch nachholen.«

»Das … das stimmt.« Hans senkte den Kopf. »Das stimmt tatsächlich. Aber so habe ich das bisher nicht gesehen.«

»Wie denn dann?«, fragte Ruth. »Wie kann man es denn anders sehen?«

»Ich hatte immer das Gefühl, dass es feige von mir wäre mitzugehen. Dass ich meine Mutter im Stich lassen würde.«

»Geh mit deinem Vater, und hol deine Mutter dann zu dir!«, beschwor Ruth ihren Cousin. »Geh mit ihm, solange du es kannst. Du bist siebzehn, unser Leben liegt noch vor uns. Geh nach Palästina. Zu zweit werdet ihr es schaffen, für sie ein Visum zu bekommen. Sie werden doch keine Familie auseinanderreißen wollen!«

»Du hast sicher recht, aber ich kann Mutti wirklich nicht im Stich lassen«, sagte Hans und klang traurig. »Bei euch ist das anders, deine Eltern haben dich und Ilse. Mutti hat nur noch mich, ich bin ihr verpflichtet.«

»Aber würdest du deine Verpflichtung nicht besser in Palästina erfüllen können?«

»Nein. Aber das verstehst du wohl nicht.«

Schweigend gingen sie weiter. Am Bismarckplatz angekommen, drückte Ruth Hans fest an sich. »Weißt du, du bist fast so wie ein Bruder für mich. Ich will nicht, dass wir uns streiten oder missgestimmt sind. Ich will dich verstehen! Vielleicht muss ich einfach nur noch einmal in Ruhe darüber nachdenken, was du gesagt hast.«

»Ich will dich auch verstehen«, sagte Hans. »Und ich werde es versuchen.«

Schweigend blieben sie für einen Moment vor dem Haus stehen. Es waren grundsätzliche Dinge ausgesprochen worden, und Ruth hoffte, dass Hans ihre Beweggründe irgendwann würde nachvollziehen können. Vielleicht bräuchte er einfach Zeit. Sie wollte sich nicht mit ihm entzweien. Ruth holte tief Luft und klingelte. »Endlich ein Dach über dem Kopf. Endlich wieder Wärme. Ich bin bis auf die Haut durchnässt«, sagte sie seufzend.

»Ich auch!«, sagte Hans und schob sie in das Treppenhaus. Triefend nass erreichten sie die Wohnung.

»Wo wart ihr?«, fragte Karl wütend und gleichzeitig erleichtert. »Es ist dunkel. Und das Wetter ist fürchterlich. Wir haben uns schreckliche Sorgen gemacht.« Er funkelte sie wütend an. »Wir sind fast gestorben vor Angst. Wie könnt ihr nur so lang wegbleiben? Was um Himmels willen habt ihr euch dabei gedacht?«

»Hans? Hans, bist du das?« Tante Hedwig kam aus dem Wohnzimmer gelaufen und umarmte ihren Sohn.

»Mutti«, sagte Hans und schob sie von sich, »ich bin durch und durch nass.«

»Das ist egal, Hauptsache, du lebst«, schluchzte sie. »Ich habe mir furchtbare Gedanken gemacht.«

»Siehst du?«, sagte Hans tonlos zu Ruth. Sie senkte den Kopf.

»Nun kommt erst einmal herein«, sagte Sofie und schob sich resolut an Karl und Hedwig vorbei. »Ihr seid ja klitschnass. So holt ihr euch den Tod. Ab in die Küche«, sagte sie und scheuchte die beiden vor sich her. »Martha, schau, ob du Wechselsachen für deine Tochter findest. Für Hans hole ich etwas von Walter.« Sie überlegte nur kurz. »Ruth geht ins Badezimmer. Es dauert nicht lang, bis der Ofen das Wasser wieder aufgeheizt hat. Martha hat vorhin ein Bad genommen, etwas warmes Wasser müsste sogar noch da sein.« Dann drehte sie sich zu Hans um. »Du, junger Mann, wirst mit der Zinkwanne vorliebnehmen müssen. Hier in der Küche.« Sie stellte einen großen Topf in die Spüle, füllte ihn mit Wasser.

Hans sah sich unsicher um. »Ich kann auch zu Hause baden«, sagte er.

»Wir werden hier wohnen«, sagte Hedwig leise. »Wir ziehen, so schnell es geht, hier ein.«

»Hier?«, fragte Hans verwirrt. »Hier bei Gompetz? Zusammen mit Onkel Karl und Tante Martha?«

»Nein, wir werden zwei Zimmer in der Mansarde bekommen. Allerdings ohne Bad.« Sie senkte den Kopf. »Aber … wir hätten ein Zuhause und wären bei der Familie.«

»Das ist doch phänomenal«, sagte Hans.

»Und heute werdet ihr auch schon hier schlafen«, beschloss Sofie. »Keiner geht bei diesem Wetter mehr nach draußen.« Der Regen prasselte an die Fenster, der Wind heulte um das Haus.

Ruth sah sich um. »Wo ist Ilse? Und Onkel Hans?«

»Sie sind schon gefahren. Aretz wollte gleich wiederkommen, um mit mir nach dir zu suchen«, erklärte Karl.

»O nein, das tut mir leid«, sagte Ruth. »Oh, wie grässlich, ich wollte das nicht. Ich wollte keine Umstände machen und euch keine Sorgen bereiten.«

»Ich rufe ihn an«, sagte Karl. »Du bleibst heute Nacht hier. Immerhin steht dein Bett schon.«

Karl nickte seiner Tochter zu, nachdem er das Telefon wieder eingehängt hatte. »Alles ist in Ordnung. Du bleibst hier.« Dann sah er sie an und räusperte sich. »Wo seid ihr gewesen?«

»Im Stadtwald«, sagte Ruth reumütig. »Ich habe mich mit Freunden und Mitgliedern des jüdischen Kulturbunds getroffen – im Vereinshaus unseres Tennisclubs. Ich habe sie vor ein paar Tagen angeschrieben und das Treffen vorgeschlagen.«

»Was?«, fragte Karl ungläubig.

»Du hast sie angeschrieben? Per Post?«, wollte nun auch Tante Hedwig wissen. »Bist du meschugge?«

»Nein, so war es nicht«, versuchte Ruth zu erklären. »Wir haben ein System der Nachrichtenübermittlung entwickelt – eine Art Schneeballsystem.« Immer noch steckte sie in ihren nassen Sachen, und obwohl die Küchenhexe ordentlich heizte, zitterte sie am ganzen Körper.

»Darüber können wir später reden«, unterbrach Sofie die drei und schob Ruth vor sich her in das Badezimmer. »Erst einmal muss die junge Dame aus ihren nassen Sachen und in ein heißes Bad.« Sie schloss die Tür hinter sich und Ruth, der Badeofen heizte schon, und Wasserdampf füllte den Raum. Ein weicher Nebel.

»Zieh dich aus«, sagte Sofie, »und rubble dich ab – dort ist ein Handtuch. Es dauert noch einen Moment, bis wir die Wanne füllen können.«

»Wieso soll ich mich abtrocknen, wenn ich gleich wieder ins Wasser gehe?«, fragte Ruth.

»Mach einfach.«

Ruth folgte der Anweisung. Das Handtuch war hart und rau, ihre Haut färbte sich schnell, wurde erst rosa, dann rot.

»Nun bist du trocken, und die Durchblutung arbeitet. Das Bad wird den Rest erledigen. Du wirst vollständig aufwärmen. Und danach gibt es eine heiße Hühnersuppe. Aber jetzt werde ich mich erst einmal um Hans kümmern, ich fürchte, seine Mutter hat dafür im Moment nicht den Kopf«, sagte Sofie lächelnd.

»Danke, Tante Sofie«, sagte Ruth leise. »Danke sehr.«

»Ich hoffe, du hast eine gute Erklärung für den Nachmittag, denn hier sind alle schier durchgedreht.« Ohne eine Antwort abzuwarten, verließ sie das Bad.

Sie ist ein General, dachte Ruth, fast schon belustigt. Dann ließ sie das Wasser in die Wanne, stieg hinein. Das warme Wasser umspülte ihren Körper, sie spürte, wie gut es ihr tat. Lange blieb sie nicht liegen, die zwei Handbreit Wasser, die sie eingefüllt hatte, kühlten schnell aus. Nachdem sie sich abgetrocknet hatte, zog sie die Sachen an, die Martha ihr gebracht hatte – warme, dicke Socken, einen Wollpullover und eine Hose. Darunter die gestrickte Unterwäsche von Großmutter Emilie. Gute Wolle und sicherlich warm – aber das Zeug kratzte immer fürchterlich.

Das ist meine Buße, dachte Ruth, dafür, dass ich allen so viele Sorgen gemacht habe.

Sie ließ das Wasser ab, ging in den Flur und schaute sich unsicher um. Die Küchentür war verschlossen – natürlich, da saß Hans nun in der Zinkwanne. Aus dem Wohnzimmer drang Stimmengemurmel, Ruth straffte die Schultern und öffnete die Tür. Ein dicker Dunst schlug ihr entgegen, Zigarrenrauch und schlechte Luft. Gegen die großen Fenster prasselte der Regen, als wolle er die nächste Sintflut einläuten. Es gab einen kleinen gusseisernen Ofen, der bollerte und knackte. Immer wieder schob jemand etwas Holz nach.

»Es tut mir leid«, sagte sie bedrückt. »Ich habe euch Sorgen gemacht. Das wollte ich nicht.«

»Setz dich«, sagte Karl und zeigte auf einen Stuhl aus ihrem alten Zuhause. Nachdem Ruth sich an die Lichtverhältnisse gewöhnt hatte und den Qualm wegzwinkern konnte, erkannte sie viele Möbelstücke. Dort das kleine Sofa aus der Mansarde, auch drei kleine Sessel aus dem Wohnzimmer hatten es bis zur Bismarckstraße geschafft, zwei Beistelltische und ein Schränkchen. Es war ein merkwürdiges Sammelsurium, und überall standen noch Kisten, Körbe und Koffer.

»Nun erzähl, was ihr getrieben habt«, sagte Martha. Ihre Stimme zitterte, aber immerhin saß sie bei ihnen.

»Ich habe Briefe geschrieben an alle Jugendlichen aus dem Kulturkreis und dem Tennisclub«, erklärte Ruth. »Ich wollte wissen, wie es ihnen ergangen ist.«

»Wie kannst du nur?«, fragte Martha aufgeregt. »Willst du, dass die Braunen auf uns aufmerksam werden? Haben wir nicht schon genug gelitten und verloren? Was, wenn sie einen der Briefe in die Hände bekommen?«

Die Tür öffnete sich, und Hans trat ein. Die Haare noch strubbelig feucht und in den viel zu großen Kleidungsstücken von Walter Gompetz, die ihm um den schlaksigen Körper hingen.

»Sollen sie die Briefe doch in die Hände bekommen«, sagte er und setzte sich auf eine Kiste. »Ruth ist ja nicht dumm. Sie hat die Briefe in Geheimschrift geschrieben. Diese Geheimschrift hat sie vor ein paar Jahren erfunden und jedem von uns gegeben. Ich glaube kaum, dass sich die Nazis die Mühe machen, Briefchen zwischen Jugendlichen zu entschlüsseln.«

»Danke«, sagte Ruth leise. Sie war erleichtert, dass er ihr zur Seite stand. Nun hob sie den Kopf und sah in die Runde. »Außerdem habe ich die Briefe ja nicht mit der Post verschickt – ich habe drei Briefe direkt abgegeben – an Fleischhauers, Hirschs und Goldmanns. Dann hat jeder zwei weitere kontaktiert und so weiter …«

»Nach dem Schneeballsystem«, sagte Hans. »So hat mich auch ein Brief erreicht.«

Karl sah die beiden an, dann nickte er und zog an seiner Zigarre. »Da hast du tatsächlich gut nachgedacht. Dennoch sind Treffen und Versammlungen im Moment verboten – uns sowieso.«

»Wir haben uns im Vereinshaus des Tennisclubs am Stadtwald getroffen. Alle sind etwas zeitversetzt gekommen – und auch einzeln gegangen. Hans und ich haben gewartet, bis alle weg waren, deshalb ist es so spät geworden.«

»Macht das nie wieder«, sagte Martha aufgebracht. »Das ist viel zu gefährlich.«

»Es ist doch alles gut gegangen«, versuchte Hedwig sie zu beruhigen.

»Wer war alles da?«, fragte Karl. »Und was hast du erfahren?«

Ruth überlegte kurz, dann holte sie die Liste und las die Namen vor. »Nur fünf sind nicht gekommen«, sagte sie. Sie erzählte, was die anderen berichtet hatten.

»Soweit ich weiß, sind dreiundsechzig Männer verhaftet worden«, sagte Walter.

»Wo sie sie wohl hingebracht haben?«, fragte Martha.

»Nach Dachau, habe ich gehört«, meinte Sofie. »Früher haben sie ja Krefelder Juden nach Oranienburg gebracht, aber nun soll es Dachau sein. Einige kamen aus Oranienburg zurück – wie Emil Goldmann. Aber einige sind auch dort gestorben.«

»Walter Kaufmann ist verhaftet worden«, sagte Ruth leise. »Fritz hat es erzählt. Die Braunen haben ihn gezwungen, sich hinzuknien und auf den Knien aus dem Laden zu rutschen, die Hände hinter dem Kopf verschränkt.«

»Sie haben ihn geschlagen«, erzählte Hans.

»Doktor Blum musste auch aus dem Haus kriechen.«

»Habt ihr gehört, dass Karl Merländer tot ist?«, fragte Hedwig. »Die Nazis haben ihn und seinen Bruder schwer misshandelt. Sanders konnte Karl noch in das Krankenhaus bringen, aber dort ist er gestorben – vermutlich war es ein Herzanfall nach all der Quälerei.«

»Alle, die sie verhaftet haben, sind erst nach Duisburg und dann nach Dachau gebracht worden. Richard Münzmann hat sich gewehrt und einen Anwalt verlangt. Einer der Offiziere hat seine Pistole gezogen und Richard erschossen. Einfach so.«

Sie schwiegen, das Entsetzen und die Furcht standen greifbar im Raum.

»Die Suppe!«, sagte Sofie plötzlich und sprang auf. »Eine gute Hühnersuppe heilt manche körperlichen Leiden und tröstet die Seele, das hat schon meine Großmutter gesagt.«

Tatsächlich schien die dampfende und duftende Suppe allen gutzutun. Jetzt, wo die Anspannung von ihr abfiel, spürte Ruth die Müdigkeit. Nach dem Essen ging sie in den kleinen Raum im Flügelanbau, der von nun an ihr und Ilses Zimmer sein sollte. Aretz hatte ein Brett als Kopfteil angeschraubt und dem Bettgestell somit Stabilität gegeben. Die Matratze, die die Nazis aufgeschlitzt hatten, war notdürftig geflickt worden.

»Wenn wir fahren«, sagte Sofie, die Ruth begleitete, »kannst du eine von unseren Matratzen haben. Die nehmen wir nicht mit.«

»Es wird schon so gehen«, sagte Ruth und schaute sich um. Sie hatten bisher nur ihre Sachen in das Zimmer gebracht, aber nichts eingeräumt. Mit Mühe bahnte sich Ruth einen Weg durch Koffer und Kisten. Das Bett war noch nicht bezogen.

Sofie reichte ihr Bettwäsche. »Soll ich dir helfen?«

»Danke«, sagte Ruth. »Das schaffe ich schon.« Sie räusperte sich. »Hast du irgendwo eine kleine Lampe? Es wird ungewohnt sein, hier zu schlafen ...«

»Natürlich«, sagte Sofie verständnisvoll. »Aber du wirst dich sicher schnell eingewöhnen.«

Nein, dachte Ruth, das werde ich nicht. Und vielleicht muss ich es ja auch nicht, vielleicht kann ich Deutschland ja bald verlassen. Sie beneidete Sofie und Walter darum, dass sie ein festes Ausreisedatum hatten, ein Ziel, ein neues Zuhause und somit eine Zukunft, die sicherlich ungewiss war, aber nicht so ungewiss wie die Zukunft ihrer Familie und vieler anderer Juden. Nur kurz ließ sie dieses quälende Gefühl zu, dann drängte sie es zur Seite. Es gab wichtigere Dinge, mit denen sie sich beschäftigen musste.

In dieser Nacht schlief sie schlecht, obwohl sie sich völlig ausgelaugt fühlte. Immer wieder weckten sie das Klappern der Fensterläden, das Heulen des Windes und das laute Prasseln des Regens. In dem kleinen Raum war es kühl, sogar ein wenig feucht. Ihre Bettdecke war zwar dick, aber die Luft war kalt. Sofie hatte eine kleine Lampe gebracht, doch all die aufgetürmten Sachen und Dinge warfen seltsame Schatten an die Wand. Dennoch ließ Ruth das Licht brennen – für die kurzen Momente, in denen sie orientierungslos und voller Panik aufwachte. Ihr fehlten die Geräusche der Straße, die sie in den letzten Nächten bei den Aretz immer gehört hatte. Dieses Haus hörte sich ganz anders an, hier knackte das Gebälk, die Dielen schienen zu stöhnen und zu knarzen. Sogar Ilses Atem fehlte ihr. Erst in den Morgenstunden fiel sie in einen kurzen, tiefen Schlaf.

Als sie aufstand und in die Küche ging, saß Hans bereits am Tisch und trank Muckefuck-Kaffee. Auch er hatte dunkle Ringe unter den Augen.

»Ich brauche wohl nicht zu fragen, wie du geschlafen hast«, sagte Ruth mit einem schiefen Lächeln. »Du siehst so aus, wie ich mich fühle.«

»Die erste Nacht in einem fremden Bett ist immer ungewohnt«, sagte Hans. »Und dieses Haus scheint zu leben – es stöhnt und seufzt.«

»Ja, das habe ich auch gehört«, sagte Ruth und goss sich Muckefuck ein. »Ihr werdet also wirklich hierherziehen?«

»Die Mansarde ist gar nicht so schlecht«, sagte Hans. »Falls wir diesen kleinen Ofen wieder instand setzen können. Vermutlich ist das Rohr verstopft. Darum werde ich mich gleich kümmern. Und dann werden wir unsere Sachen packen. Mal wieder.«

»Mindestens ein weiteres Mal noch – aber dann, um das Land zu verlassen.«

»Hoffentlich. Noch ist Mutter davon nicht überzeugt.«

»Sie wird Vernunft annehmen, das glaube ich ganz sicher.«

Kapitel 9

In den nächsten Tagen richteten sich die beiden Familien, so gut es ging, in der Bismarckstraße ein. Tante Hedwig und Hans hatten Glück gehabt – die Nazis waren nicht in ihre Wohnung eingedrungen und hatten sie nicht verwüstet.

Der Auszug der Gompetz stand nun kurz bevor, Walter brachte die letzten Kisten zum Bahnhof, um sie zu Freunden nach Rotterdam zu schicken. In einigen der Kisten kamen auch Dinge der Meyers unter.

Martha tat sich schwer damit, die neue Wohnung einzurichten. Am liebsten hätte sie alles, was ihr lieb und teuer war, ebenfalls nach Holland verschickt.

»Was sollen wir mit der guten Tischwäsche? Was mit dem silbernen Besteck meiner Großmutter? Auch das gute Geschirr will ich hier nicht benutzen«, sagte sie. »Warum sollten wir Bücher in die Regale räumen oder die wenigen Bilder, die nicht zerstört sind, aufhängen? Dies ist nicht unser Zuhause, und das wird es auch nie werden.«

»Martha, Liebes«, versuchte Karl sie zu trösten. »Wir werden ein neues Zuhause haben. Und dort wirst du dein Geschirr wieder benutzen können, und du wirst alles gemütlich und so wunderbar einrichten, wie es deine Gabe ist.«

»Ich weiß nicht, ob ich das noch einmal kann, ich bin mir auch nicht sicher, ob es sich lohnt.«

»So darfst du nicht denken, Mutti. Es wird sich wieder lohnen«, bekräftigte Ruth die Worte ihres Vaters. »Nicht hier, aber an einem anderen Ort. Und denk daran: Wir haben nur unser Haus verloren, aber wir sind am Leben. Und Vati ist nicht verhaftet worden. Uns geht es sehr viel besser als vielen anderen.«

Martha nickte, doch ihre Augen sagten etwas anderes. Dennoch versuchte sie, tapfer zu sein und sich mit der neuen Situation zu arrangieren.

Nur Großmutter Emilie konnte sich nicht mit der Situation abfinden.

»Das ist ja kein Wohnen«, murmelte sie immer wieder, »das nenne ich Hausen. Und das nach all den Jahren.«

»Immerzu meckert sie«, beschwerte sich Ilse eines Abends bei Ruth, als sie beide im Bett lagen. »Ich kann das bald nicht mehr hören.«

»Zum einen Ohr rein, zum anderen raus«, sagte Ruth leichthin. »Aber ich weiß, was du meinst. Es ist den Eltern

gegenüber so stockmiserabel. Sie tun alles, damit es Großmutter gutgeht – dabei leiden sie beide doch auch. Wir alle!«

»Großmutter war schon immer miesepetrig«, seufzte Ilse,
»aber jetzt wird es mit jedem Tag schlimmer.«

»Ein Gutes hat das aber«, sagte Ruth. »Seitdem Großmutter meckert, reißt sich Mutti viel mehr zusammen.«

»Jetzt, wo du es sagst – ich habe Mutti sogar ein paarmal
lächeln sehen in den letzten Tagen.«

»Wir haben Glück, dass wir hier bei den Gompetz untergekommen sind. Die beiden sind mehr als Gold wert – so viel
Güte.«

»Ja, aber übermorgen fahren sie, und das wird dann wieder
schlimm für Mutti sein. Sofies unerschütterliche Fröhlich-
keit ist so gut für sie!«.

»Vielleicht kann Tante Hedwig das ein wenig auffangen«,
sagte Ruth.

»Tante Hedwig? Ihr geht es doch selbst nicht gut, sie kann
immer noch nicht fassen, dass Onkel Berthold nach Palästina
gegangen ist.«

»Ich verstehe nicht, warum sie sich immer noch weigert
wegzugehen. Mich hält hier jedenfalls nichts mehr.«

Ilse lachte bitter auf.

»Warum lachst du?«, fragte Ruth in die Dunkelheit. Die
Lampe, die Sofie ihr gegeben hatte, machte sie schon lang
nicht mehr an. Die Schatten waren schlimmer, als in der
Dunkelheit aufzuwachen.

»Dich hält hier nichts mehr – das sagst du immer wieder«,

antwortete Ilse. »Das klingt so, als hättest du eine Wahl. Dabei hast du die doch gar nicht!«

»Nein, im Moment können wir nicht wählen, leider.«

Ruth hatte das Formular immer noch nicht ausgefüllt. Aber sie dachte ständig daran. Und je mehr sie von den Gräueln hörte, die anderen angetan worden waren – mindestens drei Männer waren auf dem Transport erschossen worden, etliche andere hatten die Nazis verprügelt, so wurde gemunkelt –, wuchs ihre Bereitschaft, das Risiko einzugehen.

Am nächsten Morgen nach dem Frühstück zog sie sich in das Zimmerchen zurück. Sie setzte sich an ihren Schreibtisch, der zwar wackelte, aber besser war als nichts. Sie nahm das Formular, las es noch einmal durch.

Jeder Weg ist ein Weg, dachte sie. Vielleicht ist dies meiner. Sie nahm den Stift, begann das Blatt auszufüllen. Als sie zu dem Feld kam, in das sie ihr Geburtsdatum eintragen musste, zögerte sie. Für einen Moment schloss sie die Augen, dann schrieb sie 30. Juni 1920. Noch einmal überflog sie die Bewerbung, faltete sie schnell zusammen und steckte sie in einen Briefumschlag. Briefmarken hatte sie aus der Schlageterallee mitgenommen.

Ich muss mich ja noch nicht endgültig entscheiden, dachte sie. Vielleicht werde ich gar nicht genommen. Vielleicht hat Vati schnell eine andere Lösung. Oder ich werde genommen, aber fahre nicht. Ich habe noch viele Wege, die ich gehen kann – dies ist nur einer davon. Am Nachmittag brachte sie den Brief zum Briefkasten. Bevor sie es sich anders überlegen konnte, warf sie den Brief ein. Dann atmete sie tief durch. Sie war aufgeregt, gleichzeitig aber auch erleichtert.

Die Zeit schien anders zu vergehen, sie ging nicht mehr zur Schule, es gab nichts, was den Tagen einen Rhythmus gab. Natürlich war immer genug zu tun, aber eine Aufteilung und Aufgaben von außen fehlten. Das machte alles noch schwieriger.

Ruth flickte die Kleidung, die beschädigt war. Manches ließ sich nicht mehr ausbessern. Wenn der Stoff noch gut und auch schön war, legte sie ihn zur Seite. In ihrem Zimmer im alten Haus war eine Schachtel mit vielen Musterstoffstücken gewesen, die sie von Richard Merländer geschenkt bekommen hatte, sie hatte die Pogromnacht unbeschadet überstanden. Nun holte Ruth die Kiste hervor und überlegte, was sie daraus nähen konnte.

»Warum machst du das?«, fragte Ilse. »Du willst doch eigentlich weg, viel Gepäck werden wir ja wohl nicht mitnehmen können.«

»Es macht mir nun mal Spaß, zu nähen. Und wer weiß, vielleicht kann ich das ja später gebrauchen – vielleicht kann ich Schneiderin werden. Irgendwie werde ich Geld verdienen müssen.«

»Schmiedest du schon wieder Pläne?«, fragte Ilse.

»Nein, ich halte mich an den Ausreisezertifikaten nach Amerika fest. Die immerhin haben wir – dafür hat Vati bezahlt, wir haben die Bestätigung.«

»Aber du weißt selbst, dass es noch Jahre dauert, bis wir dran sind.«

»Noch, aber vielleicht ändert sich ja auch etwas. Vati hat Geld – er hat einiges schon ins Ausland geschafft. Er wird sicherlich auch noch mehr erreichen.« Ruth biss sich auf die Lippen.

Manchmal fühlte sie sich versucht, ihrer Schwester von der Stelle in England zu erzählen. Aber solange sie keine Antwort hatte, wollte sie das nicht tun. Bisher kannte nur Hans ihre Pläne, und er würde dichthalten, das wusste sie.

»Du glaubst also, dass wir nach Amerika ausreisen können? Wirklich?« In Ilses Stimme klangen Furcht und Unsicherheit mit.

»Ja, das glaube ich, wir werden nach Amerika kommen und dort leben.«

»Ich wünsche es mir so sehr!«, sagte Ilse.

Ihr Zimmerchen, das letzte im Flügelanbau, hatte keine Heizung. Noch nicht einmal einen Kohleofen gab es. Es gab nur selten Frost, aber das konnte sich schnell ändern. Im Flur lag ein Stapel Wolldecken, die dicken Decken aus der Spedition, die Walter früher geleitet hatte und die zum Schutz und zur Verpackung von Möbelstücken verwendet worden waren – sie waren steif, fest und schwer, nicht wirklich dazu gedacht, sich darin einzukuscheln. Doch zur Not würden auch sie helfen.

»Brauchst du noch eine Decke?«, fragte Ruth ihre Schwester, als sie zu Bett gingen.

»Nein, es geht schon. Gute Nacht«, murmelte Ilse leise.

»Schlaf gut«, erwiderte Ruth. Sie wartete, bis sie die tiefen, gleichmäßigen Atemzüge ihrer Schwester hörte, dann schloss sie die Augen. Inzwischen störten sie die Geräusche des alten Hauses nicht mehr. Im Gegenteil, sie fand sie beruhigend und lauschte immer danach. Solange das Haus atmete, stöhnte und seufzte, war alles gut, redete sie sich ein.

Dann kam der Tag des Abschieds. Wie oft hatten sie die letzten Abende darüber gesprochen. Sofie hatte schließlich entschieden, dass sie sich in der Wohnung verabschieden würden. Niemand sollte sie zum Bahnhof begleiten, denn dadurch würde der Abschied nur noch tränenreicher und schwerer werden. Nur Jakub würde sie mit dem Auto bringen.

In der Diele oben in der Wohnung umarmten sie sich – die Gompetz, die Meyers und die Simons. Es war ein Abschied ohne große Worte, denn alles war schon mehr als einmal gesagt worden. Dann schellte es, und Walter ging zur Tür. Doch statt Jakub Zimmermann stand Hans Aretz im Flur.

»Ich fahre Sie«, sagte er. »Es ist mir ein Anliegen, Sie zum Bahnhof zu bringen.«

»Hans!« Karl sah ihn entsetzt an. »Aber … Sie bringen sich in Schwierigkeiten.«

»Ich habe meinem Chef gesagt, dass ich heute ein wenig später komme, das ist kein Problem. Mir ist es wichtig, dies zu tun.«

»Warum?«, fragte Hans. »Warum machst du das, Onkel Hans?«

Aretz sah ihn lächelnd an. »Weil ich der Familie Gompetz dankbar bin. Sofie und Walter haben deiner Familie Unterschlupf gewährt. Sie haben ihre Siebensachen zusammengeräumt, sind in zwei kleine Zimmer gezogen und haben euch alle aufgenommen.« Er holte Luft und sah das Ehepaar Gompetz an. »Sie sind nicht mit euch verwandt, sie haben nichts dafür verlangt, sie haben es einfach gemacht. In meinen Augen sind sie Helden in dieser schwierigen Zeit. Und ich möchte ihnen meinen Respekt erweisen, indem ich sie zum Bahnhof bringe.«

»Ich danke Ihnen vielmals für diese herzlichen Worte«, sagte Sofie Gompetz leise. »Aber wir haben nichts Außergewöhnliches getan.«

»Wir haben nur das gemacht, was möglich war«, sagte Walter.

»Das kann sein«, sagte Hans. »Aber es gibt so unendlich viele Menschen, die noch nicht einmal das tun. Ich bewundere Sie für Ihren Mut und Ihre Großzügigkeit. Und deshalb wäre es mir eine Ehre, wenn ich Sie fahren dürfte.«

»Das ist so toll von dir, Onkel Hans, danke, danke, danke!«, rief Ruth und fiel ihm um den Hals. »Aber ihr müsst jetzt los.« Sie küsste ihn auf die Wange, Sofie ebenso, dann umarmte sie Walter Gompetz. »Wir werden uns wiedersehen. Von Herzen vielen Dank für alles.«

»Ruth hat recht«, sagte Martha. »Ihr müsst los, der Zug wartet nicht auf euch. Bitte meldet euch. Wir bleiben in Kontakt.« Dann umarmten sich alle noch einmal, und es gab ein großes Durcheinander, bis Hans Aretz schließlich rief: »Jetzt müssen wir wirklich fahren!«

Nachdem die Tür hinter ihnen ins Schloss gefallen war, fühlte sich die Wohnung leer und verlassen an. Sie alle wussten, dass sie ihnen nie zu einem Zuhause werden würde, denn sie durften wahrscheinlich nur bis zum Sommer hierbleiben, dann lief der Mietvertrag der Gompetz aus.

»Was wird jetzt?«, fragte Martha und schaute sich hilflos um.

»Jetzt müssen wir auf eigenen Füßen stehen, Mutti«, sagte Ruth und nahm ihre Mutter in die Arme. »Es wird alles gut werden, glaub mir.«

Am Abend kamen die Aretz zu Besuch. Martha hatte einen frischen Hahn ergattert. Sie und Hedwig bereiteten ihn zu. Dazu gab es Reis, selbstgemachtes Apfelmus und Erbsen. Im Wohnzimmer hatten sie eine große Tafel aufgebaut – sie bestand aus zwei Tischen, die nicht wirklich zusammenpassten – aber Martha hatte ihr größtes Tischtuch hervorgeholt, das über beide Tische passte. Auch wenn sie nicht das gute

Geschirr auspackten, deckten sie den Tisch dennoch schön ein. Ilse hatte Efeuranken aus dem Garten geholt, um den Tisch zu schmücken, und Karl brachte vom Markt Mistelzweige mit.

Nachdem sie fertig waren, begutachtete Martha den Tisch. »Es sieht gar nicht so schlecht aus«, sagte sie.

»Es sieht aus wie Murks und Passt-nicht«, sagte Großmutter Emilie. »Was hatten wir doch früher für schöne Tische! Gutes Geschirr, echtes Silber, Vasen mit Blumen und vor allem eine gute Mahlzeit. Du hast nur einen alten Hahn lange geschmort. Wer will denn so etwas essen?«

»Du musst ja nicht mitessen, Mutter«, sagte Martha steif und gezwungen freundlich, »wenn du nicht willst. Etwas Besseres bringe ich im Moment nicht zustande.«

»Ich lasse mich doch nicht um mein Abendbrot bringen«, entgegnete Emilie entrüstet. »Es gibt ja schon wenig genug.«

»So geht es uns allen, Großmutter«, flötete Ruth und zog sie weg. »Komm, setz dich auf das Sofa, und ruh dich ein wenig aus. Darf ich dir etwas zu trinken bringen? Die Gompetz haben einige Flaschen Wein zurücklassen müssen.«

Großmutter Emilie ließ sich zu dem Sofa führen, das inzwischen aufgepolstert worden war. »Ein Glas Wein nehme ich, anders ist ja das alles nicht zu ertragen. Bekommen wir Gäste?«

»Die Familie Aretz kommt«, erwiderte Ruth geduldig, auch wenn Großmutter diese Frage schon das dritte Mal stellte. Die ganze Situation verwirrte sie. Sie hatte von der Pogromnacht zum Glück nicht viel mitbekommen, erst am nächsten Tag hatte sie die immer noch brennende Synagoge gesehen. Auch in der Schlageterallee war sie nie wieder gewesen, hatte nur gehört, dass die Nazis das Haus zerstört hatten. Sie konnte es sich nicht vorstellen und glaubte, dass alle übertrieben. Manchmal dachte Ruth, dass es besser gewesen wäre, es ihr zu zeigen – aber vermutlich wäre sie am Anblick des Hauses zerbrochen.

»Die Aretz sind keine Juden, sie gehören nicht zu uns«, murrte sie jetzt.

»Sie sind keine Juden, aber sie sind unsere Freunde«, sagte Ruth und merkte, dass sich auch ihre Geduld gerade erschöpfte. »Ohne die Aretz wären wir verloren gewesen. Ich hole dir jetzt ein Glas Wein.«

Sie ging in die Küche und zählte leise und langsam bis zehn. Dann wandte sie sich an ihre Mutter, die zusammen mit Tante Hedwig am Herd stand. Es brodelte, kochte, simmerte und brutzelte auf allen Kochstellen. »Großmutter hätte gern ein Glas Wein.«

»Rot oder weiß?«, fragte Martha.

»Das hat sie nicht gesagt. Was trinkt sie denn am liebsten?«

»Rot«, sagte Martha. »Meistens. Aber wir haben mehr Weißwein als Rotwein. Nimm den Weißen dort drüben.«

»Wird sie nicht meckern?«

Martha drehte sich um, sah ihre Tochter an. »Meckert sie

nicht ohnehin ständig? Wenn sie ihn wirklich nicht trinken will, kannst du ihr immer noch roten geben.«

Ruth lachte auf. »Das ist eine gute Lösung, Mutti. Übrigens, es duftet köstlich.«

Martha nickte. »Sofie und Hedwig haben mir Kochen beigebracht. Inzwischen macht es mir sogar fast Spaß.«

»Das ist schön.« Ruth füllte ein Glas und brachte es ihrer Großmutter.

Emilie sah das Getränk skeptisch an.

»Das ist dein Lieblingswein«, sagte Ruth voller Überzeugung.

»Wirklich?«

»Ja, das hat Vati gesagt.«

»Hmm. Hätte es deine Mutter gesagt, würde ich es nicht glauben, aber dein Vater ist ein ehrlicher und aufrichtiger Mann.« Emilie nippte und lächelte dann. »Das ist tatsächlich mein Lieblingswein. Köstlich. Danke, Kind.«

Erleichtert ging Ruth zurück in die Küche. Dies war ein trauriger Tag, ein Tag des Abschieds, aber im jüdischen Leben wurden traurige Tage ähnlich gefeiert wie frohe Tage. Dieser Tag hatte das Ende einer kurzen Gemeinschaft eingeläutet, aber es war auch ein Anfang. Denn nun war es ihre Wohnung.

»Sie kommen«, rief Ilse aufgeregt, die die ganze Zeit am Fenster gestanden und die Straße beobachtet hatte. »Sie sind da!« Eifrig lief sie nach unten, um den Aretz die Tür zu öffnen.

»Ich zeig dir mein Zimmer«, sagte sie zu Rita, als die beiden Arm in Arm nach oben kamen. »Es ist klein, und ich muss es mit Ruth teilen. Aber ich habe mein altes Bett wieder. Dein Vater hat es hergerichtet. Wirklich knorke, sensationell!«

Ruth hatte nicht mehr die Gelegenheit gehabt, in Ruhe mit Helmuth zu sprechen, seit das Treffen der jüdischen Jugendlichen im Tennisclub stattgefunden hatte. Das musste sie dringend nachholen. Schließlich hatte er ihr bei dem Überbringen der Botschaften sehr geholfen.

»Hans«, sagte Ruth zu ihrem Cousin. »Lass uns Helmuth eure Zimmer zeigen.«

»Die Mansardenzimmer?«, fragte Hans überrascht. »Da gibt es nicht viel zu sehen.«

»Bitte.«

Plötzlich verstand Hans. »Natürlich, gehen wir nach oben.«

Da die anderen damit beschäftigt waren, sich zu begrüßen und einen Aperitif einzunehmen, konnten die drei sich unbemerkt aus der Wohnung schleichen.

»Von hier aus hat man einen wundervollen Blick über das Viertel«, sagte Hans, räusperte sich dann. »Ich lasse euch dann mal allein.«

Ruth sah ihn an. »Das musst du nicht. Du bist ja auch Teil von allem. Ich wollte nur einen Ort finden, an dem ich Helmuth in Ruhe von unserem Treffen berichten kann. Aber erst einmal muss ich dir herzlich danken für alles, was du für uns getan hast.«

»Es hat geklappt?«

Ruth nickte. »Ich habe schwer Ärger dafür bekommen, aber jetzt kommen immer wieder Briefe oder Karten mit der Geheimschrift. Mit unserer Tat haben wir sie ins Leben gerufen.«

»Ich bin froh, dass alles gut gelaufen ist.«

»Ohne deine Hilfe wäre es das nicht.«

Helmuth winkte ab. »Ich habe wenig genug getan. Wenn ich könnte, würde ich diese Braunen aus dem Land vertreiben.«

»Das wird dir nicht gelingen«, sagte Ruth traurig. »Also müssen wir gehen.«

»Was wird aus diesem Land, wenn alle gehen müssen und vertrieben werden, die nicht in ihr Bild passen? Meine Familie passt auch nicht in das Bild der Nazis. Wir glauben nicht an die Parolen, wollen ihnen nicht folgen.«

»Dann müsst ihr auch gehen«, sagte Hans.

»Wohin und wie?«

Darauf hatte keiner von ihnen eine Antwort.

Kapitel 10

»Ich muss Ihnen, lieber Hans, sehr danken dafür, dass Sie uns so geholfen haben. Ohne Sie wären wir verloren gewesen«, sagte Karl, als sie alle um den Tisch saßen, und hob das Glas. »Und Ihnen natürlich auch, Josefine.«

»Ganz besonders möchte ich mich dafür bedanken, dass Sie die Mädchen aufgenommen und ihnen Unterschlupf geboten haben«, fügte Martha hinzu.

»Aber das war doch selbstverständlich«, sagte Josefine Aretz. »Das haben wir gern gemacht.«

»Nein, heutzutage ist das nicht mehr selbstverständlich«, sagte Karl und runzelte die Stirn. »Die Menschlichkeit geht schon seit Jahren immer mehr verloren.«

»Alle haben Angst«, sagte Martha. »Angst vor Repressalien. Angst davor, an die Braunen verraten zu werden, davor, willkürlich festgenommen zu werden. Die guten Momente sind wirklich rar geworden. Aber es gibt sie, und wir haben das Glück, sie mit Ihnen zu erleben. Ihnen und allen, die uns in den letzten zwei Wochen so sehr geholfen haben.«

»Ja«, sagte Ruth. »Wisst ihr noch, diese Frau, die in unser Haus kam, als wir aufgeräumt haben? Sie hat einfach neben der Haustür einen Korb mit Essen abgestellt und ist dann wieder gegangen. Ich kann mich nicht erinnern, sie schon mal gesehen zu haben. Auch seitdem nicht mehr.«

»Der Korb war randvoll mit Lebensmitteln – Milch, Eier, Brot, etwas Speck und Würste. Außerdem selbstgestrickte Socken«, ergänzte Martha.

»Sehen Sie«, meinte Hans Aretz, »nicht alle sind mit dem einverstanden, was die Nazis machen. Ich habe in letzter Zeit mit vielen Leuten gesprochen – keiner hat diese Nacht und ihre Folgen gutgeheißen.«

»Und dennoch gibt es keine große Empörung, keine laute Empörung. Man nimmt es einfach hin«, sagte Karl, und die Enttäuschung war ihm anzuhören.

»Wie Martha schon sagte, viele Leute haben Angst«, sagte Josefine. »Man beäugt sich misstrauisch. Wo vorher freundliche Worte gesprochen wurden, gibt es heute oft nur verkniffene Gesichtsausdrücke. Bei manchen unserer Nachbarn ist das zum Beispiel so.«

»Aber warum?«, fragte Ilse. »Und bei welchen Nachbarn denn? Doch nicht die Taubers?«

»Curt und Hugo Tauber sind ja Juden«, sagte Josefine. »Ihr Verhalten hat sich natürlich nicht verändert. Aber die Jansens grüßen nicht mehr. Und auch Frau Peters bekommt kaum die Lippen auseinander. Das war vor der Pogromnacht anders.«

»Das liegt bestimmt daran, dass Vati Hugo Tauber geholfen hat«, sagte Helmuth und runzelte die Stirn. »Die Jansens sind alle in der Partei. Selbst Peter ist bei der HJ. Er reißt immer den Arm hoch und brüllt ›Heil Hitler!‹, wenn er mich sieht.«

»Und du?«, fragte Ruth. »Was machst du dann?«

»Ich lächle und nicke ihm zu, manchmal sage ich auch die Uhrzeit.«

»Jetzt misstrauen sich schon die Nachbarn untereinander«, seufzte Hedwig. »Bald werden die ersten losziehen und sich gegenseitig anschwärzen.«

»Das passiert schon jetzt da und dort«, sagte Aretz bedrückt. »Die Braunen schauen sich ganz genau an, wer mitmarschiert und wer nicht. Wer sich vielleicht sogar öffentlich gegen ihr Vorgehen ausspricht. Nichts bleibt unbeobachtet, und da man gesehen hat, was mit den Juden passiert ist«, er blickte bedauernd in die Runde, »haben viele Leute Angst davor, dass ihnen auch so etwas widerfährt.«

»Das kann ich verstehen«, sagte Karl. »Wobei ich nicht glaube, dass das Regime gegen seine Bürger so vorgehen wird und kann wie gegen uns, denen sie ja die Bürgerrechte entzogen haben.« Er schüttelte den Kopf. »Es gibt inzwischen ja die neuen Verordnungen. Ich werde morgen zum Amt gehen müssen.«

»Weshalb?«, fragte Martha erschrocken.

»Es gibt einen Interessenten für das Haus.«

»Das hast du mir noch gar nicht erzählt«, sagte Martha. Karl rieb sich über die Stirn. »Ich wollte dich nicht aufregen, bevor nicht alles feststeht. Ändern können wir es sowieso nicht – wir müssen verkaufen, weit unter Wert, und zwar an einen ›Arier‹.«

»Und dein Haus auf der Drießendorfer Straße?«, fragte Großmutter Emilie. »Was ist damit?«

»Da ich seit 1935 nur noch jüdische Mieter habe, darf ich es erst noch behalten. Aber wer weiß, wie lange noch.«

»Auch wenn es nur ein Bruchteil von dem ist, was es wert ist, bekommst du doch immerhin etwas Geld für das Haus«, sagte Hedwig.

»Wahrscheinlich nicht«, meinte Karl bedrückt. »Das meiste wird wohl zwangsangelegt – in Staatsanleihen.«

»Das ist ein Unding«, meinte Hans Aretz wütend. »Ich verstehe nicht, dass das Ausland dabei zusieht und nichts tut. Diese Entrechtungen sind doch ungeheuerlich.«

»Weder England noch Amerika sind erpicht darauf, mit Hitler einen Streit anzufangen. Da schauen sie lieber weg.«

»Aber es gibt doch auch dort Juden«, meinte Martha.

»Natürlich. Doch sie haben nicht so viel Einfluss auf die Politik. In England sorgt ja nun wenigstens die jüdische Gemeinde dafür, dass jüdische Kinder aufgenommen werden.«

»Die ersten Transporte sind schon gefahren«, sagte Ruth. »Ich weiß, dass vier Familien aus Krefeld für ihre Kinder Ausreiseanträge gestellt haben.«

»Ich würde das nicht wollen«, sagte Hedwig und sah zu ihrem Sohn. »Ich könnte Hans niemals wegschicken.«

»Dafür bin ich auch schon zu alt«, sagte Hans. »Es werden nur Kinder bis zu 17 Jahren aufgenommen.«

»Ich könnte mir das auch niemals vorstellen«, sagte Martha leise. »Ilse allein ohne uns in England ...« Martha wischte sich eine Träne von der Wange.

»Dort haben die Kinder aber eine Zukunft«, sagte Ruth. »In Deutschland nicht.«

»Ich finde, Amerika müsste endlich einschreiten«, sagte Großmutter Emilie. »Es gibt genügend Juden dort.«

»Ja, aber sie machen nichts, sie haben Angst davor, dass sie in die Verantwortung für uns gezogen werden«, meinte Karl. »Selbst deine Nichte, Emilie, die ja nun in Amerika lebt, will nichts mit uns zu tun haben. Nur mit großem Murren und für Geld hat sie uns die Affidavits ausgestellt.«

»Sie war schon immer ein wenig seltsam«, winkte Emilie ab.

»Nun, wir sind in einer ausweglosen Situation – gefangen in einem Land, das uns nicht will, und ohne die Möglichkeit, es zu verlassen«, seufzte Hedwig. »Aber wie oft haben wir das schon gesagt ... wieder und wieder. Und nichts ändert sich.«

»Vati wird sich sicherlich bald aus Palästina melden«, versuchte Hans seine Mutter zu beruhigen. »Er wird uns zu sich holen.«

»Ich hoffe es«, sagte Hedwig, »aber ohne unsere Eltern

gehe ich nicht – ich kann sie doch nicht einfach hier zurücklassen.«

»Aber wenn sie doch nicht gehen wollen, Schwesterherz«, sagte Karl. »Sie sind erwachsen und müssen ihre Entscheidungen selbst treffen. Das musst du akzeptieren. Vor allem aber kannst du davon dein Leben nicht abhängig machen – du trägst die Verantwortung für Hans, genauso wie wir für unsere Kinder. Und in diesen schwierigen Zeiten müssen wir vor allem an sie denken.«

»Wäre es dann nicht besser, wenn ihr Ilse nach England schicken würdet?«, fragte Ruth. Alle schauten sie erstaunt an.

Dann schüttelte Martha energisch den Kopf. »Niemals lasse ich das zu.«

»Aber warum nicht, Mutti? Ilse ist vierzehn, sie könnte noch in das Programm aufgenommen werden. Und wenn ihr Papiere für eine Ausreise bekommt, könnt ihr sie ja zu euch holen.«

Ilse schluckte, sah von Mutter zu Vater und dann zu Ruth.

Aber Martha schüttelte wieder vehement den Kopf. »Nein, das ertrage ich nicht!«

»Aber Mutti …«, sagte Ruth.

»Du hast deine Mutter gehört, Ruth«, unterbrach Karl sie. »Wir werden einen Weg finden, gemeinsam dieses Land zu verlassen.« Er räusperte sich. »Auch wenn es augenscheinlich immer schwieriger wird, genügend Geld zu bekommen.«

»Aber warum?«, fragte Ilse, ihre Augen weit geöffnet. »Wir waren doch reich!«

»Nun, wir waren wohlhabend, aber die Nazis lassen mich nicht mehr an unser Geld. Den Erlös des Hauses zum Beispiel muss ich in Staatsanleihen anlegen. Ab Januar darf ich nur noch eine gewisse Summe an Geld abheben – um unseren Lebensunterhalt zu bestreiten. Schon jetzt ist es extrem schwierig, Wertsachen zu verkaufen, und es wird bald ganz verboten werden. Aber wenn wir das Land verlassen, brauchen wir Geld.«

»Aber können wir nicht noch mehr zu Kruitmans bringen?«, fragte Martha.

»Ich könnte doch die nächsten Wochen öfter nach Utrecht zu unseren Freunden fahren«, schlug Josefine vor. »Mit meinem arischen Pass werde ich sicher nicht kontrolliert werden.« Sie schaute Martha an. »Ich könnte Ihre Pelze, die ja bei uns sind, und auch den Schmuck, den wir aufbewahren, nach und nach zu Goldmanns in Utrecht bringen.«

»Und ich würde unseren Freunden in Amsterdam eine Nachricht zukommen lassen – sie könnten dann die Sachen abholen. Das würde gehen«, sagte Karl nachdenklich. »Trotzdem, Josefine, es ist nicht ungefährlich, sind Sie sicher, dass Sie das auf sich nehmen wollen?«

»Natürlich mache ich das«, sagte Josefine. »Warum sollte ich es nicht tun?«

»Weil es verboten ist«, sagte Großmutter Emilie. »Ich an Ihrer Stelle würde es nicht machen.«

»Das sehe ich anders«, sagte Hans Aretz gelassen und nahm die Hand seiner Frau. »Bisher hat es geklappt, und es wird wieder funktionieren. Das ist eine Hilfe, die wir relativ problemlos anbieten können.«

»Sie machen sich damit strafbar, Herr Aretz«, sagte Emilie. »Wenn das herauskommt, ist Ihre Frau in Teufels Küche.«

Aretz überlegte einen Moment, dann nickte er. »Ja, nach den Gesetzen der Braunen machen wir uns strafbar – irgendwie. Ich glaube, das nennt sich Devisenschmuggel. Aber warum wollen die Nazis auf keinen Fall, dass Wertgegenstände und Geld aus Deutschland ins Ausland gelangen, Frau Meyer?« Er wartete nicht auf ihre Antwort. »Weil die Nazis den jüdischen Deutschen alles nehmen wollen. Geld, Wertgegenstände, Grundstücke, Firmen, Eigentum und letztendlich das Leben … Sie sind hier Ihres Lebens nicht mehr sicher.« Er holte tief Luft. »Sie wissen doch, dass in den letzten Jahren immer wieder Leute aus Ihrer Gemeinde verhaftet und nach Sachsenhausen gebracht worden sind. Viele sind dort gestorben – an Hunger, Kälte und Krankheiten. Aber viele sind zurückgekommen. Auch diesmal wird das so sein – das habe ich gehört.«

»Was haben Sie gehört?«, fragte Hedwig nach.

»Sie haben doch gesagt, dass über sechzig jüdische Männer in der Pogromnacht verhaftet worden sind.«

Hedwig nickte.

»Ich habe gehört, dass sie ihre Besitztümer, ihre Firmen, ihr Eigentum den Nazis überschreiben sollen, um freizukommen.«

»Wo haben Sie das gehört, Hans?«, fragte Martha fast tonlos.

»Bei der Arbeit – in der Umkleide. Wir haben da so drei

fanatische Braune. Die haben ganz stolz davon erzählt, wie erfolgreich die Nacht war, weil die Männer ja nun ihre Besitztümer abtreten würden, aus Angst, aus berechtigter Angst.« Er senkte den Kopf. »Ich schäme mich für meine Kollegen, meine Mitmenschen. Sie brechen, ohne mit der Wimper zu zucken, die geltenden Gesetze und die Rechte der Menschen in diesem Land. Wenn also meine Frau in einem Pelz Ihrer Frau, lieber Karl, nach Holland fährt und dort unsere Bekannten besucht – in den Taschen noch die eine oder andere Münze oder ein wenig Silberbesteck –, wenn sie reichlich Schmuck dorthin mitnimmt, um sich dort ansehnlich zu kleiden und zu schmücken, und all diese Sachen dann dort vergisst, dann ist das eine Fahrlässigkeit, aber kein Gesetzesbruch, denn diese Gesetze sind unmenschlich und unwürdig. Sie gelten nicht für uns! Werden es niemals tun.«

Josefine legte ihm die Hand auf den Arm. »Reg dich nicht auf, Hans«, sagte sie beruhigend und lächelte ihn an. »Ich weiß, was ich tue, und ich tue es gern. Ich tue es für Sie, liebe Martha, und ich habe auch keine Angst.«

»Danke«, sagte Martha leise. »Ich hätte Angst.«

Josefine nickte. »Als Jüdin hätte ich das wohl auch.«

Karl stand auf, ging in den Erker und öffnete das Fenster. Es regnete. Ein feiner, dünner Regen, der in Schwaden um die Straßenlaterne tanzte. Er nahm eine Zigarette aus seiner Westentasche, dann zog er eine zweite hervor. »Hans?«, fragte er und sah zu seinem ehemaligen Chauffeur. Ein Lächeln legte sich über Hans Aretz' Gesicht.

Er nickte und stand auf. »So wie in früheren Zeiten, Karl. Sie und ich auf irgendeinem Balkon irgendwo in einem Hotel. Das waren schöne Zeiten, als wir beide unterwegs waren und Schuhe verkauft haben.«

»Ja, das war die beste Zeit meines Lebens«, seufzte Karl.

Martha und Hedwig standen auf und begannen, das Geschirr zusammenzuräumen.

»Warum geht ihr nicht … nach oben? In Hedwigs Wohnzimmer? Dort könnt ihr einen Sherry trinken oder einen Gin«, schlug Ruth vor. »Wir haben beides noch.«

»Ja!«, sagte auch Hans und nickte. »Die Damen sollten sich nach oben in den Salon zurückziehen, während die Herren rauchen.«

Martha und Hedwig sahen sich verblüfft an.

»Aber das Geschirr, der Abwasch …«, meinte Martha.

»Das machen wir«, sagte Ruth mit Nachdruck. »Hans, Ilse und ich.«

»Wir helfen«, sagte Helmuth. »Nicht wahr, Rita?«

»Nein, das geht nicht, ihr seid Gäste.« Ilse schüttelte den Kopf.

»Nun komm«, sagte Rita und stieß Ilse in die Seite. »So richtige Gäste sind wir nicht. Wir machen das gemeinsam. Das ist lustig.« Ihr Blick ging zu Hans, sie lächelte ihn an. »Oder etwa nicht?«

Hans nickte. »Mutti, geht ihr nach oben. Wir kümmern uns um alles.«

»Schau, hier ist alles, was wir an Alkohol aus dem Haus

haben retten können«, sagte Ruth. »Sherry, Gin, Rum …
und so. Das stand in der Vorratskammer hinter den anderen
Sachen. Ich glaube, Frau Jansen hatte dort ihr geheimes Lager.«

»Jansen?«, fragte Großmutter. »Die arische Köchin, die
dann nicht mehr kommen wollte?« Ihre Stimme klang bitter.

»Sie durfte nicht mehr kommen, Mutter«, sagte Martha.
»Wir dürfen doch keine Arier mehr beschäftigen.«

»Sie hat einige Jahre für euch gearbeitet, und ihr habt immer gut bezahlt – wenn man seine Stellung schätzt, sollte
man Rückgrat beweisen.«

»Sie durfte nicht mehr bei uns arbeiten, Mutter«, sagte
Martha erneut. »Und wir durften sie nicht mehr beschäftigen.« Sie nahm die Flaschen aus dem Schrank. Ein Lächeln
schlich sich auf ihr Gesicht. »Da sieh mal einer an. Ein wirklich guter Sherry ist das. Und du magst doch Gin, Hedwig?
Haben wir Zitronensaft, Ruth?«

Ruth nickte. »Eiswürfel haben wir auch. Nur ein paar, weil
das Eisfach hier so klein ist … aber immerhin.«

»Also gut, meine Damen«, sagte Martha. »Wir gehen hoch
und lassen die Männer ihre Zigarette rauchen. Ist es dir
recht, Hedwig?«

»Es ist mir ein Bockbierfest, euch oben zu empfangen«,
sagte Hedwig plötzlich vergnügt und schnappte sich drei der
Flaschen. »Ilse, bitte bring den Zitronensaft und die Eiswürfel nach oben. Ich habe tatsächlich auch noch ein oder zwei
leckere Fläschchen aus guten Zeiten. Und wann, wenn nicht

jetzt, sollten wir sie köpfen? So jung sehen wir uns niemals wieder.«

»Das ist eine gute Einstellung«, meinte Josefine Aretz. »Darf ich Ihren Arm nehmen, Frau Meyer?«, fragte sie Großmutter.

Großmutter Emilie schnappte nach Luft, dann besann sie sich. »Das dürfen Sie«, sagte sie mit so viel Contenance, wie es ihr möglich war. »Aber nicht, weil ich alt und gebrechlich bin, sondern nur, weil Sie mir es aus Höflichkeit angeboten haben.«

»Genau so ist das.« Josefine lächelte. Gemeinsam gingen sie die knarrende und seufzende Treppe nach oben. Martha und Hedwig folgten ihnen.

Währenddessen räumten Ruth, Hans und Helmuth den Tisch ab. Es war eng in der kleinen Küche. Ruth übernahm die Führung. Die Reste von den Tellern wurden in den Müll verfrachtet, der Boiler angeheizt, das Geschirr und die Töpfe mit kaltem Wasser vorgespült.

»Warum hast du nichts gesagt, Ruth?«, fragte Hans plötzlich.

Ruth drehte sich um, schaute ihn an. »Bitte was?«

»Warum hast du deinen Eltern nichts von deinen Plänen gesagt? Oder wissen sie es schon und wollen nicht darüber reden?«

Ruth stockte der Atem. Schnell sah sie sich um, aber sie waren unter sich – nur Rita war da, aber sie wusste nicht, worum es ging.

»Rita, schau mal, hier sind Nüsse«, sagte Ruth. »Bringst du die bitte nach oben?«

»Natürlich«, sagte Rita fröhlich, nahm die Schale und hüpfte in den Flur und dann über die Treppe nach oben in die Mansarde.

»Du hast es nicht gesagt«, sagte Hans. »Warum nicht?«

»Worüber redet ihr?«, fragte Helmuth nach.

»Weißt du es auch nicht?« Hans sah ihn an, dann wandte er sich Ruth zu. »Tut mir leid, ich dachte …«

»Es geht um dieses Programm in England. Nicht die Kinder, die dorthin gehen können, sondern die Arbeitskräfte, die gesucht werden. Helmuth hat mir doch den Aufruf gegeben.«

»Du hast dich tatsächlich beworben? Das ist einzig, so sehr Ruth. Toll, dass du den Mut hattest!«, sagte Helmuth begeistert. »Ich wette, sie nehmen dich.«

»Noch habe ich nichts gehört, und bevor das nicht der Fall ist, will ich es den Eltern nicht sagen. Du hast ja Mutti erlebt – sie würde einfach sterben vor Sorge.«

»Nun, aber irgendwann muss sie sich dem ja stellen, denn ich glaube auch, dass du genommen wirst«, sagte Hans.

»Abwarten, die größte Hürde ist ja mein Alter. Ich bin noch nicht achtzehn. Ich habe geschwindelt, was mein Alter angeht.«

»Die paar Monate«, winkte Helmuth ab. »Bis du da bist, wirst du fast achtzehn sein.«

»Ich muss ja aber erst über die Grenze kommen, und mein

jüdischer Pass zeigt mein Alter an … mein wahres Alter. Aber ich muss ins Ausland. Das ist unsere einzige Chance. Uns sind fast alle Hände gebunden, eine Tür nach der anderen schließt sich. Von außen kann man sie vielleicht leichter öffnen. Das ist zumindest meine Hoffnung.« Ruth atmete tief durch und legte die guten Kristallgläser vorsichtig in das heiße Seifenwasser.

»Weiß es Ilse?«

Ruth schüttelte den Kopf. »Sie würde es verraten, unabsichtlich, aber sie würde es sagen, irgendwann.«

»Du hast Ruth dazu angestiftet?«, fragte Hans nun Helmuth.

»Ich hatte diesen Aufruf gesehen, und Ruth war ja in dieser Hauswirtschaftsschule … sie passt in das Programm«, sagte Helmuth und zog wie zum Schutz die Schultern hoch.

»Ihr Aretz seid eine bemerkenswerte Familie«, sagte Hans, nahm eines der Küchentücher und trocknete die Kristallgläser sorgfältig ab.

»Eigentlich nicht«, sagte Helmuth. »Eigentlich sollten alle so wie wir sein – normal nämlich.« Auch er nahm sich ein Geschirrtuch. Als Rita und Ilse den Raum betraten, verstummte das Gespräch.

»Was können wir tun?«, fragten sie.

Ruth winkte ab. »Geht in unser Zimmer oder nach oben. Hier ist es nun wirklich zu eng. Wir bekommen das mit dem Geschirr schon hin.«

»Oben ist es richtig gemütlich«, sagte Rita. »Ich finde es

unter dem Dach immer schön – da hört man das Prasseln des Regens.« Sie lächelte Hans zu. »Wahrscheinlich schläft man dort besonders gut.«

»Manchmal spürt man sogar die Tropfen des Regens«, sagte Hans grinsend. »Das Dach ist nicht ganz dicht, und je nachdem, wie der Wind steht, regnet es rein.«

»O nein!«, sagte Rita. »Das ist ja grässlich! Das tut mir so leid für dich.«

»Zum Glück ist das nicht in meinem Zimmer so – zumindest bisher nicht«, sagte Hans und zwinkerte ihr zu. »Ich bin schon sehr froh, dass wir hier vorerst wohnen können.«

Ruth drehte sich um. »Ihr Mädels könnt noch die sauberen Kristallgläser in die Vitrine im Wohnzimmer räumen. Aber vorsichtig!«

Sie nahm einen Stapel Teller und legte ihn in das heiße Seifenwasser. Ihre Mutter liebte schönes Geschirr, sie hatte ein Auge für Design und kombinierte gern Neu mit Alt. Das gute Geschirr mit dem Goldrand, zum einen Erbstücke von Marthas Großmutter, zum anderen weiteres Geschirr der Serie, die Martha und Karl als Aussteuer bekommen hatten, genauso wie die handgeschliffenen Kristallgläser und die große Bowleschüssel. Ruth war immer noch froh, dass sie alles hatte retten können.

Nachdem Ilse und Rita die Gläser eingeräumt hatten, liefen sie in den Anbau, in das Zimmer, das sich Ruth und Ilse teilten. Für einen Moment seufzte Ruth auf. Sich das Schlafzimmer mit Ilse zu teilen, empfand sie nicht als schlimm, im

Gegenteil – die nächtlichen Atemzüge, die gelegentlichen Seufzer, Schmatzer oder, seltener, das leise Lachen in Ilses Träumen hatten etwas Tröstliches und spendeten Nähe und Geborgenheit.

Tagsüber war es allerdings anders. Ruth hatte elf Jahre lang ein eigenes Zimmer gehabt – ihr ureigenes Reich, in das niemand ohne weiteres eingedrungen war.

Unter Ruths Bett lag einer der alten Musterkoffer ihres Vaters. Dort bewahrte sie ihre ›Heiligtümer‹ auf. Ihre Kamera, ihre Fotoalben, die Briefe von Kurt, ihre Tagebücher und etliches mehr. Auch die Schachtel mit den Musterstoffen war dort. Inzwischen hatte Ruth angefangen, kleine Geschenke für Chanukka zu nähen. Dort unter dem Bett lag ihr Leben und alles, was ihr wichtig war. Und der Gedanke, dass nun Ilse und Rita in dem Zimmer waren, machte sie unruhig. Natürlich wollte sie den beiden Mädchen nichts unterstellen, aber sie wusste, wie Ilse und Rita waren – neugierig, wissensdurstig und manchmal auch sorglos und gedankenlos. Andererseits war sie froh, dass die beiden im Anbau waren, so hatten sie noch ein wenig Zeit, um zu reden. Ruth, Hans und Helmuth – diese Zeiten waren kostbar und selten.

»Fünf Pfennige für deine Gedanken«, sagte Hans und stupste sie an.

»Ach … ich denke Blödsinn«, gestand Ruth.

»Was für Blödsinn?«, fragte Helmuth und lachte leise. »Oder sind das Sachen, die du besser nicht aussprichst?«

»Es ist eigentlich völliger Unfug, aber ich muss mir hier

234

ein Zimmer mit Ilse teilen, und jetzt ist sie mit Rita dort …
und ich weiß nicht, was sie dort machen. Das ist meschugge,
sie werden schon nichts anstellen. War nur so ein Gedanke«,
sagte Ruth und senkte den Kopf.

»Ich versteh genau, was du meinst«, sagte Helmuth. »Als
Vati euch zu uns brachte, da hat Mutti beschlossen, dass ihr
Ritas Zimmer bekommt und meine Schwester zu mir ins
Zimmer zieht.« Er räusperte sich. »Ich liebe Rita. Sie ist die
beste, unbefangenste, fröhlichste, süßeste kleine Schwester,
die man sich vorstellen kann.« Er sah Hans an und biss sich
grinsend auf die Lippen. »Und sie himmelt dich an.«

»Wie bitte?«, fragte Hans verblüfft.

»Tu nicht so«, neckte Ruth ihn. »Rita ist völlig verschossen
in dich, das musst du doch wissen.«

»Sie ist doch noch ein Kind!«, sagte Hans und wurde rot.

»Ja, das ist sie«, sagte Helmuth streng. »Lass bloß die Finger von meiner Schwester.«

Hans hob beide Hände. »Keine Sorge. Ich mag sie, wie Ilse,
wie eine kleine Schwester … ich habe da gar keine anderen
Gedanken …«

»Schade«, prustete Helmuth nun und klopfte ihm beruhigend auf die Schulter. »Ich finde, du wärst ein prima Schwa-
ger … irgendwann.«

Auch Ruth stimmte in das Lachen ein, und nachdem Hans
begriffen hatte, dass Helmuth ihn auf den Arm genommen
hatte, lachte er erleichtert auf.

»Was so eine doofe Angst alles mit einem macht«, sagte er

nachdenklich. »Sie verändert das ganze Leben. Ich erwische mich dabei, immer nur mit eingezogenem Kopf und hochgezogenen Schultern durch die Straßen zu laufen.«

»Das geht mir auch so«, gestand Ruth. »Diese ständige Angst im Nacken. Im Moment spielt ja das Wetter mit.« Sie schaute zum Fenster, die Regentropfen liefen in Strömen herunter, ein Vorhang aus Wasser. »Kein Mensch geht aufrecht, alle ducken sich unter Schirme oder ziehen die Mützen tief ins Gesicht.«

»Auch dieser Winter wird enden«, sagte Hans. »Irgendwann.« Er sah Ruth an. »Aus England hast du aber noch nichts gehört?«

»Das wird noch dauern, denke ich. Die politische Lage ist ja gerade in Aufruhr, und dann die ganzen jüdischen Kinder, die nach England gehen – das muss ja alles verwaltet werden.«

»Sie werden dich schon nehmen«, sagte Helmuth voller Überzeugung.

»Aber was machst du, wenn du in England bist?«, fragte Hans besorgt.

»Da werde ich dann wohl arbeiten.« Ruth grinste ihn an.

»Wird das nicht schrecklich werden? Deine Eltern, deine Schwester – unsere ganze Familie hier und du dort …«

»Mein Ziel ist es, in England alle Hebel in Bewegung zu setzen, dass ihr auch ausreisen könnt.«

»Und du wirst das schaffen, dir traue ich alles zu«, sagte Helmuth.

»Ich habe einen Brief von Fritz Kaufmann bekommen«, sagte Ruth nachdenklich. »Er hat ihn in Geheimschrift geschrieben. Er fragt nach einem weiteren Treffen.«

Hans sah sie an. »Das ist gar nicht so verkehrt. Aber vielleicht nur wir Großen – alle über vierzehn. Dann sind wir nicht so viele.«

«Ja, zum einen das, zum anderen wird es um Dinge gehen, die die Kleinen vielleicht nicht hören sollten.«

«Ihr müsst aber aufpassen«, sagte Helmuth. »Ich habe munkeln hören, dass einer aus der HJ so einen Brief in deiner Geheimschrift gefunden hat.«

»Was?« Ruth sah ihn erschrocken an. »Und?«

»Mehr weiß ich nicht. Ihr müsst wirklich vorsichtig sein.«

Ruth nickte.

Sie waren gerade fertig mit Spülen, als ihre Mütter wieder nach unten kamen.

Martha kochte Kaffee – echten Bohnenkaffee. Das war purer Luxus, denn Kaffee war teuer geworden, und sie hatten viel weniger Geld zur Verfügung.

»An diesem Abend muss das aber sein«, sagte Martha zufrieden.

Nach dem Kaffee brachen die Aretz auf. Man verabschiedete sich herzlich, und Josefine versprach, bald schon nach Holland zu fahren.

Ilse war müde und ging zu Bett. Alle anderen setzten sich wieder in das Wohnzimmer.

»Es war ein schöner Abend«, meinte Hedwig. »Auch wenn unsere Sorgen Thema waren.«

»Wir werden wohl nicht mehr oft so zusammensitzen«, meinte Großmutter Emilie.

»Warum denn nicht?«, fragte Ruth überrascht.

»Ich glaube nicht, dass der Kontakt zu den Aretz halten wird. Was auch besser so ist. Wer ist schon mit seinem Chauffeur befreundet?« Sie rümpfte die Nase. »Ich fand das immer sehr befremdlich.«

»Das magst du so empfinden«, sagte Karl, »doch wir sind mit ihnen befreundet. Und das schon sehr lang. Ich hoffe, diese Freundschaft wird noch viele Jahre anhalten.«

»Die Aretz sind vernünftige Menschen und haben ein sehr großes Herz, Mutter«, sagte Martha. »Was hätten wir ohne sie getan?«

»Wir werden doch bald wieder ein Fest haben«, unterbrach Ruth sie. »In zwei Wochen ist Chanukka. Das werden wir doch feiern, oder?«

Karl nickte. »Natürlich.«

»Opi und Omi werden kommen«, sagte Martha. Dann sah sie Ruth an. »Nur wird es in diesem Jahr wohl keine großen Geschenke geben.«

»Ach, Mutti, das ist doch nicht schlimm. Hauptsache, wir sind alle zusammen.«

Kapitel 11

»Einen schönen guten Abend, liebe Ruth«, sagte Oma Minnie und küsste Ruth auf beide Wangen. »Wie groß du bist – du musst dich zu mir herunterbeugen«, sagte die alte, runzelige Frau mit einem Lächeln, das ihre Augen strahlen ließ. »Früher musste ich mich bücken, um dich zu herzen.«

»Ruth wird ja auch schon achtzehn nächstes Jahr«, sagte Ilse, drängte sich zwischen Omi und Ruth und nahm sie in die Arme. »Ich bin so groß wie du«, sagte sie stolz. »Und ich wachse noch.«

»Wir hingegen schrumpfen«, sagte Opa Valentin, der hinter seiner Frau in der Tür stand, schmunzelnd. »Darf ich auch hereinkommen?«

Ruth eilte zu ihm, begrüßte ihn herzlich und half ihm aus dem Mantel. »Wie geht es dir, Opi?«

»Es muss, es muss«, sagte er lächelnd. »Ist mir schon besser gegangen, doch auch schon schlechter.« Er küsste seine

Enkelin. »Aber du bist eine Augenweide, also geht es mir direkt noch besser.«

»Es ist so schön, dass ihr hier seid«, rief Ilse fröhlich.

»Es wäre schöner, wenn wir noch in unserem Haus und wenn die Umstände anders wären«, sagte Martha traurig und begrüßte ihre Schwiegereltern herzlich. »Wir haben das Haus nicht mehr, aber immerhin haben wir uns.«

»Da hast du recht, Martha«, sagte ihre Schwiegermutter. »Anderen geht es viel schlechter. Schon vier Männer unserer Gemeinde sind an den Folgen der schrecklichen Nacht gestorben.«

Minnie und Valentin Meyer waren schon ein paarmal bei Karls Familie in der Bismarckstraße gewesen, aber es waren immer nur flüchtige, kurze Besuche. Heute aber war der 18. Dezember und der erste Tag des Chanukkafestes, die Familie wollte es gemeinsam feiern.

Hedwig kam aus der Küche, wischte sich die Hände an der Schürze ab. »Mutter, Vater, wie schön, dass ihr hier seid«, sagte sie. »Wir haben uns so auf die Abende des Lichterfests gefreut und auch darauf, sie mit euch gemeinsam zu verbringen.«

»Es gibt ja sonst auch kaum etwas, worüber man sich freuen könnte«, sagte Großmutter Emilie.

»Nun kommt doch ins Wohnzimmer«, drängte Karl. »Da haben wir mehr Platz.«

Minnie folgte seiner Aufforderung und betrat das Wohnzimmer. Sie seufzte leise und nahm Marthas Hand. »Du hast wieder alles sehr schön eingerichtet, aber dies ist ein Gründerzeithaus, und deine Möbel waren für euer Haus gedacht.«

»Es ist nicht mehr unser Haus«, sagte Martha tonlos. »Es gehört jetzt einem Arier. Und wir müssen uns hier einrichten und zurechtfinden.«

»Dennoch hast du es hübsch gemacht«, sagte Valentin und nahm in einem der Sessel Platz. »Dafür hast du ja ein Händchen.«

Minnie schaute sich um. »Diesmal gibt es keine Tannenzweige? Keinen Weihnachtsschmuck?«

Chanukka, das jüdische Lichterfest, fiel meist in die Weihnachtszeit. Die Meyers waren wie viele andere Krefelder Juden nur bedingt gläubig – einige Feiertage begehen sie dennoch, vor allem das Lichterfest –, die acht Tage in der kalten, dunklen Zeit erhellten sie gern mit Kerzen, Spielen, gutem Essen und Geschenken – wie es Tradition war.

»Du hast gar nicht geschmückt«, sagte Omi nun, fast schon entsetzt. »Du hast früher immer so hübsch geschmückt, es war immer so wunderschön. Aber jetzt …? Wisst ihr noch, wie schön es immer bei euch war?«

»Ja«, sagte Ruth und schloss die Augen. »Es war einzig. Mutti hat dafür immer ein Händchen gehabt.«

»Deinetwegen habe ich damals Weihnachtsschmuck gekauft – gläserne und versilberte Kugeln und Zapfen, Lametta und Schleifen.«

»Weil ich so begeistert vom großen Weihnachtsbaum bei

Onkel Richard war«, erinnerte sich Ruth. »Das hat mich so beeindruckt, und ich habe Rosi beneidet.«

»Rosi Sander ist Christin«, sagte Großmutter. »Für sie war ein Weihnachtsbaum normal – für uns Juden aber nicht.«

»Sie hatten ja nie einen Baum«, sagte Minnie und lächelte. »Es waren immer nur große Tannenzweige in einer Bodenvase. Und ich mag den Duft von Tannengrün. Außerdem sah es so festlich aus. Martha, das hast du immer so schön gemacht, so wundervoll.«

»Weihnachten ist ein christliches Fest. So schön es auch war, so zu schmücken wie sie, ich kann es nicht mehr.« Martha schluckte. »Ich habe immer an ein friedliches Zusammenleben zwischen Christen und Juden geglaubt – ich war der Ansicht, dass man Traditionen auch verbinden könne und gemeinsam etwas Neues schafft, aber nun kann ich es nicht mehr. Jetzt werden wir für einen Glauben verurteilt, den wir nur noch halbherzig gelebt haben. Für Traditionen, die lange Jahre gar nicht wichtig für uns waren. Wir haben nicht koscher gegessen, Tiere mussten nicht geschächtet werden, auch Schweinefleisch hat uns geschmeckt, und Milchiges und Fleischiges haben wir vermischt, obwohl es verboten ist.« Sie holte tief Luft. »Wir werden sicherlich keine strenggläubigen Juden werden, die sich an alle Regeln halten und koscher essen, aber wir werden auch keine christlichen Bräuche mehr übernehmen.«

Minnie tätschelte ihre Hand. »Komm, begleite mich zum Erker«, sagte sie nachdenklich. »Ich kann verstehen, wie du dich fühlst. Du bist voller Hass und Wut und Trauer. Und all diese Gefühle sind dir unbenommen, weil sie berechtigt sind. Aber lass dir aus Erfahrung sagen – mit der Zeit wird sich das wieder ändern.« Sie schüttelte den Kopf. »Nein, das bedeutet nicht, dass du nun wieder weihnachtlich schmücken sollst. Die christlichen Bräuche sind nicht unsere Bräuche und Rituale. Das waren sie nie. Dennoch habe ich die Weihnachtszeit in den letzten Jahren bei dir immer sehr genossen – und auch Chanukka. Das lag aber daran, dass du so wunderbar schmücken kannst. Du weißt einfach, wie man Dinge mit einfachen Mitteln schön macht, behaglich und gemütlich.« Sie drehte sich um, nahm Marthas Hände. »Nun bist du verbittert, mein Kind, und das finde ich sehr bedauerlich. Dein Gemüt war immer anders – so positiv, so voller Hoffnung und Zuversicht. Das darfst du nicht verlieren. Niemals.«

»Ich fürchte, das habe ich schon«, sagte Martha bedrückt. »Ich stehe morgens auf und habe das Gefühl, tonnenschwere Steine lasten auf meiner Brust. Nichts ist mehr so, wie es war. Und es wird auch nicht einfacher, es wird ja alles schwerer und schwerer.«

»Ja, das Gefühl kenne ich.« Minnie strich ihrer Schwiegertochter über die Wange. »Ich kenne es gut. Aber wenn du dich darauf einlässt, wenn du es zulässt, nicht nur die dunklen und schrecklichen Dinge zu sehen, dann wird es auch irgendwann wieder besser werden. Es wird anders sein, aber nicht mehr so schrecklich. So abgrundtief.«

Bevor Martha etwas erwidern konnte, rief Ruth: »Es ist Zeit für die Kerzen. Großmutter, sprichst du den ersten Segen?«

Die Chanukkia stand auf dem Tisch am Fenster, die Dienerkerze – die Kerze, die alle anderen acht Kerzen anzündete – lag daneben. Großmutter Emilie nahm die Kerze, ihre Hände zitterten, und sie schloss die Augen.

»Gepriesen seist Du, Ewiger, unser Gott, König der Welt, der Du uns geheiligt hast durch Deine Gebote und uns geboten hast, das Chanukkalicht anzuzünden.«

Dann zündete sie die Dienerkerze mit einem Streichholz an, und nachdem das Streichholz auf einem Tellerchen ausgeglüht war, zündete sie die erste Kerze des neunarmigen Leuchters mit der Dienerkerze an.

»Gepriesen seist Du, Ewiger, unser Gott, König der Welt, der Du Wunder erwiesen hast unseren Vorfahren in jenen Tagen zu dieser Zeit.«

Als die erste Kerze zuverlässig brannte, steckte Großmutter die Dienerkerze auf den Ständer.

»Gepriesen seist Du, Ewiger, unser Gott, König der Welt, der Du uns hast Leben und Erhaltung gegeben und uns hast diese Zeit erreichen lassen.«

Sie sah in die Runde – alle hoben die Köpfe.

»Es geschah am 25. Tag des Monats Kislew«, begann Valentin. »Sie betraten das Heiligtum und fanden nur noch einen Krug reinen Öls, ausreichend für einen Tag, doch dann brannte es acht Tage lang, so dass Zeit genug war, neue Oliven zu pressen und frisches Öl zu gewinnen. Deshalb haben die Wei-

244

sen Tage des Jubels und Gotteslobs für jede neue Generation ausgerufen. Jede Nacht werden Kerzen im Eingang des Hauses angezündet, um das Wunder immer neu zu verkünden.«

Mit einem Mal war Ruth ganz feierlich zumute. Sie liebte die alte Geschichte und war froh, dass sie ihre ganze Familie um sich wusste. Wer weiß, wann sie sich das nächste Mal alle wieder treffen würden?

Sie setzten sich um den festlich gedeckten Tisch. Die Chanukkakerzen wurden bei Einbruch der Dunkelheit angezündet, am ersten Tag eine und dann jeden Tag eine mehr, bis schließlich alle acht und die Dienerkerze, mit der die anderen angezündet wurden, brannten. Mindestens eine halbe Stunde brannten die Kerzen, und in dieser Zeit war keine Tätigkeit erlaubt.

Opi erzählte die Geschichte des Chanukkafests, so wie jedes Jahr. Danach stimmte er das Lied »Maoz Tzur« an.

»Mächtiger Fels meiner Erlösung«, sang er, und dann stimmten die anderen ein:

»Dich zu preisen ist eine Wohltat.
Erneuere mein Gebetshaus,
und wir werden ein Dankopfer bringen.
Während du das Schlachten vorbereitest
für den Gott lästernden Feind,
werde ich mit einem Loblied die
Einweihung des Altars vollenden.«

Sie sahen sich an, und Schweigen senkte sich über die Familie.

»Chanukka war immer ein Freudenfest«, sagte Opi mit belegter Stimme. »Ein Fest des Friedens, das uns jedoch an die Bedrohung erinnerte, der wir Juden auf dieser Erde ausgesetzt sind. Das Anzünden der Lichter war stets voller Hoffnung für uns. Nun leben wieder Juden in Jerusalem, und vielleicht wird es uns vergönnt sein, eines Tages den heiligen Tempel an der Klagemauer neu zu errichten.« Er schluckte und räusperte sich. »Dieser Gedanke hat uns alle in den letzten Jahren hoffnungsfroh sein lassen.«

Karl nickte. »Doch nun haben die Nazis unsere Gebetshäuser zerstört. Die Geschichte scheint sich mannigfaltig zu wiederholen.«

»Wir müssen die Hoffnung behalten«, sagte Minnie und wies auf die Kerzen. »Diese Kerzen sind das Symbol dafür. Es ist uns damals gelungen, die Stätte unserer Andacht erneut zu weihen, und es wird uns bestimmt wieder gelingen.«

»Die Kerzen sollen uns leuchten«, sagte Valentin, »damit wir auch ein weiteres Jahr den Gefahren und Bedrohungen, die uns umgeben, trotzen können. Es ist gut, in einem Haus zu sein. Auch wenn es nicht mehr dein Haus ist, mein Sohn, so ist es dennoch eine Zuflucht. Hier haben wir Wärme, Sicherheit und Geborgenheit, erhellt von den Kerzen des Chanukka.«

»Das hast du schön gesagt, Opi«, sagte Ilse leise.

»Aber es stimmt doch nicht«, flüsterte Martha. »Wir werden nie wieder in Sicherheit leben. Und geborgen fühle ich mich hier auch nicht. Immer, wenn ich Schritte auf dem Pflaster vor dem Haus höre, zucke ich zusammen. Wenn es schellt, bleibt mein Herz fast stehen.«

Minnie sah sie überrascht an und nahm ihre Hand. »Liebes Kind, ich dachte, du hättest dich wieder im Griff?«

»Das habe ich, Minnie, das habe ich durchaus«, sagte Martha und entzog ihr die Hand. Sie setzte sich auf, straffte die Schultern. »Ich bin ja nicht verrückt, aber nach dem, was wir erlebt haben, kann man doch nicht ruhig und voller Zuversicht hier leben.«

»Ja, Mutti, da hast du recht«, sagte Ruth. »Deine Worte, Opi, waren so schön, so beruhigend, so voller Hoffnung. Aber tatsächlich ist es ja anders.« Sie sah sich in der Runde um, streckte das Kinn vor. »Wir dürfen uns nichts vormachen. Die Nazis sind da. Sie sind um uns herum. Manche erkennt man, weil sie ihre blöden Uniformen tragen, ihre Anstecker, weil sie im Stechschritt und mit einem fiesen Grinsen, das Angst macht, durch die Straßen laufen. Andere erkennt man nicht, es können unsere Nachbarn sein, die Eltern unserer Schulfreunde, die Frau, die uns noch nie im Leben gesehen hat, nie mit uns sprach, die uns nicht kennt. Aber gegen uns ist.« Ruth holte tief Luft. »Unser Haus wurde gestürmt, geplündert und verwüstet. Wir hatten Glück, dass sie uns nichts getan haben. Aber vielleicht kommen sie das nächste Mal auch hierher, schlagen alles kurz und klein und uns auch. Oder stecken uns in eines ihrer neuen Konzentrationslager.

Nach Dachau oder so. Wir müssen dieses Land verlassen. Wir müssen weg von diesen Leuten – Menschen mag ich sie nicht mehr nennen –, die ihrer schrägen Ideologie folgen und uns anhand unserer vermeintlichen Rasse hassen und verfolgen. Wir müssen weg. Um jeden Preis.«

Ruth hatte sich in Rage geredet. So offen hatte sie noch nie über ihre Gefühle gesprochen. War sie zu weit gegangen?

Ihr Vater sah sie lange an. »Ich kann meine Frau und ihre Ängste verstehen. Ich habe auch Angst.« Sein Blick ging zu den Kerzen. »Die erste Chanukkakerze brennt, und wir werden auch in diesem Jahr Abend für Abend eine weitere Kerze anzünden. Das Lichterfest steht für den wiedergewonnenen Tempel und die Hoffnung. In diesem Jahr gibt es wenig Hoffnung. Zumindest in Deutschland, in unserer Heimat. Ich, wir alle sind hier geboren und aufgewachsen. Wir haben uns hier wohl gefühlt. All das ist zerstört. In Deutschland haben Juden keine Heimat mehr, egal, wie viele Chanukkakerzen angezündet werden. Ich kann meine Frau verstehen, aber ich stimme meiner Tochter zu. Hier zu bleiben ist keine Möglichkeit mehr.«

Valentin lächelte traurig. »Du hast völlig recht. Du musst das Land verlassen. Du, deine Frau, deine Kinder.«

»Ihr auch, Vater«, sagte Karl eindringlich.

Valentin schüttelte den Kopf. »Nein, das müssen wir nicht. Uns wird nichts passieren. Wir sind zu alt, wir haben nichts mehr zu befürchten, aber du solltest gehen – mit deiner Familie.«

»Wie können wir euch zurücklassen?«, fragte Hedwig nach. »Wie könnt ihr das wollen?«

»Ihr lasst uns ja nicht allein, Herzchen«, sagte Minnie und strich ihrer Tochter über den Kopf. »Nicht in dem Sinne. Ihr bringt euch und eure Kinder, unsere Enkel, in Sicherheit. Und wenn alles vorbei ist, sind wir wieder zusammen.«

»Wenn alles vorbei ist?«, fragte Ruth verblüfft.

»Ja, mein Kind. Es wird vorbeigehen. Wie alle Katastrophen. Hitler wird sich nicht ewig halten. Die Nationalsozialisten haben große Pläne – alles läuft auf einen Krieg hinaus. Glaubst du, dass England, Russland und Frankreich sie gewähren lassen? Ich nicht. Vielleicht gibt es einen kurzen Krieg. Vielleicht läuft der österreichische Junker aber auch so in sein Verderben. Seine Politik ist nicht haltbar.«

»Das glaubst du wirklich?«, fragte Hans. »Dann müssten wir ja auch nicht gehen, sondern nur den Kopf einziehen.«

»Ja, das glaube ich, lieber Hans. Ihr jungen Leute solltet trotzdem gehen, denn es wird dauern, ein oder zwei Jahre, bis die anderen Staaten Europas und der Welt für Recht und Ordnung gesorgt haben. Uns Alten wird nichts passieren – was sollten sie auch mit uns machen? Wir haben kein großes Vermögen, wir sind nicht stark genug, um gegen sie aufzumischen. Wir leben einfach hier. Und sie werden uns leben lassen. Aber euch Jungen wollen sie an den Kragen. Also verlasst das Land – es werden nur ein paar Jahre sein. Und dann kommt ihr zurück.«

»Meinst du wirklich, dass das so kommen wird?« Ruth sah ihren Großvater ernst an.

Valentin nickte. »Zur Not glaube ich es für dich mit.«

Hedwig stand auf, ihr Lächeln wirkte gezwungen. »Die halbe Stunde ist um. Ihr könnt die erste Kerze löschen oder herunterbrennen lassen. Ich gehe jetzt in die Küche. Es gibt natürlich Latkes, außerdem Krapfen, und wir haben eine Gans. Die müsste jetzt fertig sein.«

Ruth stand auf. »Ich helfe dir in der Küche, Tante Hedwig.«

»Ich habe so gehofft, dass deine Mutter sich gefangen hat, aber das scheint nicht der Fall zu sein«, sagte Hedwig in der Küche zu Ruth.

»Sie hat es einfach noch nicht verkraftet. Und Chanukka war bei uns immer so ein besonderes Fest – fröhlich und voller Zuversicht.«

Ruth trat zum Fenster, öffnete es und sog die kalte, feuchte Luft ein. »Mutti ist eine Seele von Mensch. Sie ist nur Gefühl, immer, wenig rationaler Verstand. Das macht sie so liebenswert, und es macht sie aus. Aber Krisen wie diese kann sie nicht ertragen.« Wieder atmete Ruth tief ein, schloss dann das Fenster.

Hedwig hatte die große gusseiserne Pfanne auf den Herd gestellt, das Gänseschmalz in Brocken hineingegeben. Der süße, fettige Geruch füllte schnell die Küche. Als das Fett langsam Blasen schlug, gab sie portionsweise den Kartoffelteig in die Pfanne – immer einen Löffel.

»Hast du keine Angst, Tante Hedwig?«, fragte Ruth und richtete die Schüsseln.

»Natürlich habe ich auch Angst«, meinte Hedwig überrascht. »Warum glaubst du, ich hätte keine?«

»Weil … du nie darüber redest. An der Stelle meiner Eltern würde ich Ilse nach England schicken«, sagte Ruth.

Hedwig sah sie an. »Ich nicht«, sagte sie dann leise.

»Und Hans würdest du auch nicht wegschicken, nicht wahr?«

»Nie im Leben. Ich muss doch für ihn da sein.«

»Aber wenn es eine Chance für ihn wäre? Ich meine, wenn Opi recht hat, ist der Spuk in ein paar Jahren vorbei. Und dann können wir alle wieder zusammen sein.«

»Ich bin jetzt mit ihm zusammen. Hier. Ich kann auf ihn achtgeben. Und auf meine Eltern. Ich bin nicht reich und bin doch wohl keine Gefahr für die Nazis.« Sie lächelte, nickte dann aber ernst. »Ich weiß, was du sagen willst.« Sie sah Ruth an. »Ich weiß von dem Visum für Hans. Berthold hatte es mir gesagt.«

»Es wäre doch so eine große Chance für ihn …«

»Er will nicht ohne mich fahren, und ich will ihn auch nicht fahren lassen. Gemeinsam wäre es in Ordnung – so aber nicht. Meine Entscheidung ist gefallen«, sagte sie in einem Ton, der keinen Widerspruch zuließ.

Ruth musste schlucken. Einerseits verstand sie Hedwig und auch Hans, andererseits glaubte sie, dass ihre Tante eine Möglichkeit für Hans achtlos verschenkte.

Wie würden Mutti und Vati reagieren, wenn sie die Stelle in England bekäme? Würden sie ihr verbieten, zu gehen? Und würde Ruth es sich verbieten lassen? Sie wusste es nicht.

Hedwig drehte die Kartoffelplätzchen, das Fett spritzte. Es roch herrlich fettig, auf eine angenehme Weise. Ruth holte die Gans aus dem Ofen. Die Haut glänzte und war knusprig, das Fett in der Brust blubberte.

»Hol Mutti«, bat sie Ilse, die in die Küche gekommen war.

Ilse schüttelte den Kopf. »Das kann ich nicht. Sie sitzt sicher da und weint.«

»Na und? Sei kein Frosch. Sag ihr, dass es Essen gibt.«

»Sie ist immer so verzweifelt«, sagte Ilse. »Ich weiß nicht, was ich dann machen soll.«

»Rüttle sie, und sag ihr, dass sie vernünftig sein soll. Dass wir sie brauchen.«

»Sag du es ihr.« Ilse wand sich aus Ruths Griff und ging zu den Großeltern, die schon am Tisch saßen.

Ich wieder, dachte Ruth und verdrehte die Augen. Sie konnte Ilse verstehen. Es war nicht einfach, mit Martha umzugehen, wenn diese ihre ›Momente‹ hatte. Aber dies war ein Abend, den alle gemeinsam verbringen wollten. Der erste Abend des Lichterfestes – das dürfen uns die Nazis nicht auch noch nehmen, dachte Ruth wütend. Nein, das lasse ich nicht zu.

Entschlossen ging sie zum Schlafzimmer ihrer Eltern, klopfte an die Tür. »Mutti?«

Niemand antwortete. Ruth klopfte erneut.

»Mutti?«

Wieder gab es keine Reaktion. Vorsichtig drückte Ruth die Klinke nach unten. Im Schlafzimmer war es dunkel. Die Vorhänge waren zugezogen, aber die Fenster waren ein wenig undicht und so tanzten sie im Zug des Windes, der um das Haus wehte und sich in den Ecken und Kanten fing.

»Mutti?«

»Was willst du, Ruth?«, fragte Martha und klang erschöpft.

»Es gibt Essen.«

»Ich habe keinen Hunger.«

»Es ist Chanukka, und alle sind da.«

»Ich habe keinen Hunger.«

»Es geht nicht ums Essen, sondern darum, dass wir gemeinsam feiern«, sagte Ruth geduldig.

»Ich möchte allein sein.«

»Warum?«, fragte Ruth.

»Weil alles so schrecklich ist. Wir haben Haus und Gut verloren, unser Einkommen, unsere Zukunft. Eigentlich haben wir unser Leben verloren. Wir könnten auch alle gleich tot sein, dann wäre es zumindest vorbei.«

»Du möchtest, dass ich tot bin?«, fragte Ruth. »Und Ilse auch? Wir sollen sterben?«

»Wir werden alle sterben.«

»Aber jetzt, Mutti? Du willst, dass wir jetzt sterben?«

»Nein, ihr sollt leben. Natürlich sollt ihr leben.«

»Wir brauchen dich, Mutti.«

»Niemand braucht mich.«

»Ilse braucht dich, und Vati braucht dich auch.«

»Sie würden auch ohne mich weiterleben.«

»Bestimmt. Aber ihnen würde deine Wärme fehlen, dein Humor und deine Liebe. Und mir auch. Ich brauche dich, Mutti, auch wenn ich fast erwachsen bin. Eine Tochter braucht immer ihre Mutter. Immer. Bitte hilf uns in dieser schwierigen Zeit. Bitte gib nicht auf. Bitte Mutti. Tu es für uns.«

Martha schwieg. Dann hörte Ruth es rascheln. »Gib mir eine Minute. Ich komme gleich.«

»Wirklich?«

»Ja.«

Im Wohnzimmer drehten Opi, Ilse und Hans den Dreidel – eine Art Kreisel mit vier Seiten. Auf jeder Seite stand ein hebräisches Wort – Nun, Gimel, He und Schin – die Schriftzeichen waren die Anfangsbuchstaben des Satzes »Nes Gadol Haja Scham« – »Ein großes Wunder geschah dort.«

Die Anfangsbuchstaben bedeuteten aber auch: nichts, ganz, halb und stellen. Abwechselnd drehten sie den Dreidel und warteten gespannt ab, welche Seite schließlich nach oben zeigte – sie gab den Gewinn an.

Wer »nichts« drehte, gewann nichts, verlor aber auch nichts. »Ganz« bedeutete, dass derjenige den Kasseninhalt bekam. Dann mussten die anderen Spieler jeweils ein Stück in den Pott legen. »Halb« – nur der halbe Inhalt wurde gewonnen, und bei »stellen« musste man ein Stück in die Kasse legen. Meistens spielten sie um Süßigkeiten, manchmal auch um Pfennige. Mit großem Hallo und voller Begeisterung drehten sie wieder und wieder den Dreidel.

»Das Essen ist fertig«, sagte Ruth fröhlicher, als sie sich fühlte. »Setzt euch doch schon mal, Mutti kommt gleich.« Silberne Kerzenleuchter standen auf der gebügelten und gestärkten Tischdecke, die knisterte, wenn man leicht mit der Hand darüberfuhr.

Hedwig kam mit der großen Platte, auf der die gebratene Gans lag. Ilse brachte die Schüssel mit den Reibekuchen, Hans trug die Schüsseln mit dem Rotkohl und dem Apfelmus herein. Dazu gab es Krapfen und andere Leckereien. Es war ein reich gedeckter Tisch – so wie früher.

Alle nahmen Platz, nur einer blieb frei – der von Martha. Eine Traurigkeit breitete sich in Ruth aus. Wie konnte die Mutter sie so im Stich lassen, sie hatte es doch versprochen? Valentin sah sich irritiert um, aber Karl schüttelte den Kopf. Also stand Opi auf und sprach den Segen: »Gelobt seist Du, Herr, unser Gott, König der Welt.« Er hielt kurz inne. Die Tür des Schlafzimmers öffnete sich, und Martha setzte sich an ihren Platz. Ruths Herz machte einen freudigen Hüpfer. Zwar sah ihre Mutter verweint und blass aus, aber sie hatte sich zusammengerissen und war gekommen. Vielleicht würde doch alles gut.

»Amen«, sagte sie, und die anderen folgten. »Amen.«

Ruth holte das Brot aus der Küche und gab es Karl. Er brach das Brot und reichte jedem ein Stück. Schweigend begannen sie die Mahlzeit.

»Das ist köstlich«, sagte Omi und schnitt noch ein Stück der Gänsebrust klein, die auf ihrem Teller lag. »Was für eine leckere Gans.«

»Aretz hat sie uns besorgt«, erklärte Martha. »Sie ist von einem Bauernhof bei Fischeln.«

»Er hat gute Verbindungen, euer Aretz«, lobte Opi.

Ilse, Hans und Ruth langten bei den Reibekuchen zu und nahmen reichlich von dem selbstgekochten Apfelmus.

»Köstlich«, sagte Ilse mit vollem Mund. »So lecker. Noch nicht einmal Jansen hätte es besser machen können.«

»Habt ihr von eurer Köchin noch etwas gehört?«, fragte Opi.

Regina Jansen hatte lange Jahre für die Familie gekocht, bis die Gesetze sich änderten und Juden keine arischen Angestellten mehr beschäftigen durften.

»Nein, leider nicht«, sagte Karl.

Martha sah ihn an. »Natürlich haben wir das. Es kann sein, dass ich vergessen habe, es dir zu erzählen. Sie kam zur Schlageterallee … nach … nach der Nacht. Sie war ganz aufgelöst.«

»Das wusste ich gar nicht«, sagte Ruth.

Martha sah sie an. »Sie wollte nicht … also … sie wollte nur nach uns sehen und schauen, ob sie helfen könne.«

»Aber warum hast du es nicht erzählt? Es ist so tröstlich, zu wissen, dass es Leute wie sie gibt.«

»So habe ich das nicht gesehen, Ruth«, gab Martha zu. »Jansen will keinen Kontakt zu uns, weil … weil …«

»Weil ihr das nachteilig ausgelegt werden könnte«, beendete Karl den Satz. »Das verstehe ich. So geht das wohl vielen. Die Angst ist groß.«

»Das sei ihnen unbenommen. Das eigene Leben steht an erster Stelle. Das der Familie, der Freunde.«

»Welch ein Hohn«, sagte Großmutter Emilie. »Juden können keine Freunde sein?«

»Doch«, antwortete Ruth. »Die Aretz schaffen das. Aber …
was wäre, wenn du Frau Jansen wärst? Wenn du dich zu uns stellen würdest und damit Verfolgungen ausgesetzt wärst?«

»Lauter Konjunktive, Ruth, lauter Mutmaßungen. Ich bin nicht sie. Und ich möchte es auch nicht sein. Ich habe mein altes Rückgrat und werde es behalten. Die Deutschen haben das nicht und hatten es auch nie.«

»Ich bin auch Deutsche!«, sagte Ilse verwirrt. »Genau wie du. Was meinst du plötzlich damit, Großmutter?«

»Du bist Jüdin«, sagte Großmutter Emilie. »Zuerst bist du Jüdin. Und jetzt noch viel mehr. Weil du nicht arisch bist.«

»Arisch«, sagte Karl und schüttelte den Kopf. »Das ist genau so ein Blödsinn wie jüdisch. Es gibt Deutsche, die haben den jüdischen Glauben und leben ihn. Es gibt Deutsche, die sind als Juden geboren, aber der Glaube interessiert sie nicht die Bohne – wie Richard Merländer und sein Bruder Karl. Und es gibt sogenannte Arier, sie haben keine jüdischen Vorfahren oder diese sind nicht bekannt. Das macht sie nicht zu besseren oder schlechteren Deutschen als uns. Wir sind Deutsche jüdischen Glaubens – wobei das ja auch wirklich marginal ist. Wir sind zuallererst Deutsche!«, sagte Karl mit Nachdruck.

»Karl Merländer ist inzwischen tot«, unterbrach Hedwig ihn. »Das habe ich von Lisa Sanders, der Haushälterin der Merländers, erfahren.«

»Lebt Onkel Richard noch?«, fragte Ruth.

»Ja, Richard lebt«, sagte Hedwig. »Aber sie haben ihn ähnlich schlimm zugerichtet wie seinen Bruder.«

»Die beiden älteren Männer?«, fragte Omi erschrocken nach. »Wirklich? Was haben sie denn dem Regime getan? Sie sind doch beide gut über sechzig und stellen keine Gefahr mehr für das Regime dar.«

»Was hat das Alter damit zu tun?«, wollte Ruth wissen und runzelte die Stirn. »Du sagst immer, ihr seid sicher, weil ihr so alt seid. Aber das ist doch gar nicht das, was zählt für die Braunen. Es geht doch darum, dass wir Juden sind!«

»Die Merländers sind sehr, sehr reich. Die Nazis wollen ihr Geld, Kind«, sagte Valentin. »Ich habe kein Geld.«

»Heiner Goldstein ist tot«, sagte Ruth leise. »Der Glaser.«

Jeder Weg ist ein Weg. Man muss ihn nur gehen, hatte er gesagt. Ruth spürte, wie ihr die Tränen kamen. Sie konnte es noch immer nicht glauben, zwar hatte sie den Mann kaum gekannt, aber er hatte ihr sehr geholfen.

Erschrocken sah Karl sie an. »Bist du dir sicher?«

»Ja, ich habe es von Fritz Kaufmann gehört. Er und Kurt Hirsch haben es von verschiedenen Seiten gehört.«

»Wie ist er gestorben?«, fragte Martha tonlos.

»Er hat sich mit seinem Nachbarn gestritten – der wollte neue Fenster, aber nicht dafür zahlen. Da hat Heiner ihn als ›braunes Pack‹ beschimpft. Der Bruder des Nachbarn ist bei der Gestapo.« Ruth schluckte. »Sie kamen wohl nachts um vier und haben ihn erschossen. Im Bett. Einfach so.«

Alle sahen sich betroffen an. Die Erschütterung war fast greifbar.

»Er wollte untertauchen oder zu Verwandten nach Frankreich, auf jeden Fall wollte er weg«, sagte Karl leise.

»Nun ist er bei Gott«, sagte Valentin.

»Wann hast du denn Fritz getroffen?«, fragte Martha und zog die Stirn kraus.

»Neulich. Vor ein paar Tagen. Beim Einkaufen«, sagte Ruth und nahm sich noch einen Reibekuchen. »Die sind köstlich, Tante Hedwig. Phänomenal.«

Hans sah sie an und schüttelte leicht den Kopf.

Natürlich hatte sie Fritz und Kurt nicht beim Einkaufen getroffen. Eine Gruppe der Jugendlichen hatte sich noch einmal am Tennisclub verabredet. Sie waren nur acht, alle schon sechzehn oder siebzehn. Auch Hans war gekommen.

»Ich bin mir nicht sicher«, hatte Fritz gesagt, der sehr spät kam, »ob mich nicht jemand verfolgt hat. Deshalb habe ich einen langen Umweg gemacht – hinten über die Rennbahn.«

»Verfolgt? Von wem?«, fragte Ruth und spähte nach draußen.

»Da sind so zwei von der HJ, die es wohl auf mich abgesehen haben. Sie lauern bei uns vor der Tür. Und sie verfolgen mich, beschimpfen mich.« Er rümpfte die Nase. »Sie haben sich aber noch nicht getraut, mich zu verprügeln – es sind so Pimpfe, die mache ich mit einer Hand fertig, und das wissen sie.«

»Und wo sind sie jetzt?«, fragte Hans.

»Ich habe sie abgehängt, ganz sicher. Ich habe vorhin an der Ecke extra noch eine Weile gewartet, aber da war niemand mehr zu sehen.«

»Wir müssen aufpassen«, sagte Hubert Goldstaub. »Ich habe gehört, dass sie ein paar unserer Briefe abgefangen haben und sie zu entschlüsseln versuchen.«

»Wir müssen wirklich, wirklich vorsichtig sein«, sagte Ruth. »Aus anderen Städten habe ich gehört, dass die Nazis keine Kritik mehr zulassen. Zum Teil verhaften sie erst gar nicht, sondern schießen sofort.«

»Wie beim Glaser«, hatte Fritz dann erzählt.

»Wir reisen aus«, sagte Hubert.

»Wohin?«

»Nach Schanghai. Die Schiffspassage ist teuer, aber man braucht kein Visum.«

»Kein Visum?«, fragte Hans nach.

Hubert schüttelte den Kopf. »Aber vermutlich werden sie auch nicht endlos viele Juden aufnehmen.«

»Wir gehen nach Holland«, sagte Rachel. »Dort haben wir Verwandte. Sobald sie eine Wohnung für uns haben, gehen wir.«

»Wir haben unser Affidavit für die USA bekommen«, sagte Fritz. »Endlich hat sich mein Onkel dazu durchgerungen.«

»Und dein Vater?«

»Sobald wir alles beisammen haben, darf er Dachau verlassen – er muss dann sofort ausreisen. Das machen sie wohl jetzt bei vielen so – wenn man eine Ausreisemöglichkeit hat, wird man entlassen.« Er schluckte. »Unser Geschäft wurde ja schon von einem Arier übernommen, uns hält hier nichts mehr.«

»Grundgütiger, das wäre ja wunderbar, wenn dein Vater freikommen würde«, sagte Ruth.

»Rabbi Blum geht auch nach Amerika«, sagte Fritz. »Die Rabbiner und alle aus der Gemeindeleitung brauchen kein Affidavit, sie müssen nur ein Visum haben. Und der jüdische Zentralrat in Amerika kümmert sich wohl darum.«

Draußen knackte es im Gebüsch, und alle fuhren erschrocken zusammen. Hans schlich zur Tür und spähte hinaus.

»Nur ein Kaninchen«, sagte er, und sie atmeten erleichtert auf.

»Wer geht nicht?«, fragte Ruth. Es waren nur zwei – aber auch sie berichteten davon, dass ihre Familien sich bemühten, eine Ausreisemöglichkeit zu finden.

Nur Lotte Dahl saß bleich in der Ecke und sagte nichts.

»Was ist mit euch, Lotte?«, fragte Ruth.

»Wir bleiben. Meine Mutter meint, dass uns nichts passieren wird. Es wird Krieg geben, glaubt sie. Und Hitler wird besiegt werden, da ist sie sich sicher.«

»Mein Vater sagt das auch«, stimmte Hubert ihr zu. »Er meint, dass wir nur für kurze Zeit in Schanghai leben müssen. Ansonsten hätte meine Mutter auch gar nicht zugestimmt. Sie jammert ja jetzt schon bei dem Gedanken, unter Chinesen zu leben.« Er grinste schief. »Ich finde es spannend.«

»Chinesen essen alles, was vier Beine und mehr hat«, sagte Hans und grinste auch. »Außer Tische und Stühle.«

»Deine Mutter will wirklich hierbleiben, Lotte?«, fragte Ruth verblüfft.

Lotte nickte. »Und ich bleibe natürlich bei ihr.«

Ruth nahm sich vor, Lotte von dem Programm zu erzählen. Lottes Mutter Luise war schon seit vielen Jahren verwitwet und schlug sich mit ihrer Tochter so durch. Hin und wieder hatte sie eine Putzstelle oder arbeitete in der Saison auf den Feldern.

Vielleicht kann sich sogar Luise als Hilfe in England bewerben, dachte Ruth.

»Wir müssen gehen«, sagte Hans. »Möglichst vorsichtig.« Er schaute auf seine Armbanduhr. »Vielleicht im Zwei- oder Drei-Minuten-Abstand – und dann einer nach rechts, der Nächste nach links.«

»Bitte gebt Nachricht, wenn ihr ausreist oder es andere Neuigkeiten gibt«, sagte Ruth. »Aber mit noch mehr Vorsicht als jetzt schon.«

»Ich bringe Lotte nach Hause«, meinte Fritz. »Das liegt ja auf dem Weg.« Er sah sie an. »Und wenn die Braunen kommen, tun wir so, als wären wir ein Liebespaar.«

»Solange du es nicht übertreibst«, sagte Lotte und tätschelte seine Wange.

»Ich geh mit Rachel«, sagte Hubert. Er sah Hans an. »Du wirst ja sicherlich ein Auge auf deine Cousine haben.«

»Passt alle gut auf euch auf!«

Ruth sah ihnen hinterher, als sie nach und nach in der Dunkelheit verschwanden. Wen hatte sie heute wohl zum letzten Mal gesehen?, fragte sie sich.

Kapitel 12
Februar 1939

Jeden Tag kontrollierte Ruth angespannt den Briefkasten, manchmal sogar mehrfach. Doch ein Brief aus England kam und kam nicht. Anfang Januar war die zweite Namensänderungsverordnung in Kraft getreten, sie hatten auf dem Amt ihre Pässe ändern lassen müssen.

In Ruths Pass stand nun der Vorname »Sara«, und ein leuchtend rotes J prangte quer über der Seite.

Ruth überlegte, ob sie nun nach der Namensänderung einen neuen Antrag in England stellen sollte.

»Das wird nichts ändern«, sagte Hans. »Du musst einfach geduldig sein. Ich weiß, dass du einen Platz bekommen wirst.«

»Geduld gehört nicht zu meinen Stärken«, seufzte Ruth. »Und ich wünschte, ich hätte deine Gewissheit.«

»Was flüstert ihr denn schon wieder?«, fragte Ilse und warf ihren Ranzen auf das Sofa. Die jüdische Schule hatte im Dezember wieder geöffnet, eine Volksschule, die nur bis zur achten Klasse ging. Ruth und Hans hatten keine Möglichkeit mehr, eine Oberstufe zu besuchen. Einige Eltern hatten sich zusammengetan und versuchten, eine jüdische Oberstufe einzurichten, aber ihnen wurden immer wieder Steine in den Weg gelegt.

»Ich beneide dich, Ilse«, sagte Ruth. »Du darfst zur Schule gehen.«

»Du kennst Fräulein Goldmann nicht«, sagte Ilse und verdrehte die Augen. »Sonst würdest du mich nicht beneiden.«

»Immerhin kommst du raus, triffst andere.«

»Es wird Zeit, dass es Frühling wird«, sagte nun auch Hans, »und wir wieder Tennis spielen können. Ich werde noch verrückt, wenn ich weiterhin hier eingesperrt bin.«

Ruth schaute zum Fenster, dichte Wolken hatten sich zusammengeballt. »Wenn das Wetter nicht so mies wäre, könnte man wenigstens spazieren gehen.«

Manchmal gingen sie zusammen zum Stadtwald, doch die Angst war ihr ständiger Begleiter. Vor allem, wenn ihnen Mitglieder der Hitlerjugend begegneten. Sie wechselten dann die Straßenseite oder bogen ab, versuchten, jede Provokation zu vermeiden. Doch manchmal war das nicht möglich. Bisher waren sie nur angepöbelt und beschimpft worden, aber Ruth fürchtete, dass es schlimmer werden könnte.

»Was zieht ihr denn für miesepetrige Gesichter?«, fragte Tante Hedwig. Sie brachte frischgebackene Kekse aus der

Küche. »Ruth, kannst du bitte den Kaffee holen?« Hedwig lächelte Ilse an. »Wie war die Schule?«

»Wie immer«, sagte Ilse. Sie nahm ihren Ranzen und brachte ihn in ihr Zimmer.

»Ich habe gehört«, sagte Tante Hedwig, als sie alle um den Tisch saßen, Kekse aßen und den Muckefuck tranken – Bohnenkaffee gab es nur noch zu besonderen Gelegenheiten –, »dass der Kulturbund demnächst wieder Veranstaltungen anbieten wird.«

»Ja, sie dürfen die Räume unserer Schule nutzen«, erzählte Ilse und nahm sich einen weiteren Keks. »Die sind köstlich, Tante Hedwig.«

»Ach, das ist ja fein«, meinte Martha. »Ein wenig Abwechslung wird uns allen guttun.«

Die Tage in der Bismarckstraße vergingen oft quälend langsam und zogen sich wie Sirup. Es gab nichts, was sie tun konnten – der Haushalt war schnell gemacht, große Menüs konnten sie nicht kochen, dazu fehlten die Zutaten. Sie hatten einige Bücher retten können – doch die hatten sie auch fast alle schon gelesen. Einen Zugang zur öffentlichen Bibliothek hatten die Juden schon lange nicht mehr. Die Gemeinde hatte eine kleine Bibliothek eingerichtet, aber die Bücher waren mit dem Gebäude zusammen verbrannt.

Sie durften nicht ins Schwimmbad, nicht ins Lichtspielhaus und auch in kein anderes öffentliches Gebäude. Die Schilder mit den Worten »Juden unerwünscht« waren seit

Jahren wie Pilze aus dem Boden geschossen und prägten nun mehr denn je das Stadtbild.

Früher hatten sie sich in der Synagoge getroffen, und der Kulturbund hatte regelmäßig Veranstaltungen angeboten. Seit 1935 war es jüdischen Künstlern mehr und mehr untersagt worden, öffentlich aufzutreten – sie bekamen auch einfach keine Engagements mehr. Nur der jüdische Kulturbund, der in den meisten Städten Organisationen unterhielt, verschaffte ihnen noch Möglichkeiten zu Auftritten und somit zu einem Gelderwerb.

Und auch nur so war ein gewisses kulturelles Leben in der jüdischen Gemeinde möglich. Aber spätestens nach dem neunten November versuchten auch noch die letzten Kulturschaffenden, das Land zu verlassen – wie viele andere auch.

Ruth hoffte sehr, dass wenigstens wieder ein paar Filme gezeigt werden würden, denn die Langeweile war schlecht auszuhalten. Hatte sie sich früher nach der Schule mit Freunden getroffen, Tischtennis gespielt oder im Sommer Tennis, war das nun alles nicht mehr möglich.

Noch nicht einmal ein Stadtbummel konnte sie locken – sie hatten wenig Geld, und die meisten Geschäfte durfte sie erst gar nicht betreten.

Dazu kam die Angst vor Angriffen, manchmal sogar durch Gleichaltrige, mit denen sie früher die Schulbank gedrückt hatte.

Zwar hatte sich Marthas Gemütszustand ein wenig beruhigt, dennoch ließ sie Ruth und Ilse ungern nach draußen gehen.

Die Wohnung wurde jeden Tag gefegt, der Staub gewischt und der Boden gefeudelt, aber das war schnell erledigt, weil auch Hedwig und Martha eine Aufgabe brauchten. Außerdem befriedigte Ruth dies nicht. Imer häufiger griff Ruth zum Nähzeug – fertigte kleine Kissen aus Stoffresten, Taschen, Tücher, sogar Blusen und Röcke. Aber die Freude, die sie früher an schönen Stoffen empfunden hatte, der Stolz, wenn sie endlich eine eigene Kreation fertiggestellt hatte, um sie bei den zahlreichen Festen und Tanzgelegenheiten anzuziehen, zu denen sie eingeladen gewesen war, stellte sich nicht mehr ein.

Zum Glück hatte sie noch einige Bücher. Davon auch ein paar auf Englisch. Hans hatte ein Wörterbuch auftreiben können – woher auch immer. Zusammen lasen und übersetzten sie das Buch – Huckleberry Finn. Immer wieder lasen sie sich auch gegenseitig die Passagen vor, was zu einigen Heiterkeitsausbrüchen führte, da sie oft nicht wussten, wie die Wörter richtig ausgesprochen wurden.

Ruth hatte ein wenig Englischunterricht gehabt und auch mit ihrer Mutter zusammen einen englischen Konversationskurs besucht, den der Kulturbund in den letzten Jahren organisiert hatte, aber das reichte nicht im mindesten aus.

»Ich werde ganz furchtbar scheitern, sollte ich die Stelle in England bekommen«, sagte Ruth. »Ich werde mich ja noch nicht einmal über die normalsten Dinge verständigen können.«

»Sobald man in einem Land lebt, lernt man die Sprache

automatisch und schnell, wenn man gezwungen ist, damit zu kommunizieren«, sagte Hans.

»Ich hoffe es.« Ruth stand auf.

»Was machst du?«, fragte Hans.

»Ich gehe nach unten und sehe nach, ob Post gekommen ist.«

»Du warst heute schon zweimal am Briefkasten, und die Post ist hier schon durch.«

»Ich weiß«, seufzte Ruth. »Aber ich hasse diese Warterei.«

»Was macht ihr denn hier?«, fragte Martha, die in das Zimmer gekommen war, und sah sich um.

»Wir lernen Englisch«, sagte Hans.

»Weshalb?« Martha schüttelte erstaunt den Kopf.

»Weil uns langweilig ist, Mutti«, gab Ruth zu. »Und weil wir es später gebrauchen können. In Amerika spricht man Englisch.«

»Das weiß ich wohl«, sagte Martha. »Die Frage ist nur, ob wir jemals Amerika erreichen werden.« Sie sah zu dem Nähkorb, der am Bettende stand. »Was hast du da genäht? Das ist doch mein Gürtel aus Samt, wo hast du den her?«

Ruth senkte den Kopf. »Der war zerrissen«, sagte sie. »Ich habe ihn … geflickt.«

»Aber … gib mal her, er sieht ja ganz anders aus.«

»Ach, Mutti, ich habe ihn nur ein wenig abgeändert …«

»Zeig es mir«, sagte Martha. Ihre Worte ließen keine Widerrede zu.

Ruth bückte sich, zog den Gürtel aus dem Korb. Er wog schwer in ihrer Hand. Langsam gab sie ihn ihrer Mutter.

»Was ist da drin?«, fragte Martha verwundert.

»Geld«, sagte Ruth leise. »Münzen.«

»Münzen?«

»Ja, man sieht dem Gürtel nicht an, wie schwer er ist, wenn man ihn umgebunden hat.«

»Richtig, er sieht ganz leicht und schmal aus. Das hast du geschickt gemacht, mit den Nähten … aber woher hast du die Münzen?«

»Vati hat sie mir gegeben«, gab Ruth zu. »Ich sollte die Münzen in einen deiner Gürtel nähen – so dass man es nicht sieht und es nicht klimpert.« Sie räusperte sich. »Ich habe auch Silberlöffel in das Futter deines Pelzmantels genäht. Und Silbergabeln. Tante Finchen hat ihn nach Utrecht gebracht.«

»Vati weiß das?«, fragte Martha wieder erstaunt.

Ruth nickte. »Wir haben uns das zusammen überlegt.«

»Und mir nichts gesagt.«

»Vati wollte dich nicht beunruhigen.«

»Ja, ich weiß«, seufzte Martha. »Ich hoffe, er kommt bald.« Sie strich über Ruths Kopf. »Ihr meint es immer nur gut. Mögt ihr eine Tasse Malzkaffee und ein Brot mit Marmelade?« Sie sah von Ruth zu Hans. Beide nickten und folgten ihr in die Küche. Dort saß schon Ilse über ihren Hausaufgaben, und Tante Hedwig deckte den Tisch.

Sie setzten sich. Martha nahm sich eine Tasse Muckefuck, rührte etwas Zucker hinein.

Wie immer lauschte sie mit halbem Ohr Richtung Tür. Karl war vor einiger Zeit in die Stadt gegangen, um Josefine Aretz weiteren Schmuck zu bringen. Sie wollte übermorgen wieder nach Utrecht fahren. Zweimal war sie nun schon in Holland gewesen und hatte Wertgegenstände, Schmuck und auch die beiden Pelze von Martha zu ihren Freunden gebracht. Diese Unternehmungen waren riskant, aber Josefine ließ sich nicht davon abhalten.

Endlich hörten sie Schritte im Hausflur und den Schlüssel im Schloss.

»Karl!«, sagte Martha erleichtert. »Ist alles gutgegangen?«

Karl nickte. »Sie will morgen fahren. Ich konnte es ihr nicht ausreden.«

»Aber das ist doch gut so«, meinte Martha. »Wir werden Geld brauchen, wenn wir Deutschland verlassen haben.«

Hedwig seufzte. »Ich hoffe, ich höre bald etwas von Berthold.«

»Er wird sich schon melden«, sagte Hans mit unerschütterlichem Optimismus. »Und dann werden wir nach Palästina gehen.« Er sah Ruth an. »Vielleicht solltest du dann mitkommen, schließlich dürftest du ja.«

»Das entscheiden wir, wenn es so weit ist«, ging Martha dazwischen.

Ein paar Tage später kamen die Aretz, eine der wenigen Familien, mit denen sie noch regelmäßig Austausch hielten, zu Besuch. Martha hatte einen Braten eingelegt und Hedwig die

Beilagen zubereitet. Es gab Spitzkohl in Rahmsoße und Steckrübenstampf, die ganze Wohnung duftete. Hans Aretz hatte eine Flasche Wein mitgebracht und reichte sie Karl zur Begrüßung. Auch Minnie und Valentin waren gekommen.

»Wie ist es gelaufen?«, fragte Martha Josefine und nahm ihr den Mantel ab.

Josefine schüttelte den Kopf. »Es wird immer schwieriger, und die Kontrollen werden immer strenger.«

»Dann sollten Sie das nicht mehr machen«, sagte Karl entschieden. »Liebe Josefine, kein Geld der Welt ist so viel wert wie Ihr Leben.«

»Das habe ich auch gesagt«, meinte Aretz. »Wir helfen gern, aber langsam wird es zu gefährlich.«

»Es wird Krieg geben«, warf Valentin ein. »Es wird ganz bestimmt Krieg geben.«

»Das kann ich nicht glauben«, entgegnete Großmutter Emilie. »Keiner, der den Großen Krieg mitbekommen hat, wird je wieder einen Krieg zulassen, noch nicht mal ein Herr Hitler.«

»Außerdem gibt es doch das Münchner Abkommen«, warf Minnie ein. »Damit dürften doch alle Konflikte erst einmal bereinigt sein. Wie soll er dann einen Krieg anzetteln?«

»Mit der Abtretung des Sudetenlandes wird sich Hitler nicht zufriedengeben«, meinte Aretz. »Er ist machthungrig – er will die ganze Tschechei. Und wahrscheinlich auch noch Polen.«

»Das werden die Russen niemals zulassen, und auch England wird ihm nicht erlauben, noch mehr Gebiete zu besetzen. Er mag größenwahnsinnig sein, aber mit Russland wird er sich nicht anlegen.«

»Ihm traue ich alles zu«, sagte Karl. »Der Mann ist böse – durch und durch. Und er hat von der Vernichtung der jüdischen Rasse in Europa gesprochen, sollte es zu einem Krieg kommen. Ein Krieg wäre fatal, nicht nur für uns.«

»Umso wichtiger ist es, dass wir das Land verlassen«, sagte Ruth.

»Wir bemühen uns doch, Ruth«, sagte Martha. »Vati tut alles, was in seiner Macht steht.«

»Ich weiß«, sagte Ruth. »Das weiß ich doch.«

»Aber eines ist beschlossen«, sagte Karl und nahm Josefines Hand. »Sie werden nicht mehr für uns nach Utrecht fahren und Ihr Leben aufs Spiel setzen.«

»Wir sind Ihnen, Josefine, sehr, sehr dankbar, dass Sie uns so geholfen haben«, fügte Martha hinzu.

»Ich habe es gern gemacht, aber nun muss ich an meine Kinder denken. Auf der Fahrt war eine Frau, die als Schmugglerin verhaftet und noch vor der Grenze aus dem Zug gebracht wurde«, sagte Josefine leise. Sie schluckte. »Allerdings war sie auch sehr ungeschickt – sie hatte eine ganze Tasche voll Besteck aus Sterlingsilber, von unterschiedlichen Herstellern. Das war zu auffällig.«

»Wie hast du denn das Besteck geschmuggelt, Tante Finchen?«, fragte Ruth. »Du hast doch auch Besteck von uns mitgenommen.«

Josefine lächelte. »Ich habe mal nur das Kuchenbesteck mitgenommen, mal das Fischbesteck oder die Vorlegelöffel. Zum Glück ist deine Mutter sehr ordentlich und hat auch immer die mit Samt ausgeschlagenen Kistchen behalten und gepflegt. Diese habe ich in Geschenkpapier gewickelt und gesagt, dass es ein Geschenk für meine Tante sei, die ich besuche. Bisher hat das niemand in Frage gestellt oder überprüft. Aber ich denke, das werden sie nun zunehmend machen. Sie sah Ruth an. »Dein Gürtel war übrigens phänomenal. Keiner hat etwas gemerkt, und geklimpert hat es auch nicht. Ebenso die Löffel, die du neulich in den Saum genäht hast – das war eine großartige Idee.«

»Aber dennoch, wie weit sind wir gekommen, dass wir uns auf diesem Wege um unser Eigentum sorgen müssen?«, fragte Omi. »Sollen wir uns nun bald selbst rausschmuggeln?«

»Wenn Hitler tatsächlich Krieg führen will, ändert er vielleicht seine Meinung über die jüdische Rasse – er wird ja auch Soldaten brauchen. Und Menschen, die die Wirtschaft weiter in Gang halten«, sagte Großmutter Emilie.

»Das siehst du leider falsch, liebe Emilie«, sagte Karl. »Sie brauchen unsere Häuser, unseren Besitz, unser Geld und unsere Arbeitsstellen für all die Arier, denen es nicht so gut geht wie uns. Sie tauschen uns aus gegen blauäugige, blonde Nazis.« So wütend hatte Ruth ihn lange nicht erlebt.

»Reg dich nicht auf, Karl«, sagte Martha und stand auf. Sie und Hedwig begannen, den Tisch abzuräumen. Ruth half ihnen.

»Haben wir eigentlich noch viele Wertsachen?«, fragte Ruth in der Küche ihre Mutter.

»Das kommt darauf an, wie man Wertsachen definiert.« Martha seufzte. »Mir sind meine Möbel wichtig, mein Leinen, die Aussteuer, mein Kristall. Man erzielt aber auf dem Markt damit keine großen Summen.«

»Wertsachen sind Gold und Silber – echtes Besteck, Schmuck, Münzen«, sagte Tante Hedwig. »Davon besitzen wir nicht übermäßig viel.« Sie räusperte sich. »Es gibt allerdings noch Familienschmuck. Ich habe auch einige Ketten und Ringe, so etwas … ich habe es gut versteckt.«

»Du wirst es nach Palästina nicht mitnehmen können«, sagte Martha überrascht.

»Vielleicht kann ich kleine Stücke verstecken oder in die Kleidung einnähen.«

»Wäre es nicht besser, zu versuchen, es jetzt schon außer Landes zu bringen?«, wollte Martha wissen.

Hedwig sah sie an, nickte dann. »Sicher wäre das vernünftig, auf der einen Seite. Auf der anderen … das ist alles, was ich noch an Kapital habe. Vielleicht brauche ich es irgendwann einmal hier – wenn ich Hans irgendeinen Weg freikaufen muss.«

Ruth sah sie überrascht an. Hatte Tante Hedwig ihre Meinung geändert? Würde sie Hans nun doch allein gehen lassen?

»Aber du darfst doch nichts mehr verkaufen – die Nazis nehmen doch alles in ihre Depots«, sagte Ruth.

»Es gibt immer einen Markt unter der Hand – das gab es schon immer und wird es weiterhin geben. Natürlich bekommt man nicht den wirklichen Wert, aber … es ist unser Sparstrumpf. Unsere letzte Reserve und vielleicht auch unsere letzte Rettung. Man weiß ja nicht, was kommt.«

»Berthold wird euch …«, sagte Martha, aber Hedwig unterbrach sie mit einer harschen Handbewegung.

»Ich weiß ohnehin nicht, ob Berthold uns zu sich holt. Ich glaube es nicht. Er müsste schon längst in Palästina sein und hätte sich wenigstens melden können. Das hat er aber nicht getan. Dafür gibt es zwei Gründe – er hat das Gelobte Land nie erreicht, oder er will uns nicht bei sich haben.« Ihre Stimme bebte.

»Es könnte noch einen dritten Grund geben«, sagte Ruth leise und nahm ihre Tante in die Arme. »Die Briefe sind einfach nicht angekommen.«

»Meinst du?«

»Ich weiß, dass die Nazis Briefe kontrollieren und auch zensieren. Womöglich lassen sie auch einige verschwinden. Gerade Briefe aus Palästina sind sicherlich nicht erwünscht.« Sie schluckte und sah von Tante zu Mutter. »Kurt hat mir geschrieben. Natürlich haben sie auch in Amerika von der Pogromnacht gehört. Er fragte, wie es uns gehe und was uns widerfahren sei. Der Brief war geöffnet worden, das konnte man sehen.« Sie senkte den Kopf. »Ich habe mich nicht getraut, ihm ehrlich zu antworten, ihm zu erzählen, was wirklich geschehen ist.«

»Aber warum denn nicht? Die Welt muss es doch erfahren«, sagte Hedwig empört.

»Hast du nicht davon gehört, dass die Nazis sogar die Tagebücher jüdischer Kinder lesen und, sollte dort etwas Negatives über Hitler oder die Nazis stehen, die Eltern verhaftet und ins KZ gebracht werden? Das ist schon seit Jahren so, und deshalb habe ich eine ganze Zeit lang gewisse Dinge auch nicht mehr in mein Tagebuch geschrieben. Aber seit dem neunten November habe ich wieder damit angefangen.« Ruth schaute zu ihrer Mutter. »Du musst das verstehen, ich kann das nicht nur für mich behalten, sonst ersticke ich! Außerdem denke ich auch, dass man es für die Nachwelt aufschreiben muss, damit es nicht vergessen wird.«

»Sie lesen Tagebücher, sie lesen Briefe.« Martha sah zum Telefon in der Diele. »Sie hören auch ganz gewiss die Telefone ab – nicht alle und nicht immer, das sicher nicht. Aber man weiß ja nie, wer sonst noch in der Leitung ist.«

Schon im alten Haus hatten sie das Telefongerät in einen dicken, gestrickten Teekannenwärmer gesteckt, sensible Themen besprachen sie ohnehin meist nur im Flüsterton. Die Angst saß in allen Ritzen und Ecken, zwischen den Dielen und im Kamin. Sie war allgegenwärtig und beherrschte ihr Leben.

Alle zuckten zusammen, als in diesem Moment das Telefon klingelte, ein schriller Ton, trotz des Teekannenwärmers. Martha wurde ganz bleich.

Ruth schüttelte den Kopf. »Das ist nur ein Zufall, Mutti«,

sagte sie und ging in den Flur. Obwohl sie so ungerührt tat, spürte sie doch ein unangenehmes Kribbeln in der Magengegend, wie ein Vorbote von etwas, was kommen würde. Ein Sturm, eine Gewitterfront. Sie zog die gestrickte Kappe vom Apparat und nahm den Hörer ab. »Hallo, hier Ruth Meyer.« Es rauschte in der Leitung. »Hallo?«

Schließlich meldete sich eine Stimme. Es war eine Bekannte der Familie, die aus Linn anrief. »Ruth? Bist du es? Ist dein Vater da?«

»Ja. Moment.« Ruth legte den Hörer auf das Tischchen und lief zum Wohnzimmer. »Vati, da ist Tante Gerda aus Linn am Telefon, sie will dich sprechen.«

Karl stand auf. »Entschuldigt mich bitte.« Er kam in den Flur und nahm den Telefonhörer auf. Nur wenige Worte sagte er, dann legte er mit nachdenklicher Miene auf und ging ins Wohnzimmer, wo Ilse zusammen mit Hans das Kaffeeservice eingedeckt hatte.

»Was wollte Gerda?«, fragte Martha und stopfte die Wollhülle wieder über das Telefon.

»Da ist Besuch aus Amsterdam, sagte sie. Er möchte kommen und uns Grüße ausrichten.«

»Aus Amsterdam? Von den Kruitmans?«

»Vermutlich. Sie hat keine Namen genannt.« Nicht nur Martha war vorsichtig, was sensible Mitteilungen über das Telefon anging.

»Wann kommt er?«

»Morgen Nachmittag.« Karl ging zurück ins Wohnzimmer und erwähnte den Telefonanruf für den Rest des Abends nicht mehr.

Der Abend mit den Freunden verlief so schön wie immer, auch wenn es ab und an um ernste Themen ging. Nach Kaffee und Kuchen unterhielt man sich. Karl schenkte die letzten Reste des Sherrys und des Cognacs aus. Helmuth, Rita und Ilse saßen in der Ecke und spielten Brett- und Kartenspiele – manchmal machte Ruth mit, dann ging sie wieder zum Tisch und lauschte den Gesprächen. Hans hielt es ähnlich. Doch irgendwann sprachen die Erwachsenen über langweilige Themen – über Lebensmittelengpässe, über Bekannte und über Gesetze, so dass sich Ruth und Hans aus der Runde zurückzogen.

Ilse und die beiden Kinder der Aretz hatten gerade begonnen, *Mensch, ärgere dich nicht* zu spielen, also gingen Hans und Ruth in die Küche. Sie waren nicht Fisch und nicht Fleisch. Noch nicht alt genug, um wirklich bei den Erwachsenen zu sitzen und mitzureden, aber auch keine Kinder mehr.

»Wir können ja schon einmal spülen«, schlug Ruth vor.

»Du spülst, ich trockne ab«, sagte Hans lächelnd.

Ruth entzündete den Boiler, Hans leerte die Teller in den Abfall.

»Als wir noch klein waren, waren wir oft in Anrath«, sagte er. Bei Großtante Esther, und Urgroßmutter lebte auch noch.«

»Ja, ich erinnere mich. Sie hatten einen Hof und einen großen Kübel in der Küche. Dort kamen alle Speisereste hinein und wurden dann zu den Schweinen gebracht.«

»Genau daran musste ich denken. Dort gab es immer zwei Schweine. Eine Sau, die auch geworfen hat. Diese Ferkel waren so entzückend.« Er lachte, es klang bitter. »Das gehörte zu deren Leben. So wie bei allen Nachbarn dort.«

»Ja, natürlich«, sagte Ruth. »Was ist daran komisch?«

»Dass sie natürlich Juden waren, trotzdem Schweine hielten und auch verwerteten und aßen. Unreine Tiere.«

»Großmutter Emilie hat lange koscher gelebt, sagte sie. Ich weiß nicht, ob das stimmt. Omi und Opi haben auf jeden Fall nicht koscher gelebt. Vati hat mit der Thora und den ganzen Regeln überhaupt nichts am Hut.«

»Meine Mutti auch nicht – sie sind nicht religiös aufgewachsen. Deine Mutter schon eher. Ich habe es früher geliebt, an Freitagen bei euch zu sein«, sagte Hans.

»Wirklich? Warum?«, fragte Ruth überrascht und ließ das nun heiße Wasser in die große Emailleschüssel laufen.

»Weil … weil ihr Sabbat gefeiert habt.«

»Nicht wirklich«, sagte Ruth.

»Doch! Ich habe es geliebt, wenn Tante Martha uns eine Geschichte erzählt hat und wir eng an sie gekuschelt auf dem Sofa saßen.«

Ruth schloss die Augen, gab sich der Erinnerung hin, nickte. »Vorher gingen wir immer, immer, immer in die Badewanne. Ein Schaumbad mit duftender Seife. Und dann bekamen wir frische Nachtkleider und durften auf das Sofa. Mutti saß zwischen uns und hat jedes Mal gefragt, ob sie lieber eine lustige oder eine traurige Geschichte erzählen sollte.«

»Und ihr wolltet immer eine traurige Geschichte«, erinnerte sich Hans.

»Nur wenn du da warst, gab es mal eine lustige Geschichte – du wolltest keine traurige hören.«

»Warum wolltet ihr das?«, fragte er nachdenklich. »Warum immer traurige Geschichten?«

Ruth hielt inne, dachte nach. »Ich glaube, es lag daran, wie Mutti sie erzählt hat. Das kann sie wirklich gut – Drama, meine ich.« Sie lächelte schief. »Ich meine das nicht böse …«

»Es war so … heimelig. Und so … jüdisch, irgendwie, obwohl es das ja nur am Rande war. Ihr habt ja auch keinen Sabbat nach den Regeln eingehalten, habt euch nicht koscher ernährt oder die Gesetze befolgt, so wie man das sollte.« Er dachte nach. »Aber ihr habt Rituale. Macht es das einfacher?«

»Was?«, fragte Ruth verblüfft.

»Jude zu sein.«

Der Satz hing im Raum, schien sich in den Dampfwolken des Spülwassers zu fangen und hallte nach.

»Ich verstehe nicht, wie du das meinst«, sagte Ruth schließlich.

»Omi und Opi, meine Mutter, dein Vater – sie sind Juden, aber überhaupt nicht religiös. Manche Feste feiern sie, so wie

Chanukka – aber nur wegen uns Kindern. Ich habe keine große religiöse Erfahrung. Mein Vati ist Zionist. Er will den Staat Israel aus politischen und nicht aus religiösen Gründen.«

Ruth nickte. »Ja, das weiß ich.«

»Aber jetzt werden wir ... verfolgt, eingeschränkt, unserer Rechte beraubt – weil wir Juden sind. Das ist so, als würden sie alle Leute, die rote Haare oder grüne Augen haben, verfolgen. Es ergibt für mich keinen Sinn, weil ich mich gar nicht als Jude fühle.«

»Dennoch bist du Jude. Du bist quasi von Geburt an rothaarig und grünäugig und weißt, dass dich das von anderen unterscheidet. Gerecht ist es nicht, und es leuchtet auch nicht ein. Es ist nichts, was wir hätten auswählen können. Wir sind es einfach. Wir sind Juden.«

»Was macht das mit dir? Glaubst du jetzt stärker an den Herrn? An die Gebote? Willst du danach leben?«

Ruth sah ihn entgeistert an. »Bist du meschugge? Ich will doch nicht koscher leben oder nach den Gesetzen. Hast du dich mal damit befasst? Wer sich diese ganzen Gesetze ausgedacht hat, hatte viel zu viel Zeit und außerdem wahrscheinlich Unfug im Kopf«, sagte Ruth. Dann biss sie sich auf die Lippen. »Wobei ich mir manchmal wünschte, dass ich es könnte.«

»Was?«

»So zu leben. Das hat schon etwas Verlockendes.«

»Warum? Was wäre für dich das Verlockende?«

»Die Sicherheit. Diese ganzen Regeln bedeuten ja auch Sicherheit, einfach weil sie vorgeben, wie man zu leben hat. Vielleicht ist es gerade jetzt für mich reizvoll, weil alles um uns herum zusammenbricht und wir gar keine Sicherheit mehr haben.«

Hans nickte. »Damit hast du bestimmt recht. Ich habe mich in der letzten Zeit mit dem Talmud und der Thora befasst, aber ich finde es sehr kompliziert und unzugänglich, ohne dass jemand mich anleitet.«

»Du könntest doch in der Gemeinde fragen.«

Hans schüttelte den Kopf. »Nein, ich bin zu dem Ergebnis gekommen, dass es nichts für mich ist. Vielleicht noch nicht.«

Ruth sah ihn an. »Du kannst dich immer wieder umentscheiden«, sagte sie. »Immer und immer wieder neu.«

»Ja.«

»Wenn du nach Palästina gehst und in einen religiösen Kibbuz kommst, wirst du alles wahrscheinlich ganz wie von selbst lernen.«

»Ich glaube langsam nicht mehr daran, dass wir nach Palästina kommen werden.«

Ruth sah ihn überrascht an. »Warum?«

»Vati hat sich nicht gemeldet, und er war unsere große Hoffnung. Mutti würde mich inzwischen wohl auch allein gehen lassen ...«, sagte er leise. »Ungern, aber wahrscheinlich würde sie es tun.«

»Und warum tut sie es dann nicht? Du hast doch das Visum?«

»Als ich das Visum nicht genommen habe, hat Vati es nach einiger Zeit seinem Cousin gegeben. Und nun gibt es keine neuen Visa mehr. Die Briten lassen keine Juden mehr nach Palästina.« Er biss sich auf die Lippen. »Es gibt wohl so etwas wie das Affidavit für Amerika – und die Hascharah versucht, Juden illegal ins Land zu bekommen. Doch das ist alles sehr kompliziert und gefährlich.«

Ruth senkte den Kopf. »Das mit deinem Visum wusste ich nicht«, sagte sie traurig. »Dann muss ich dich irgendwie nach England holen. Wenn ich endlich dort sein sollte.«

Sie spülte die Töpfe und Pfannen vor, ließ dann die inzwischen schmutzige Lauge ab und füllte die Spülschüssel erneut.

»Was ist eigentlich mit Kurt?«, fragte Hans leise.

»Kurt?«

»Kurt Glimmich. Tu nicht so, als wüsstest du nicht, wen ich meine.« Er stupste sie an.

Für eine Weile spülte Ruth schweigend. »Ja«, sagte sie dann, »ich weiß natürlich, wen du meinst. Als er fuhr, als die Familie das Land verließ, dachte ich, dass ich vor Herzschmerz und Kummer sterben müsse. Es war schrecklich. Ich war mir sicher, dass er die Liebe meines Lebens und nun alles zu Ende sei. Aber das stimmte nicht.«

»Was stimmte nicht?«

Ruth lachte auf. »Mein Leben ist nicht zu Ende. Wir schreiben noch. Am Anfang ganz regelmäßig. Ich habe jedem Brief entgegengefiebert, habe mich nach seinen Worten gesehnt, habe die Briefe so oft gelesen, dass das ohnehin schon dünne Papier immer dünner wurde. Überseebriefe. Sie riechen anders, weißt du – sie riechen schon nach der Ferne, der Fremde. Es waren immer Sehnsuchtsbriefe.«

»Sehnsucht nach Amerika?«, fragte Hans.

»Auch. Aber eher nach ihm, nach Geborgenheit, nach dem Gefühl, mit ihm verbunden zu sein. Doch …«, sie stockte, »das wurde immer weniger. Er lebt dort sein Leben. Ein Leben, an dem ich nicht teilhabe. Manche Dinge, von denen er schreibt, sind mir so fremd, und für ihn sind sie nun Alltag.«

»Ja, das verstehe ich.«

Ruth nickte. »Mittlerweile haben die Briefe sich verändert. Er hat dort neue Freunde gefunden. Vielleicht hat er sich auch verliebt, traut sich aber nicht, es mir zu sagen. Vielleicht fängt er auch an, mich zu vergessen.«

»Das glaube ich nicht.« Hans grinste. »Dich kann man nicht so einfach vergessen.«

»Das vielleicht nicht, aber die Gefühle verändern sich – meine Gefühle für ihn haben sich ja auch verändert. Ich mag ihn sicher immer noch, ich werde ihn immer mögen … aber ob ich ihn noch liebe?« Sie neigte den Kopf. »Das bezweifle ich. Zudem hat sich seit November alles geändert. Für unser Leben hier, aber auch zwischen uns.«

»Meinst du?«, fragte Hans.

»Ja. Ich war sehr mit mir beschäftigt in den Tagen – mit mir, meinen Ängsten und Sorgen. Es war schrecklich. Ich hatte solche Angst, dass meiner Familie etwas passiert sei, ich war so unglaublich entsetzt darüber, was die Nazis mit unserem Haus, mit unserem Leben gemacht hatten. Und nicht einen Augenblick habe ich daran gedacht, dies mit Kurt zu teilen. Er hätte es ohnehin nicht verstanden, aber ich habe gar nicht daran gedacht, zu versuchen, es ihm zu erklären.«

»Warum glaubst du, dass er es nicht verstehen würde?«

»Grundgütiger, Hans – wer soll das denn verstehen, wenn er es nicht erlebt hat? Ja, man kann darüber berichten, ich kann sagen, wie ich mich gefühlt habe – aber das ist auch nur ein Bruchteil dessen, was in mir vorgeht.« Ruth holte tief Luft. »Die Nazis haben uns den Boden unter den Füßen weggezogen und in ein tiefes Loch fallen lassen. Wer soll verstehen, wie sich das anfühlt, wenn er nicht dabei war?«

Hans nickte. »Wahrscheinlich hast du recht.«

»Ich traue mich auch nicht, ihm die Wahrheit zu schreiben. Man weiß ja nie, wer das alles liest. Und ich möchte meine Familie nicht in Gefahr bringen.«

»Diese Unsicherheit ist furchtbar«, sagte Hans. »Ich hoffe so sehr, dass doch noch eine Nachricht von Vati kommt. Und sei es nur, um uns zu sagen, dass es ihm gutgeht.«

»Er wird sich sicher bald melden«, sagte Ruth und legte ihm die Hand auf die Schulter. Sie sahen sich an, und jeder sah die Furcht vor der Ungewissheit in den Augen des anderen.

Erst als Ruth im Bett lag, fiel ihr wieder der mysteriöse Anruf von Tante Gerda aus Linn ein. Wer war wohl der Mann, der Vati besuchen wollte? Es konnte nur ein Bekannter ihrer Freunde aus Amsterdam sein. Aber warum hatte er sich dann nicht direkt bei ihnen gemeldet?

Geheimniskrämerei, Versteckspielen, Umwege – all das gehörte nun zu ihrem Leben. Und immer wieder gab es Hiobsbotschaften – irgendwer war verhaftet worden, jemand anderes musste alles aufgeben, und sogar schon Todesfälle waren bekannt geworden – die Verhältnisse in Dachau waren schlimm.

Nur wenige Informationen drangen aus dem Lager heraus, und bisher waren auch nur wenige der in der Pogromnacht verhafteten jüdischen Männer und Jungen wieder entlassen worden. Nur diejenigen, die ihr Hab und Gut aufgaben und die Möglichkeit hatten, sofort das Land zu verlassen, durften gehen. Sie kamen mit grauen Gesichtern und eingefallenen Augen zurück. Bei manch einem hatten sich die Haare über Nacht weiß gefärbt – auch wenn man nur die Spitzen sah, denn ihnen waren die Köpfe geschoren worden.

Sie erzählten nicht viel, es gab keine Worte für das, was sie erlebt hatten. Doch das Grauen war fassbar.

Am nächsten Tag klingelte es. Karl öffnete die Tür und führte einen Mann, den Ruth nicht kannte, in das Wohnzimmer. Martha, Ilse und Ruth waren in der Küche, Hedwig und Hans oben, und Großmutter Emilie hatte sich noch einmal hingelegt – sie fühlte sich nicht gut, wie so oft in der letzten Zeit.

»Wer ist der Mann?«, fragte Ilse.

Martha schüttelte den Kopf. »Das weiß ich nicht. Und Vati hat gesagt, wir sollen nicht über diesen Besuch reden.«

Ruths Magen krampfte sich zusammen. »Ich hoffe, Vati ist vorsichtig«, murmelte sie besorgt.

»Das ist er doch immer«, versuchte Martha sie zu beruhigen, aber auch ihre Stimme zitterte. Sie sah Ilse an. »Bitte geh zu Großmutter, und frag sie, ob sie eine Tasse Brühe möchte.«

Ilse stand auf und hüpfte den Flur entlang in den Flügelanbau.

»Es geht um Schmuggel?«, flüsterte Ruth Martha zu.

»Vati will nicht, dass wir etwas wissen. Je weniger wir wissen, umso weniger können sie uns etwas anhaben – falls mal irgendetwas passiert.«

»Ich weiß gar nichts«, sagte Ruth. »Aber hat nicht Tante Finchen schon viel weggebracht?«

Martha nickte. »Das hat sie. Zum Glück.«

Der Mann blieb nicht lange. Nachdem er kurz darauf wieder gegangen war, trat Karl an das Wohnzimmerfenster und rauchte bedächtig eine Zigarre.

»Dieser Mann war nicht da, hast du verstanden, Ruth?«

Sie nickte. »Kennst du ihn?«, fragte sie dann leise.

Karl schüttelte den Kopf. »Nein, ich nicht – aber Tante

Gerda. Er versucht, uns und einigen anderen einen Gefallen zu tun.«

»Ich mache mir Sorgen um meine Mutter«, sagte Martha beim Abendessen. »Sie wollte heute den ganzen Tag nicht aufstehen, und gegessen hat sie wie ein Spatz – nur etwas Brühe.«

»Ist sie denn krank?«, wollte Karl wissen.

»Sie sagt, sie sei nur etwas schwach. Schmerzen scheint sie keine zu haben und auch kein Fieber.«

»Vielleicht solltest du morgen Doktor Hirschfelder herbitten.«

»Das habe ich auch schon überlegt. Es wäre sicherlich gut, wenn er nach ihr schaut.«

Doktor Kurt Isidor Hirschfelder war der Kinderarzt der Familie. Natürlich hatte er inzwischen seine Praxis aufgeben müssen und seine Approbation verloren, aber die Mitglieder der jüdischen Gemeinde behandelte er trotzdem noch.

»Ich werde ihn heute Abend noch anrufen und ihn bitten, morgen zu kommen«, beschloss Karl.

Bevor Ruth zu Bett ging, klopfte sie vorsichtig an der Zimmertür ihrer Großmutter.

Ein schwaches »Ja?« ertönte.

»Darf ich hereinkommen?«, fragte Ruth und öffnete die Tür einen Spaltbreit.

Großmutter Emilie lag in ihrem Bett aus Kirschholz mit

den geschwungenen Füßen und dem massiven Betthaupt. Klein und verloren wirkte sie unter der Daunendecke, die sie bis zum Kinn gezogen hatte.

»Ich wollte schauen, wie es dir geht«, sagte Ruth unsicher. Obwohl Großmutter schon eine ganze Weile bei ihnen lebte, hatte sich nie das herzliche Verhältnis entwickelt, das Ruth zu ihren Großeltern väterlicherseits hatte.

»Mir ist ein wenig schummerig«, sagte Großmutter leise. »Kann ich noch etwas für dich tun?«

»Du könntest mir noch einen Schluck Wasser holen.«

Ruth lief den langen Flur zurück zur Küche. Die Wohnzimmertür war nur angelehnt. Ihre Eltern unterhielten sich.

»Ist das nicht gefährlich, Karl?«, fragte Martha.

»Es ist immer ein Risiko. Ob nun Josefine fährt oder jemand anderes.«

»Aber wir kennen den Mann doch gar nicht.«

»Gerda kennt ihn. Sie hat ihm auch Sachen anvertraut. Und weitere Mitglieder der Gemeinde. Er fährt nicht das erste Mal über die Grenze. Bisher ist alles gutgegangen.«

»Was hast du ihm mitgegeben?«

»Ich hatte noch Bargeld bei Aretz versteckt. Das musste weg – wenn sie es bei ihm fänden, bekäme Aretz auch Ärger. Außerdem das Silberbesteck deiner Großmutter. Es ist Sterlingsilber und könnte uns ein nettes Sümmchen einbringen.«

Ruth wusste, dass ihre Eltern sehr ärgerlich würden, wenn sie sie dabei erwischten, dass sie das Gespräch mit anhörte.

Also ging sie schnell in die Küche, füllte ein Glas mit Wasser und brachte es Großmutter.

Dann kroch sie in ihr Bett, stopfte die Decke fest und wie einen Kokon um sich. Sie hörte die tiefen und regelmäßigen Atemzüge ihrer Schwester – ein beruhigendes Geräusch.

Es war mitten in der Nacht, als das schrille Schellen der Klingel die Stille zersplittern ließ wie Glas.

Ruth setzte sich erschrocken im Bett auf. Es war windig draußen, und die kahlen Äste des Kirschbaums rieben an der Hauswand – Finger, die am Putz kratzten.

»Was war das?«, fragte Ilse voller Furcht.

»Es hat geklingelt.« Ruth schnappte nach Luft.

»Wer kann das sein?«, flüsterte Ilse.

»Vielleicht ist etwas mit Großmutter, und sie haben Doktor Hirschfelder jetzt schon gerufen«, sagte Ruth. »Bleib du hier, ich gehe nachschauen.«

Sie nahm ihren Morgenmantel, schlüpfte in die Hausschuhe und öffnete die Tür. Das Licht im Flur war nicht eingeschaltet, die Tür zum Schlafzimmer der Großmutter geschlossen. Ruths Herz klopfte so laut, dass sie dachte, es würde im Flur hallen. Langsam schlich sie nach vorn.

Sie hörte Stimmen – Männerstimmen.

Ihr Vater stand im Flur. Erstaunlicherweise war er angekleidet – Hose, Weste, Hemd, Jackett, sogar einen Schlips trug er und dazu die guten Schuhe, die er sonst nur zu besonderen Anlässen anzog. Wie erstarrt blieb Ruth stehen.

Vor Vati standen zwei Männer – einer in der braunen Uniform der Nationalsozialisten, der andere in Zivil – er trug einen langen, schwarzen Mantel und hatte die Hutkrempe tief ins Gesicht gezogen.

»Leugnen bringt nichts«, sagte der Mann in Uniform. »Wir haben bei ihm einen Zettel mit Ihrem Namen gefunden, Herr Meyer.«

»Weiß der Henker, woher er diesen Zettel hatte. Ich kenne keinen Herrn Hendriks«, sagte Karl.

»Dieser Zettel war in einer Geldbörse – in der war auch einiges an Bargeld.« Der Mann im schwarzen Mantel lachte – ein böses Lachen. »Außerdem hat Hendriks gestanden. Es ist also zwecklos, sich zu wehren.«

Karl senkte den Kopf. Dann sah er sich um. Martha stand in der Schlafzimmertür, bleich wie ein Stück Leinen, die Augen weit aufgerissen.

»Karl …«, hauchte sie und zitterte am ganzen Körper.

Ruth huschte durch die Diele, vorbei an ihrem Vater und den Männern, nahm ihre Mutter gerade noch rechtzeitig in die Arme, bevor sie zu Boden sank.

»Martha«, sagte Karl. »Entschuldige. Ich habe etwas getan, etwas, was verboten ist. Ich habe dir nichts davon gesagt …«

»Was hast du getan?«, fragte Martha. »Was?«

»Ihr Mann hat gegen das Gesetz verstoßen, Frau Meyer«, sagte der Uniformierte mit einem fiesen Lächeln auf den Lippen. »Wir beobachten ihn schon eine Weile, und nun hat er einen Fehler gemacht. Dafür werden Sie alle büßen müssen.«

»Aber … aber …«

»Meine Familie ist nicht involviert«, sagte Karl fest. »Sie haben nichts davon gewusst und haben auch nichts damit zu tun. Sie können mich zur Rechenschaft ziehen, aber meine Familie sollten Sie heraushalten.«

»Das werden wir ja noch sehen«, sagte der Nazi. Dann nahm er Karls Arm und zog ihn mit sich.

Die Tür schloss sich mit einem lauten Knall hinter den dreien. Die Stille, die dem Geräusch folgte, war gespenstisch – sogar der Wind hatte für einen Moment aufgehört zu heulen.

Kapitel 13

Martha fing an zu weinen und konnte nicht mehr aufhören.
»Karl, mein Karl ... jetzt ist alles vorbei ...«

»Mutti«, sagte Ruth hilflos. »Nein, Mutti. Noch ist nicht alles vorbei.«

»Sie werden ihn in ein Konzentrationslager bringen. Und dann wird er dort sterben. Dort nehmen sie den Männern die Brillen weg – ohne Brille ist Karl hilflos.« Sie weinte und weinte.

Ilse kam in die Diele, sah sich erschrocken um. »Was ist passiert?«

»Die Gestapo hat Vati abgeholt.«

»Nein!«, schrie Ilse. »Nein, nein, nein!« Sie ließ sich auf den Boden fallen und schrie und schrie und schrie.

Kurz darauf klopfte es.

»Martha? Martha, was ist?« Es war Tante Hedwig. Sie schloss auf und kam in die Diele, Hans folgte ihr.

»Deine Mutter?«, fragte sie.

»Vati. Die Gestapo war da …«, weinte Ruth.

»O nein! Weshalb? Was haben sie mit ihm gemacht?«

»Sie werden ihn umbringen«, sagte Martha verzweifelt. »Karl wird das nicht überstehen. Wir sollten uns auch umbringen. Ich will nicht mehr in dieser Welt leben.«

»Hör auf!«, sagte Ruth und wischte sich die Tränen aus dem Gesicht. »Du darfst so etwas nicht sagen. Niemals.«

Sie zog ihre Mutter hoch, brachte sie auf die Couch im Wohnzimmer und deckte sie mit einer Decke zu. Hedwig setzte sich neben ihre Schwägerin, nahm ihre Hände.

Ruth ging zurück in die Diele. »Ich weiß, es ist schrecklich, Ilse, aber wir müssen uns jetzt zusammenreißen«, sagte sie und sah ihrer Schwester in die verquollenen Augen. »Weißt du noch? Der Tag nach der Nacht – der einen Nacht?«

Ilse nickte.

»Da war es doch auch so schrecklich, und wir haben es trotzdem geschafft. Das müssen wir jetzt wieder. Wir müssen für Vati und Mutti da sein, stark sein. Schaffst du das?«

Ilse schüttelte den Kopf. »Was soll werden ohne Vati?«, fragte sie mutlos.

»Vati wurde verhaftet. Mehr noch nicht. Und morgen schauen wir, wie wir ihm helfen können, aber jetzt müssen wir erst einmal für Mutti da sein. Ich habe Angst, dass sie es ernst meint.«

»Nein, nein, nein«, schluchzte Ilse. »Nicht auch Mutti.«

Ruth reichte ihr ein Taschentuch. »Ich schaffe das aber

nicht allein, du musst mir helfen.« Sie nahm ihre Schwester bei den Schultern, sah sie ernst an. »Ilse, bitte. Du *musst* mir helfen.«

Ilse nickte.

»Ich gehe jetzt in die Küche und koche Tee. Und du gehst zu Großmutter. Sie wird ja den Tumult gehört haben und macht sich bestimmt auch Sorgen. Beruhige sie.«

Ihre Schwester seufzte. »Was sage ich ihr denn?«

»Die Wahrheit. Alles andere bringt ja nichts, sie wird es sowieso erfahren.«

»Und wenn sie sich aufregt?«

»Großmutter ist nicht Mutti. Hast du schon mal erlebt, dass Großmutter sich aufgeregt hat?«

»Ja, aber da hat sie sich eher geärgert.«

»Siehst du«, sagte Ruth und ging in die Küche. Sie füllte den Kessel, setzte Wasser auf und tat Teeblätter in die Kanne. Das Wasser kochte schnell, sie setzte den Tee auf und ging ins Wohnzimmer. Hans hatte die Vorhänge zugezogen und allerlei Kerzen angezündet.

»Draußen steht jemand«, flüsterte er Ruth zu. »Ich weiß nicht, ob er unser Haus überwacht, auf jemanden wartet oder es einen ganz harmlosen Grund dafür gibt, dass er dort ist.«

Ruth schob den Vorhang vorsichtig zur Seite. Tatsächlich stand dort ein Mann auf der anderen Straßenseite. Sie zuckte mit den Schultern. »Ich hoffe, es fängt gleich an zu schütten, windig ist es ja schon. Egal, wer er ist, gemütlich muss er es nicht haben.«

»Warum mag er uns beobachten?«, fragte Hans leise.

»Wer weiß, ob er es wirklich tut. Vielleicht wartet er tatsächlich nur auf jemanden.«

Nachdem Ruth die Tassen auf den Tisch gestellt hatte, ging sie zurück zur Küche. Der Tee musste noch etwas ziehen. Hans war ihr gefolgt.

»Was genau ist passiert? Wie viele waren es, und was haben sie gesagt?«

»Es waren zwei. Einer von der SS oder so – jedenfalls trug er eine Uniform, und der andere war in Zivil – dunkler Mantel, Hut tief ins Gesicht gezogen.«

»Gestapo.«

Ruth nickte. »Ja, das glaube ich auch.«

»Aber weshalb? Aus welchem Grund haben sie ihn verhaftet?«

»Schmuggel. Er hat versucht, Bargeld und Silber außer Landes bringen zu lassen.«

»Ich dachte, das hätte Tante Finchen gemacht.«

Ruth sah Hans an. »Sie hat immer kleinere Dinge mitgenommen. Vati hat alles versucht, um uns einen guten Neuanfang zu ermöglichen.«

»Meinst du, er ist verraten worden?«, fragte Hans nachdenklich.

Ruth schüttelte den Kopf. »Ich glaube, sie hatten ihn schon lange auf dem Kieker. Sie haben ihn in *der* Nacht nicht gefunden, und danach hatten sie erst einmal keinen Grund, ihn zu verhaften.«

»Brauchen die Gründe?«, fragte Hans bitter.

»Nein, das nicht. Aber das Rote Kreuz hat wohl doch einen genaueren Blick auf Deutschland, und noch heißt es, Hitler wolle verhandeln.«

»Fragt sich, wie lange noch.«

Ruth nahm die Teekanne, ging zur Tür.

»Was wird jetzt, Ruth?«, fragte Hans leise.

»Das weiß ich nicht. Es wird sich finden. Aufgeben werde ich nicht«, sagte sie entschlossen und straffte die Schultern, obwohl es hinter ihren Augenlidern brannte.

Kaum hatte Ruth den Tee eingeschenkt, kam Ilse aus dem Flügelanbau. »Großmutter schläft. Ich war in ihrem Zimmer, aber sie schläft.«

»Wirklich?«, fragte Ruth alarmiert. »Sie schläft?«

»Sie hat geschnarcht ...«

Ruth seufzte erleichtert auf. »Gut.« Eine weitere Katastrophe hätte sie kaum brauchen können.

Ihre Mutter hatte einen Nervenzusammenbruch und ließ sich nicht beruhigen. Sie weinte, kreischte, heulte. Sie war völlig verzweifelt. Manchmal nickte sie ein, dann schreckte sie wieder hoch und ihr wurde bewußt, was passiert war.

Ruth versuchte sie so gut wie möglich zu beruhigen.

Ruth schickte Ilse schon bald zurück ins Bett. »Schlaf dich aus, du kannst im Moment nicht helfen«, sagte sie zu ihrer Schwester. »Morgen früh kommt Doktor Hirschfelder, er wird schon wissen, was ihr hilft. Das hat er ja letztes Jahr auch.«

»Aber da war Vati noch da«, sagte Ilse traurig. »Werden wir ihn jemals wiedersehen?«

»Ganz sicher«, sagte Ruth mit mehr Nachdruck, als sie empfand. Doch das musste ihre kleine Schwester nicht wissen.

Ruth döste, tröstete ihre Mutter. Die Kerzen, bis auf zwei, hatte sie gelöscht, die Vorhänge wieder zurückgezogen. So konnte sie sehen, wie der Tag allmählich begann – grau und trist, mit wenig Licht. Es passte zu ihrem Gemütszustand.

Der nächste Tag, den sie gleichzeitig herbeisehnte und fürchtete, kam jedoch zuverlässig, wie immer.

»Mutti«, sagte sie. Martha saß auf dem Sofa, hatte den Kopf in den Händen vergraben, weinte leise und schaukelte vor und zurück. »Mutti, du solltest ins Bad gehen. Gleich kommt Doktor Hirschfelder.«

Martha reagierte nicht, schon seit zwei Stunden hatte sie nicht mehr geantwortet. Die Laute, die aus ihrem Mund kamen, waren voller Verzweiflung und klangen grauenvoll.

So muss sich ein verletztes Tier anhören, dachte Ruth, als sie ins Bad ging und sich ihr verquollenes Gesicht mit kaltem Wasser wusch. Dann ging sie nach oben und zog sich an. An der Tür zu Großmutters Zimmer blieb sie stehen, öffnete sie einen Spalt. Tatsächlich konnte man tiefe Atemzüge hören.

Zurück in der Küche, suchte sie im Schrank nach der Dose mit den Kaffeebohnen. Dies war ein Tag für echten Kaffee und keinen Muckefuck. Sie füllte die Bohnen in die Handmühle, mahlte, nahm die Schublade heraus und schüttete das Kaffeemehl sorgfältig in den Filter. Das Wasser im Kessel kochte schon.

Niemand würde etwas essen wollen, dachte Ruth, aber sie mussten bei Kräften bleiben. Deshalb bereitete sie Rührei zu, ordentlich gewürzt. Außerdem röstete sie ein paar Scheiben Brot. Es klopfte leise an der Wohnungstür, dann kam Hedwig herein. Auch sie hatte tiefe Ringe unter den roten Augen, quälte sich zu einem Lächeln.

»Wie geht es deiner Mutter?«, fragte sie vorsichtig.

»Nicht gut«, antwortete Ruth. »Sie ist nicht mehr ansprechbar.«

»Kann ich etwas tun?«

»Ich habe Rührei gemacht und Brot geröstet«, sagte Ruth. »Keiner von uns wird großen Appetit haben, aber essen müssen wir ja trotzdem.«

»Das ist wohl wahr.« Hedwig überlegte. »Ich werde gleich einkaufen gehen. Heute ist Montag und Markt – ein Suppenhuhn sollte zu finden sein. Eine gute Hühnersuppe hat noch nie geschadet. Vor allem nicht in schwierigen Situationen.«

»Danke, Tante Hedwig«, sagte Ruth. »Wenn du unterwegs bist, kannst du auch in der Klostergasse vorbeigehen? Ich denke, Omi und Opi sollten wissen, dass Vati verhaftet worden ist.«

Hedwig sah sie an. »Ja, das hatte ich vor, auch wenn ich noch nicht weiß, wie ich es ihnen beibringen soll. Es wird sie schwer treffen.«

»Wie uns alle«, sagte Ruth leise. »Ich kann mir nicht vorstellen, wie es weitergehen soll.«

Bisher hatte es Ruth nie gestört, dass sie die Küche und das Bad mit Hedwig und Hans teilten und auch die Mahlzeiten gemeinsam einnahmen, aber heute fühlte es sich seltsam an.

Martha wiegte sich in ihrem Kummer wie in Trance auf dem Sofa, reagierte auf keine Ansprache, wimmerte leise vor sich hin. Ilse stocherte bleich im Rührei, und Hans wusste nicht, wohin er schauen sollte. Ruth hätte sich am liebsten verkrochen, aber das ging natürlich nicht. Schließlich schickte sie Ilse mit Frühstück zur Großmutter.

»Ich weiß, das ist eklig, aber schau nach dem Nachttopf«, bat sie.

»Ruth, nein«, sagte Ilse. »Das mache ich nicht.«

»Geh und sieh nach, ob Großmutter wach ist«, sagte Hedwig. »Ich schau dann nach dem Nachttopf.«

Dankbar lächelte Ilse ihre Tante an. Wir sind eine Familie, dachte sie. Egal, was ist, wir sind eine Familie und halten zusammen.

Sie versuchte, Martha anzusprechen, sie dazu zu bewegen, wenigstens etwas zu trinken, aber ihre Mutter schien sie nicht zu hören.

Ilse ging zu Großmutter, kam mit verzogenem Gesicht wieder. »Es stinkt dort«, sagte sie.

»Ist Großmutter wach?«, fragte Ruth besorgt.

»Ja, ist sie. Aber sie will nicht mit mir sprechen, sie will, dass Mutti kommt.«

»Das kann sie ja wollen«, sagte Ruth leise. »Mutti kann aber gerade nicht.«

»Ich gehe«, sagte Hedwig und lächelte schief. »Das lenkt mich wenigstens ab.«

Es dauerte eine Weile, bis sie wiederkam. »Ich musste das Bett abziehen. Die Bettdecke muss zumindest gut ausgelüftet werden, vielleicht auch gewaschen. Zum Glück hatte deine Mutter schon mehrere Laken aufgezogen, aber auch die müssen gewaschen werden.« Sie räusperte sich. »Ich habe Großmutter ins Bad geholfen. Haben wir noch Laken und Decken?«

»Ja.« Ilse sprang auf. »Ist Großmutter noch im Bad?«

Hedwig nickte. »Ich lüfte gerade das Zimmer.«

»Ich helfe dir beim Bettenbeziehen«, sagte Ilse eifrig.

Ruth räumte den Tisch ab. Sie fegte, spülte, trocknete ab, dachte sogar darüber nach, das Besteck zu polieren, dabei benutzten sie im Moment nur das versilberte Blechbesteck. Aber alles war gut, nur dazusitzen und den Gedanken freien Lauf zu lassen, war es nicht. Die Zeit zog sich wie Kautschuk, endlos und bleiern.

Immer wieder schaute Ruth zu der Uhr, die auf der Kommode im Wohnzimmer stand. Die Zeiger schienen sich nicht oder kaum zu bewegen, doch dann war es endlich neun Uhr. Gegen neun wollte Doktor Hirschfelder kommen. Ruth stand am Erker, sah einen kleinen Wagen vorfahren und jemanden aussteigen. Sie eilte zur Tür, lief nach unten und öffnete dem Arzt.

»Doktor Hirschfelder, ich bin so froh, dass Sie da sind.« Beinahe wäre sie ihm um den Hals gefallen.

»Nun, nun, mein Kind«, sagte er lächelnd. »Ich bin ja da. Steht es so schlimm um deine Großmutter?«

Ruth schüttelte den Kopf. »Wir haben ganz andere Sorgen«, gestand sie. Und dann sprudelte es aus ihr heraus. »Die Gestapo war heute Nacht hier und hat Vati verhaftet. Es ist so schrecklich. Und Mutti … Mutti hatte wohl einen Nervenzusammenbruch.«

Hirschfelder sah sich um, nahm dann Ruth am Arm. »Lass uns das oben erörtern. Man weiß ja heutzutage nicht mehr, welche Wände Ohren haben«, sagte er.

Nachdem Ruth die Wohnungstür hinter ihnen geschlossen hatte, nahm der Doktor seinen Hut ab. Ruth nahm seinen Mantel.

»Bitte«, sagte sie und führte ihn ins Wohnzimmer. »Seit heute Nacht, seitdem sie Vati abgeführt haben, sitzt sie so da.« Sie wies auf Martha. »Ich weiß gar nicht, was ich noch tun soll.«

»Hat sie etwas getrunken?«

»Nein, nichts. Keinen Tee, kein Wasser, auch keinen Kaffee. Möchten Sie eine Tasse Kaffee? Ich habe Bohnenkaffee, frisch gebrüht.«

»Den nehme ich gern, und dann lass mich einen Moment mit deiner Mutter allein«, sagte Doktor Hirschfelder.

Ruth holte den Kaffee, stellte die Tasse auf den Tisch, wo das Milchkännchen und die Zuckerdose noch standen.

»Danke, mein Kind«, sagte der Doktor milde.

Sie ging zurück in die Küche, allein schon die Anwesenheit des Arztes wirkte beruhigend.

Ilse und Hedwig hatten Großmutter versorgt, das Bett frisch bezogen und sie wieder hingelegt. Emilie hatte etwas Rührei gegessen und eine Tasse Kaffee getrunken. Sie zumindest wirkte munterer als zuvor, auch wenn sie die Nachricht über Karls Verhaftung mitgenommen hatte.

»Schrecklich sind sie, die Braunen. Machen vor nichts halt. Aber Karl wird schon einen Weg finden, um wieder freizukommen. Karl findet immer einen Weg«, sagte sie zuversichtlich.

Es dauerte eine Weile, bis sich die Tür zum Wohnzimmer wieder öffnete, und Dr. Hirschfelder nach Ruth rief.

Martha lag auf dem Sofa, die Augen geschlossen, sie atmete ruhig und tief.

»Deine Mutter hat einen Schock«, erklärte der Arzt. »Dass ihre Nerven schwach sind, weißt du ja schon. Die Nacht und die Verhaftung deines Vaters haben verständlicherweise diesen Zusammenbruch bei ihr ausgelöst.«

»Was kann man tun?«, fragte Ruth.

Doktor Hirschfelder schaute sich noch einmal um, aber Martha schien nun friedlich zu schlafen. Er ging in die Küche und setzte sich an den Tisch. »Hast du noch eine Tasse von dem köstlichen Bohnenkaffee?«, fragte er. »So etwas bekommt man ja heutzutage nicht mehr allzu oft.«

»Natürlich.« Ruth holte seine Tasse, das Milchkännchen und die Zuckerdose, stellte alles auf den Küchentisch und schenkte dem Doktor noch einmal ein. Auch sie nahm sich eine weitere Tasse. Es war schon die dritte an diesem Morgen.

Besondere Tage erfordern besondere Maßnahmen, dachte sie ein wenig trotzig. Mutti würde schimpfen, wüsste sie von dem verschwenderischen Gebrauch der kostbaren Kaffeebohnen.

Doktor Hirschfelder lehnte sich zurück. »Deine Mutter müsste eigentlich in eine Nervenklinik. Sie braucht Beruhigungsmittel und viel Fürsorge, aber es gibt keine Kliniken mehr, die Juden aufnehmen.«

»Geht es nicht anders?«, fragte Ruth. »Ich will ehrlich zu Ihnen sein – ich glaube zwar auch, dass Mutti Tabletten braucht, aber andererseits macht es mir Angst. Sie hat jetzt schon mehrfach davon gesprochen, dass sie nicht mehr leben will.«

Doktor Hirschfelder runzelte die Stirn. »Das macht es nicht einfacher. Ich habe ihr ein Beruhigungsmittel gespritzt. Sie wird erst einmal schlafen. Danach muss sie dringend trinken – Wasser oder Saft, Tee – keinen Kaffee. Auf gar keinen Fall sollte sie Alkohol trinken. Ich kann dir Tabletten dalassen. Davon sollte sie morgens und abends jeweils eine nehmen, aber du solltest ihr die Tabletten geben und die Schachtel verstecken. Und achte darauf, dass sie die Tabletten wirklich schluckt.«

Ruth nickte. »Was können wir sonst noch tun?«

»Seid für sie da, tröstet sie. Habt Geduld. Deine Mutter ist stärker, als es scheint. Sie ist im Moment überfordert, aber sie wird zur Besinnung kommen.« Hirschfelder trank seinen Kaffee, schloss kurz die Augen. »Köstlich«, sagte er. Dann sah er Ruth an. »Was ist mit deinem Vater? Warum wurde er verhaftet?«

»Ich weiß es nicht«, log Ruth.

»Natürlich weißt du es nicht, und ich habe auch keine andere Antwort erwartet.« Wieder lächelte er milde. »Weshalb also?«

»Schmuggel«, gab Ruth zu. »Er hat vorgestern einem Mann Wertsachen gegeben. Geld und Silber. Der Mann ist erwischt worden.«

»Ja, die Kontrollen werden immer strenger, und es wird immer schwieriger für uns.« Er seufzte. »Ihr wollt doch ausreisen, nicht wahr?«

»Wir haben eine Nummer für Amerika, aber sie ist so hoch … es wird Jahre dauern. Und jetzt haben sie Vati auch noch verhaftet. Ich weiß gar nicht, was ich tun soll.«

»Ihr braucht einen Anwalt. Und ihr müsst herausfinden, wo dein Vater ist und wie die Anklage lautet.«

Daran hatte Ruth noch gar nicht gedacht. »Einen Anwalt, natürlich.« Dann sackte sie wieder in sich zusammen. »Ich kenne keinen Anwalt.«

»Doktor Blumenthal ist Anwalt. Er darf zwar nicht mehr praktizieren, aber er berät Juden. Er ist aus der Gemeinde.

Ich rufe ihn an. Er weiß vielleicht, was zu tun ist. Er wird euch helfen.«

»Danke!«, sagte Ruth erleichtert. Das erste Mal seit ein paar Stunden schien es wieder einen Hoffnungsschimmer zu geben.

»Ihr habt doch ein Telefon?«

Ruth zeigte zu dem Tischchen in der Diele.

»Hinter der Teekanne?«, fragte Doktor Hirschfelder verblüfft.

»Das ist keine Teekanne. Mutti stopft immer den gefütterten Wärmer über das Telefon, sie hat Angst, dass es verwanzt ist.«

»Ach so. Ja, das stimmt, das denken einige. Aber ob ein Teekannenwärmer dagegen hilft?« Seufzend stand er auf, zog die Mütze ab und meldete über das Amt eine Nummer an.

»Richard?«, fragte er, als die Leitung stand. »Ich bin hier bei den Meyers. Karl Meyer, der Schuhhändler. Ja, genau der. Sie brauchen deine Hilfe, kannst du kommen?« Er nannte die Adresse.

»Richard wird heute noch vorbeischauen. Ich kann nicht versprechen, dass alles gut wird, aber wir bemühen uns, nicht wahr?«

»Ich weiß gar nicht, wie ich Ihnen danken soll!«

»Und was ist jetzt mit deiner Großmutter?«

»Ach ja. Großmutter fühlte sich gestern schwach. Sie ist nicht aufgestanden, hat nur wenig gegessen.« Ruth senkte den Kopf. »Sie hat es noch nicht einmal auf den Nachttopf geschafft.«

»Wie alt ist sie noch einmal?«

Ruth musste kurz nachdenken. »Sie wird achtzig in diesem Jahr.«

»Ein stolzes Alter. Da darf so etwas schon einmal passieren. Wo ist sie?«

»Ihr Zimmer ist hinten im Flügel.« Ruth stand auf und begleitete den Arzt dorthin. Sie klopfte.

»Ja?« Emilie klang deutlich munterer als gestern.

»Doktor Hirschfelder ist hier, er will nach dir sehen«, sagte Ruth und öffnete die Tür einen Spaltbreit. Emilie saß im Bett und las.

»Hirschfelder ist Kinderarzt. Aus dem Alter bin ich heraus«, sagte Emilie unwirsch.

»Da haben Sie recht«, sagte Doktor Hirschfelder freundlich. »Aber ein Körper ist ein Körper. Und ob ich Sie abhöre oder eine Dreijährige, macht keinen so großen Unterschied.« Er ging an Ruth vorbei in den Raum, reichte Emilie die Hand. »Nun, Frau Meyer? Wie geht es uns heute?«

»Wie es Ihnen geht, weiß ich nicht. Mir geht es heute deutlich besser als gestern. Allerdings hätte ich gern noch eine Tasse Kaffee, aber um mich kümmert sich ja keiner«, sagte sie und funkelte Ruth an.

»Ich bring dir Kaffee.«

»Das kannst du machen, wenn ich fertig bin«, sagte Doktor Hirschfelder und nahm Emilies Handgelenk, um den Puls zu fühlen.

Unschlüssig stand Ruth in der Tür.

»Willst du etwa zusehen?«, fauchte Emilie. »Du hast doch bestimmt noch etwas anderes zu tun, Kind.«

»Ja, Großmutter.« Erleichtert ging Ruth zurück. Sie schaute ins Wohnzimmer. Ihre Mutter schlief immer noch friedlich. Dann ging sie in das Schlafzimmer der Eltern, machte die Betten und räumte auf. Sie brauchte etwas, was sie beschäftigte.

Zum Glück kam bald schon Hedwig mit dem Einkauf zurück.

»Wo ist Hans?«, fragte Ruth verwirrt.

»Er ist bei Omi und Opi geblieben. Es schien so, als bräuchten sie ein wenig Beistand«, sagte Hedwig. »Der Doktor ist noch da?«

»Er ist jetzt bei Großmutter«, antwortete Ruth. »Ihr geht es aber schon sehr viel besser. Sie konnte schon wieder Anweisungen erteilen. Und meckern.«

»Sie wird im Sommer achtzig, ein stattliches Alter.«

»Opi und Omi sind doch auch schon über achtzig«, sagte Ruth.

»Ja, das vergesse ich immer wieder. Sie sind noch so rüstig.« Sie stellte den Einkaufskorb auf den Küchentisch. »Und was ist mit Martha?«, fragte sie leise.

»Sie hatte einen Schock«, sagte Ruth traurig. »Wir müssen versuchen, sie zu stützen, auch wenn ich nicht weiß, wie das gehen soll. Im Moment schläft sie. Doktor Hirschfelder hat ihr eine Spritze gegeben.«

»Schlaf ist heilsam.« Hedwig nahm das Huhn aus dem

Korb, legte es in die Spüle, dann nahm sie einen großen Topf aus dem Schrank, füllte ihn mit kaltem Wasser.

»Was kann ich tun?«, fragte Ruth.

»Du kannst Gemüse putzen – zwei Möhren, zwei Stangen Lauch, eine halbe Knolle Sellerie, die Zwiebel wird nur geviertelt und kommt mit Schale in die Suppe, das gibt eine schönere Farbe«, erklärte Hedwig. Sie zerteilte geschickt das Huhn mit dem großen Messer, vor dem Ruth Respekt hatte. »Ich überlege, was wir tun können, um Karl zu helfen.«

»Das habe ich ganz vergessen«, sagte Ruth aufgeregt. »Gleich kommt Richard Blumenthal. Doktor Hirschfelder hat ihn angerufen.«

»Doktor Blumenthal? Der war Anwalt.«

»Genau. Vielleicht kann er uns helfen oder hat zumindest einen Rat.«

»Das wäre wirklich schön.«

In diesem Moment kam Doktor Hirschfelder zu ihnen in die Küche. Er stellte seinen Arztkoffer auf den Stuhl. »Guten Tag, Frau Simons«, sagte er. »Ich habe mir erlaubt, Ihr Badezimmer zu benutzen.«

»Was ist mit Großmutter?«

»Es ist das Herz«, sagte er nachdenklich. »Ich würde eigentlich noch weitere Untersuchungen machen wollen, aber dazu habe ich keine Möglichkeiten mehr. Vielleicht müssen wir akzeptieren, dass sie alt ist und ihr Herz allmählich schwächer wird. Hier sind Tabletten für sie. Eine morgens wird erst einmal reichen. Sie sollte sich moderat bewegen und nicht zu viele salzige und fettige Sachen essen.«

Ruth und Hedwig sahen sich an, stöhnten auf. »Großmutter liebt Fettgebackenes.«

»Achtzig«, sagte Doktor Hirschfelder nachdenklich. »Nun ja – wenn es ihr schmeckt …« Er lächelte. Dann griff er in seine Arzttasche. »Ruth, die Verantwortung liegt bei dir. Diese Tabletten sollte deine Mutter nicht in die Hände bekommen, solange sie solche Absichten äußert. Mit diesen Tabletten könnte sie sich umbringen, es wäre kein schöner Tod. Sie würde sehr leiden.«

Ruth wurde blass.

»Deine Mutter will nicht wirklich sterben, auch wenn sie sich so äußert. Sie hat einfach nur große Angst vor der Zukunft.«

»Haben wir das nicht alle?«, murmelte Hedwig.

»Doch, wahrscheinlich schon. Zumindest wir Juden«, sagte Doktor Hirschfelder. »Angst ist so eine Sache – einerseits ist sie gesund, denn sie warnt uns vor Dingen, die gefährlich sind. Andererseits gibt es Ängste, die einen völlig in den Bann nehmen. Den einen mehr, den anderen weniger.« Er sah Hedwig an. »Das ist aber nichts, wofür oder wogegen man sich entscheiden kann. Es passiert einfach.«

»Ist es eine Art Krankheit?«, fragte Ruth nach.

»Es kann dazu werden, ja – aber das muss es nicht«, sagte Hirschfelder. »Ihr müsst auf Martha aufpassen. Sie unterstützen. Sie ist kein Kleinkind, ihr müsst sie nicht in Watte packen. Und die Tabletten werden erst einmal helfen. In zwei Tagen komme ich wieder und schaue nach ihr«, versprach er.

»Danke!«, sagte Ruth. »Vielen, vielen Dank.«

»Es ist nicht einfach im Moment«, gab Doktor Hirschfelder zu. »Für keinen von uns. Aber wir sollten nicht den Mut und die Hoffnung verlieren. Ich wünsche euch, dass Karl bald wieder freikommt und ihr das Land verlassen könnt.«

»Was ist mit Ihnen, Doktor Hirschfelder?«, fragte Hedwig.

»Ich könnte nach Amerika gehen«, sagte er. »Aber noch bleibe ich. Solange es Menschen unseres Glaubens hier gibt, die mich brauchen, werde ich nicht gehen.«

Es war schon Nachmittag, als es schellte. Ruth huschte zum Fenster, schaute auf die Straße. Jemand stand vor der Tür. Sie konnte nicht erkennen, wer es war. Hans war immer noch in der Klosterstraße bei Omi und Opi. Hedwig war nach oben gegangen, und Martha schlief. Sie war zwischendurch wach geworden, und Ruth hatte sie ins Bad begleitet. Dann hatte Martha einen Teller Hühnerbrühe gegessen und war ins Bett gegangen.

Was soll ich tun?, fragte sich Ruth. Was, wenn es wieder jemand von der Gestapo ist? Was, wenn er die Räume durchsuchen wollte? Vielleicht hatten die Eltern noch mehr Dinge versteckt, von denen Ruth nichts wusste. Doch kamen die Gestapoleute nicht meist zu zweit und meist mitten in der Nacht? Manchmal war auch jemand von der SS dabei. Außerdem sollte doch auch dieser Anwalt kommen. Ruth gab sich einen Ruck und öffnete die Tür.

»Mein Name ist Richard Blumenthal«, stellte sich der Mann vor. »Bin ich hier richtig bei den Meyers?«

Ruth sah ihn an. Sie nickte. »Wir haben uns schon beim Kulturverein gesehen«, sagte sie dann. »Glaube ich zumindest.«

»Das stimmt«, antwortete er freundlich. »In die Synagoge bin ich nicht oft gegangen, aber die Veranstaltungen des Kulturbundes besuche ich gern, seit nichts anderes mehr geht.«

Ilse kam aus dem Wohnzimmer, sie war bleich.

»Das ist Herr Blumenthal«, beruhigte Ruth ihre Schwester. »Er kann Vati vielleicht helfen.« Sie wandte sich ihm zu. »Darf ich Ihnen den Mantel abnehmen? Und kann ich Ihnen etwas zu trinken anbieten?«

»Danke. Du heißt Ruth, nicht wahr? Du spielst Tennis und Pingpong im Verein. Ich habe dich einige Male gesehen. Du bist gut.«

»Ach, ich war gut – jetzt habe ich lang nicht trainiert«, sagte Ruth verlegen und hängte seinen Mantel an die Garderobe.

»Wie alt bist du?«

»Siebzehn.«

»Und wo ist deine Mutter?«

Ruth führte ihn ins Wohnzimmer. »Ihr geht es nicht gut.« Sie drehte sich zu Ilse um. »Bitte geh, und hole Tante Hedwig.«

Blumenthal setzte sich auf das Sofa. »Doktor Hirschfelder hat mich angerufen. Er war recht vage am Telefon – vielleicht kannst du mir sagen, worum es geht?«

»Soll ich einen Kaffee kochen?«, fragte Ruth unsicher. »Oder Tee?«

Blumenthal winkte ab. »Später.«

»Also«, sagte sie und setzte sich auf den Sessel ihm gegenüber. »Mein Vater ist heute Nacht verhaftet worden.«

Blumenthal zog einen kleinen Notizblock und einen Stift, den er langsam aufschraubte, aus seiner Jacketttasche. »Wer hat ihn verhaftet?«

»Es waren ein Mann in Uniform, SS, glaube ich, und einer in Zivil.«

»Haben sie sich ausgewiesen?«

»Das weiß ich nicht.«

»Was werfen sie ihm vor?«

»Vorgestern war ein Mann hier. Vati war mit ihm allein im Wohnzimmer. Aber ich weiß, dass er ihm Geld gegeben hat und Silberbesteck. Der Mann wollte es über die Grenze nach Holland bringen.« Sie runzelte die Stirn. »Ich habe den Mann noch nie zuvor gesehen. Ich weiß auch nicht, wie er heißt.«

»Und dieser Mann hat euch verraten?«

»Das glaube ich nicht. Ich habe mit angehört, wie meine Eltern darüber gesprochen haben, dass er schon öfter Sachen geschmuggelt hat – für Bekannte. Meine Tante – eigentlich ist sie die Cousine meines Vaters – hat ihn uns empfohlen. Auch von ihr hat er wohl etwas mitgenommen.«

»Ist sie auch verhaftet worden?«

»Nein, ich habe heute dort angerufen. Sie war da. Wir haben natürlich nicht offen sprechen können, aber sie hatte schon davon gehört. Bisher ist bei ihr niemand gewesen.«

»Bei anderen denn?«

»Das weiß ich nicht. Sie will mir schreiben.«

»Briefe werden manchmal von mehr als einem Menschen gelesen.«

»Ich habe eine Geheimschrift entwickelt«, erklärte Ruth. »Wir kommunizieren damit.«

Blumenthal lächelte. »Ach, du warst das? Ich habe schon von anderen davon gehört. Ganz schön clever. Aber die Nazis haben diese Briefe auch schon entdeckt. Ich denke, über kurz oder lang werden sie die Schrift entziffern können.«

»Dann müssen wir uns etwas anderes ausdenken.«

»Hat dein Vater zugegeben, dass er den Mann beauftragt hat?«

Ruth überlegte, nickte dann. »Er hat ihnen gesagt, dass wir von nichts wüssten. Er habe allein gehandelt.«

»Das ist schon einmal gut.«

Die Wohnungstür wurde aufgeschlossen, und Tante Hedwig kam herein. Sie begrüßte Richard Blumenthal.

»Können Sie etwas für meinen Bruder tun?«, fragte sie.

»Leider nur noch indirekt. Ich selbst darf nicht mehr praktizieren.«

»Dann können Sie uns gar nicht helfen?«

»Doch, das kann ich schon noch. Ich trage Fakten zusammen, überlege Strategien, suche Gesetzestexte heraus und setze Schreiben auf. Unterzeichnet werden sie von einem guten Freund von mir. Er ist Anwalt in Moers.«

»Und er darf noch praktizieren?«

»Ja, denn er ist kein Jude.«

Erschrocken sah Ruth ihn an.

»Aber er ist auch kein Brauner«, beruhigte Blumenthal sie. »Er kämpft für uns, steht auf unserer Seite. Auch solche Menschen gibt es noch. Glaub mir.«

Tatsächlich konnte Blumenthal einiges herausfinden. Ihr Vater saß im Gefängnis in der Steinstraße, hinter dem Amtsgericht. Noch war er in Untersuchungshaft.

»Solange er in Untersuchungshaft ist, wird er nicht abtransportiert werden«, sagte Blumenthal, als er zwei Tage später wieder bei den Meyers war. Diesmal war auch Martha anwesend. Jeden Morgen und jeden Abend gab Ruth ihr die Tablette. Sie wirkte fahrig und niedergeschlagen, wirkte aber nicht mehr so elend wie zuvor. Manchmal zog sie sich zurück und weinte. Doch an diesem Gespräch wollte sie teilnehmen.

»Können wir zu ihm?«, fragte sie.

Blumenthal nickte. »Das sollten Sie auch schnellstmöglich tun. Nehmen Sie ihm Wäsche mit, Handtücher, Waschzeug und auch Lebensmittel. Sicherlich wird ihm einiges abgenommen werden, deshalb ist es wichtig, dass Sie ihn regelmäßig aufsuchen.«

»Gibt es Hoffnung?«, fragte Ruth.

»Vielleicht. Mein Kollege will Akteneinsicht beantragen. Sie müssen ihn allerdings vorher beauftragen.«

Hedwig sah Martha an. »Dann musst du nach Moers.«

Martha senkte den Kopf. »Ich weiß nicht.«

»Aber natürlich, Mutti. Wir müssen alles tun, um Vati zu helfen«, sagte Ruth entschieden. »Ich fahre mit.«

»Und ich auch! Aber vorher bringen wir die Sachen in das Gefängnis«, sagte Hedwig.

Den Besuch mussten sie beantragen, aber das hatte Blumenthal schon vorbereitet, so dass sie am nächsten Tag mit einem kleinen Koffer aufbrachen.

Während des ganzen Weges schaute Martha nur zu Boden, ihre Hände zitterten. Ruth gruselte es in dem alten Gebäude aus grauem Stein mit den Terrazzoböden und den Fenstern, die weit oben und vergittert waren.

Das haben sie absichtlich so gemacht, dachte Ruth. So kommt kaum Licht in das Gebäude, und hinausschauen kann man auch nicht. Es ist dazu gedacht, einen zu deprimieren.

Der Geruch von Kernseife lag in der Luft, vermischt mit etwas anderem, Schärferem, was Ruth nicht einordnen konnte.

Wie wird es Vati gehen, fragte sie sich. Hier war nur das Untersuchungsgefängnis – aber man hörte viele schlimme Dinge. Ob er gefoltert worden war? Ob sie ihn verprügelt hatten? Würde er Gefängniskleidung tragen müssen? Sie fürchtete sich davor, ihren Vater in gestreifter Kleidung zu sehen.

Hoffentlich, dachte sie, geht es ihm einigermaßen. Hoffentlich hält er sich tapfer. Wenn Mutti ihn jetzt als einen gebrochenen Mann erlebt, wird sie nicht mehr viel Lebenswillen haben.

Es schien ewig zu dauern, bis sie endlich in den kargen Besucherraum gelassen wurden. Dort standen Bänke und Tische, die auf dem Boden festgeschraubt waren. Das schrundige Holz der Tische wies Furchen auf und war schon ganz grau vom Abschrubben.

Karl wartete bereits auf sie. Er trug sein Hemd und die Anzughose, Weste, Jackett und Schlips fehlten.

»Karl!«, flüsterte Martha unter Tränen. »Karl!«

»Meine Liebe«, sagte er und stand auf. Er nahm sie in den Arm, drückte sie an sich. Dann umarmte er Ruth.

»Das reicht jetzt. Hinsetzen«, sagte der Wärter, der an der Tür stand.

Lange sahen sie sich nur an, sprachen kein Wort. In Karls Brillenglas war ein Sprung. Ruth fischte eine der Ersatzbrillen, die sie im letzten Moment noch gegriffen hatten, aus ihrer Tasche und gab sie ihrem Vater.

»Wie geht es dir?«, fragte Martha. »Haben sie dich …«

»Es geht mir so weit ganz gut«, sagte Karl. »Bisher.« Er wischte sich über das stoppelige Kinn. »Mir fehlen nur einige Sachen des täglichen Bedarfs.«

»Ich habe dir alles eingepackt«, sagte Martha und schob ihm den kleinen Koffer zu. »Sie haben es zweimal durchwühlt, aber das meiste durften wir mitbringen.«

»Danke«, sagte er.

»Kennst du einen Richard Blumenthal?«, fragte Ruth.

»Den Anwalt? Ja, natürlich. Er hat mir ein Schreiben zukommen lassen«, wisperte Karl und schaute nervös über seine Schulter. »Habt ihr ihn beauftragt?«

»Er darf nicht mehr praktizieren. Aber er kennt einen Anwalt aus Moers …«, sagte Martha. »Ihn wollen wir beauftragen.«

»Das wird einiges kosten«, meinte Karl. »Aretz wird wissen, wie das zu lösen ist.«

Ruth verstand und nickte. »Ich werde mich darum kümmern.«

»Gut!«

»Werden sie dich … wegbringen?«, fragte Martha mit zitternder Stimme.

»Das kann mir hier niemand so genau sagen. Aber solange sie mich nicht verurteilt haben, werde ich wohl hierbleiben.«

»Zum Glück«, hauchte Ruth. »Dann können wir dich weiterhin besuchen.«

Kapitel 14

Der Rechtsanwalt Doktor Wolfgang Schmidt war ein kleiner, fröhlicher Mann mit einer Glatze und leuchtenden Augen. Er schüttelte Martha die Hand, bot ihnen einen Platz an und ließ Kaffee bringen.

»Ich bin schon seit meiner Studienzeit mit Richard Blumenthal befreundet. Eine Weile haben wir zusammen in einer Kanzlei gearbeitet«, erklärte er. »Ich kann nicht alle Fälle übernehmen, die er mir anbietet, aber einige schon.«

»Werden Sie meinen Bruder vertreten?«, fragte Hedwig mit angespannter Stimme.

»Sie werden mich für opportunistisch halten – aber: Ja, ich werde Ihren Bruder vertreten, und zwar aus einem Grund: Er ist ein angesehener Mann, und – Sie sind nicht mittellos.« Er sah Martha an.

Martha schnappte nach Luft.

»Bevor Sie etwas sagen«, fuhr er fort, »möchte ich es Ihnen

erklären: Mir geht es nicht darum, Ihnen eine horrende Rechnung schicken zu können, sondern darum, dass dieser Fall Aussicht auf Erfolg hat. Es ist durchaus möglich, dass Ihr Mann freigelassen wird. Und zwar, weil er Geld hat. Und das Zertifikat für Amerika. Sie wissen, warum die Nazis dies alles tun? Warum sie den Juden das antun? Sie verfolgen und ihnen ihre Rechte nehmen? Es geht um Geld.« Er hielt kurz inne. »Es wird einen Krieg geben, und Kriege kosten viel Geld. Die Staatskassen sind leer, und natürlich wird uns keine andere Regierung mehr einen Kredit gewähren. Deshalb suchen die Nazis nach jeder Möglichkeit, um an Geld zu kommen.«

Martha nickte.

»Und Sie nutzen das aus. Wenn Sie nur den reichen Klienten helfen, hat das auch ein Gutes für Sie!«, sagte Ruth bitter.

»Das mag auf Sie so wirken, mein Fräulein«, sagte der Anwalt. »In der Tat ist mein Beweggrund ein anderer. Ich kann etwas für Ihren Vater tun. Ich werde alles daransetzen, dass er nicht nach Dachau oder in ein anderes Konzentrationslager gebracht wird. Vermutlich wird er eine Haftstrafe absitzen müssen. Aber wenn es Ihnen gelingt, Ausreisepapiere zu beschaffen, dann werden die Nazis Sie gehen lassen. Auch Ihren Vater. Menschen in Gefängnissen und auch solche in den Lagern kosten den Staat Geld.« Er seufzte. »Verstehen Sie mich bitte nicht falsch. Aber täglich kommen neue Fälle herein, ich muss mich auf die konzentrieren, die aussichtsreich sind.«

»Ich verstehe«, sagte Ruth, erstaunt, dass er wegen ihres Ausbruchs nicht beleidigt zu sein schien.

Martha wischte mit der Hand durch die Luft. »Ich unterschreibe. Ich mache alles, was Sie verlangen – aber bitte helfen Sie meinem Mann.«

Auf dem Heimweg schwiegen alle drei und hingen ihren Gedanken nach. Martha hatte ein wenig Hoffnung, aber dennoch bedrückte sie die Situation sehr.

Ruth dagegen fühlte sich mutlos. Wie sollten sie eine frühere Ausreisegenehmigung bekommen, jetzt, wo Vati im Gefängnis saß und nichts tun konnte? Ihre Mutter war nicht in der Lage, ihr zu helfen.

Sie liefen vom Bahnhof durch die Innenstadt.

»Ich gehe in die Klosterstraße«, sagte Hedwig plötzlich. »Zu Omi und Opi.« Sie drehte sich um, doch Martha hielt sie am Ärmel fest und sah sie an. Hedwig liefen die Tränen über das Gesicht.

»Es gibt doch Hoffnung«, sagte Martha verwundert.

»Ja«, sagte Hedwig. »Einen Funken Hoffnung gibt es. Für euch. Aber was ist mit uns? Was ist mit mir und Hans? Ich habe immer noch kein Lebenszeichen von Berthold. Vielleicht ist er ja nie in Palästina angekommen.«

»Doch, das ist er ganz sicher. Aber du weißt doch, wie schwierig es ist, Kontakt aufzunehmen.«

»Andere schaffen es auch«, sagte Hedwig verbittert und ging weiter.

Sie sah sich nicht noch einmal um.

Als sie das Haus in der Bismarckstraße erreichten, öffnete Ruth fast schon mechanisch den Briefkasten. Ein dicker Umschlag mit zwei ungewöhnlichen Aufklebern, der gesondert abgestempelt war, lag im Kasten. Er war an sie gerichtet.

»Was ist das?«, fragte Martha.

»Ein Brief aus England«, antwortete Ruth fast tonlos und lief ohne ein weiteres Wort die Treppe nach oben. Ilse war noch in der Schule, also ging Ruth in ihr kleines Schlafzimmer, schloss die Tür hinter sich und lehnte sich für einen Augenblick dagegen. Sie schloss die Augen, ihr Herz pochte wie wild. War es eine Zusage oder eine Absage? Ihr aller Leben konnte von dem Inhalt dieses Briefes abhängen.

Sie nahm ihren ganzen Mut zusammen und öffnete das Kuvert vorsichtig. In dem Umschlag waren mehrere Dokumente. Ruth breitete sie auf dem Schreibtisch aus, versuchte zu verstehen, was dort stand.

Schließlich fand sie den entscheidenden Satz: »You are accepted.«

Es war eine Zusage! Für einen Moment verschwammen die Buchstaben vor ihren Augen. Dann suchte sie hastig weiter in den Unterlagen, fand das Visum und die Einreiseerlaubnis.

Drei Wochen blieben ihr, drei lange, kurze Wochen.

Martha klopfte an die Zimmertür. »Was ist das für ein Brief?«, fragte sie. Sie trat ein und sah Ruth an. »Was ist das? Worum geht es? Hat es was mit Vati zu tun?«

»Nein, Mutti, es hat etwas mit mir zu tun. Bitte setz dich«, sagte sie und zeigte auf ihr Bett.

»Hast du etwas angestellt?« Marthas Stimme zitterte.

»Nein, Mutti. Ich habe nichts angestellt.« Sie holte tief Luft. »Ich habe mich beworben, als Haushaltshilfe. In England. Und ich habe die Stelle bekommen. Ich darf in drei Wochen nach England ausreisen.« Erst jetzt, in dem Moment, in dem sie es aussprach, wurde Ruth bewußt, dass es wirklich wahr war.

»Wie bitte?«, fragte Martha fassungslos, mit schriller Stimme.

»Ich darf ausreisen. Nach England, Mutti. Ich darf nach England.«

Martha wurde bleich, dann fing sie an zu weinen. »Wie kannst du mir das antun?«, fragte sie. »Du willst mich allein lassen? Jetzt? Uns alle im Stich lassen?« Sie sprang auf und lief den langen Flur entlang. »Ich halte dieses Leben nicht mehr aus. Ich will es nicht mehr aushalten!«

Ruth folgte ihr. »Nein, Mutti!« Jetzt schrie auch sie. »Du willst leben, und ich will auch leben. Wir alle wollen leben, aber nicht hier, nicht in Deutschland.«

»Wie soll ich ertragen, mein Mädchen allein in ein fremdes Land gehen zu lassen?«, schrie Martha.

»Mutti, versteh doch, es ist unsere letzte Chance. Wenn ich erst einmal dort bin, kann ich ganz sicher mehr erreichen. Dann kann ich dafür sorgen, dass auch ihr ausreisen dürft. Du hast doch gehört, was der Anwalt gesagt hat – es ist Vatis einzige Chance.«

»Nein! Nein! Nein!«, jammerte Martha. »Das kann ich nicht zulassen! Ich kann dich nicht gehen lassen. Was, wenn dir in der Fremde etwas passiert? Du bist doch mein Mädchen. Und wie soll ich das hier alles ohne dich schaffen? Ilse ist noch so jung, und du bist immer die Vernünftige gewesen. Bitte, geh nicht, lass mich nicht allein.«

Ruth umarmte ihre Mutter, drückte sie an sich. Beide schluchzten.

»Ich will dich nicht allein lassen. Aber hier, in Deutschland, kann ich nichts tun. Wenn ich erst einmal in England bin, dann werde ich alles versuchen, damit ihr nachfolgen könnt. Alles, alles, alles werde ich daransetzen.«

Arm in Arm setzten sie sich auf das Sofa, weinten und trösteten sich gegenseitig. Es dauerte eine Weile, bis sich Martha beruhigt hatte.

Schließlich aber putzte sie sich die Nase und wischte sich die Tränen von den Wangen. »Was ist das für eine Stelle?«, wollte sie wissen.

»Ich weiß es nicht genau. Man konnte sich als Haushaltshilfe und Kindermädchen bewerben.«

»Ist das überhaupt für jüdische Frauen gedacht? Ist das ein jüdisches Programm?«

Ruth schüttelte den Kopf. »Nein, jede junge Frau kann sich bewerben. Ich bezweifle aber, dass Nichtjuden es tun.«

»Wann hast du das gemacht? Und warum hast du mir nichts davon erzählt?«

»Es ist schon ein paar Wochen her. Helmuth hat irgendwo diese Bewerbungsunterlagen aufgetrieben und mir gegeben. Er meinte, das wäre meine Chance.« Sie stockte.

»Ich habe nichts gesagt, weil ich ja nicht wusste, ob es klappt.«

»Wann musst du gehen?«

»Anfang April«, sagte Ruth. »In etwa drei Wochen.«

»Drei Wochen? Nur drei Wochen?«, sagte Martha mit tränenerstickter Stimme. »Das geht nicht, das ist zu kurz.«

Je schneller, desto besser, dachte Ruth. Obwohl sie sich freute, war ihr dennoch auch mulmig zumute. Den ganzen Umfang konnte sie noch gar nicht erfassen.

»Hilde und Werner sind vor einigen Jahren nach England ausgewandert«, fiel Martha ein. »Erinnerst du dich an sie?«

»Die Koppels? Ja, natürlich. Ihre Tochter Marlies hat in unserem Pingpongverein gespielt.«

Martha nickte. »Wir schreiben manchmal. Sie wohnen irgendwo westlich von London.«

»In Slough«, sagte Ruth. »Ich weiß aber noch nicht, wo ich hinkomme. Ich muss die Sachen erst einmal in Ruhe lesen. Und dann muss ich sicher zum Amt. Es gibt so viele Dinge, die jetzt noch zu erledigen sind.«

»Es wird Vati das Herz brechen«, schluchzte Martha.

»Ich hoffe, er wird stolz auf mich sein«, gab Ruth zurück. »Wenn nicht alles so schlimm wäre, würde ich nicht fahren. Ich mache das nicht, weil ich ein Abenteuer suche, Mutti.«

»Das weiß ich doch. Aber dennoch – es zerreißt mich, dich gehen zu lassen.«

Noch eine ganze Weile saßen sie zusammen, überlegten, was getan werden musste, weinten, schwiegen und drückten sich. Es war ein sehr emotionaler Moment.

»Ich wollte morgen wieder zu Vati«, sagte Martha. »Ich habe die Erlaubnis, ihn eine halbe Stunde zu sehen.« Sie sah Ruth an. »Aber vielleicht willst du lieber gehen und es ihm sagen? Er sollte es von dir erfahren.«

Ruth schluckte. Auf einmal kam es ihr so vor, als ließe sie ihn im Stich. Schuldgefühle bohrten sich wie kleine, kalte Finger in ihren Magen. Sie würde es Vati nicht sagen können. Was, wenn er ihr verbot, zu fahren? Was, wenn er wütend würde und von ihr verlangte, Mutti weiter beizustehen? Sie holte tief Luft, versuchte die Enge in ihrer Kehle wegzuatmen. Doch, dachte sie dann. Ich bin es Vati schuldig, ich muss es ihm persönlich sagen. Ich werde es ihm erklären, und er wird es verstehen.

»Ich gehe«, sagte sie leise. »Natürlich gehe ich und sage es ihm.«

Sie saßen zusammen, bis Ilse aus der Schule kam.

Als Ilse ihre Mutter und ihre Schwester Arm in Arm auf dem Sofa sitzen sah, glitt ihr der Ranzen aus der Hand und fiel krachend zu Boden.

»Was … was ist passiert?«, fragte sie stotternd. »Vati?«

Ruth sprang auf und schloss ihre Schwester in die Arme. »Nein, Ilse, es ist nichts mit Vati.«

»Ruth geht nach England«, sagte Martha leise und mit rauer Stimme.

»Was? Wieso? Und wann?«

»In drei Wochen schon«, sagte Ruth.

»Aber bist du nicht zu alt für die Kinderverschickung? Und warum darfst du fahren und ich nicht?«

»Ich fahre nicht mit der Kinderverschickung, dafür bin ich tatsächlich zu alt«, sagte Ruth. »Ich habe eine Stelle als Haushaltshilfe in England.«

Ilse sah Mutti an. »Ich bin nicht zu alt für die Kinderverschickung. Ich will auch nach England!«

»Nein, Ilse«, sagte Martha, schüttelte den Kopf und schlug die Hände vor das Gesicht. »Nein, ich kann euch nicht beide gehen lassen.«

»Aber … warum darf sie und ich nicht?«

»Weil du bei Mutti und Vati bleiben musst. Es ist nicht für lange. Sobald ich in England bin, hole ich euch nach«, versprach Ruth.

»Das hat Onkel Berthold auch zu Tante Hedwig und Hans gesagt, als er nach Palästina ging. Und? Wo sind sie jetzt?«, schrie Ilse. »Immer noch hier!« Sie lief den Flur entlang zu ihrem Zimmer, die Tür flog mit einem lauten Schlag zu.

»Oh, mein armes Kind«, sagte Martha hilflos. »Meine arme kleine Ilse …«

»Sie wird sich schon wieder beruhigen, Mutti«, sagte Ruth.

»Was ist denn hier los? Seit Stunden Geschrei, Geheule und Krach.« Großmutter Emilie kam aus ihrem Zimmer. Ihr ging es besser, seit sie die Herztabletten nahm, aber sie musste sich auf einen Stock stützen, was ihr missfiel. »Wollt ihr die ganze Nachbarschaft aufmischen? Und warum steht noch kein Mittagessen auf dem Tisch?«

»Ruth geht nach England, Mutter.«

»Zu den Tommies? Das Essen dort soll noch schlechter sein als unseres. Sie essen halbrohes Fleisch mit einer Soße aus Minze. Minze – hat man davon schon gehört? Minze tut man in den Tee.« Kopfschüttelnd ging sie zum Tisch, setzte sich ächzend. »Mich würden keine zehn Pferde in das Land bekommen.«

»Es ist besser, als hierzubleiben, Großmutter«, sagte Ruth.

»Hier wird sich alles wieder finden, es braucht nur seine Zeit. Hitler wird scheitern, ganz sicher wird er das.«

»Dann können wir ja zurückkommen, Großmutter«, sagte Ruth.

»Ich gehe nirgendwo mehr hin«, sagte Großmutter resolut.

Kurze Zeit später kamen auch Hedwig und Hans. »Ich habe Eintopf mitgebracht«, sagte Hedwig, dann schaute sie ins Wohnzimmer. »Was ist mit dir, Martha?«

»Ich gehe nach England«, sagte Ruth leise, »als Haushaltshilfe.«

»Du hast die Stelle?«, rief Hans, umarmte seine Cousine und hob sie hoch. »Du hast die Stelle! Ich habe es dir doch gesagt.«

Martha hob den Kopf. »Hans wusste davon?«, fragte sie und klang enttäuscht. »Er wusste es und ich nicht?«

»Mutti, du hattest in den letzten Wochen doch genug um die Ohren.«

»Damit hat Ruth recht«, sagte Hedwig und setzte sich zu ihrer Schwägerin auf das Sofa. Sie nahm Marthas Hand. »Das ist sicherlich nicht leicht für dich, aber es ist die richtige Entscheidung für Ruth.«

»Du würdest Hans nicht gehen lassen«, entgegnete Martha. »Du hast ihn nicht mit Berthold gehen lassen.«

»Das stimmt«, sagte Hedwig mit belegter Stimme. »Das habe ich nicht. Und jetzt bereue ich es. Wenn alle recht haben und es wirklich Krieg gibt, wird es hier nicht leichter werden.«

»Ich werde alles versuchen, um in England für euch Papiere zu bekommen«, versprach Ruth. »Wirklich alles. Ich will dort doch auch nicht allein leben. Ich möchte mit meiner Familie zusammen sein.«

»Ich wünschte, es gäbe so ein Programm auch für mich«, meinte Hans. »Ich würde sofort gehen.«

»Ohne mich?«, fragte Hedwig.

Zweifel überzogen Hans' Gesicht. »Das weiß ich nicht – aber wahrscheinlich doch. Wenn es irgendwo hier in Europa wäre und nicht so weit weg wie Palästina. Dorthin würde ich nur mit dir zusammen gehen.«

»Berthold schreibt sicherlich bald«, sagte Ruth, dieser Satz war zu einem Mantra in der Familie geworden.

Am Abend würden die Aretz kommen. Martha half Hedwig in der Küche, und Ruth ging in ihr Zimmerchen, setzte sich an den Schreibtisch. Dort lagen die Unterlagen. Da war die Arbeitserlaubnis, auf die sie so sehr gewartet, die sie aber gleichzeitig auch so sehr gefürchtet hatte. Endgültig hatte sich Ruth noch nicht entschieden, das merkte sie nun.

Immer hatte sie gehofft, dass Vati vorher eine andere Lösung für sie finden würde und die Familie gemeinsam gehen konnte. Aber nun saß er im Gefängnis.

Konnte Ruth wirklich ihre Mutter in dieser Situation allein lassen? Was, wenn Martha einen weiteren Nervenzusammenbruch haben würde? Wer würde sich um sie kümmern? Ja, da war Tante Hedwig – aber Tante Hedwig hatte ihren eigenen Kummer und ihre eigenen Sorgen. Und Ilse – so lieb sie war – war noch zu jung, um gewisse Dinge richtig zu beurteilen.

Dennoch – der Anwalt hatte gesagt, dass Juden aus der Haft entlassen würden, wenn sie ausreisen durften. Und es gab in England einige Organisationen, die sich darum kümmerten. Es war eine Chance. Hier konnte sie wenig für Vati tun, und der Anwalt hatte auch ganz klar gesagt, dass er ihnen bei der Ausreise nicht helfen konnte – das war Aufgabe der Familie.

Mutti war zu schwach, Ilse zu jung – Ruth würde nichts anderes übrigbleiben, als wirklich zu fahren.

Ich kann dann etwas tun, dachte sie. Ich kann aktiv werden, und das werde ich auch. Mit all meiner Kraft werde ich versuchen, meine Familie zu retten.

Sie las sich die Unterlagen noch einmal durch, dann unterschrieb sie. Es war keine einfache Entscheidung gewesen, aber sie hatte sie nun getroffen.

Auch die Aretz hatten natürlich schon von der Verhaftung Karls gehört und machten sich große Sorgen.

Hans Aretz ging mit Martha in den Flügelanbau. Sie standen dort eine Weile und flüsterten. Dann beugte sich Aretz vor und gab Martha einen Umschlag. Sie ging in ihr Schlafzimmer und schloss die Tür hinter sich.

Für einen Moment befürchtete Ruth, dass sie wieder zusammenbrechen würde, aber zu ihrer Erleichterung tauchte ihre Mutter wenig später schon wieder auf.

Tante Hedwig hatte den Tisch im Wohnzimmer schön gedeckt. Es gab eine Kraftbrühe und danach Brathähnchen mit Stampfkartoffeln und Gemüse. Zum Nachtisch hatte Josefine Aretz eine Zitronencreme mitgebracht.

»Weißt du schon, wo es hingeht?«, fragte Helmuth aufgeregt.

»Nein«, sagte Ruth. »Ich weiß nur, dass ich von Hoek van Holland mit der Fähre nach Harwich übersetze. Dort werde ich dann abgeholt.«

»Und als was arbeitest du dann? Als Kindermädchen?«, wollte Rita wissen.

»Auch das weiß ich noch nicht genau. Vielleicht als Kindermädchen, vielleicht als Küchenhilfe. Es wird eine hauswirtschaftliche Tätigkeit sein.«

»Dass du einmal so etwas machst«, sagte Großmutter. »Ich hätte immer gedacht, dass du später studierst.«

»Das kann ich ja immer noch, Großmutter«, gab Ruth zurück. »Ich werde da ja nicht zur Leibeigenen.«

»Küchenarbeit«, sagte Großmutter kopfschüttelnd. »Dafür hatten wir früher Mädchen. Und für die Kinder auch.«

»Wir haben schon lange keine Zugehfrau mehr, Mutter«, sagte Martha seufzend.

»Wir hatten Leni«, sagte Ruth. »Sie war das beste Kindermädchen, das man sich wünschen kann. Und nun werde ich vielleicht auch ein Kindermädchen. Ich hoffe, ich mache Leni keine Schande.«

»Leni hat sich schon selbst genug Schande gemacht«, sagte Großmutter. »Dieses Flittchen.«

Erstaunt sah Ilse Großmutter an. »Leni war kein Flittchen.«

»Natürlich war sie das.«

»Mutter«, ermahnte Martha Emilie. »Nicht, ich bitte dich.«

»Wie hält sich Karl denn?«, wechselte Josefine geschickt das Thema.

»Und was hat der Anwalt gesagt?«, fragte Aretz.

»Der Anwalt macht einen guten Eindruck, nicht wahr, Martha?«, sagte Hedwig.

»Ja, ich hoffe sehr, dass er etwas erreichen kann, ich …«

Emilie unterbrach ihre Tochter. »Gibt es heute Abend keinen Wein zum Essen?«

»Der steht noch in der Küche«, sagte Hedwig entschuldigend.

»Ich hole ihn schon.« Hans sprang auf.

»Ja, das hoffen wir alle. Wir dürfen nicht den Mut verlieren, auch wenn es schwerfällt«, sagte Hedwig, nahm Hans die Flasche Wein ab und schenkte ein.

»Glaubt er, dass er Karl freibekommen wird?«, wollte Josefine wissen.

»Das klang nicht so. Aber er will die Untersuchungshaft so lange wie möglich hinausziehen – solange kann Karl hier in der Steinstraße im Gefängnis bleiben. Sein Ziel ist es, dafür zu sorgen, dass Karl nicht in ein Konzentrationslager kommt. Seine Strafe wird er wohl trotzdem verbüßen müssen.«

Ruth nickte. »Und er hat uns geraten, uns noch intensiver um eine baldige Ausreise zu bemühen. Juden, die ausreisen können, werden in der Regel aus der Haft entlassen, sagte er.«

»Ob du in England etwas erreichen wirst?«, fragte Helmuth.

»Daran habe ich nicht den geringsten Zweifel«, sagte Ruth. »Es gibt dort einige Organisationen, jüdische und auch das Rote Kreuz, die sicherlich besser helfen können. Hier ist uns ja alles verboten.«

Martha sah sie an. »Wie recht du hast. Und deshalb hast du dich beworben?«

»Ja, Mutti. Ich muss doch wenigstens versuchen, etwas zu tun.«

»Und die Zeit drängt«, sagte Aretz. »Die Zeichen stehen immer mehr auf Krieg.«

»Hitler ist ein Großmaul«, sagte Großmutter. »Die meisten Hunde, die bellen, beißen nicht.«

»Er hat ja schon Österreich und das Sudetenland annektiert. Und jetzt will er Danzig und einen Korridor nach Ostpreußen.«

»Wahrscheinlich will er ganz Polen«, sagte Aretz. »Aber das wird England nicht zulassen. Auch wenn sie ihm jetzt noch hier ein Häppchen und da ein Häppchen im Osten zugestehen – Polen werden sie gegen ihn verteidigen.«

»Und damit wird es Krieg geben«, meinte Hedwig.

»Ich hoffe sehr, dass wir noch vor Kriegsbeginn das Land verlassen können«, sagte Martha.

»Vielleicht müsst ihr das ja gar nicht«, sagte Helmuth. »Ich glaube kaum, dass Deutschland jetzt schon mächtig genug ist, einen Krieg gegen England und Frankreich zu führen. Und wenn, wird der Krieg nicht lang dauern. Die Nazis werden gestürzt werden, und eure Unterdrückung wäre vorbei.«

»Ja«, sagte auch Hans. »Da ist auch noch Russland. Hitler will sich den Osten unter den Nagel reißen – Stück für Stück. Erst das Sudentenland, jetzt Danzig. Meint ihr, Stalin sieht dabei zu und dreht Däumchen?«

»So verrückt, einen Krieg gegen Russland zu führen, ist noch nicht einmal Hitler«, meinte Hans Aretz. »Aber wenn, dann wäre es ein verdammt kurzer Krieg.«

»Ihr meint, ein Krieg wäre gut für uns?«, fragte Martha erstaunt.

»Ein Krieg ist nie gut«, sagte Großmutter. »Aber die Nazis werden einen Krieg nicht überstehen.«

An diesem Abend war Ruth zu aufgeregt, um einschlafen zu können. Auch das Gläschen Sherry, das sie mit Tante Hedwig, Mutti und Hans getrunken hatte, half nicht.

Sie hatte die Unterlagen durchgesehen, aber viele Dinge waren ihr noch unklar. Damit musste sie sich in den nächsten Tagen in Ruhe befassen. Doch vorher würde sie Vati besuchen und es ihm sagen müssen. Sie hatte Angst vor seiner Reaktion. Leicht würde es nicht werden, das wusste sie schon jetzt.

»Bist du noch wach?«, flüsterte Ilse, die ebenfalls nicht schlafen konnte.

»Ja«, sagte Ruth.

»Es tut mir leid, dass ich mich heute Mittag angestellt habe wie ein Baby. Die Nachricht kam einfach so ... überraschend. Warum hast du mir nichts davon erzählt?«

»Es war ja nicht sicher. Und du hättest es Mutti verraten.«

»Hätte ich nicht!«

»Doch, das hättest du – bestimmt nicht mit Absicht, aber irgendwann wäre dir etwas herausgerutscht – aus Versehen.«

»Hmm«, machte Ilse. »Vermutlich stimmt das«, sagte sie dann. »Aber warum wolltest du nicht, dass Mutti es weiß?«

»Ach, Ilschen – du kennst doch Mutti. Sie hätte sich furchtbar aufgeregt und versucht, es mir zu verbieten. Auch Vati wäre dagegen gewesen. Deshalb konnte ich es nicht sagen, bevor es feststand.«

»Hast du … keine Angst?«, fragte Ilse leise.

»Natürlich habe ich Angst. Ich weiß ja gar nicht, was auf mich zukommt.« Da war noch etwas, aber das wussten nur Hans und Helmuth, und Ruth hatte nicht vor, es ihren Eltern zu erzählen, obwohl es sie vor Furcht fast erstarren ließ. Auf den Papieren aus England stand überall das Geburtsdatum 30. Juni 1920. Sie hatte sich ein Jahr älter gemacht, aber ihren Pass konnte sie nicht ändern. Was, wenn das auffiel? Dann waren die Papiere ungültig. Die Nazis würden sie verhaften. Was dann mit ihr geschehen würde, wagte sie sich gar nicht auszumalen. Sie bemühte sich, so gut es ging, den Gedanken zu verdrängen. Darum, dachte sie, werde ich mich kümmern, wenn es so weit ist. Ändern kann ich es nicht mehr, und die Chance, nach England zu gehen, werde ich mir nicht nehmen lassen. Ich will und werde alles versuchen, um meine Familie zu retten. Und ich will leben.

Am nächsten Morgen wusch sie sich sorgfältig, machte sich die Haare. Sie zog eine schöne Bluse an, die ihr Vater mochte, einen Rock und die passende Strickjacke. Dann prüfte sie ihr Aussehen noch einmal im Spiegel.

Martha wartete in der Küche schon auf sie. »Ich habe für Vati einiges eingepackt«, sagte sie. »Neue Wäsche und Socken. Er hatte nach seiner Strickjacke gefragt, es zieht wohl ziemlich dort.«

»Kein Wunder – es ist ja ein altes Gebäude«, sagte Ruth.

»Ich habe auch Schokolade versteckt und eine Zigarre. Ich weiß nicht, ob er rauchen darf.« Wieder stiegen ihr die Tränen in die Augen. »Ich weiß so wenig und schon gar nicht, wie ich ihn unterstützen kann.«

»Du machst das doch prima«, sagte Ruth. »Du musst vor allem tapfer sein.« Wie jeden Morgen gab sie ihrer Mutter eine der Tabletten von Doktor Hirschfelder, versteckte dann die Schachtel wieder.

»Soll ich mitkommen?«, fragte Martha. »Ich kann ja draußen warten.«

»Nein, Mutti. Ich werde aber direkt anfragen, wann der nächste Besuchstermin ist.«

»Ich würde aber mitkommen wollen …«

»Mutti, ich hoffe, du verstehst das – auch wenn ich manchmal so stark wirke, weiß ich doch, wie schwierig einige Dinge für euch sind. Ich bin mir auch sicher, dass ihr meine Abreise nach England nicht wirklich gutheißt – Vati schon gar nicht. Ich hätte gern diesen Moment, diesen Weg allein zum Gefängnis, um mich zu sammeln und darauf vorzubereiten. Und wahrscheinlich werde ich danach auch ein wenig Zeit brauchen, um mich zu beruhigen.« Sie schluckte. »Ich gehe ja nicht, weil ich von euch wegwill. Ich gehe, damit wir irgendwann wieder zusammen sein können. In Sicherheit und in Freiheit.«

»Ich weiß das, mein Kind, und ich rechne es dir hoch an, auch wenn es mein Herz zerreißt.« Martha musste sich abwenden.

Schweigend zog sich Ruth den Mantel über, schnürte die Schuhe und nahm dann die Tasche mit den Sachen. Ihre Mutter umarmte sie, nahm ihr Gesicht in beide Hände und küsste sie auf den Mund.

»Du machst das schon«, sagte sie leise. »Und grüß Vati von uns.«

Ruth holte ihr Fahrrad aus dem Keller, fuhr zum Nordwall. Die ganze Zeit überlegte sie, wie sie es ihrem Vater sagen sollte. Sie ging in ihrem Kopf verschiedene Varianten durch, aber immer kam sie zu demselben Ergebnis – ihr Vater würde ihr die Abreise verbieten und ihr auftragen, sich um Mutti zu kümmern.

In der Steinstraße klingelte sie am Tor, zeigte ihre Besuchserlaubnis. Sie durfte das Fahrrad mit in den Vorhof nehmen und dort abschließen.

Wieder wurde die Tasche durchsucht, diesmal aber nicht so streng wie beim ersten Mal.

»Du bist doch Ruth Meyer?«, fragte der Wächter.

Ruth nickte, sie traute sich kaum, ihn anzusehen.

»Erkennst du mich nicht? Ich bin Marias Vater. Ihr seid zusammen auf das Lyzeum gegangen. Du warst auch schon bei uns zu Besuch.«

Nun schaute sie auf. Herrn Dickhoff hatte sie früher nur in Zivil, nie in Uniform gesehen. Sie hatte auch gar nicht gewusst, dass er für die Justiz arbeitete.

»O natürlich«, sagte sie nun. »Wie geht es Maria?«

»Sie geht natürlich noch zur Schule. Und …«, er unterbrach sich und schüttelte den Kopf. »Ihr seid jüdisch, nicht wahr?«

Ruth nickte. »Das waren wir schon immer«, sagte sie. »Auch als ich bei Ihnen zu Besuch war.«

»Pst!«, sagte er und schaute über seine Schulter. »Es muss ja niemand wissen, dass wir uns kennen.«

Ruth atmete tief ein. Natürlich hatte Herr Dickhoff ein Parteiabzeichen. Aber wahrscheinlich durfte er ohne auch nicht hier arbeiten.

»Ich darf meinen Vater besuchen«, sagte sie und zeigte ihm die Besuchserlaubnis.

Er nickte und führte sie in den Besucherraum. Wieder erwartete ihr Vater sie bereits. Auch an den anderen Tischen saßen Männer und Frauen. Ruth hatte sich gewünscht, mit ihm allein zu sein, doch das schien nicht möglich.

»Ist etwas mit Mutti?«, fragte Karl und sah Ruth erschrocken an.

»Guten Tag, Vati. Ich soll dich von Mutti, Ilse und allen anderen schön grüßen. Mutti geht es ganz gut. Doktor Hirschfelder hat ein Auge auf sie und hat ihr auch wieder Tabletten gegeben.«

»Meine arme Martha. Was habe ich ihr bloß angetan!« Mit Tränen in den Augen schaute er Ruth an. »Aber du kümmerst dich ja um sie, nicht wahr?«

Ruth wurde flau im Magen. »J … a«, antwortete sie verzagt.

»Du musst dich um sie kümmern, stark für sie sein und sie beschützen, denn ich kann es im Moment nicht.«

»Mutti hat den Anwalt in Moers beauftragt«, sagte Ruth. »Doktor Schmidt. Ich war mit ihr und Tante Hedwig da. Er macht einen ...«, sie zögerte, »kompetenten Eindruck. Jedenfalls scheint er zu wissen, wovon er spricht.«

Karl nickte. »Das weiß ich schon. Er kommt morgen.« Vorsichtig nahm er Ruths Hände. »Hat er euch Hoffnung gemacht?«

Ruth nickte. »Er will Anträge einreichen, um das Verfahren in die Länge zu ziehen. Je länger du in Untersuchungshaft bleibst, desto besser – denn so lange bist du hier in Krefeld und nicht in ...« Sie sprach es nicht aus, das musste sie auch nicht, Karl wusste, was sie meinte. »Du wirst sicher nicht freigesprochen werden, aber er hofft auf eine milde Strafe – vielleicht sogar in Willich.«

Karl seufzte. »Ja, alles ist besser als ...«

»Wir sollen unsere Ausreisebestrebungen weiter fortführen, sie intensivieren«, sagte Ruth leise und senkte den Kopf. »Wenn wir Visa hätten und ausreisen könnten, dann würdest du vermutlich sofort freigelassen werden.«

Karl seufzte auf und lehnte sich zurück. »Es ist so schrecklich, eingesperrt zu sein und nichts machen zu können. Und glaub mir, ich habe mich intensiv um unsere Ausreise bemüht. Ich habe natürlich noch Kontakte unter der Hand und habe mich in den letzten Wochen sehr bemüht ... Mutti weiß davon nichts. Ich konnte sie nicht einweihen, nicht bei ihren schwachen Nerven.« Er schüttelte den Kopf. »Ich weiß nicht, was ich noch tun soll. Vor allem aus dem Gefängnis heraus … vielleicht kann ja der Anwalt helfen. Oder Blumenthal, der kennt sich ja mit der Materie aus.«

Jetzt war der Zeitpunkt gekommen, sie musste es ihm sagen.

»Vati«, sagte sie und holte tief Luft. »Es gibt da ein Programm aus England …«

»Das weiß ich, aber wir werden Ilse nicht allein irgendwohin schicken. Du weißt, wie sehr Mutti an euch hängt.«

»Vati, bitte lass mich ausreden«, sagte Ruth und war plötzlich ganz ruhig. Das Grummeln in ihrem Magen hatte aufgehört, ihr Kopf war ganz klar. »Ich habe mich beworben bei einem Programm, das Haushilfen und Hilfen auf Bauernhöfen sucht. In England. Sie suchen junge Frauen.«

»Mach keine Fisimatenten, deine Mutter braucht dich hier, hier an ihrer Seite. Was willst du in England?«

»Ich habe eine Stelle bekommen und reise in drei Wochen ab«, sprach Ruth unbeirrt weiter. »Ich werde nach England gehen und mich von dort aus um eure Ausreise bemühen.«

»Du … was …?«, fragte Karl ungläubig. »Ruth, bitte, was tust du?«

»Ich habe eine Stellung in England. Als Küchen- oder Haushaltshilfe, das weiß ich noch nicht so genau. Es kommt darauf an, wem ich zugeteilt werde«, sagte sie. »Von England aus kann ich mich viel besser um eure Ausreise bemühen. Uns bleibt keine andere Möglichkeit. Jetzt erst recht nicht.«

Karl sah sie an. Plötzlich schwammen seine Augen in Tränen, und er senkte den Kopf.

»Grundgütiger«, murmelte er leise und verzweifelt. »Ich schaffe es nicht, mich um meine Familie zu kümmern, und jetzt muss auch noch meine kleine Tochter das Land verlassen, um uns zu retten.« Er vergrub den Kopf in seinen Händen, versuchte das Schluchzen zu unterdrücken. »Ich schäme mich so. Ruth, ich schäme mich. Ich sitze hier, gefangen, und kann nichts tun. Gar nichts. Und du … du gehst in die Fremde. Um uns zu retten.«

Der Damm, den Ruth mühsam aufgebaut und in den letzten Tagen und Stunden aufrechterhalten hatte, brach. Tränen füllten ihre Augen, sie schnappte nach Luft. »Vati, du warst immer für uns da. Du bist es noch.«

»Nein.«

»Ich liebe dich«, flüsterte Ruth.

»Noch fünf Minuten!«, brüllte der Wärter an der Tür.

»Ich liebe dich, ich liebe dich so sehr«, sagte Ruth, nahm seine Hände in ihre und drückte sie. »Ich werde dich immer lieben.«

Ihr wurde bewusst, dass dies vielleicht das letzte Mal war, dass sie sich sahen. Sie schauten sich an, lasen die Erkenntnis in den Augen des anderen.

»Ich liebe dich, Ruth«, sagte Karl. »Und ich bin stolz auf dich. Merk dir das – von jetzt bis immerdar –, ich bin stolz auf meine große, mutige Tochter. Du bist mein Leben!«

Danach gab es keine Worte mehr, weinend standen sie auf und umarmten sich.

»Hey, du da. Jude! Jude! Lass die Frau los!«, schrie der Wärter, kam zu ihnen und riss sie auseinander.

»Ich habe mich nur von meiner Tochter verabschiedet«, sagte Karl und zog seine Jacke zurecht.

Der Wärter sah ihn entgeistert an, schaute dann zu Ruth, der die Tränen über die Wangen liefen.

»Meine Tochter verlässt Deutschland«, erklärte Karl.

»Ach so. Das wusste ich ja nicht«, sagte der Mann. Dann machte er eine diffuse Handbewegung und wandte sich ab. »In dem Fall, bitte … Sie dürfen sich umarmen.« Langsam schritt er zur Tür, ohne sich noch einmal umzudrehen.

»Es sind hier nicht alle Monster«, flüsterte Karl, der Ruth noch einmal fest an sich drückte, ihr zu.

»Ich weiß. Einer der Beamten hier ist ein Herr Dickhoff – mit seiner Tochter Maria bin ich auf das Lyzeum gegangen. Grüß ihn freundlich. Er wird sicherlich das eine oder andere Auge zudrücken.«

Karl seufzte, dann schob er sie auf Ellenbogenlänge von sich, sah sie an, sah sie so an, als wolle er ihr Gesicht mit den Augen fotografieren. Als sollte es sich in sein Gedächtnis einbrennen. Auch Ruth sah ihn lange an, nie wollte sie vergessen, wie er aussah. Als sie spürte, wie ihr die Tränen kamen, räusperte sie sich: »Das nächste Mal kommt Mutti. Und vielleicht darf ich auch noch einmal zu dir. Falls nicht … sehen wir uns bald in England. Ich glaube fest daran. Ich will daran glauben.«

»Ja!«, sagte Karl. »Ja. Du wirst es schaffen. Wer sonst könnte es? Ich liebe dich.«

»Und ich dich, Vati!«

»Feierabend!«, brüllte der Wärter an der anderen Tür. »Alle Häftlinge stehen auf.«

Karl bückte sich und gab Ruth den Koffer, den sie ihm das erste Mal gebracht hatten.

»Wäsche und so«, sagte er, räusperte sich. »Ich will dich wiedersehen, mein Mädchen. Meine Tochter, mein liebes Kind. Ich will dich wiedersehen!«

»Das werden wir. Ich verspreche es.«

Wie in Trance sah sie die Häftlinge zur Tür hinausgehen. Vielleicht der letzte Blick auf ihren Vater. Er drehte sich nicht noch einmal um. Am Ausgang wurden sie durchsucht, die Taschen und Koffer kontrolliert. Untersuchungshäftlinge hatten das Privileg, eigene Kleidung zu tragen – falls es Angehörige oder Freunde gab, die sich darum kümmerten.

»Wann dürfen wir meinen Vater wieder besuchen?«, fragte Ruth am Ausgang.

»Das musst du beantragen«, sagte der Wärter und gab ihr ein Formular.

»Darf ich es sofort ausfüllen?«, fragte Ruth.

»Wenn es sein muss.«

Ruth begann zu schreiben. Zum Glück wusste sie die Personalausweisnummer ihrer Mutter auswendig. Auch für sich beantragte sie einen weiteren Besuch. Aber ob er stattfinden würde, war fraglich.

Sie holte ihr Fahrrad aus dem Hof, schob es auf die Straße und drehte sich zu dem grauen Gebäude hinter den hohen Mauern um. Ob sie Vati jemals wiedersehen würde? Ihr Herz zog sich vor Schmerz zusammen.

Kapitel 15
Anfang April 1939

Die Wochen vergingen wie im Flug. Nach ein paar Tagen der Trauer und der Abwehr kehrte sich Marthas Verhalten ins Gegenteil, plötzlich wurde sie aktiv und stürzte sich in die Vorbereitungen. Durch das Amt hatte Ruth erfahren, was sie mitnehmen durfte und was nicht. An Bargeld waren ihr nur zehn Mark erlaubt. Schmuck durfte sie gar nicht mitnehmen. Auch keine anderen Wertgegenstände aus Silber oder gar Gold – keine Münzen, kein Besteck, keine Kerzenhalter oder Ähnliches. Was sie an Wäsche mitnahm, stand ihr frei.

In der Nacht der Zerstörung war alle gute Wäsche, alle Bettwäsche aus Damast und Leinen, alle Tischwäsche, die guten Handtücher und Servietten durchnässt und verdreckt worden. Ruth und Ilse hatten sie so, wie sie waren, auf dem Trockenspeicher aufgehängt und dann zusammengefaltet und verpackt. Nun trug Martha alles in die Waschküche im Keller des Hauses. Dort stand der große Waschkessel, unter dem man ein Feuer anzünden musste, um das Wasser zu erhitzen. Der Kessel war Gemeinschaftseigentum und wurde von allen Parteien reihum genutzt. Eigentlich hatten sie mittwochs ihren Waschtag, Hedwig durfte am Donnerstag die Waschküche benutzen. Da aber die beiden anderen Parteien im Haus auch jüdisch waren, hatte Martha kein Problem, kurzfristig den Waschkeller ganz für sich zu belegen. Jeder hatte Verständnis, jeder bewunderte Ruth für ihren Mut und beneidete sie darum, dass sie die Chance hatte, Deutschland zu verlassen.

Von früh bis spät weichte Martha die Wäsche ein, kochte sie im Seifenwasser durch. Anschließend wurde sie von Hand in der Kurbelschleuder geschleudert und schließlich durch die Mangel gedreht. Der Dachboden über dem Flügelanbau war als Trockenboden gedacht, mehrere Leinen hingen unter den Strohpuppen, die das Dach ein wenig abdichteten. Bei gutem Wetter konnten sie die Wäscheleine im Hof nutzen, aber der April war nasskalt mit wenig Sonne. Also schleppten Martha, Hedwig, Hans und Ruth die Wäsche erst nach unten und dann wieder nach oben auf den Dachboden.

Es dauerte ein paar Tage, bis Martha alles gewaschen hatte. Da sie die Weißwäsche nicht in die Sonne legen konnten, fügte sie Bleiche zum Waschwasser hinzu. Nachdem alles getrocknet war, erhitzte Martha die Bügeleisen auf dem Herd und plättete die gebleichte und gestärkte Wäsche auf dem großen Tisch im Wohnzimmer, auf den sie drei Lagen Betttücher gelegt hatte. Fast anderthalb Wochen nahm die ganze Aktion in Anspruch. Doch Ruth war froh darüber – ihre Mutter war beschäftigt und abgelenkt. Erst hatte sich Ruth nicht getraut, aber schließlich fragte sie ihre Mutter: »Warum wäschst du die ganze Wäsche? Die Tischdecken, die Bettwäsche, die guten Servietten und die Hand- und Trockentücher?«

»Aber ist das nicht klar, Ruth?«, fragte Martha überrascht. »Das ist alles, was wir an guter Wäsche noch haben. Das wirst du mitnehmen. Es ist deine Aussteuer. Wenigstens das sollst du noch haben, wenn ich dir das Besteck und Geschirr schon nicht vererben kann.«

»Ich kann das doch nicht alles mitnehmen!« »Doch, das kannst du«, sagte Martha entschieden. »Und das wirst du. Vielleicht ist das alles, was du von uns haben wirst.«

»Aber wie soll ich das alles transportieren?«

Berge an Wäsche türmten sich im Wohnzimmer auf. Ordentlich gewaschene, gestärkte und gebügelte Weißwäsche.

»Wir haben Vatis Musterkoffer. Die nimmst du.«

Ruths Abreise verzögerte sich um ein paar Tage, da ihr noch ein Stempel fehlte, aber dann stand der Termin fest. Die Organisation bezahlte die Überfahrt und schickte Ruth die Fahrkarten. Mit dem Zug ging es von Krefeld über Venlo nach Rotterdam. Und von Hoek van Holland, dem Hafen von Rotterdam, mit der Fähre bis nach Harwich. Dort würde der Bauer, zu dem Ruth kam, sie abholen.

»Ich habe den Koppels geschrieben«, sagte Martha. »Du kannst dich sicher jederzeit bei ihnen melden. Sie werden dir bestimmt bei allem helfen.«

Eine Woche vor der Abfahrt begann Martha zu packen. Jedes Stück wurde sorgfältig zusammengefaltet, sie beschwerte die Laken, presste sie, legte sie in die Koffer. Jeden Winkel nutzte sie aus. Und auch Ruth begann zu packen. Ihre Tagebücher mussten mit, ihre Fotoalben oder wenigstens ein Teil davon. Ihre Kamera. Die Gitarre, die sie vor den Braunen gerettet hatte, wollte sie ebenfalls mitnehmen, aber die passte in keinen Koffer. Dafür aber fand sie Platz für ihr geliebtes Nähtäschchen – ohne dieses würde sie nicht fahren wollen. Sie nahm die Schachtel mit den Stoffmusterstücken der Firma Merländer. Es waren bestimmt fünfzig Stücke feiner, bedruckter Seide. Alle konnte sie unmöglich mitnehmen. Langsam sah sie die Muster durch, legte hier eines zur Seite, dann ein anderes. Dieses Stück, erinnerte sie sich, hatte ihr Manfred geschenkt, als er bei Merländer gearbeitet hatte. Dort waren zwei Stücke, die ihr Kurt gegeben hatte. Diese und einige andere packte sie ein. Der Rest kam zurück in die Schachtel. Vielleicht konnte Mutti sie ihr ja später schicken.

Natürlich brauchte Ruth auch Anziehsachen. Wie war wohl das Wetter in England? Sie wusste zwar inzwischen, dass sie irgendwo an der Ostküste auf einen Bauernhof kam und dort im Haushalt helfen sollte, aber wie das Wetter dort war, wusste sie nicht.

Sie legte alle Sachen, die sie noch hatte, auf ihr und Ilses Bett. Was würde ihr bald nicht mehr passen? Sie war mit siebzehn fast ausgewachsen, deshalb sortierte sie nur die Sommersachen, die ihr schon im letzten Sommer zu klein gewesen waren, aus. Einen Teil konnte Ilse haben, den Rest könnte Martha an andere Familien verteilen, denn gut waren die meisten Sachen noch – auch wenn sie nicht mehr modisch waren. Aber die Mode war im Moment das Letzte, was sie interessierte.

Wie sehr hatte sie sich geändert. Früher hatte sie die Modemagazine verschlungen, hatte es geliebt, sich die neuen Kollektionen in der Stadt anzuschauen, und versucht, einiges nachzunähen und zu gestalten. In den letzten Monaten hatte sie aber eher Löcher geflickt und Risse vernäht, als neue Sachen zu schneidern. Irgendwann, dachte Ruth wehmütig, werde ich dafür wieder Zeit haben.

Es gab ein paar Bücher, die sie unbedingt mitnehmen wollte, und natürlich die Briefe von Kurt. Ganz aufgeregt hatte sie ihm von ihrer Stelle in England geschrieben, aber bisher noch keine Antwort erhalten.

Sie nahm einen der Koffer, packte ihn. Schnell war er voll, und noch lag ein großer Stapel Sachen auf dem Bett. Ruth ging ins Wohnzimmer.

»Ich brauche noch einen Koffer«, sagte sie.

Martha zeigte in die Ecke. »Dort sind noch zwei, suche dir einen aus.«

»Dann hätte ich zwei Koffer und einen mit Wäsche, mit der Aussteuer«, sagte Ruth nachdenklich. »Ich würde auch gern das Fahrrad mitnehmen. Es ist ein gutes Rad, und damit bin ich wenigstens ein bisschen mobil.«

Martha nickte nur und faltete weiter. Die Wäsche stapelte sich auf dem großen Tisch, dem Sofa, den Sesseln und der Kommode.

Ruth schüttelte nur den Kopf. Sie konnte einerseits verstehen, dass ihre Mutter ihr einen Teil des Familienerbes mitgeben wollte, andererseits wusste sie gar nicht, was sie damit anfangen sollte. Einen herrschaftlichen Haushalt würde sie wohl nie führen. Doch Martha ließ sich nicht beirren. Sie packte die Sachen in die Koffer. Stellte einen nach dem anderen in die Ecke des Wohnzimmers.

Die Stimmung war gedrückt, keiner erwähnte den Tag, der immer näher rückte.

Eigentlich wollte Ruth sich auch von ihren Freunden verabschieden. Da sich die ersten freundlicheren Tage ankündigten, hoffte sie, alle noch einmal im Tennisclub am Stadtwald sehen zu können. Doch dann kam ein Sturmtief vom Meer. Der Wind brachte wieder Kälte, und die zarten, grünen Spitzen sowie all die gelben Narzissen, die das Frühjahr trotzig begrüßten, erzitterten und schüttelten sich unter den Böen und Schauern. Die Tage vergingen und die Chance, ein letztes Treffen zu vereinbaren, auch.

An einem der letzten Abende rief Martha Ruth zu sich ins Wohnzimmer. Sie hielt eine Schachtel in der Hand. »Ich möchte dir etwas geben«, sagte sie und reichte ihr die Schachtel.

»Was ist das?«, fragte Ruth und öffnete die Schachtel. Darin waren zwei Ringe und ein Medaillon. Überrascht sah

Ruth ihre Mutter an. »Das ist dein Verlobungsring, und der andere Ring ist von deiner Großmutter – es sind deine Lieblingsringe.«

Marthas Finger glitten über ihren Ehering, den sie nie ablegte. »Ja, das sind meine Lieblingsringe nach diesem hier«, sagte sie.

Vorsichtig nahm Ruth das Medaillon hoch und öffnete es. Darin waren die winzigen Bilder von Marthas Großeltern gewesen, doch nun war rechts ein kleines Bild von Martha und links eines von Karl.

»Ich war bei Abraham Herz, dem Goldschmied, er hat mir die Bilder eingepasst. So hast du uns immer bei dir«, sagte Martha.

»Aber … aber«, stotterte Ruth, »ich darf keinen Schmuck mitnehmen, Mutti. Das weißt du doch.«

»Du bist doch so geschickt mit Nadel und Faden. Denk nur an den Gürtel, den du für Josefine genäht hast – mit all den Münzen darin. Und keiner hat es gemerkt. Sicher wirst du so etwas auch mit diesen Sachen machen können.«

Ruth umarmte ihre Mutter, küsste sie. »Danke.«

Dann ging sie zurück in ihr Zimmer. Wo sollte sie die Schmuckstücke einnähen? Gepäck von Juden, die auswanderten, wurde oft viel genauer geprüft, als Arier kontrolliert wurden.

Sie öffnete ihren Koffer, suchte nach einem geeigneten Kleidungsstück, fand schließlich einen gefütterten Rock.

Vorsichtig öffnete sie die Naht des Seidenfutters, nähte die Ringe und das Medaillon in der Wattierung fest und schloss die Naht wieder sorgfältig.

Drei Tage bevor Ruth fuhr, durfte sie noch einmal kurz ihren Vater besuchen. Karl war grau im Gesicht, die Falten waren tiefer geworden und die Haare strohig. Diesmal durfte er sie nicht umarmen, sie konnten sich nur die Hände reichen.

»Leb wohl, meine Tochter«, sagte er. »Und pass auf dich auf. Bitte pass gut auf dich auf. Erinnere dich immer an uns. Denk daran, dass wir dich geliebt haben. Immer. Das Leben in den letzten Jahren war nicht einfach, aber wir haben versucht, unser Bestes zu geben.«

Ruths Lippen zitterten, und sie brachte kaum ein Wort heraus. »Wir werden uns wiedersehen. Ganz bestimmt werden wir uns wiedersehen.«

Er sah sie an, ihre Blicke tauchten ineinander. Wortlos gaben sie sich ein Versprechen. Dann nickte Karl und stand auf. »Ich liebe dich.«

Das waren die letzten Worte, die sie von ihm hörte. Als Ruth das Gefängnis verließ, war sie wie in Trance. Seit Tagen war sie übermüdet, konnte aber nicht schlafen. Der Gedanke an die Zugfahrt machte ihr Angst – ein Monster, das immer weiter wuchs, je näher der Termin kam.

Einen Tag vor Ruths Abreise kam Hans Aretz nachmittags vorbei und nahm Ruths Fahrrad mit in den Hof. Zum Glück schien endlich das Frühjahr zu kommen, die Luft war mild, die Vögel zwitscherten, und die Kirschbäume blühten – noch verzagt und ein wenig unsicher, aber nach dem nächsten Regenguss würde alles rosa leuchten.

Hans Aretz überprüfte die Reifen, ölte die Kette, zog die Bremsen nach. Er reparierte eine Feder und spendierte Ruth einen neuen Sattel.

»Wenn du sorgsam damit umgehst, sollte es eine Weile halten«, versprach er. Dann sah er sie traurig an. »Ich weiß, es ist vernünftig, dass du gehst. Es ist das Beste, was du machen kannst. Und vielleicht kannst du ja wirklich deine Eltern nachholen, das würde ich mir sehr, sehr wünschen.«

Seine Stimme brach, und er musste einen Moment innehalten. Als er sich wieder gefangen hatte, sagte er: »Ich kenne dich jetzt, seit du so klein warst«, seine Hand zeigte auf die Höhe seiner Hüfte, »und ich habe dich damals sofort in mein Herz geschlossen. Ich mag deine Art, zu lachen, und auch, wenn du wütend bist. Du kannst so zauberhaft wütend sein. Du warst immer ein wenig wie eine zweite Tochter für mich.«

Ruth biss sich auf die Lippen. »Ich will tapfer sein«, flüsterte sie. »Ich will doch tapfer sein und nicht weinen.«

»Manchmal muss man auch weinen«, sagte Hans Aretz und legte ihr den Arm um die Schultern. »Das ist nicht schlimm. Tränen sind ein Ventil für die Gefühle – wenn man sie nicht herauslässt, explodiert irgendwann der Motor. Und das will keiner.«

»Onkel Hans, du bist so ein besonderer Mensch«, sagte Ruth. »Ich wünschte, ich könnte bei dir und Tante Finchen bleiben. Bei euch habe ich mich immer sicher gefühlt.«

»Das würde ich mir auch wünschen, liebe Ruth.«

»Ich hoffe, all das Schreckliche endet bald, ich hoffe, es wird keinen Krieg geben. Und ich hoffe so sehr, dass wir uns wiedersehen.«

»Daran glaube ich ganz fest!«, sagte er.

Für eine Weile standen sie da. Auch Aretz versuchte, die Tränen wegzublinzeln.

»Ich fahre dich morgen zum Bahnhof«, sagte er mit rauer Stimme.

»Danke. Ich …«

Mehr Worte fand sie nicht, doch Hans wusste auch so, was sie fühlte.

Es war ihr letzter Abend in Krefeld. Omi und Opi waren gekommen, Tante Hedwig und Hans waren da, auch die Aretz und einige Freunde wollten sich von Ruth verabschieden.

Ruth war traurig und aufgeregt, verzweifelt und voller Hoffnung – alles zugleich. Ihr war schwindlig, und der Magen grummelte. In der Diele standen die Koffer aufgereiht. Zwei Koffer hatte Ruth gepackt, mit ihrer Kleidung und einigen persönlichen Dingen. Neun Koffer hatte Martha gefüllt – sie hatte es geschafft, fast die ganze Wäsche zu verstauen.

»Wie soll ich das nur alles tragen?«, fragte Ruth sie.

»Du wirst dir helfen lassen müssen«, sagte Martha. »Du musst das mitnehmen. Das ist alles, was wir noch haben und was du dabeihaben kannst, ohne dass sie es dir an der Grenze abnehmen. Du musst es mitnehmen.«

Ruth sah ihre Mutter an, sah das Flehen in Marthas Augen. Manches bestickte Tuch mit geklöppelter, feinster Spitze an den Rändern war von Generation zu Generation weitergegeben worden.

»In Ordnung, ich werde es mitnehmen. Und wenn ihr nachkommt, gebe ich es dir zurück«, sagte sie.

Mit vielen Tränen und viel Wehmut verabschiedete Ruth sich von allen. »Ihr müsst auch nach England kommen«, sagte sie zu Omi und Opi. »Ich werde alles dafür tun.«

»Ach Kind«, seufzte Omi, »ich glaube nicht, dass das eine gute Idee ist. Alte Bäume verpflanzt man nicht. Wir sprechen kein Englisch, und was sollen wir in der Fremde?«

»In Freiheit leben«, sagte Ruth.

»Dies ist ein Sturm, aber er wird vorüberziehen«, meinte Opi.

»Aber wir sollten alle zusammen sein«, flehte Ruth.

»Wir werden uns wiedersehen, wenn die Nazis an Macht verloren haben – und das werden sie irgendwann.«

Ruth umarmte die beiden alten Leute, hielt sie fest an sich gedrückt. Sie sog den speziellen Duft ein, den die beiden verströmten – Omi roch immer ein wenig nach Lavendel und Opi nach Leder und Seife. Sie schloss die Augen, fühlte die weiche, runzlige Haut der beiden, sah sie noch einmal an, versuchte, sich ihre Gesichter einzuprägen. Als die beiden gingen, schaute sie ihnen lange hinterher.

Wieder dieselbe Frage: Würde sie ihre Großeltern jemals wiedersehen? Irgendetwas sagte ihr, dass dieser Abschied für immer war.

Ihre Kehle wurde eng, ihre Augen brannten. Was tat sie bloß? War es das Richtige, all ihre Lieben zurückzulassen? Sie hatte so sehr auf diesen Augenblick gewartet, darauf gehofft, das Land verlassen zu können, dass sie sich nicht bewusst gemacht hatte, wie schwer es sein würde.

Hedwig und Martha hatten aufgeräumt und gespült.

Ruth hatte darum gebeten, dass keiner der Familie am nächsten Morgen mit zum Bahnhof kommen sollte. Sie würden sich hier verabschieden, denn Ruth war sich sicher, dass sie ansonsten nicht in den Zug würde steigen können.

Hedwig und Hans gingen nach oben, Ilse und Großmutter waren schon im Bett.

»Komm, Kind«, sagte Martha. »Lass uns noch einen Sherry zum Abschied trinken.«

Sie setzten sich ins Wohnzimmer, nur zwei Kerzen erhellten den Raum. Eng aneinandergeschmiegt saßen sie für einen Moment schweigend auf dem Sofa.

»Mein liebes Kind, meine allerliebste Ruth, es fällt mir schwer, dich gehen zu lassen.«

Ruth nickte.

»Ich hoffe und bete, dass wir uns bald wiedersehen.«

»Ja, Mutti. Das hoffe ich auch. So sehr«, flüsterte Ruth.

»Es gibt noch eine Sache, über die ich mit dir schon lange sprechen wollte«, fuhr Martha nun fort. Sie räusperte sich, und Ruth merkte, dass ihr das Thema unangenehm war. »Du erinnerst dich an Leni?«

»Natürlich.«

»Du weißt noch, dass wir bei ihr waren, kurz bevor sie gestorben ist?«

Ruth nickte verwundert. Sie hätte nicht gedacht, dass ihre Mutter in diesen letzten gemeinsamen Stunden über das tote Kindermädchen sprechen wollte.

»Weißt du auch, woran sie gestorben ist?«

»Sie war krank …«

»Du fährst morgen allein in ein fremdes Land. Du bist ein sehr hübsches Mädchen, Ruth. Sehr hübsch und sehr aufgeschlossen, das warst du schon immer.«

Was hatte das jetzt mit Leni zu tun? Wohin sollte dieses Gespräch führen?

»Und ich werde nicht da sein, werde nicht an deiner Seite sein. Ich werde nicht mit dir reden können, werde dir keine Ratschläge geben oder Fragen beantworten können. Du wirst auf dich allein gestellt sein.«

Ruth schluckte. Diese Gedanken machten ihr Angst, bisher hatte sie sie immer verdrängt. Bei aller Freiheit, die sie in England haben würde, blieb es doch ein fremdes Land. Sie sprach kaum Englisch, obwohl sie versucht hatte, zu üben – aber das gesprochene Wort war ganz anders als das gedruckte.

Sie kannte die Gepflogenheiten dort nicht, wusste wenig von den Sitten und Gebräuchen der Engländer.

»Es wird nicht lange dauern, bis ihr auch in England seid«, sagte Ruth. Sie hatte es so oft gesagt, dass sie schon ein wenig daran glaubte.

Martha atmete hörbar ein. »Bis dahin aber bist du auf dich allein gestellt.«

»Ich bin doch bei dieser Familie, bei den Sandersons.«

»Du kennst sie nicht, weißt nichts über sie. Vielleicht sind sie nett, vielleicht aber auch nicht, oder sie sind gleichgültig – noch weißt du das nicht.«

Ruth wurde ganz flau vor Aufregung. Das große Unbekannte …

»In jedem Fall wirst du auf dich selbst aufpassen müssen«, sagte Martha. »Du wirst auf dich achtgeben müssen, mein Mädchen.«

»Das werde ich, Mutti. Ich verspreche es dir.«

»Du musst besser auf dich aufpassen, als es Leni getan hat«, fügte Martha nun leise hinzu.

»Leni war doch … krank …?«

»Nein. Leni war bei einem Engelmacher gewesen«, flüsterte Martha. »Sie hatte sich mit einem Mann eingelassen.« Martha senkte den Kopf. »Weißt du, was ein Engelmacher tut?«

»Ja.«

»Du musst dich vor Männern in Acht nehmen. Auch wenn sie dir schmeicheln, wenn sie dir sonst etwas versprechen.

Und ganz besonders, wenn sie dir Nähe anbieten. Selbst wenn du einsam bist und Heimweh hast – lass keinen Mann an dich heran.«

»Leni hat ein Kind erwartet?«, fragte Ruth verblüfft. »Und war bei einem Engelmacher?«

Martha nickte.

»Wer war denn der Vater des Kindes?«

»Einer der Untermieter der Theißens«, sagte Martha leise. »Er hatte sich aus dem Staub gemacht, als er von dem Kind erfuhr. Das ist nicht selten … Die Männer wollen ihr Vergnügen, die Frauen müssen die Konsequenzen tragen. Weißt du … ich meine … weißt du, wie Kinder entstehen?«

»Aber natürlich, Mutti. Ich war doch in dem Kurs bei Schwester Milly. Dort haben wir alles über Körperhygiene an den besonderen Tagen gelernt und auch, wie … wie … nun ja, wie Kinder entstehen. Wir haben dort über die Schwangerschaft und die Geburt gesprochen, und sie hat uns auch erklärt, was Engelmacher sind und dass es gefährlich ist, sie aufzusuchen«, sagte Ruth leise.

»Ich weiß, du flirtest gern. Du hast auch schon den einen oder anderen Kuss getauscht. Mit Kurt warst du sehr innig – aber ich habe dir vertraut, dass du auf dich aufpassen würdest.«

Ruths Wangen färbten sich, und sie war froh, dass es so dunkel war. »Kurt ist ein lieber Junge«, flüsterte sie. »Er hat immer die Grenzen gewahrt.«

»Ja, er ist ein lieber Junge. Aber das sind sie nicht alle, auch wenn es erst so erscheint. Deshalb musst du die sein, die die Grenzen steckt.« Sie nahm Ruths Hände. »Das musst du mir versprechen.«

Ruth nickte ernst. »Ich verspreche es.«

»Ach, mein liebes Kind«, weinte Martha nun wieder. »Ich will nicht, dass du gehst.«

»Aber ich muss. Bitte mach es mir nicht so schwer.«

»Ja«, sagte Martha sanft. »Ich will es versuchen.«

Als Ruth im Bett lag, dachte sie an Leni. Leni war ein wundervolles Kindermädchen für sie und Ilse gewesen. Sie hatte ein weites Herz gehabt, war fröhlich und liebevoll gewesen. Ruth hatte Leni immer geliebt. Schon als sie sie damals besucht hatten, um von ihr Abschied zu nehmen, hatte Ruth geahnt, dass es ein dunkles Geheimnis um Lenis vermeintliche Krankheit gab. Doch sie hatte nie nachgefragt. Jetzt wusste sie, welches Geheimnis es gewesen war.

Noch einmal musste sie über das Gespräch mit ihrer Mutter nachdenken. Wie kam sie darauf, dass sie sich in England amüsieren, ja sogar flirten würde? Natürlich, vor einem Jahr war das noch anders. Aber da konnte ich auch noch ein anderer Mensch sein, dachte Ruth. Es war herrlich, mit anderen unterwegs zu sein und Spaß zu haben. Das eine oder andere Mal habe ich auch über die Stränge geschlagen, habe geraucht und zu viel getrunken, habe Küsschen verteilt und mich umarmen lassen. Ich bin nie zu weit gegangen, aber Spaß hatte ich oft. Das alles kann ich mir jetzt gar nicht mehr vorstellen. Ich glaube, ich kann gar nicht mehr flirten. Vielleicht hätte ich das Mutti sagen sollen, dachte sie.

Es waren nur noch wenige Stunden, die sie in Krefeld sein würde. Wahrscheinlich lag sie ein letztes Mal in diesem Bett und würde es vielleicht nie wiedersehen. Es gab so viele »letzte Male«, dass der Gedanke sie schier erdrückte. In ein paar Stunden würde sie ihr gesamtes Leben, ja fast ihre gesamte Existenz zurücklassen.

Wie so oft in den letzten Nächten wanderten auch heute ihre Gedanken wieder zu dem Pass, in dem ihr wahres Alter stand. Bisher hatte sie sich immer verboten, darüber nachzudenken, hatte sich damit abgelenkt, dass sie sich auf all die Dinge konzentriert hatte, die noch zu erledigen waren. Diese Möglichkeit hatte sie nun nicht mehr. In ihrem Kopf gab es nur noch die eine Frage: Was, wenn sie mich erwischen?

An Schlaf war in dieser Nacht nicht zu denken. Mal döste sie ein, doch dann schreckte sie wieder hoch.

Sie sah die beiden Männer vor sich, die Vati verhaftet hatten, hörte ihre höhnischen Stimmen. Sie erinnerte sich an das, was die anderen über Verhaftungen erzählt hatten. Es waren immer grauenvolle Erzählungen gewesen.

Langsam strich sich Ruth durch ihre dichten, lockigen Haare. Wenn die Nazis sie verhafteten, würden sie ihr die Haare abscheren, sie würden sie schlagen und vielleicht noch Schlimmeres tun. Auch Frauen wurden in Konzentrationslager gebracht. Frauen, die gegen die Gesetze verstoßen hatten.

Ihr Puls stieg, ihr Atem wurde schneller und schneller. Die Angst saß neben ihr am Bett, ein großer, böser Schatten, der zu grinsen schien.

Langsam atmen, befahl Ruth sich. Ganz langsam. Erst einatmen, tief einatmen, dann ausatmen. Sie wurde ruhiger, aber die Furcht blieb.

In Gedanken ging sie nochmals alles durch, fragte sich, ob sie etwas vergessen, etwas nicht geklärt hatte.

Doch alle Unterlagen lagen sorgfältig sortiert auf dem Schreibtisch, zusammen mit ihrer Zugfahrkarte nach Rotterdam, wo sie hoffentlich morgen Nachmittag ankommen würde. Bekannte ihrer Eltern würden sie in Empfang nehmen und für eine Nacht aufnehmen. Am nächsten Tag ging es dann auf die Fähre, von Hoek van Holland bis nach Harwich. Und in Harwich würde Herr Sanderson, ihr zukünftiger Arbeitgeber, sie abholen.

Mister Sanderson, dachte sie. Mister und Mistress Sanderson. Daran würde sie sich gewöhnen müssen. Ganz sicher würde sie schnell besser Englisch lernen. Kurt hatte ihr geschrieben, dass es so viel einfacher war, eine Sprache zu lernen, wenn man in dem Land wohnte. Hans sagte das auch immer wieder. Die beiden hatten bestimmt recht.

Der Morgen dämmerte. Ruth lag ganz still in ihrem Bett, hörte das Zwitschern der ersten Vögel, die sich Guten-Morgen-Grüße zuzurufen schienen. Am liebsten hätte sie die Zeit angehalten, hätte gewollt, dass sie einfach hier liegen bleiben konnte. Andererseits wünschte sie sich, dass der schlimme Moment des Abschieds schon hinter ihr läge. Sie hörte das Knacken und Knarzen der Balken und Dielen des Hauses, das sie am Anfang so erschreckt hatte. Nun war es zu einem vertrauten Geräusch geworden. Ihr Kopf fühlte sich an wie mit Watte gefüllt, vielleicht war es nicht schlecht, an diesem Abschiedsmorgen ein wenig betäubt zu sein. Nur, wenn es womöglich die letzten Stunden waren, die sie mit ihrer Familie hatte, müsste sie die nicht besonders intensiv erleben?

Sie hörte, wie Mutti aufstand und Großmutter Emilie ins Bad half.

Ruth wartete, bis Großmutter und Mutti fertig waren, dann ging auch sie ins Bad. Sie wusch sich gründlich, kämmte sich sorgfältig. Ihre Reisekleidung war robust und warm, die Strümpfe waren dick, die Schuhe fest.

Martha kochte Kaffee und bereitete das Frühstück vor. Sie zwang sich, Ruth zuzulächeln, ein schiefes Lächeln. Man sah ihr an, dass auch sie in der Nacht kein Auge zugemacht hatte.

»Wer wird mir nun jeden Morgen meine Tablette geben?«, fragte sie.

Ruth legte die Schachtel mit den Tabletten auf den Küchentisch. Es waren nur noch wenige übrig. »Tante Hedwig könnte das machen, wenn du es willst. Ich habe sie gefragt.«

Vorsichtig nahm Martha die Schachtel an sich. »Nein, ich schaff das schon allein.«

»Wirklich, Mutti?«

Martha nickte. »Ich muss mich doch um Ilse kümmern.

Und unseren Umzug nach England vorbereiten. Ich will stark sein für euch.«

Ruth atmete erleichtert auf, umarmte ihre Mutter. »Du bist tapfer und viel stärker, als du denkst«, flüsterte sie ihr zu.

Beim Frühstück brachte Ruth keinen Bissen hinunter, auch alle anderen konnten kaum etwas essen. Eine nervöse Anspannung lag über allen. Martha schmierte ihr ein paar Brote und wickelte sie in Wachspapier.

»Ich habe dir auch Eier gekocht und eine Wurst eingepackt. In dieser Flasche ist Wasser. Sicher bekommst du auch Wasser auf den Bahnhöfen.«

Ruth konnte nicht antworten. Es gab Bohnenkaffee, den sie mit kleinen Schlucken trank. Ihr Herz klopfte, sie fühlte sich ganz kalt und leer.

Dann klingelte es plötzlich an der Tür, und alle sahen sich entsetzt an.

»Das ist schon Aretz«, sagte Hans und schluckte. Er lief hinunter, um Hans Aretz zu öffnen. Gemeinsam trugen sie die elf Koffer zum Auto und verstauten sie zusammen mit Ruths Fahrrad im Fond des Wagens.

Ein letztes Mal kontrollierte Ruth ihre Unterlagen, steckte den Pass nach ganz unten in die Handtasche.

An der Tür drückte sie Ilse an sich. »Pass auf Mutti auf. Und auf dich«, flüsterte sie ihr zu. Auch Tante Hedwig und Hans umarmte sie. »Ich werde alles versuchen, damit wir uns in England wiedersehen können.«

Großmutter Emilie runzelte die Stirn, gab ihr einen flüchtigen Kuss auf die Wange. »Ich wette, in ein paar Wochen bist du wieder hier«, sagte sie.

»Auf Wiedersehen, Großmutter. Ich hoffe, es wird bald sein«, erwiderte Ruth.

Martha nahm sie innig in die Arme, dann löste Ruth sich schnell von ihrer Mutter und lief, ohne sich umzusehen, nach unten.

Auf dem Rücksitz des Autos saß Rita mit einem großen Strauß Tulpen.

»Für dich, Ruth«, sagte sie. »Zum Abschied.«

Ruth nickte und drückte Ritas Hand, sie musste sich auf die Lippen beißen, sagen konnte sie nichts, denn dann wäre der Damm gebrochen, und sie hätte die Tränen nicht mehr zurückhalten können.

Sie blickte nach draußen, sah die Bismarckstraße, die schönen alten Häuser, dazwischen einige neue aus rotem Backstein. Sie fuhren weiter in Richtung Innenstadt, bogen auf den Ostwall ein. All die vertrauten Straßen und Häuser. Da und dort blühten die ersten Frühlingsblumen in den Beeten, und die Bäume waren mit dicken Knospen oder zarten Blättchen geschmückt.

Die Sonne schien, der Himmel war wolkenlos.

Vor dem Bahnhof parkte Aretz den Wagen. Er nahm zwei Koffer, Ruth nahm auch zwei, Rita schaffte nur einen. Sie trugen die Koffer nach oben auf den Bahnsteig.

»Du wartest hier«, wies Aretz seine Tochter an. »Und passt auf das Gepäck auf.«

Nach und nach trugen sie alles nach oben. Der Zug war inzwischen eingefahren. Aretz schaute das Bahngleis hoch und runter.

»Du steigst dort hinten ein«, wies er Ruth an. »Setz dich in ein Abteil dort hinten und verhalte dich still.«

»Warum?«, fragte sie.

»Die Kontrolleure stehen dort vorn, am zweiten Wagen. Einer ist schon eingestiegen. Es sind immer zwei, und sie gehen immer zusammen. Wenn du dort hinten sitzt, wird es dauern, bis sie dich kontrollieren. Wahrscheinlich kommen sie erst gar nicht zu dir, und wenn doch, dann hoffentlich erst kurz vor der Grenze. Dann hast du immer noch eine Chance, dass die Niederländer dich nicht ausweisen. Nach Viersen ist der nächste Halt Venlo in Holland.«

»Woher weißt du von …«

»Von der Sache mit deinem Pass? Von Helmuth. Er hat es mir letzte Woche erzählt und mich um Rat gefragt. Ich habe mich erkundigt, wie die Kontrolleure vorgehen. Manchmal steigen sie hinten ein, manchmal vorn. Aber sie wechseln selten die Richtung.«

»Du darfst es Mutti nicht erzählen!«

»Das weiß ich doch, kleine Ruth«, sagte er und begann, die Koffer in das Abteil zu bringen. Er stapelte sie ganz hinten im Wagen. »Versuch, ein Auge darauf zu haben.«

»Bitte kümmere dich ein wenig um Mutti«, flehte Ruth.

»Ich werde immer für sie da sein. Für Martha, Ilse und Karl und auch für deine Großeltern. Versprochen.«

Der Schaffner schaute am Zug entlang. Die letzten Passagiere stiegen ein.

»Du musst jetzt einsteigen«, sagte Aretz und schob sie zur Wagentür.

Das Fenster des Abteils war heruntergedreht.

»Danke«, sagte sie. »Danke für alles.«

»Pass auf dich auf, kleiner Spatz. Pass gut auf dich auf. Ich will dich wiedersehen.«

Stampfend und schnaufend setzte sich der Zug in Bewegung, ein schriller Pfiff hallte durch den Bahnhof.

Ruth lehnte sich hinaus, sah Onkel Hans an, winkte. Dann verschleierten Tränen ihre Augen.

Nun war sie unterwegs, war auf der großen Fahrt in das Unbekannte. Sie setzte sich, der Zug schaukelte und schwankte, ächzte und schnaufte, Dampfwolken trieben an den Fenstern vorbei. Allmählich nahmen sie Fahrt auf, und die Dampfwolken trieben davon. Sie fuhren aus Krefeld hinaus, an der Hückelsmay vorbei. Ruths Hände waren schweißnass. Immer wieder lehnte sie sich in den Gang, schaute, ob die Kontrolleure schon zu sehen waren, doch sie konnte sie noch nicht entdecken. Felder erstreckten sich rechts und links der Schienen. Die ersten wurden schon bestellt, Dung, der ausgebracht worden war, dampfte im kühlen Morgenlicht dieses Frühlingstages. Am Wegrand blühten Forsythien, gelbe Lichttupfen in der braunen Landschaft.

In Viersen war der nächste Halt. Wenige stiegen hier aus,

viele zu. Die Wagen füllten sich. Ruth starrte auf den Bahnsteig. Sie sah die Kontrolleure an dem Wagen vor ihrem stehen. Die beiden Männer in den hässlichen braunen Uniformen rauchten eine Zigarette. Neben ihnen stand ein Mann, den Kopf gesenkt, den Hut in den Händen. Ein Schupo kam, redete mit den beiden Uniformierten und nahm dann den Mann mit.

Ruths Magen krampfte sich zusammen, sie konnte kaum atmen. Was, wenn sie ihre Kontrolle schon jetzt weiterführten? Der Halt dauerte an. Die Lok war abgekoppelt worden, fuhr nun eine Schleife durch den Kopfbahnhof und wurde wieder angekoppelt. Nun war Ruths Wagen der erste hinter der Lokomotive.

Endlich pfiff der Schaffner, die Türen schlossen sich, und die Fahrt ging weiter. Die Kontrolleure, das hatte Ruth beobachtet, waren dort eingestiegen, wo sie auch ausgestiegen waren – im Waggon direkt hinter ihrem. Sie saß nun rückwärts zur Fahrtrichtung und starrte die Tür an. Nach draußen schaute sie nicht mehr, sah die Felder nicht, den ersten Raps, der mild im Sonnenlicht leuchtete. Plötzlich verlangsamte sich der Zug. Dann wurde die Tür des Abteils aufgerissen, die beiden Uniformierten standen vor ihr.

»Papiere!«, bellten sie ihr entgegen.

Ruth erstarrte. Sie saß am Ende des Abteils, vor ihr wurden die ersten Fahrgäste kontrolliert. Sorgfältig studierten die beiden jeden Ausweis, jedes Papier. Sie stellten Fragen, aber Ruth konnte nicht verstehen, was sie fragten. In ihrem

Kopf war nur Rauschen. Ihre Gedanken wirbelten konfus durcheinander, sie hätte nicht einmal ihren Namen sagen können.

Der Zug fuhr langsamer und langsamer. Verzweifelt starrte Ruth aus dem Fenster. Aus den Feldern war ein Vorort geworden. Sie kniff die Augen zusammen, versuchte zu erkennen, wo sie waren. War das noch Kaldenkirchen, oder waren sie schon über die Grenze gekommen?

»Den Ausweis«, sagte der uniformierte Kontrolleur zu dem Paar in der Bankreihe vor Ruth, sein Kollege versuchte sich ungeduldig mit einem Mann zu verständigen, der offensichtlich kein Deutsch sprach.

»Ich brauche Ihren Pass«, wiederholte er mehrfach, und jedes Mal wurde seine Stimme lauter. »Den Pass!«

»PASS! PASSPORT! Verdammtes Pack, nun gib schon her!«, schrie er, entriss dem Mann seine Tasche und schüttete den Inhalt auf den Boden.

Ruth blieb fast das Herz stehen. Wenn sie so mit ihr umgingen, würde sie auf der Stelle sterben, das wusste sie.

»Wo ist jetzt dein verfluchter Ausweis, he?«, schrie der Kontrolleur.

»Je ne comprend pas«, antwortete der Mann hilflos und zuckte mit den Achseln.

»Er versteht Sie nicht«, rief jemand aus der Reihe davor. »Er spricht nur Französisch.«

»Wir sind hier in Deutschland!«, schrie der Uniformierte.

»Nein«, sagte ein anderer und stand auf, die Erleichterung

war ihm ins Gesicht geschrieben. »Wir sind in Venlo.« Er nahm seine Tasche und ging zur Tür.

»Moment, ich habe Ihre Papiere noch nicht gesehen«, rief nun der zweite Uniformierte.

Der Mann drehte sich um. »Das macht nichts. Ich wünsche noch einen schönen Tag.« Dann öffnete sich zischend die Tür, und er stieg aus. Zugleich kamen holländische Beamte in das Abteil. Sie sahen die beiden Braunen an.

»Uit! Uit! Onmiddellijk!«, rief einer.

Der zweite schrie: »Raus, sofort! Ab hier gelten unsere Kontrollen. Uit! Los! Uit! Raus!«

Ruth sackte in sich zusammen. Wie durch einen Schleier sah sie die beiden Kontrolleure das Abteil verlassen.

»Geht es Ihnen nicht gut?«, fragte einer der holländischen Beamten Ruth mitfühlend. Er nahm eine Flasche Wasser aus seiner Tasche. »Hier. Trinken Sie.«

Dankbar trank Ruth das kalte, frische Wasser. Langsam bekam sie wieder Luft.

»Sind Sie Jüdin?«, fragte der Beamte leise.

Ruth sah ihn voller Misstrauen an. War das eine weitere Falle? Sie antwortete nicht, gab ihm die Flasche zurück. »Danke.«

»Falls Sie Jüdin sein sollten – Sie sind jetzt in den Niederlanden. Sie sind in Sicherheit und genießen wieder alle Menschenrechte.« Er lächelte, tätschelte ihre Schulter und drehte sich um.

»Danke!«, sagte Ruth wieder, dann kamen ihr die Tränen. Freiheit, dachte sie. Ich bin in Freiheit.

Kapitel 16

Die Fahrt nach Rotterdam zog sich hin.

Die Erleichterung, dass sie die Grenze überquert hatte, war immens. Erst jetzt wurde ihr bewusst, welche Angst sie ausgestanden hatte. Es war wie ein Felsbrocken, der von ihrer Brust fiel. Gleichzeitig fühlte sie sich mit einem Mal fürchterlich allein. Und dann kamen die bitteren Tränen, ohne dass sie etwas hätte dagegen tun können, sie liefen über ihr Gesicht, immer wieder schluchzte Ruth verzweifelt auf.

»Musst was trinken, Meisje«, sagte eine Frau und setzte sich neben sie. »Musst trinken und was essen, Kindche.«

Ruth sah sie an. Es war eine ältere Frau, die Haut gebräunt, als würde sie die meiste Zeit des Tages unter freiem Himmel verbringen. Falten durchzogen ihr ledriges Gesicht.

»Bist Duits, niet waar?« Sie musterte Ruth. »Jood?«

Ruth nickte.

»Sicher, du bist in vrijheid.«

»Ja, ich bin frei. Ja, aber meine Familie ...«, weiter konnte sie nicht sprechen.

Die Frau nickte, kramte in ihrem Korb und holte einen schrumpligen Apfel heraus. »Er ist süß wie Zucker, komm, iss.«

Ruth biss in den Apfel. Er war weich, fast cremig, aber nicht verdorben oder faulig. Er hatte den Geschmack von gezuckertem Apfel mit einer herrlich intensiven Süße. Und er tat Ruth gut.

»Ich bin so traurig«, gestand sie der Frau. Sie überlegte einen Moment. »Ik ben droerig.«

»Ja, ich verstehe. Du musstest Deutschland verlassen?« Sie reichte ihr einen weiteren schrumpligen Apfel.

Ruth nickte. »Bin Jood.«

»Na und?« Die Frau zuckte mit den Schultern. »Bleibst du in Nederland?«

»Nej«, sagte Ruth. »Ich fahre nach England. Da habe ich eine Stelle ...«

»Fijn.« Die alte Frau tätschelte ihren Arm. »Trinken mußt du aber auch, wirst viel Kraft brauchen.«

Ruth zog die Wasserflasche heraus, die Mutti ihr gefüllt hatte. Das waren die letzten Schlucke Krefelder Wasser, die sie hatte. Für einen Moment hielt Ruth inne, dann trank sie. Sie hatte nicht gemerkt, wie viel Durst sie hatte.

Am nächsten Bahnhof stieg die alte Frau aus, nicht ohne Ruth noch zwei weitere Äpfel in die Tasche zu stecken.

Ruth lehnte sich zurück, schaute auf ihre Armbanduhr.

Die Zugfahrt würde noch einige Stunden dauern. Jetzt, wo die größte Anspannung von ihr abgefallen war, war sie todmüde. Aber sie traute sich nicht, die Augen zu schließen, sie musste doch auf ihr Gepäck achtgeben. Leute kamen und gingen, nur der Franzose war auch immer noch da. Er hatte den Inhalt seiner Tasche eingesammelt, saß am Fenster, schaute sich immer wieder unsicher um.

Er hat bestimmt auch keine gültigen Papiere, dachte Ruth und hatte wenigstens in Gedanken einen Leidensgenossen. Ihn anzusprechen traute sie sich nicht.

Der Zug hielt in der Nähe von Utrecht. Eine Frau war eingestiegen und schaute sich um. Sie sah Ruth an.

»Ruth?«, fragte sie. »Ruth Meyer aus Krefeld?«

Ruth kannte die Frau nicht, sie zuckte erschrocken zusammen, wusste nicht, was sie antworten sollte.

»Keine Angst, ich bin Esther Goldmann. Eine Bekannte deiner Eltern und der Familie Aretz. Hans und Josefine Aretz«, sagte sie.

Immer noch war Ruth unsicher.

Die Frau setzte sich neben sie. »Wir kennen uns nicht. Aber ich kenne deine Mutter und die Aretz, es sind gute Freunde von uns. Wir wohnen in Utrecht«, sagte die Frau.

»Ich kenne Sie nicht«, sagte Ruth unschlüssig. »Ich habe Ihren Namen noch nie gehört.«

»Ich bin eine Freundin. Quasi eine entfernte Verwandte der Aretz.« Sie dachte nach, nickte. »Ja, so könnte man es nennen.«

Ruth kniff die Augen zusammen. Sie war müde, so unendlich müde, aber sie musste wachsam sein.

»Das klingt für dich jetzt alles wahrscheinlich abenteuerlich, Meisje«, sagte die Frau beruhigend und zog zwei Fotografien aus der Tasche. Auf der einen war Ruth mit Helmuth und Rita Aretz.

»Das ist … zu Hause«, sagte Ruth verblüfft. »In der Schlageterallee.«

Auf dem anderen Bild war die Frau, die nun neben ihr saß, ebenfalls mit Rita und Helmuth. Im Hintergrund konnte Ruth Onkel Hans und Tante Finchen erkennen.

»Wie … wieso sind Sie hier im Zug?«, fragte Ruth.

»Hans hat mir gestern aus Krefeld gekabelt. Er hat mich gebeten, nach dir zu suchen. Die Fotografie hatte Finchen schon vorher irgendwann mitgebracht. Sie wollte uns zeigen, wie gut sie es bei euch hatten. Ich bin Esther. Esther Goldmann.«

»Jüdin?«, fragte Ruth.

»Laut den Gesetzen des Dritten Reiches wäre ich es. Meine Familie ist vor einer Generation konvertiert. Wir sind Protestanten. Aber wir haben natürlich einen jüdischen Hintergrund.« Sie biss sich auf die Lippe. »Ich bin nicht wirklich gläubig und war es nie. Aber meine Familie und ich verdammen diese Art der … Verurteilung, genau wie es die Aretz tun.«

»Woher kennen Sie die Aretz?«

»Willst du mich nicht Esther nennen?«

Ruth nickte.

»Hans und mein Vater Wolfgang waren zusammen im Krieg. Mein Vater ist nach dem Krieg nach Utrecht gekommen. Meine Mutter stammt von hier. Die beiden haben nie den Kontakt verloren – Hans und mein Vater.«

»Zu euch ist Tante Finchen also immer gefahren, um … um …«

Esther nickte und schaute nach links und nach hinten. »Wir sind hier zwar sicher, aber auch hier haben die Wände inzwischen Ohren. Ich finde es schrecklich.«

»Wie hast du mich so schnell gefunden?«

»Elf Koffer und ein Fahrrad stand in dem Telegramm. Und entweder im ersten oder letzten Waggon. Ich bin vorn eingestiegen und wäre bis nach hinten durchgegangen. Aber – voilà – hier bist du.«

»Aber warum?«

»Warum mich Hans gebeten hat? Warum ich das mache? Weil alle wissen wollten, ob du es über die Grenze schaffst. Und damit dich jemand bis nach Rotterdam begleitet. Dort wirst du abgeholt?«

Ruth nickte.

»Dennoch sind elf Koffer und ein Fahrrad eine Herausforderung«, sagte Esther grinsend. »Was zum Henker ist in den ganzen Koffern?«

»Bettwäsche. Tischdecken«, seufzte Ruth. »Die Aussteuer. Meine Mutter hätte mich ohne dies nicht gehen lassen.«

»Grundgütiger. Mütter können manchmal schwierig sein«, seufzte Esther.

Zum ersten Mal an diesem Tag, zum ersten Mal seit einigen Tagen stahl sich ein Lächeln in Ruths Gesicht.

»Das stimmt.« Sie gähnte und merkte, dass ihr wieder die Augen zuzufallen drohten.

»Hast du letzte Nacht geschlafen?«, fragte Esther.

»Ich weiß nicht, wann ich das letzte Mal wirklich geschlafen habe.«

»Es sind noch drei Stunden bis Rotterdam. Mach die Augen zu.«

»Aber mein Gepäck …«

»Siehst du, dafür bin ich da«, sagte Esther und drückte ihr beruhigend die Hand. »Schlaf ein bisschen, ich passe auf.«

Ruth döste ein, schreckte hoch, schlief wieder ein. Erholsam war es nicht, aber sie konnte Kraft tanken.

Dann fuhren sie durch die Vororte von Rotterdam.

»Du solltest jetzt wach werden«, sagte Esther zu ihr. »Geh und wasch dir das Gesicht.«

Ruth stolperte mehr, als sie ging, zur Toilette. Dort gab es einen Wasserspender. Sie wusch sich das Gesicht, das ganz verquollen aussah. Doch das kalte Wasser brachte die Lebensgeister zurück.

»Wer holt dich am Bahnhof ab?«, fragte Esther. »Kennst du sie?«

»Irene Kruitmans. Sie ist eine Cousine meines Vaters. Sie wohnen in Amsterdam, haben hier aber auch Verwandte.«

»Und du, was machst du?«, fragte Ruth.

»Dieser Zug kehrt hier um. Er fährt den gleichen Weg

zurück. Ich habe eine halbe Stunde Aufenthalt und fahre dann zurück nach Utrecht.«

»Du hast die Fahrt wirklich nur meinetwegen auf dich genommen?«, fragte Ruth leise.

»Nein«, antwortete Esther ehrlich. »Ich habe es gemacht, weil mein Vater mich darum gebeten hat. Dich kannte ich ja nicht.« Sie sah Ruth an. »Aber jetzt kenne ich dich«, sagte sie und lächelte. »Und jetzt würde ich es auch für dich tun.« Sie steckte Ruth einen Zettel zu. »Wenn du mal Hilfe brauchst, das ist meine Adresse.«

Ruth schüttelte den Kopf, sie war fassungslos. In den letzten Monaten waren ihr so viel Hass und Verachtung begegnet, so viel Ablehnung und Gewalt, und plötzlich tat sich eine neue Tür auf. Menschen, die einfach freundlich waren. Es rührte sie sehr.

Sie erreichten den Bahnhof, der Zug hielt mit einem müden Schnaufen. Es war ein großer Bahnhof voller Menschen, die betriebsam auf und ab liefen.

Esther spähte auf den Bahnsteig, sah sich dann zu Ruths Gepäck um.

»Hat das Fahrrad ein Schloss?«, fragte sie.

Ruth nickte.

»Dann stell es raus, und schließ es ab. Wir werden die Koffer darum herum türmen.«

»Wir gehen immer abwechselnd«, sagte Ruth. »Einer ist hier drin bei den Koffern, einer draußen. Dann sind sie nur kurze Zeit allein.«

»Gute Idee.«

Ruth nahm das Fahrrad, trug es auf den Bahnsteig und schloss es an eine der schmiedeeisernen Bänke an. Dann lief sie zurück zum Zug. Esther kam ihr mit zwei Koffern entgegen, lief zur Bank, Ruth schnappte sich zwei weitere Koffer und eilte auf den Bahnsteig.

Gerade als sie den letzten Koffer aus dem Zug schleppte, stand plötzlich Irene Kruitmans vor ihr. »Ruth? Bist du das? Ruth Meyer?«

»Tante Irene«, sagte Ruth erleichtert. »Du bist da.«

»Grundgütiger, bist du groß geworden! Das letzte Mal habe ich dich gesehen … in Brüssel, zur Weltausstellung.«

»Vor vier Jahren«, sagte Ruth. »Ja.« Sie biss sich auf die Lippen. »Da hatten wir alle noch Hoffnung, aber auch schon Angst.«

Irene nickte. Dann sah sie sich um. »Wo ist dein Gepäck?«

Ruth seufzte. »Dort.« Sie zeigte auf die Koffer, die sich um das Fahrrad türmten.

»Du lieber Himmel, das ist nicht alles deines?«

»Mutti hat … es ist … also«, stotterte Ruth.

»Wäsche«, sagte Esther, die zu ihnen getreten war. »Aussteuer. Es ist das Erbe, irgendwie. Meine Mutter würde auch so handeln.«

Irene verdrehte die Augen. »Ja«, seufzte sie. »Meine auch. Koffer um Koffer voller Bettwäsche.«

Die drei jungen Frauen sahen sich an und brachen in Lachen aus. Befreiend, aber auch zum Teil hysterisch. Die Welt stand kopf, und alle spürten es.

»Dann werden wir mal zusehen, dass wir deine Aussteuer retten«, sagte Irene. »Mein Wagen steht auf dem Parkplatz vor dem Bahnhof.« Sie drehte sich um, schnippte mit den Fingern. »Träger. Carrier! Ik heb help nodig!«

Schnell fanden sich zwei Männer ein. »Dat allemaal?«, fragte einer, der andere zuckte nur mit den Schultern und ging davon.

»Hallo?«, rief ihm Irene hinterher.

»Er holt einen Wagen«, sagte der andere Mann. »Wo soll dat denn hin?«

»Mein Wagen steht auf dem Parkplatz vor dem Bahnhof«, erklärte Irene.

»Maar goed ook«, sagte er. »Tragen können Sie das alles ja nicht. Ich hoffe, da sind keine Backsteine drin.«

»Wäsche«, sagte Ruth. »Es ist nur Wäsche. Bettwäsche. Tischwäsche. Von meiner Mutter.«

Der Mann sah sie an, schien zu verstehen. »Wir bekommen das schon transportiert«, sagte er. »Keine Sorge, Meisje.«

Schon bald kam der andere Mann zurück und brachte einen kleinen Kofferwagen mit. Sie stapelten Ruths Gepäck darauf, so gut es ging. Irene nahm einen Koffer, Ruth konnte drei auf dem Fahrrad transportieren. So beladen zogen sie zum Parkplatz und stopften alles in den kleinen Wagen. Das Fahrrad fand seinen Platz auf der Stoßstange, es wurde mit zwei Seilen festgebunden.

Noch auf dem Bahnsteig verabschiedete sich Ruth mit einer herzlichen Umarmung von Esther.

»Ich werde Onkel Aretz kabeln. Er wird deiner Mutter Bescheid geben, dass du sicher in Rotterdam angekommen bist. Mit allen Koffern. Und dem Fahrrad.« Sie zwinkerte Ruth zu.

»Ich weiß gar nicht, was ich sagen soll.«

»Für manche Dinge braucht man keine Worte«, sagte Esther und umarmte sie. »Ich wünsche dir viel Glück und hoffe, wir hören voneinander.«

»Elf Koffer mit Bettwäsche?«, sagte Irene grinsend, als sie im Auto saßen. Es war sehr beengt. Zwei der Koffer lagen im Fußraum, und Ruth musste zur Seite rutschen, um Platz zu finden, einen weiteren hielt sie auf dem Schoß. »So etwas kann sich nur Tante Martha ausdenken.«

»Es sind nur neun Koffer mit Wäsche. Zwei Koffer sind mit meinen Sachen gefüllt«, sagte Ruth. »Kleidung und so.«

»Macht es das besser?«, fragte Irene lachend. »Was sollst du mit der ganzen Weißwäsche anfangen?«

Erst wollte Ruth in ihr Lachen einstimmen, aber dann besann sie sich. »Ja«, sagte sie leise, »vermutlich wirkt es absurd. Das wird es auch sein. Aber … nachdem die Nazis unser Haus zerstört hatten, waren das einige der wenigen Dinge, die übriggeblieben sind. Es sind nicht nur schnöde Laken, es ist Wäsche aus Damast und Leinen. Es ist Familienerbe. Zum Teil ist es von meinen Urgroßeltern, auch wenn man es den Stücken nicht ansieht. Es ist vermutlich alles, was übriggeblieben ist und was ich mitnehmen konnte. Das war Mutti wichtig, deshalb habe ich es getan.«

Irene schwieg einen Moment. »Ich glaube, ich verstehe es nun«, sagte sie dann leise. »Es ist schrecklich in Deutschland, nicht wahr?«

Ruth konnte nur nicken.

»Wir haben von der Kristallnacht gehört, was sie getan haben, diese Gewalt.«

»Warst du mal in Krefeld? Warst du bei uns, in unserem Haus?«, fragte Ruth. »Ich kann mich nicht erinnern.«

»Ja«, sagte Irene. »Es war beeindruckend. Die Weite, wie das Haus mit dem Garten verschmolz – durch den großzügigen Wintergarten und die großen Fenster. Die neue Architektur. Es hat mir gefallen.«

»Es war Muttis Werk, und die Braunen haben es zerstört.« Ruth holte tief Luft. »Alles, was sie noch hat, aus ihrer Vergangenheit, von ihrer Familie, ist diese Wäsche. Es gibt noch Geschirr, ein wenig Besteck. Es gibt noch die Kristallschüssel, die Bowleschüssel, die meine Eltern zur Hochzeit bekommen haben. Geschliffenes Kristall. Sie hat die Nacht überstanden, aber sie passt in keinen Koffer.«

»Vielleicht gibt es auch eine Lösung für die Kristallschüssel.«

»Welche?«, fragte Ruth überrascht.

»Ich habe gehört, dass alle Juden, die eine Ausreisegenehmigung haben, Möbel und andere Gegenstände bis Ende

April verschicken können. Natürlich nur nach Prüfung des Wertes. Aber das sollten deine Eltern tun. In Containern. Mein Vater hat da Möglichkeiten.« Sie sah Ruth an. »Ihr habt doch ein Zertifikat?«

Ruth nickte. »Wir dürfen nach Amerika ausreisen. Aber unsere Nummern sind so hoch. Wenn man nach den Statuten geht und danach, dass nur etwa 20 000 Juden pro Jahr einreisen dürfen, können wir 1941 emigrieren, frühestens.«

»Eure Möbel und Besitztümer müssen dennoch in diesem Jahr verschickt werden, wenn ich es richtig verstanden habe.«

»Freunde meiner Eltern und auch entfernte Verwandte wohnen in Chicago. Eine Cousine meiner Mutter – sie ist mit einem Amerikaner verheiratet und hat für uns gebürgt. Nur unter Protest und weil Vati ihr genügend Geld für die Affidavit geschickt hat.«

»Dann schickt doch die Möbel zu euren Freunden in Amerika.«

»Vati ist verhaftet worden«, sagte Ruth leise. »Und ich … ich bin jetzt hier. Wer soll das organisieren? Mutti? Sie hatte zwei Nervenzusammenbrüche. Ihr geht es nicht gut. Und ich weiß nicht, ob sie das meistern kann.«

Irene nickte. »Das verstehe ich. Ich werde meinen Vater fragen. Es gibt bestimmt noch eine andere Möglichkeit, und du musst dich nicht darum kümmern.«

»Vielleicht«, sagte Ruth müde und ausgelaugt, »war es ein Fehler, jetzt zu gehen. Jetzt, wo Vati inhaftiert ist. Vielleicht hätte ich bleiben sollen.«

»Warum bist du gegangen?«, fragte Irene.

»Ich konnte den Druck nicht mehr ertragen. Ich wollte frei sein, Mensch sein, nicht immer nur als Jüdin abgestempelt werden.« Ruth straffte die Schultern. »Und ich glaube, dass ich von England aus mehr für meine Eltern tun kann als in Deutschland. In England gibt es Organisationen, es gibt das Rote Kreuz, es gibt Möglichkeiten … Möglichkeiten, damit meine Familie auch das Land verlassen kann.«

»Das stimmt«, sagte Irene. »Erinnere mich morgen daran, dass ich dir die Adresse vom Bloomsbury House gebe. Das ist in London, und da sitzt ein Verein, der Juden bei der Auswanderung aus Deutschland unterstützt.«

»Ein jüdischer Verein?«, fragte Ruth.

»Nein, ein Dachverband aus allen möglichen Vereinigungen – paritätisch, christlich, jüdisch konfessionslos –, sie unterstützen Flüchtlinge aller Art.«

Irene lenkte den Wagen in eine kleine Seitengasse und hielt vor einem Haus mit winzigem Vorgarten. Die Giebel waren mit Schnitzereien verziert, ein kleiner Fenstererker wies zur Straße hin, fünf Stufen führten zur Eingangstür.

»Hier wohnen Freunde von uns. Hier kannst du heute schlafen. Ich bleibe bei dir und bringe dich morgen in aller Frühe zur Fähre.« Irene sah sich um. »Ich glaube, die Koffer lassen wir im Wagen. Nur das Fahrrad sollten wir ins Haus stellen.« Sie sah Ruth an. »Hast du Hunger? Arda kocht hervorragend.«

»Ich weiß nicht, ob ich einen Bissen hinunterbringe«, gestand Ruth. »Haben sie eine Badewanne? Ich fühle mich so schmutzig.«

»Natürlich. Ein heißes Bad wirkt oft Wunder.«

Schon an der Haustür kamen ihr Irenes Freunde entgegen, sie wurden herzlich in Empfang genommen. Das Haus war klein, wie eine Puppenstube, aber Ruth war zu müde und ausgelaugt, um sich daran zu erfreuen. Sie aß nur wenige Löffel von der kräftigen Suppe, die Arda auftischte, den Braten schaffte sie schon nicht mehr. Immer wieder fielen ihr die Augen zu.

»Sie muss ins Bett«, sagte Arda mitfühlend und zeigte Ruth das Gästezimmer unter dem Dach. Es roch anders, auch die Geräusche des Hauses waren fremd, doch in dieser Nacht schlief Ruth sofort ein.

Früh am nächsten Morgen, der Tag dämmerte gerade erst, wachte sie auf. Sie schaute aus dem kleinen Fensterchen in die hübschen Höfe und Gärtchen hinter den Häusern. Die Vögel zwitscherten genauso lustig wie zu Hause, und dennoch wirkte alles fremd.

Heute würde sie die Familie kennenlernen, bei der sie in der nächsten Zeit leben würde – falls nichts dazwischenkam. Denn erst galt es, die erneute Passkontrolle zu überstehen. Wieder begann ihr Herz heftig zu schlagen. Würde jemandem die Diskrepanz auffallen? Würde das ein Grund sein, sie nicht in das Land zu lassen?

Von unten hörte sie die ersten Geräusche. Wasser lief, und

Geschirr klapperte. Schnell machte sie sich frisch – auf der Kommode standen eine Waschschüssel und ein Krug mit Wasser. Dass das Wasser kalt war, störte sie nicht, im Gegenteil, es erfrischte sie. Sie zog sich an, rollte die gebrauchte Wäsche zusammen und verstaute sie in dem Koffer. Dann machte sie das Bett, sah sich um, ob sie alles ordentlich hinterlassen hatte, und ging nach unten.

»Guten Morgen«, begrüßte Arda sie freundlich. »Konntest du schlafen?«

»Wie ein Stein«, sagte Ruth und sah sich unschlüssig um. »Kann ich helfen?«, fragte sie.

»Setz dich einfach hin, ich habe Kaffee gekocht.«

Tief atmete Ruth den duftenden Dampf ein, doch Hunger hatte sie immer noch nicht. Es war, als hätten sich ihre Eingeweide zusammengezogen und lägen nun als ein großes, schweres Knäuel in ihrem Bauch.

»Bist du aufgeregt?«, fragte Arda.

»Ja.«

»Das kann ich verstehen, ich wäre es auch.«

Irene kam aus dem Bad. Sie sah frisch und hübsch und fröhlich aus, genau wie Arda.

Sie können bestimmt nicht verstehen, wie es uns geht, welche Ängste wir haben, dachte Ruth. Sie haben es gut. Aber vielleicht werde ich es demnächst auch gut haben … doch bis dahin galt es noch weitere Hürden zu überwinden.

Auch Irene nahm nicht viel zum Frühstück, immer wieder schaute sie auf die Uhr, die auf dem Kaminsims stand.

»Ich möchte rechtzeitig losfahren«, erklärte sie Ruth. »Wir müssen quer durch die Stadt und dann an das Passagier-dock.«

»Ich bin fertig«, sagte Ruth und trank den letzten Schluck Kaffee. »Ich müsste nur noch einmal schnell …«

Irene lächelte beruhigend. »So eilig haben wir es auch wie-der nicht.«

Kurze Zeit später saßen sie im Wagen, das Fahrrad wieder hinten auf der Stoßstange festgebunden.

»Ich habe dich gar nicht als so schweigsam in Erinnerung«, sagte Irene. »Früher hast du immer geplappert wie ein Was-serfall.« Sie sah Ruth von der Seite an. »Aber jetzt ist alles anders, nicht wahr? Hast du Angst?«

»Ja, das habe ich«, flüsterte Ruth.

»Die Menschen, die dich aufnehmen, sind bestimmt nett«, sagte Irene. »Im Moment kommen viele jüdische Kinder mit Zügen hier an und werden dann nach England gebracht – die Hilfsbereitschaft ist groß.«

Ruth nickte.

»Bist du schon einmal mit einem Schiff gefahren?«

»Ja, aber es war nur eine kurze Strecke. Von Bensersiel bis zur Insel Langeoog. Das war während einer Sommerfrische, die wir dort verbracht haben«, sagte Ruth. »Da war alles noch gut und schön.«

»Es wird wieder besser werden. Davon sind wir alle über-zeugt.«

»Viele glauben, dass es Krieg geben wird.«

Irene nickte. »Das glauben hier auch einige Leute. Ich hoffe immer noch auf die Diplomatie. Wer in Europa will schon einen weiteren Krieg?«

»Hitler«, sagte Ruth. »Er ist ein Monster.«

»Ja, er ist machtbesessen. Und was er mit den Juden macht, ist schrecklich.«

Ruth sah sie an. »Du hast keinen Schimmer, wie schlimm es wirklich ist«, sagte sie leise. »Ich kann nur hoffen, dass meine Familie auch bald nach England darf.«

Irene griff in ihre Manteltasche und zog einen Zettel heraus. »Hier ist die Adresse von Bloomsbury House in London.«

»Danke«, sagte Ruth. Ihr Mund war schon wieder ganz trocken, und ein Nerv unter ihrem Auge zuckte. Sie konnte es nicht abstellen.

Von der Fahrt durch die bunte und turbulente Stadt bekam Ruth kaum etwas mit. Erst als sie zum Hafen kamen, sah sie sich aufmerksam um.

»Weißt du, wo ich hinmuss?«, fragte sie ängstlich.

»Ja. Wir sind schon ein paarmal mit der Fähre nach England gefahren.«

»Über sechs Stunden dauert die Fahrt«, sagte Ruth nervös. »Ich hoffe, ich werde nicht seekrank.«

»Das Wetter ist doch gut – kaum ein Wölkchen am Himmel. Ich glaube nicht, dass es raue See geben wird.«

Irene fand einen Parkplatz nahe der Passkontrolle. Die Halle war voll.

»Du bist nicht die Einzige, die mit viel Gepäck reist«, stellte Irene fest, als sie sich umsah. Dann gingen sie zum Schalter.

Der Grenzbeamte lächelte Ruth freundlich an. Sie schob ihm mit zitternden Händen ihre Papiere zu. Er nahm sie.

»Du hast eine Stelle in England?«, fragte er.

Ruths Herz raste, hoffentlich spürte er nicht, wie aufgeregt sie war. Sie brachte kein Wort heraus, konnte nur nicken. Wie gebannt schaute sie ihn an.

Er legte den Fahrschein für die Fähre zur Seite, nahm Ruths Pass und öffnete ihn. Kurz runzelte er die Stirn, sah Ruth an, schaute zurück auf den Pass. Dann zog er noch einmal die Einreisedokumente und ihre Arbeitserlaubnis hervor. Seite für Seite blätterte er sie durch. Dann hielt er inne und blickte wieder zum Pass.

»Hmm«, sagte er und runzelte die Stirn.

»Die Deutschen sind manchmal so schlampig mit diesen neuen Pässen … da steht doch glatt ein falsches Geburtsdatum.«

Ruth stockte der Atem. Er hatte es entdeckt. Sie war aufgeflogen, alles umsonst. Jetzt würde er sie zurückschicken. Oder, schlimmer noch, sich mit dem deutschen Amt in Verbindung setzen. Und dann … weiter konnte sie nicht denken. Ihr Herzschlag dröhnte in ihren Ohren. Wie durch einen Schleier nahm sie wahr, dass er sie anlächelte, dann nach dem Stempel griff und ihn auf die Papiere drückte.

»Ich wünsche dir viel Glück und eine gute Reise nach England.«

Im ersten Moment begriff es Ruth nicht, dann atmete sie erleichtert auf. »Danke«, hauchte sie. »Vielen, vielen Dank!«

Er nickte nur und wandte sich dem Nächsten zu. Vor dem Schalter hatte sich inzwischen eine lange Schlange gebildet.

Fragend sah Irene Ruth an, doch Ruth konnte immer noch nicht richtig sprechen, sie zitterte am ganzen Körper, und Tränen stiegen ihr in die Augen – Tränen der Erleichterung.

Irene zog das Wägelchen, Ruth schob das Fahrrad bis zur Gangway. Ab hier durfte Irene nicht mehr weiter. Ein Offizier des Schiffes kontrollierte die Fahrkarten.

»Du liebe Güte«, sagte er lächelnd, »Sie nehmen wohl den ganzen Hausstand mit?«

Endlich konnte Ruth das Lächeln erwidern. Ihr wurde bewusst, dass sie es wirklich und wahrhaftig geschafft hatte – sie war der Knechtschaft der Nationalsozialisten entkommen.

»Nicht den ganzen«, sagte sie. »Auch wenn es so aussieht.«

»Zeigen Sie mal Ihre Papiere für die Überfahrt.«

Ruth wurde bleich. Fast hätte sie ihr Fahrrad fallen lassen.

»Er will deine Fahrkarte sehen«, raunte Irene ihr zu. »Nur die Fahrkarte.«

Erleichtert zog Ruth sie aus ihrer Tasche.

»Nun, Sie haben nur eine Fahrt auf dem Oberdeck gebucht, keine Kabine. Das ist bedauerlich. Leider sind wir auch ziemlich ausgebucht, sonst würde ich Ihnen eine Kabine überlassen.«

»Ach, das macht nichts«, sagte Ruth.

Er sah zur Menge des Gepäcks, pfiff dann laut auf zwei Fingern. »Smutje, komm her!«, rief er. »Du musst dieser Dame mit dem Gepäck helfen.«

»Welches Deck?«, fragte der junge Matrose, der angelaufen kam.

»Oberdeck. Setz sie in den Speisesaal, in die Ecke.«

»Ay, ay!« Der Matrose musterte das Gepäckwägelchen, das unter der Last der vielen Koffer gefährlich schwankte. Dann sah er zu Ruth, bemerkte das Fahrrad und die weiteren Koffer. »Die Gangway ist steil«, sagte er. »Schaffen Sie es, das Fahrrad hochzuschieben?«

»Natürlich«, sagte Ruth. Dann wandte sie sich zu Irene.

»Was ist mit deinen Papieren? Du hast doch was, ich habe es an deiner Reaktion gesehen.«

»Ich musste die Angabe für die Arbeitserlaubnis fälschen. Man muss achtzehn sein …«

»Grundgütiger«, sagte Irene. »Bist du mutig!«

»Vielleicht bin ich einfach nur dämlich. Ich hatte solche Angst. Wirklich.«

»Das glaube ich, aber nun hast du es geschafft.«

»Ja, und wenn wir uns das nächste Mal sehen, werde ich wieder plaudern wie ein Wasserfall, das verspreche ich.«

Irene lachte laut auf. »Ein schönes Versprechen. Pass gut auf dich auf, und melde dich.«

»Danke für alles!«

Sie schob das Fahrrad die steile Gangway nach oben, es war nicht leicht, und sie wusste, wenn sie anhielt, würde sie nie wieder von allein weiterkommen. Aber dann hatte sie es geschafft und stand auf dem Deck der Fähre. Das Schiff schaukelte leicht, kaum wahrnehmbar. Möwen kreisten kreischend über ihnen im blauen Himmel. Es roch nach Salzwasser und nach Öl.

»Hier entlang«, sagte der Matrose, der sich drei Koffer geschnappt hatte und ihr gefolgt war. »Da vorn durch die Tür.«

Ruth öffnete die Tür, abgestandene, warme Luft kam ihr entgegen. Alle möglichen Gerüche schienen durch den Raum zu wabern. Tische waren auf den Boden geschraubt – einfache Holztische. Um jeden Tisch standen etwa sechs Stühle. Die Hälfte des Raums war schon belegt.

»Hier vorn, in der Ecke«, sagte der Matrose und wies auf einen kleineren Tisch. »Hier zieht es zwar von der Tür, aber nur hier haben Sie Platz für das Fahrrad und die ganzen Koffer.« Er grinste. »Normalerweise buchen Leute mit so viel Gepäck eine Kabine.«

»Ich habe die Überfahrt nicht gebucht«, sagte Ruth und stellte das Fahrrad in die Ecke. »Und ich wollte auch nicht so viel Gepäck mitnehmen. Meine Mutter … sie hat darauf bestanden.«

»Mütter können manchmal schwierig sein, aber meist handeln sie aus Liebe«, sagte der Matrose. Er stellte die Koffer ab. »Ich hole den Rest.«

»Warten Sie, ich komme mit …«

»Nein. Sie bleiben hier und passen auf Ihr Eigentum auf.

Ich würde Ihnen auch raten, es während der Fahrt nicht aus den Augen zu lassen. Man kann nie wissen.«

Ruth setzte sich, sah sich um. Es gab Ehepaare, die an den Tischen saßen, Familien. Manche wirkten fröhlich, andere erschöpft. Waren das alles Auswanderer? Waren das alles Juden? Sie konnte es sich nicht vorstellen. In einer Ecke entdeckte sie mehrere Männer, die, obwohl es erst früher Morgen war, schon Bier tranken und sich laut unterhielten. Engländer. Sie waren laut und wirkten fröhlich.

Auf der anderen Seite am Fenster saß ein Pärchen. Sie saßen sich gegenüber, ihre ineinander verschränkten Hände lagen auf dem Tisch. Sie sahen sich schweigend an und wirkten sehr ernst.

Wie viele unterschiedliche Schicksale sich auf diesem Schiff vereinten! Waren es Rückkehrer von einem Ausflug auf den Kontinent, oder waren es Einreisende, die wie sie Sicherheit, Freiheit und ein besseres Leben suchten? Waren es Geschäftsleute oder Familienangehörige? Kamen sie zu Besuch oder für immer? Begleitete sie Hoffnung oder Wut? Trauer oder Freude? Wahrscheinlich von allem ein bisschen.

Zweimal kam der nette Matrose noch und stapelte die Koffer für sie auf.

»Wenn wir in Harwich sind, werden Sie dann abgeholt?«

»Ja, jemand kommt und nimmt mich mit.«

»Das ist gut«, sagte er. »Ich komme aber, sobald wir angelegt haben, und helfe Ihnen mit dem Gepäck.«

»Danke, das ist sehr nett«, sagte Ruth.

Sie war überwältigt von der Freundlichkeit, die sie bisher erfahren hatte. Hier war sie nur eine junge Frau auf Reisen, die Hilfe benötigte.

Die Schiffsglocke läutete, einmal und dann ein weiteres Mal – das Zeichen, dass sich alle an Bord zu begeben hatten. Der Speisesaal füllte sich. Viele Menschen standen an Deck, warteten auf die Abfahrt. Die Leinen wurden gelöst, die Schiffsschrauben drehten sich, es wurde laut, und Ruth konnte den Qualm und den Geruch verbrannten Öls riechen. Dann legte die Fähre ab. Langsam, sehr langsam fuhr das Schiff aus dem Hafen. Wenn Ruth sich vorbeugte, konnte sie den Blick auf ein Stück Himmel erhaschen. Sie wusste, sie fuhren in die Zukunft.

Kapitel 17

Knapp sieben Stunden dauerte die Überfahrt. Die See war zum Glück ruhig. Die Leute auf dem Schiff aber nicht. Die Gruppe englischer Männer wurde immer größer, sie tranken und lachten laut. Ruth verstand nur Brocken.

Der Wind frischte auf, nachdem sie die sicheren Hafenanlagen verlassen hatten. Immer mehr Menschen drängten in den Speisesaal. Im Unterdeck gab es auch noch einen Aufenthaltsraum, aber er war schon voll.

»May I sit down?«, fragte eine Frau. Sie trug einen wetterfesten Mantel und hatte ihren Hut tief ins Gesicht gezogen. Sie sprach zwar englisch, aber mit einem ausgeprägten Akzent.

Die Frau wollte sich setzen, das hatte Ruth verstanden. »Of course«, sagte Ruth schüchtern. »Natürlich dürfen Sie.«

Die Frau setzte den Hut ab, schüttelte ihren Kopf. Graue Locken, wie eine Wolke, lagen um ihr Gesicht.

»Bist du Deutsche?« Auch ihr Deutsch war mit Akzent, aber Ruth erkannte nicht, woher die Frau war.

»Ja.«

Die Frau schaute auf den Berg von Koffern. »Sind das alles deine?«

Langsam konnte Ruth die Frage nicht mehr hören.

»Ja, das sind meine Koffer. Und nein, es sind nicht alles Kleidungsstücke. Es ist quasi meine Mitgift, mein Erbe – ich erbe ganz viel Bettwäsche. Generationen an Bettwäsche«, sagte sie.

»Ach, du ziehst nach England? Für immer?«

Ruth schluckte. »Entschuldigen Sie, ich will nicht unhöflich sein, aber ich wüsste nicht, was Sie das angeht.«

»Bist du Jüdin?«, fragte die Frau leise.

»Bitte, was hat das denn jetzt damit zu tun?«, fragte Ruth und streckte das Kinn vor.

»Also bist du Jüdin«, sagte die Frau, zog ihren Mantel aus und hängte ihn über die Stuhllehne.

»Woher wollen Sie das wissen?«

»Weil jeder andere sofort entsetzt ›Nein‹ gesagt hätte.« Sie lächelte. »Ich heiße Edith Nebel. Und ich bin auch Jüdin.« Sie sah Ruth an und streckte die Hand über den Tisch aus.

Ruth überlegte einen Moment, dann drückte sie zaghaft die Hand der Frau. »Ruth Meyer.«

»Woher kommst du?«

Ruth zögerte. Konnte sie dieser unbekannten Frau vertrauen? Sie wusste es nicht.

»Aus dem Rheinland.« Das war nicht gelogen, aber auch nicht präzise.

Edith nahm eine Zigarettenspitze aus ihrer Tasche, steckte eine Zigarette hinein, zündete sie an und inhalierte. »Ich lebe jetzt seit ein paar Jahren in England. Meine Familie kommt aus allen Teilen Europas.« Sie lachte. »Ich habe zuletzt in der Nähe von Stuttgart gewohnt.«

»Dann ist das ein schwäbischer Akzent?«, fragte Ruth.

»Nein. Meine Familie spricht etwa acht Sprachen – durcheinander – aber keine davon richtig«, sagte sie. »Wir haben keine wirklichen Wurzeln – oder einfach zu viele. Mein Mann wollte nicht mehr in Deutschland bleiben, und er hat zum Glück Verwandtschaft in England, so dass wir schon vor ein paar Jahren ausgereist sind. Ich bin genauso wenig Engländerin, wie ich wirkliche Deutsche oder Ungarin bin. Das macht aber nichts. Die Engländer schert das nicht, solange man Geld hat.«

Ruth starrte sie an.

Edith lächelte. »Du fliehst? Was ist mit deiner Familie?«

»Ich will sie zu mir holen.«

»Du allein?«

»Ich werde alles versuchen. Ich weiß noch nicht, wie, aber ja, das ist mein Ziel.«

»Bist du auf einem der Kindertransporte?« Edith schaute zu dem Kofferstapel. »Nein, bist du nicht. Den Kindern ist nur ein Koffer erlaubt«, schlussfolgerte sie.

»Ich habe eine Stelle als Haushaltshilfe.«

»Wirklich? Du siehst nicht aus, als wärst du schon achtzehn.«

»Sind Sie von der Gestapo?«, fragte Ruth nervös. »Warum stellen Sie all diese Fragen?«

Edith sah sie überrascht an. »Du lieber Himmel, nein, ich bin nicht …« Plötzlich verstand sie. »Meine ganzen Fragen machen dich nervös? Entschuldigung, so war das nicht gemeint. Ich bin neugierig. Ich wollte dir nicht zu nahe treten.« Sie stand auf und ging nach draußen auf das Deck.

Die Zeit zog sich. Das Lachen der Männer in der Ecke wurde immer lauter und die Luft immer schlechter. Man konnte Suppe kaufen und belegte Brote, es gab Tee und Bier. Manche Passagiere hatten Essen mitgebracht und packten es nun aus. Viele verschiedene Gerüche vermischten sich miteinander.

Eine Frau am Nebentisch schälte große Gemüsezwiebeln, schnitt sie in Scheiben und legte sie auf die Käsebrote, die sie mitgebracht hatte. Der beißende Zwiebelgeruch zog bis zu ihr, stach ihr in den Augen, bis sie tränten. Zu gern wäre Ruth nach draußen gegangen, an die frische Luft. Sie wollte den Wind und die Gischt auf ihrem Gesicht spüren, wollte ihre Lungen mit der salzigen Luft vollpumpen. Aber sie traute sich nicht, aufzustehen und ihr Gepäck zu verlassen.

Die Fähre rollte und schaukelte auf den Wellen, ein seltsames Gefühl, aber es war nicht so schlimm, wie sie es sich vorgestellt hatte.

Schon bald hatte Ruth das Gefühl für die Zeit verloren. Das Schiff hätte auch im Kreis fahren können – sie hätte es nicht gemerkt. Ihr Kopf schmerzte, ihr Mund war trocken. Schon längst hatte sie das Wasser ausgetrunken, das sie mitgenommen hatte. An der Theke am anderen Ende des Raumes stand eine Art Trinkbrunnen. Doch nicht einmal dahin traute sie sich zu gehen. Immer wieder schauten die Leute auf den Berg von Koffern, der hinter Ruth gestapelt war. Es waren die schönen Musterkoffer ihres Vaters, an den Ecken mit Leder verstärkt. Gute, hochwertige Koffer.

Wenn sie wüssten, dass da nur Wäsche drin ist, würden sie nicht so begehrlich schauen, dachte Ruth.

Plötzlich kam Unruhe auf. Menschen standen auf, gingen auf das Oberdeck. Sie standen an der Reling, winkten aufgeregt. Wieder reckte Ruth den Kopf, konnte aber nichts erkennen. Sie stand auf, aber nun verdeckten die Menschen ihr die Sicht.

Sie hörte Rufe, konnte aber erst nicht verstehen, was gerufen wurde. Doch dann verstand sie endlich – Land war in Sicht.

Auch Frau Nebel war draußen gewesen, kam jetzt wieder herein. »Da vorn ist England«, sagte sie und lächelte Ruth an.

»Dann sind wir bald da?«, wollte Ruth wissen.

»Mindestens eine Stunde dauert es noch, Kindchen.«

Eine Stunde – was war eine Stunde gegenüber der ganzen Zeit vorher, die sie gewartet hatte! Die Stunde würde schnell vergehen. Aber was würde dann kommen? Würde sie in diesem Land glücklich werden? Wieder ließ sie der Gedanke an die Ungewissheit, die vor ihr lag, die Luft anhalten.

»Hier«, sagte Frau Nebel und reichte Ruth eine Visitenkarte. »Das ist meine Adresse. Falls du mal Hilfe brauchst.«

Zögernd nahm Ruth die Karte, steckte sie dann ein. »Danke«, sagte sie. Vielleicht würde ihr die Frau ja irgendwann einmal nützlich sein.

Es dauerte länger als eine Stunde, aber dann erreichten sie den Hafen von Harwich. Die Menschen drängten sich an der Gangway, strömten an Land. Ruth wartete. Sie hoffte, dass der nette Matrose sein Versprechen halten und ihr helfen würde. Der Aufenthaltsraum leerte sich zunehmend, das große Gedränge war vorbei, doch von dem Matrosen war nichts zu sehen.

Was sollte sie nun tun? Die Koffer nacheinander an Land tragen? Zwei auf einmal konnte sie schleppen. Auf dem Fahrrad waren drei Koffer befestigt. Sie würde fünfmal gehen müssen.

Zuerst das Fahrrad, entschied sie sich. Vielleicht konnte sie es irgendwo festmachen.

Sie schob das Fahrrad aus dem Raum, endlich konnte sie frische Luft atmen. Die Luft an Deck war kälter, es roch nach Salzwasser, aber auch der Gestank von Öl und etwas Fauligem lag in der Luft. Als sie an die Gangway kam, stürmte ihr der Matrose entgegen.

»Ich habe Sie nicht vergessen, mein Fräulein«, rief er atemlos. »Gehen Sie schon mal in die Wartehalle dort vorn.«

Es war gar nicht so einfach, das schwerbeladene Fahrrad die steile Gangway hinunterzubefördern. Doch dann setzte Ruth zum ersten Mal ihren Fuß auf englischen Boden. Große Erleichterung erfasste sie. Nun konnte nichts mehr schiefgehen.

In der zugigen Wartehalle standen einfache Bänke aus Holz. Ruth lehnte das Fahrrad gegen eine der Bänke, sah sich um. Die meisten Menschen strömten dem Ausgang entgegen. Nur manche schienen auf jemanden zu warten. Hier und dort konnte sie die freudigen Rufe der Begrüßung hören, Menschen fielen sich um den Hals.

Einer der englischen Männer torkelte dem Ausgang zu, ihm kam eine Frau entgegen. Sie blieb vor ihm stehen und keifte.

Das ist bestimmt seine Frau, dachte Ruth belustigt. Wahrscheinlich wird er sich eine ordentliche Standpauke anhören müssen.

Schon kam der freundliche Matrose mit den ersten Koffern. Er stellte sie ab, lief wieder zum Schiff. Schließlich standen alle elf Koffer vor ihr.

»Ich weiß gar nicht, wie ich Ihnen danken soll«, sagte sie. Sie hatte nur zehn Mark aus Deutschland mitnehmen dürfen. Aber ihre Mutter hatte ihr noch ein paar kleine Silbermünzen mitgegeben, die Ruth ganz unten in ihrer Handtasche versteckt hatte. Sie nahm eine heraus und reichte sie dem Matrosen. »Ich habe leider nicht viel.«

Der Matrose schüttelte den Kopf. »Behalten Sie Ihr Geld«,

sagte er. »Wer weiß, wofür Sie es noch brauchen werden. Ich habe Ihnen gern geholfen. Viel Glück!«

Dann drehte er sich um und ging zurück zum Schiff. Schon heute Abend würde es sich wieder auf den Weg nach Hoek van Holland machen.

Suchend sah sich Ruth um. Mr Sanderson hatte geschrieben, dass er sie hier abholen werde. Wie er aussah, wusste sie nicht, und auch er hatte kein Foto von Ruth.

Er wird mich schon finden, dachte Ruth. Nach einer Weile setzte sie sich auf die Bank und schaute zur Eingangstür. Die meisten Reisenden waren inzwischen gegangen. Nun kamen neue – Leute, die mit der Nachtfähre nach Holland fahren wollten. Die Schlange am Schalter wurde immer länger, und es wurde auch wieder lauter in der Halle.

Ruths Kopf schmerzte, und sie fror. Sie hatte die Brote und die gekochten Eier gegessen, sehnte sich nach etwas Heißem.

Es wurde immer später, und das Licht, das durch die hohen Fenster fiel, veränderte sich, es wurde fahler. Bald schon würde es dämmern.

Ruth wusste, dass sie in einem Ort mit dem Namen Frinton-on-Sea leben würde, aber sie wusste nicht, wie weit dieser Ort von Harwich entfernt war. Außer dem Namen der Ortschaft und ihres Arbeitgebers hatte sie keine weiteren Informationen bekommen.

Wieder wuchs die Unsicherheit. Was wäre, dachte sie plötzlich erschrocken, wenn er gar nicht käme? Wo sollte sie dann hin?

An der einen Wand hing eine große Uhr. Mit jeder Minute, die verstrich, wurde ihr mulmiger zumute. Nun stieg die Angst wieder in ihr hoch. Ohne Arbeit hatte sie auch keine Aufenthaltsgenehmigung in diesem Land.

Dann sah sie einen robusten Mann durch die Eingangstür kommen, er sah sich suchend um, entdeckte Ruth. Mit forschem Schritt kam er zu ihr.

»Ruth Meyer?«, fragte er. Er sprach ihren Namen auf Englisch aus, es klang ungewohnt.

Ruth nickte.

»Sanderson«, stellte er sich vor. »Freddy Sanderson. You will work for me.«

Ich werde für ihn arbeiten, übersetzte Ruth im Stillen.

»Yes.« Sie stand auf und reichte ihm die Hand. »I am glad to meet you!«, sagte sie. »Ich bin froh, dass ich für Sie arbeiten darf.« Den Satz hatte sie extra geübt.

»Oh, du sprichst Englisch, das ist gut«, sagte er.

»Nur ein wenig«, antwortete Ruth verlegen.

»Du wirst es schnell lernen, da bin ich mir sicher.« Wieder sah er sich um. »Welcher der Koffer gehört dir??«

Zuerst verstand Ruth ihn nicht. Er zeigte auf die Koffer. »Welcher der Koffer? Dieser oder der dort??« Er deutete erst auf einen, dann auf einen anderen der Koffer.

»Oh. Alle«, sagte sie. »Das sind alles meine Koffer.« Sie biss sich auf die Lippen, überlegte. Dann machte sie mit der Hand einen Kreis über das Gepäck. »Mine. All mine.«

Sanderson sah sie verblüfft an. »What?«

Was?, hatte er gefragt, ging Ruth auf. Er konnte es wohl nicht fassen.

»Mine. All of them«, sagte Ruth nochmals. »Sie gehören alle mir. Alle.«

»Oh. Well. Dann haben wir ein Problem«, sagte er langsam und sehr deutlich. »Ich habe nur einen Ford Zweisitzer.«

Ruth hob die Hände und die Schultern. »Sorry, I don't understand …« Sie verstand ihn nicht.

»Car«, sagte Sanderson und hob die Hände, so als hielte er ein Lenkrad. Dann zeigte er mit beiden Händen vor sich. »Sehr klein. Kein Platz für das ganze Gepäck. No place for all the luggage.«

Das Auto war zu klein, das hatte Ruth verstanden. Entsetzt schaute sie ihn an. Darüber hatte sie gar nicht nachgedacht. Sie war den großen Adler gewöhnt, der früher ihrem Vater gehört hatte und den jetzt Aretz fuhr.

»Car too small?«, fragte sie nach. »Das Auto ist zu klein?« Sanderson nickte.

Tränen stiegen Ruth in die Augen.

»Don't worry. Mach dir keine Sorgen. Gehört dir das Fahrrad auch noch?« Er zeigte erst auf das Fahrrad, dann auf Ruth. Ruth nickte.

»Good God«, stöhnte Sanderson. »Warte hier«, sagte er.

Ruth sah ihn verzweifelt an. Was hatte er gesagt?

»You. Stay. Here.« Er zeigte auf sie, dann auf die Bank. »Du bleibst hier!«, verstand sie »Ich komme zurück.« Er nickte ihr zu, ging schnell in Richtung Ausgang.

Er würde zurückkommen. Das hatte er doch gesagt, nicht wahr? Oder hatte er gesagt, dass er sie zurückließ? Nein. Er war zwar überrascht, aber nicht wütend gewesen. Langsam setzte sie sich wieder auf die Bank, starrte die Tür an.

Es dauerte nicht lang, vielleicht zehn Minuten, die Ruth aber vorkamen wie Stunden, bis Mr Sanderson zurückkam. Ihn begleitete ein Mann, der einen Handwagen hinter sich herzog. Die beiden unterhielten sich angeregt.

»Sieh dir das an«, sagte Sanderson zu seiner Begleitung. »Nur Frauen reisen mit so viel Gepäck.«

Der Mann zählte und grinste. »Elf Koffer. Well, das ist eine Nummer.« Er schien amüsiert.

»Und ein Fahrrad. Das gehört ihr wohl auch noch.«

»Well, don't worry. Mach dir keine Sorgen, ich bring das alles morgen zu euch nach Frinton.«

»Danke«, sagte Mr Sanderson.

»Welchen Koffer brauchst du heute? Du kannst einen aussuchen«, fragte Mr Sanderson Ruth. »Which of these?«

Ruth sah ihn fragend an. Er zeigte auf die Koffer, hob einen Finger. »Du kannst einen heute mitnehmen, nur einen.«

Ruth überlegte kurz. Sie glaubte verstanden zu haben, dass sie einen Koffer mitnehmen konnte. Schnell griff sie nach demjenigen, in dem ihre Kleidung und die nötigsten Sachen waren. Wortlos sah sie mit an, wie die beiden Männer die anderen Koffer auf den Handkarren luden. Das Fahrrad legten sie quer darüber, befestigten es mit zwei Stricken. Der Mann nickte Mr Sanderson und Ruth zu, zog dann den Karren zum Ausgang.

Sanderson nahm Ruths verbliebenen Koffer. »Come on«, sagte er freundlich.

»Komm mit«, übersetzte Ruth für sich.

Sie gingen durch den Ausgang. Ruth sah sich um. Es war ein typischer Hafen, kleiner als Hoek van Holland, aber mit den üblichen Gebäuden. Die Möwen kreischten, überall schien Betriebsamkeit zu herrschen.

Auf dem Parkplatz stand der kleine, schwarze Wagen, ein Ford. Sanderson klappte den Beifahrersitz nach vorn und bugsierte den Koffer auf die Notrückbank. Einen Kofferraum hatte der Wagen nicht. Dann klappte er den Sitz wieder nach hinten und wies Ruth an einzusteigen. Es kam ihr seltsam vor, auf der linken Seite zu sitzen, aber das Lenkrad befand sich rechts. Natürlich – in England war Linksverkehr, fiel ihr ein. Es war ungewohnt, es machte ihr erst Angst, als sie auf der falschen Seite durch die Kurven fuhren, aber nach ein paar Kilometern hatte sie sich daran gewöhnt.

Sanderson versuchte eine einfache Konversation.

»Are you okay?«, fragte er. »Fine? Good? Feeling good?«

»Yes. I am fine. Mir geht es gut.«

»Wir haben einen Hof, a farm«, sagte er langsam auf Englisch und sah sie von der Seite an. »Einen Bauernhof. Weißt du, was ein Bauernhof ist?«

»Farm?« Ruth überlegte. »Bauernhof. Hof. Hmmm … Tiere …« Was war nur das Wort für Tiere? »Kikeriki? Muh? Oink, Oink?«

Sanderson lachte. »Yes. Vieh. Und … Getreide.« Er zeigte

nach draußen. Sie hatten die Stadt verlassen und fuhren durch Felder.

»Potatoes. Wheat. Rye. Maize.«

Ruth nickte wieder, obwohl sie keine Ahnung hatte, wovon er sprach. Vermutlich ging es um das, was er anbaute. Aber damit war sie als Stadtmädchen nicht vertraut.

»What I do?«, fragte sie. »Was werde ich tun?«

»Household. Cooking.« Er sah sie fragend an, rührte dann mit der einen Hand in der Luft und führte einen imaginären Löffel zum Mund.

»Kochen«, sagte Ruth.

»Cooking. Yes.« Er nickte und lächelte. »And cleaning.«

Clean – das hieß sauber, das wusste Ruth. Cleaning bedeutete sicher, dass sie putzen sollte. Nun gut, das hatte sie in den letzten Monaten auch zu Hause getan.

»Kinder?«, fragte sie. »Chil… children?« War das das richtige Wort?

Sanderson nickte. »A girl. Ein Mädchen, Jill. Sie ist ein echter Sonnenschein!« Er hob zwei Finger. »Two years old.«

Ein Mädchen also, zwei Jahre alt, schlussfolgerte Ruth. Dann musste es auch eine Mrs Sanderson geben.

Sie fuhren durch eine hügelige Landschaft. Links lag das Meer, das Ruth hin und wieder erspähen konnte. Es gab nur wenige Häuser, sie waren klein, anderthalbgeschossig und schienen sich genauso im Wind zu ducken wie die niedrigen Bäume und Sträucher, die die Straße säumten.

Nach einer Weile, sie waren sicher schon fast eine Stunde

unterwegs, fuhren sie an einer schlichten Kirche vorbei und bogen rechts ab.

»Dies ist ›Great Holland‹, so nennen wir diese Gegend«, sagte Sanderson. »Great Holland by Frinton-on-Sea.«

Die Straße mäandrierte durch die Landschaft, rechts und links waren nur Felder. Hin und wieder stand dort ein kleines Häuschen am Straßenrand, Schuppen im Hof, dahinter Gemüsegärten, die jetzt noch braun und kahl waren.

Lebt er auch in so einem Häuschen, fragte sich Ruth. Wofür braucht er dann eine Haushaltshilfe? Die schiere Weite der Felder, die Leere der Landschaft erschreckte sie. Sie kam aus einer Stadt, und hier war … nichts.

Schließlich bog er in einen kleinen Weg ein. Es war eine Einfahrt, wurde Ruth klar. Der Weg mündete in einen mit Schotter belegten Hof. Er parkte vor dem großen Haus aus rotem Backstein. Es war zweigeschossig und schien riesig zu sein. Dahinter erahnte Ruth noch weitere Gebäude. Am Rand des Hofes türmte sich der Dunghaufen auf, auf dem Hühner scharrten. Ein Hund sprang ihnen entgegen, bellte aufgeregt, aber nicht bösartig. Ruth ließ den ersten Eindruck auf sich wirken, stieg dann aus und streckte dem Hund vorsichtig eine Hand entgegen, so dass er schnuppern konnte.

»Charly«, sagte Sanderson. »Er heißt Charly.«

»Hello Charly«, flüsterte Ruth. »Ich bin Ruth.«

Die Tür des Haupthauses öffnete sich. Eine Frau erschien auf der Schwelle, sie trug ein Kind auf der Hüfte.

»Es wurde ja langsam Zeit, dass du kommst«, sagte sie auf

Englisch, und es klang nicht nur unvertraut, sondern auch unfreundlich.

Das ist sicher Mrs Sanderson, dachte Ruth, ging ihr entgegen und streckte die Hand aus. »My name is Ruth. I am glad to meet you«, sagte sie. »Mein Name ist Ruth. Ich bin froh, Sie kennenzulernen.« Den Satz hatte sie mit Hans eingeübt.

»Dein Englisch ist schrecklich, terrible«, sagte Mrs Sanderson und ignorierte Ruths ausgestreckte Hand.

Terrible hieß schrecklich, so viel hatte Ruth verstanden.

Dann folgte ein schneller Wortschwall, den Ruth nicht verstand, aber er war offensichtlich auch nicht an sie gerichtet, sondern an Mr Sanderson.

Er ließ alles über sich ergehen, nickte nur und nahm den Koffer aus dem Auto. Dann ging er an seiner Frau vorbei nach drinnen. Als er in der Tür war, drehte er sich um und sah Ruth an. »Komm.«

Ruth folgte ihm in die imposante Halle. Eine große Treppe führte in den ersten Stock, dort gab es eine Galerie, von der etliche Türen abgingen. Die Halle öffnete sich bis zur Decke des zweiten Stocks. Am Ende der Halle gab es zwei große Flügeltüren, eine weitere Tür ging rechts an der Seite ab. Diese öffnete Mr Sanderson. Ruth ging ihm hinterher. Sie kamen in die Küche. Die Küche war so groß, wie ein ganzes Stockwerk im Haus der Meyers gewesen war. Der Boden war mit weißen und schwarzen Fliesen im Schachbrettmuster gekachelt. An der einen Seite stand ein riesiger Herd aus

Gusseisen, der mit Holz befeuert wurde, wie Ruth an dem großen Korb mit Holzscheiten, der danebenstand, erkannte. In der Mitte des Raumes befand sich ein sehr großer Holztisch. An der hinteren Wand baumelten zwei ganze Schweinehälften an Haken von der Balkendecke. Daneben hingen noch zwei weitere Schinken.

Sanderson zeigte auf eine Tür, die nach draußen führte. »This is the door we use.«

Ruth runzelte die Stirn, versuchte die Worte zu erfassen – »Dies ist die Tür, die wir benutzen« – aber natürlich. Normalerweise wurde die Küchentür nur vom Hof aus genutzt. Die große Eingangstür war Gästen und Festen vorbehalten. So war es auch auf dem Hof ihrer Urgroßeltern in Anrath gewesen.

Ruth ging zur halbverglasten Tür. Sie führte auf einen kleinen Hof, in der Mitte war ein Brunnen mit großem Schwengel. Dahinter waren die Stallungen. Sie hörte das Grunzen der Schweine, das Muhen einiger Kühe, und ein Pferd wieherte.

»Hier geht es zum Treppenhaus.« Er öffnete eine Tür am Ende des Raumes. Dort war eine enge Treppe, die nach oben führte. »Folge mir.«

Er bemühte sich, langsam und deutlich zu sprechen, aber Ruth verstand seine Gesten besser als seine englischen Worte.

Sie eilte ihm nach, er stapfte nach oben. Im ersten Stock blieb er stehen, auch dort war eine Tür. »Dies sind *unsere* Zimmer. *Unsere* Schlafzimmer.«

Warum betonte er das so, fragte sich Ruth. Hier waren also die Schlafzimmer … der Familie.

Dann ging er weiter nach oben. Sie kamen in die Mansarde. Es war ein langer Flur mit vielen niedrigen Türen. Sanderson öffnete die erste. »Das ist dein Zimmer.« Er legte den Koffer auf das Bett.

Ruth sah sich um. Der Raum war niedrig, es gab ein kleines Fenster, das zum hinteren Hof und den Stallungen zeigte. Ein schlichtes Bett stand an der einen Seite, es gab eine hohe Kommode mit tiefen Schubladen und einen kleinen Tisch mit Stuhl.

»Look«, Sanderson führte sie zurück in den Flur und öffnete eine Tür auf der anderen Seite. Dort gab es ein Torfklo – ein Klo mit einem Torfeimer. Fließendes Wasser schien es nicht zu geben, denn Ruth entdeckte nur einen Krug und eine Waschschüssel. Sie verkniff sich einen Seufzer. Immerhin musste sie nicht in den Hof, um ihre Notdurft zu verrichten.

»Dort, diese Räume«, sie zeigte den Flur entlang. »Wer wohnt da?«

»Niemand«, sagte Sanderson knapp.

»Get ready, we will have supper.«

Supper, dachte Ruth. War das Suppe? Bestimmt war das so etwas wie Suppe. Ruth zog sich aus, wusch sich, nahm neue Kleidung aus dem Koffer und zog sich wieder an. Dann ging sie die steile Treppe nach unten. In der Küche standen Mr und Mrs Sanderson und diskutierten. Was sie sagten, konnte Ruth nicht verstehen, aber sie bemerkte, dass der Tonfall unfreundlich war. Das kleine Mädchen stand daneben und nuckelte an seinem Daumen. Ruth ging zu ihr hin, hockte sich vor sie.

»My name is Ruth«, sagte sie. »What is your name?«

Statt ihren Namen zu sagen, sah die Kleine sie mit großen Augen an. Dann nahm sie den Daumen aus dem Mund und lächelte ein bezauberndes Lächeln. Auf jeder Wange wurde ein Grübchen sichtbar.

»Jill!«, sagte sie. Und dann sagte sie noch mehr, aber Ruth verstand es nicht.

»Lass uns essen, supper«, sagte Mr Sanderson und deckte den Tisch, der am Fenster stand. Ruth begriff, dass der große Tisch in der Mitte zum Arbeiten gedacht war.

Mrs Sanderson holte Brot, Butter, Wurst und Käse aus einer Kammer neben der Küche. Auf dem Herd blubberte eine Suppe, auch die wurde auf den Tisch gestellt.

Schüchtern setzte sich Ruth, nachdem Mr Sanderson sie dazu aufgefordert hatte. Er bot ihr Brot an, gab ihr Suppe und Tee. Dankbar griff Ruth zu.

»Morgen«, sagte Mrs Sanderson langsam, übertrieben betont und laut auf Englisch. »Ich«, sie zeigte auf sich, »werde dir«, sie zeigte auf Ruth, »alles zeigen.« Und dann wies sie auf die Küche und nach draußen.

Ruth nickte und bedankte sich. »Thank you.«

Langsam und genüsslich aß sie das dunkle und irgendwie süßlich schmeckende Brot, trank den heißen Tee und löffelte den Eintopf, der etwas streng schmeckte. Aber das war ihr egal, die Wärme breitete sich in ihrem Körper aus, und nun endlich traute sie sich, sich sicher zu fühlen.

»Ich möchte meinen Eltern schreiben«, sagte sie und suchte nach den Wörtern. »Write. Parents. Post Office?«

»Oh. Of course«, sagte Mr Sanderson. »Deine Eltern. Komm, komm mit.« Er ging wieder durch die Tür in die große Halle. Dort stand auf einem kleinen Tischchen ein Telefon. »Number?«

Ruth sah ihn mit großen Augen an. »Telefon?«, fragte sie verblüfft.

Er nickte. »Habt ihr ein Telefon? Deine Eltern?«

Er sprach zwar schlicht mit ihr, nutzte oft nur einzelne Wörter, aber er betonte sie nicht extra, auch sprach er nicht lauter als normal.

Ich bin ja auch nicht taub, dachte Ruth, ich kann bloß die Sprache noch nicht besonders gut. Sie reichte ihm einen Zettel, auf der die Durchwahl zur Wohnung in der Bismarckstraße notiert war.

»Das kann etwas dauern«, sagte Sanderson und zeigte zurück zur Küche. »Du kannst in der Küche warten, bis die Leitung steht.«

Ruth nickte. In England musste man also auch Verbindungen anmelden – so anders als in Deutschland war es gar nicht. Aber vermutlich war hier kein Telefon verwanzt.

»Das ist doch die Höhe«, sagte Mrs Sanderson, die ihnen gefolgt war, und verschränkte die Arme vor der Brust. »Du lässt sie nach Deutschland telefonieren?«

»Ja, das tue ich. Schau sie dir an. Sie ist noch so jung. Wahrscheinlich ist sie das erste Mal in der Fremde. Du siehst doch, sie versteht nur jedes zweite Wort, wenn überhaupt. Sie wird sich verloren fühlen.« Er schnaufte. »Stell dir vor, unsere Jill wäre in so einer Situation. Das erste Mal weit weg von zu Hause. Würdest du nicht wollen, dass sie uns anruft, um uns zu sagen, dass es ihr gutgeht?«

»Jill wird nie in so einer Situation sein.« Ihre Worte knallten wie eine Peitsche.

Sanderson schien das ungerührt zu lassen, er rief die Vermittlung an und bat um ein Gespräch nach Deutschland.

Obwohl Ruth nicht alles verstanden hatte, war ihr wohl bewusst, dass Mrs Sanderson ihrem Mann nicht zustimmte und nicht wollte, dass Ruth zu Hause anrief. Doch anrufen zu können, Muttis Stimme zu hören, ihr sagen zu können, dass sie gut und sicher angekommen war – das war mehr wert, als sie ausdrücken konnte. Sie wusste, sie würde Mr Sanderson immer mögen.

Jill saß auf ihrem Stuhl und versuchte, das Brot zu zerbeißen, hatte aber Schwierigkeiten damit. Ruth nahm das Brot und schnitt es in kleine Stücke, gab Jill den Teller zurück. Eifrig steckte sich das Mädchen die Ecken in den Mund und kaute. Sie lächelte Ruth an.

»Verwöhn sie nicht!«, sagte Mrs Sanderson scharf. Ruth beschloss, die Worte nicht zu verstehen und sie zu überhören.

Es dauerte zum Glück nicht lange, bis die Leitung nach Deutschland hergestellt war. Ruth hatte Mrs Sanderson geholfen, den Tisch abzuräumen. Die kleine Kammer neben der Küche war der Vorratsraum. Hier waren die Wände dicker, und es war noch kühler als im Rest des Hauses. Heizkörper hatte Ruth bisher nicht entdeckt. Die Küche wurde mit dem großen Herd geheizt. In der Halle gab es einen großen offenen Kamin – aber dort brannte kein Feuer.

In dem Vorratsraum stand auch ein Eisschrank. Zudem hatte Ruth erleichtert festgestellt, dass es Strom gab – elektrisches Licht und Steckdosen hier und dort. Trotzdem war noch alles fremd, und vor allem die Schweinehälften, die hinten in der Küche im Schatten von der Decke baumelten, gruselten sie. Mrs Sanderson zeigte ihr gerade, wie sie den Wasserbehälter auf dem Herd füllen musste, um heißes Wasser zu bekommen, als das Telefon klingelte.

»Ruth, das ist dein Anruf«, rief Mr Sanderson sie aus der Halle.

Ruth lief zu ihm, nahm den Hörer. »Mutti? Ich bin es, Ruth.«

»Ruth! Mein Mädchen. Meine Ruth – wo bist du?«

»Ich bin in England. Alles ist gutgegangen.«

Martha schluchzte auf.

»Mir geht es gut, Mutti. Wirklich. Ich schreibe dir. Ich schreibe schon morgen!«

»Wo bist du? Sind sie gut zu dir?«

»Ich bin an der Ostküste, nicht weit von Harwich. Dorthin geht die Fähre. Ich schreib dir alles, ja? Es ist zu teuer, ich muss auflegen. Ich liebe dich, Mutti!«

»Ich liebe dich auch!«

Langsam ließ Ruth den Hörer wieder auf die Gabel gleiten, blinzelte die Tränen weg. Sie konnte Mr Sanderson nicht ansehen, dann hätte sie losgeweint, und das wollte sie nicht.

»Thank you«, krächzte sie nur. »Ich danke Ihnen so sehr.«

Er tätschelte ihre Schulter. »Alles ist gut. Ich hoffe, du fühlst dich hier bald wie zu Hause.«

Sie verstand, dass er wollte, dass sie sich zu Hause fühlte. Das würde nie so sein – ihr Zuhause war in Krefeld. Aber sie würde alles daransetzen, sich einzubringen und die Erwartungen, die er an sie hatte, zu erfüllen.

Nachdem ihr Mrs Sanderson das Waschbecken gezeigt hatte, einen riesigen Waschtisch aus Stein mit zwei Becken und einer großen Abtropffläche, spülte Ruth das Geschirr, trocknete es ab und räumte es in die Schränke. Anschließend wischte sie den Tisch ab, reinigte den Herd.

»Geh ins Bett«, sagte Mr Sanderson, der aus dem Stall hereinkam. »Morgen ist ein neuer Tag. Good night.«

Er schickte sie also zu Bett. Erleichtert ging Ruth nach oben. Sie war zu erschöpft, um ihren Koffer auszupacken, stellte ihn einfach in die Ecke, zog sich aus und ging ins Bett. Die Decke war dick und aus guten Daunen, sie wärmte gut. Ruth war so erschöpft, dass sie schnell einschlief, aber sie träumte viel und unruhig in dieser Nacht.

Früh am nächsten Morgen, es dämmerte gerade erst, klopfte Mrs Sanderson harsch an die Tür zu Ruths Kammer. »Get up! Aufstehen. Es ist Zeit, den Tag zu beginnen.«

Nur mit Mühe konnte Ruth ihre Augen öffnen. Sie stand auf, machte sich fertig und ging nach unten.

»Du musst schneller werden«, sagte Mrs Sanderson auf Englisch, langsam und sehr betont. »Faster. Schneller. Es gibt viel Arbeit.«

Ruth bemühte sich, zu verstehen, was sie machen sollte. Manche Dinge verstand sie aber einfach nicht. Mrs Sanderson schimpfte mit ihr, aber das überhörte Ruth. Mit der Zeit, so dachte sie, würde es schon besser werden.

Mittags fuhr ein kleiner Lastwagen auf den Hof. Ruth hatte gerade den Boden geschrubbt und schüttete nun das schmutzige Wasser auf den Hof, wie es ihr Mrs Sanderson gezeigt hatte. Sie erkannte den Mann, der gestern zusammen mit Freddy Sanderson am Hafen gewesen war, den Mann mit dem Handwagen.

Er winkte ihr fröhlich zu. »Hello, girl. Ich bringe deine Sachen.«

Mrs Sanderson kam aus dem Hühnerstall. »Joe, was machst du denn hier?«, fragte sie erstaunt.

»Oh, ich bringe nur die Koffer eures neuen Mädchens. Ich habe sie gestern am Hafen aufgesammelt.«

»Was? Welches Mädchen?«

»Die Deutsche.«

Auch Mr Sanderson hatte nun mitbekommen, dass etwas vor sich ging. Er kam aus dem Kuhstall, wusch sich die Hände am Brunnen und begrüßte seinen Freund.

Mrs Sanderson zog die Stirn kraus. »Was ist hier los?«

»Ruth hat einiges an Gepäck mitgebracht. Zu viel für unseren kleinen Ford. Joe hat sich bereit erklärt, es heute hierherzubringen. Er wollte eh kommen, um das halbe Schwein abzuholen, das er räuchern will.«

Sie holten die Koffer, einen nach dem anderen, aus dem Lastwagen, brachten sie in die Küche. Zum Schluss trug Joe das Fahrrad herauf. »Wohin damit?«

»In den Schuppen.«

»Good gracious! Was hat sie denn alles mitgenommen?«, keifte Mrs Sanderson.

»Es sind Ruths Sachen, egal, was es ist. Es sind ihre Sachen.« Mr Sanderson kniff die Augen zusammen. »Es geht dich nichts an.«

Ruth stand in der Küchentür, sie verstand nicht alles, was gesagt wurde, aber sie verstand, dass sich Olivia Sanderson aufregte.

Langsam ging sie in den Hof. »Thank you«, sagte sie.

»Was ist das alles?«, fragte Mrs Sanderson.

»It is … my …«, Ruth suchte verzweifelt nach den richtigen Worten. »It is sheets … Wäsche, from my mother. My grandmother. My family.« Sie öffnete einen Koffer. »Es ist Wäsche, von meiner Familie. Nur Wäsche. Und es ist alles, was uns die Nazis gelassen haben«, sagte sie.

»My goodness, warum hast du das mitgenommen? Was willst du mit so viel Bettwäsche?«, fragte Mrs Sanderson.

Ruth zuckte mit den Schultern. »I don't understand. Ich verstehe Sie nicht.«

Olivia Sanderson funkelte ihren Mann wütend an. »Kümmere dich darum. Ich will keine deutschen Motten in meinem Haus.«

»Werde ich«, sagte er nur und nickte Ruth beruhigend zu.

Sie brachten die Koffer in die Mansarde, stellten sie in eines der leeren Zimmer.

»Kümmere dich nicht um sie. Mach nur deine Arbeit. Just do your work«, sagte Sanderson zu ihr.

Ruth nickte. Sie sollte einfach nur ihre Arbeit machen, dann wäre alles in Ordnung.

Es war eine Menge Arbeit, die Ruth zu tun hatte. Im Lauf der nächsten Tage lernte sie das Haus und den Hof kennen. Die Sandersons hatten ein wenig Milchvieh – Kühe –, sie hielten Schweine und Hühner. Im Hof gab es noch einige kleine Ställe mit Kaninchen.

Es gab mehrere Arbeiter, die auf der Farm angestellt waren, aber sie wohnten mit ihren Familien in den kleinen, windschiefen Häusern, die Ruth auf der Hinfahrt gesehen hatte. Dort aßen sie auch.

Früher hatte es noch mehr Angestellte auf der Farm gegeben, auch Hauspersonal, aber das war schon lange vorbei. Das letzte Mädchen hatte vor ein paar Monaten die Arbeit hingeworfen, erfuhr Ruth im Lauf der Zeit von den Arbeitern. Keiner hielt es lange mit Olivia Sanderson aus.

Das verstand Ruth, denn Mrs Sanderson war sehr eigen.

Die Ehe der Sandersons stand unter keinem guten Stern. Sie hatten getrennte Schlafzimmer. Olivia kümmerte sich zwar um die Hühner und half auch beim Milchvieh, aber am liebsten stritt sie mit ihrem Mann. Sie schien immer unzufrieden zu sein.

Freddy Sanderson dagegen war ein sehr gutmütiger und freundlicher Mensch. Er arbeitete hart, die Farm und seine Tochter Jill waren sein Ein und Alles. Ruth behandelte er immer freundlich, auch wenn er gewisse Dinge von ihr erwartete.

Ruth hatte nur einen halben Tag in der Woche frei. Da es aber in der Umgebung nichts gab, was sie in ihrer Freizeit hätte machen können – keine Geschäfte, kein Schwimmbad, kein Kino oder Sonstiges –, störte es sie nicht.

Was ihr zu schaffen machte, war das frühe Aufstehen. Um halb vier klingelte der Wecker, den ihr Mrs Sanderson hinstellte. Sie stand auf, eilte nach unten, befeuerte den Küchenherd. Dann kochte sie Frühstück. Porridge. Das wollten alle essen – Ruth verabscheute den warmen Getreidebrei, der salzig sein sollte. Zum zweiten Frühstück sollte sie oft Spiegeleier, kleine Würstchen, die aus der eigenen Schlachtung stammten, und Speck zubereiten. Es dauerte eine Weile, bis sie begriffen hatte, wie der holzbefeuerte Herd funktionierte. Am Anfang brannte ihr so manches Mal der Porridge an, und auch der Speck wurde schwarz statt kross.

Jeden Tag musste sie die Küche putzen. Sie musste auf den Knien die Fliesen mit einer Bürste schrubben und hinterher mit einem Aufnehmer nachwischen. Mrs Sanderson legte Wert darauf, dass der Boden immer sauber war. Auch den gusseisernen Herd musste sie reinigen und polieren. Das war nicht so einfach, denn er war immer heiß, und das Fett brannte sich schnell ein.

Im hinteren Bereich der Küche hing das Schlachtvieh. Manchmal waren es gepökelte Schinken, manchmal war es frisches Fleisch, das abhängen musste. Je wärmer es wurde, umso mehr Fliegen sammelten sich um das rohe Fleisch. Zu Ruths Aufgaben gehörte es auch, die Fliegenmaden abzusuchen und sie den Hühnern zu geben.

Für den Rest des Tages hatte Mrs Sanderson einen strikten Plan: Am Montag hatte Ruth die große Diele zu putzen. Am Dienstag war der Salon dran. Am Mittwoch die Bibliothek. Am Donnerstag musste sie Mrs Sandersons Schlafzimmer putzen, am Freitag das von Mr Sanderson. Samstags war das Kinderzimmer an der Reihe. Außer Staub zu wischen und den Boden zu scheuern, musste sie die Betten abziehen und neue Bettwäsche aufziehen. Wäsche waschen musste sie zum Glück nicht – das machte eine der Frauen der Knechte. Auch die tägliche und persönliche Wäsche wurde außer Haus gegeben. Zuerst sträubte sich Ruth dagegen, auch ihre Wäsche abzugeben, aber dann fand sie es äußerst nützlich, sich nicht auch noch darum kümmern zu müssen.

Zusätzlich hatte Ruth sich um Jill zu kümmern. Aber das war ein reines Vergnügen – Jill war so ein zauberhaftes, fröhliches Kind. Ruth liebte es, Zeit mit ihr zu verbringen.

Ruths Englisch wurde tatsächlich immer besser, sie verstand viel, auch wenn sie manches noch falsch aussprach. Hans hatte recht gehabt.

Jeden zweiten Tag schrieb sie Mutti, und fast so oft kamen auch Briefe aus Krefeld. Die Briefe klangen immer fröhlich, aber Ruth merkte, dass ihre Mutter ihr etwas vorgaukelte. Über Vati schrieb sie so gut wie nie, sie richtete bloß jedes Mal Grüße von ihm aus. Er war noch in Untersuchungshaft, aber der Prozess gegen ihn lief, und irgendwann würde es ein Urteil geben. Ein Urteil, dem Ruth mit Furcht entgegensah.

Nach zwei Wochen traf Ruth Mr Sanderson morgens in der Küche an. Eine Kuh hatte gekalbt, und er hatte die halbe Nacht im Stall verbracht. Schnell kochte sie ihm einen Tee, die Sandersons tranken keinen Kaffee, dafür aber starken, süßen Tee.

»Mr Sanderson, ich habe eine Bitte«, wandte sie sich an ihn.

»Oh, was denn?«, fragte er, freundlich wie immer, zurück.

»Ich habe ja einen freien halben Tag …«, sagte Ruth. »Aber … aber es gibt hier kaum etwas, was ich an dem halben Tag machen kann.«

Nachdenklich sah er sie an. »Du kommst aus einer Stadt, nicht wahr?«

Ruth nickte.

»Das muss eine ganz schöne Umstellung für dich sein. Plötzlich hier bei uns auf dem Land.«

»Sie wissen gar nicht, wie froh ich bin, hier zu sein.«

»Ich interessiere mich nicht sonderlich für Politik«, sagte er und zuckte mit den Schultern. »Die da oben beschließen sowieso das, was sie beschließen wollen. Ich interessiere mich für meine Tiere, für meine Felder, für meine Farm und für meine Tochter.« Er seufzte. »Aber natürlich hört man dies und das.«

Ruth lächelte. Mr Sanderson war nicht religiös. Jeden Sonntag, wenn seine Frau in die kleine Kirche ging, suchte er den »Pub«, die Kneipe, auf – so wie viele andere Männer. Sie saßen dort, tranken ein Bier oder zwei, diskutierten. Von dort brachte er seine Ansichten und Informationen mit. Hier auf der Farm war im Alltag keine Zeit, um die Tageszeitung zu lesen.

»Wir haben schon mitbekommen, dass es den Juden in Deutschland nicht gutgeht. Vielleicht war das auch ein Grund dafür, dass ich dich hergeholt habe.« Er grinste schief. »Der andere Grund war, dass niemand aus der Umgebung mehr für Olivia arbeiten wollte. Du schlägst dich aber tapfer.«

»Danke«, sagte Ruth. Dass sie die Arbeit mit Mrs Sanderson häufig schrecklich fand, verschwieg sie lieber.

»Was wolltest du mich denn fragen?«

»Nun, ich habe den halben freien Tag. Wenn ich aber eine Woche durcharbeite, kann ich dann in der folgenden Woche einen ganzen freien Tag haben? Dann könnte ich mal nach London fahren.«

»Was willst du denn in London?«, fragte er neugierig.

»Ich will versuchen, eine Einreisegenehmigung für meine Eltern zu bekommen«, erklärte Ruth. »Sie sind in Gefahr ...«

»Du? Du willst das schaffen?«, fragte Sanderson überrascht. Dann dachte er nach. »Einen ganzen Tag wird dir Olivia nicht freigeben. Aber wenn du morgens das Frühstück machst und die Küche putzt, kannst du um zehn wohl gehen. Das werde ich mit ihr vereinbaren. Zum Abendessen musst du wieder hier sein.«

Es war zwar kein ganzer Tag, aber ein paar Stunden. Zeit, die Ruth nutzen wollte. »Danke, Mr Sanderson«, sagte sie erleichtert.

Kapitel 18

Wie erwartet, war Olivia Sanderson von dieser Regelung nicht begeistert. Immer wieder fand sie Gründe, weshalb Ruth doch nur ein paar Stunden frei nehmen konnte. Und so wurde es Mai, schließlich Juni. Alles war grün und blühte, auf den Feldern schoss das Getreide.

In ihren wenigen freien Stunden ging Ruth oft zum Strand. Sie nahm ihr Tagebuch mit, starrte auf das Wasser. Auf der anderen Seite war Europa. Holland und dahinter Deutschland. Und dort war ihre Familie. Sie hatte Sehnsucht nach Mutti, Vati und Ilse, ja selbst Großmutter Emilie vermisste sie, und zu gern hätte sie einmal wieder bei Omi und Opi in der Küche gesessen. Heimweh nach Deutschland hatte sie nicht – nur nach den Menschen, die ihr nahestanden.

Inzwischen hatte Ruth Post aus London bekommen. Die »Society of Friends« – eine Organisation der Quäker – kümmerte sich um die jungen Frauen, die als Haushaltshilfen nach England gekommen waren. Sie hatten ein Register der Adressen, vermittelten Kontakte zu anderen, die in der Nähe arbeiteten, und boten Hilfe bei Schwierigkeiten an. Die Society hatte ihren Sitz in London, und dort gab es auch die Möglichkeit, die anderen zu treffen. Nur junge jüdische Frauen aus Deutschland und Österreich hatten sich in diesem Programm beworben – so wie Ruth es schon vermutet hatte.

An diesem Tag Anfang Juni war wieder ein Brief aus Krefeld gekommen. Diesmal klang er bedrückt. Großmutter Emilie hatte einen Schlaganfall erlitten und war zum Teil gelähmt. Vatis Prozess stand vor dem Abschluss. Schmidt, der Anwalt, hatte alle rechtlichen Mittel ausgeschöpft, um die Verhandlungen in die Länge zu ziehen. Es stand fest, dass Vati verurteilt werden würde, aber noch war offen, wie seine Strafe aussehen würde.

Ich muss etwas unternehmen, dachte Ruth verzweifelt. Jetzt bin ich schon zwei Monate in England und habe noch nichts geschafft.

Auch ein weiterer Brief war gekommen – aus Slough, einer kleinen Ortschaft westlich von London. Dort wohnten die Koppels, Freunde der Familie und auch ganz entfernte Verwandte, so genau wusste es Ruth nicht. Schon seit ihrer Ankunft in Frinton-on-Sea hatte sie versucht, die Koppels zu erreichen, doch ihre Briefe waren als nicht zustellbar zurückgekommen. Endlich hatte sie eine Nachricht von Mutti erhalten, dass die Koppels umgezogen waren.

Sie waren ganz begeistert, dass Ruth in England war, und kündigten einen Besuch an. Glücklich schloss Ruth die Augen. Die Koppels würden ihr sicher helfen können.

Schon drei Tage später war es so weit. Olivia hatte zwar das Gesicht verzogen, als Ruth den Besuch ankündigte, aber Freddie hatte sich für sie gefreut.

»Ist das Verwandtschaft?«, fragte er.

»Ganz entfernt – eine Cousine einer Cousine meines Vaters«, sagte sie.

»Blut bleibt Blut«, sagte Freddy Sanderson. »Und es ist immer gut, wenn man Verwandtschaft in der Nähe hat.«

»Aber sie kommen morgen«, nörgelte Olivia. »Morgen wollte ich mich mit Susan im Dorf treffen.«

»Was hindert dich daran?«, fragte Freddie.

»Ich habe keine Lust, Jill mitzunehmen.«

»Ich passe auf Jill auf«, sagte Ruth leichthin. Sie nahm das kleine Mädchen auf ihren Schoß. »Jill ist so lieb, sie wird nicht stören.«

»Dann ist ja alles geklärt«, sagte Freddie zufrieden und ging wieder in den Stall.

Am nächsten Tag machte sich Olivia zurecht, nahm schon mittags das Auto und fuhr in das Dorf. Von der Farm bis zum Dorf waren es etwas mehr als drei Meilen, knapp fünf Kilometer. Es gab einen kürzeren Fußweg quer durch die Felder, aber den würde Olivia mit ihren hochhackigen Schuhen niemals wählen.

Ruth hatte schon die Küche gewischt. Wenn sie sich Mühe gab, schaffte sie es inzwischen in einer Stunde. Nun musste sie noch den Herd polieren. Sie bekam ein kleines Taschengeld, zusätzlich zu Kost und Logis, davon hatte sie Kaffeebohnen gekauft und ein paar Ingwerplätzchen. Schnell ging sie nun nach oben, Jill folgte ihr wie immer fröhlich. Heute musste sie Olivias Zimmer aufräumen, saubermachen und das Bett neu beziehen. Sie öffnete die Tür zu dem Zimmer und blieb entsetzt stehen. Überall lagen Kleidungsstücke herum. Sie wusste, dass Olivia von ihr erwartete, dass sie alles sehr ordentlich auf die Bügel hängte oder auf Kante faltete und in die Kommode räumte. Der Waschtisch war mit Puder übersät. Es würde eine Weile dauern, bis sie Ordnung in dieses Chaos gebracht hatte. Und heute, das wusste Ruth genau, würde Olivia alles besonders kritisch prüfen.

»Setz dich dort vorn hin, Schätzchen«, sagte sie zu Jill. »Du kannst deine Puppe kämmen.« Sie gab Jill Olivias Bürste. Das war ihr zwar untersagt worden, aber besondere Aufgaben erforderten auch besondere Maßnahmen, fand Ruth.

Sorgfältig legte sie die Kleidungsstücke zusammen, verstaute sie. Auch die fünf Paar Schuhe räumte sie in den Schrank. Dann zog sie das Bett ab, wischte überall Staub, ordnete die Parfümflaschen und das Make-up. Olivia schminkte sich fast jeden Tag. Alle zwei Wochen fuhr sie nach Frinton und ließ sich die Haare ondulieren. Sie achtete darauf, dass ihre Fingernägel gepflegt und sauber waren, lackierte sie regelmäßig. Olivia sah nicht aus wie eine Bäuerin und schien dieses Leben auch zu verabscheuen. Schon mehrfach hatte Ruth Auseinandersetzungen zwischen den Eheleuten mit angehört, in denen Olivia ihren Mann bedrängte, die Farm zu verkaufen und mit ihr nach London zu ziehen. Doch das kam für Freddy nicht in Frage. Diese Farm gehörte schon seit Generationen seiner Familie.

Nachdem sie das Bett neu bezogen hatte, kehrte sie das Zimmer, den Teppich brachte sie nach draußen. Die Sonne schien, aber hier wehte immer ein Wind von der See. Ruth legte den kleinen Teppich über die Teppichstange und gab Jill den Teppichklopfer. Begeistert schlug Jill zu, sie lachte und quietschte vor Vergnügen.

In diesem Moment kam Freddie von den Feldern. Er blieb stehen und sah der Szene zu. Schnell nahm Ruth den Teppichklopfer an sich und senkte den Kopf. »Es tut mir leid«, sagte sie.

»Was tut dir leid?«, fragte Freddie verblüfft.

»Jill … ich meine … sie hat immer so einen Spaß daran … aber ich weiß, dass es Ihre Frau nicht gutheißt, wenn sie das macht – wenn sie irgendetwas im Haushalt macht und mir hilft.«

»Jill wird im Sommer drei, so groß kann ihre Hilfe ja nicht sein«, sagte Freddie schmunzelnd. »Und ich finde es nicht verkehrt, wenn sie früh lernt, Aufgaben zu übernehmen. Lass sie ruhig machen, und kümmere dich nicht darum, was Olivia sagt.«

Die Worte trösteten Ruth zwar, aber ihr war bewusst, dass

es nur die halbe Wahrheit war. Sie unterstand mit ihren Aufgaben im Haushalt vornehmlich Olivia und hatte sich an ihre Anweisungen zu halten.

Im Moment war es ihre größte Angst, dass sie Mrs Sanderson nicht zufriedenstellen konnte, so dass diese ihr kündigte. Wenn sie dann nicht schnell eine neue Stellung fand, würde sie das Land wieder verlassen müssen.

Nachdem sie mit dem Zimmer fertig war, prüfte Ruth es noch einmal. Natürlich hatte sie in den letzten zwei Jahren auch zu Hause im Haushalt geholfen – aber das war nichts im Vergleich dazu, was sie hier zu leisten hatte. Dennoch war Ruth dankbar, hier sein zu können. Nichts war so schlimm wie die Situation in Deutschland. Und auch wenn sie sich abends manchmal zerschlagen und erschöpft ins Bett legte, war das morgens immer ihr erster Gedanke: Ich bin in Freiheit.

Plötzlich hörte sie ein Auto auf den Hof fahren. Sollte Olivia schon zurückgekehrt sein? Ruth schnappte sich Jill, zog die Zimmertür zu und lief nach unten, durch die Küche und in den Hof. Den Wagen, der dort nun parkte, kannte sie nicht, doch die Leute, die ausstiegen, kannte sie, obwohl sie die Koppels schon seit Jahren nicht gesehen hatte.

»Tante Hilde, Onkel Werner!«, rief sie. »Oh, und Marlies. Gute Güte, bist du groß geworden!« Dann lachte sie. »Was habe ich früher diesen Satz immer gehasst – und nun verwende ich ihn selbst.«

Sie fielen sich in die Arme. In diesen schweren Zeiten war das Gefühl der Verbundenheit besonders groß.

»Ist das dein Kind?«, fragte Tante Hilde leise und zeigte auf Jill.

»O nein, das ist Jill, die Tochter meiner Arbeitgeber«, erklärte Ruth. Es tat gut, endlich wieder Deutsch sprechen und sich richtig ausdrücken zu können, ohne über die Bedeutung der Wörter nachdenken zu müssen. Dennoch hörte sie einen leichten englischen Akzent bei den Koppels.

Werde ich später auch so sprechen?, fragte sie sich. Aber jetzt waren andere Fragen viel wichtiger.

Ruth führte den Besuch in die Küche. Sie kochte echten Bohnenkaffee, stellte die Schale mit den Keksen auf den Tisch.

Es gab viele Fragen, und geduldig versuchte Ruth, alles zu erklären. Natürlich hatten die Koppels von der Pogromnacht gehört.

»Ich habe deiner Mutti geschrieben und anderen auch. Ich habe sie gefragt, ob ihr Schäden hattet, betroffen wärt – aber alle Antworten fielen so nichtssagend, so ausweichend aus.«

»Man weiß nie, wer die Briefe noch liest«, sagte Ruth leise. »Man weiß auch nie, wer am Telefon mithört. Und jede Kritik am Regime wird bestraft.«

»Das hat man uns auch gesagt, und wir konnten es gar nicht glauben. Was ist nur aus Deutschland geworden?«, sagte Werner traurig.

»Karl ist inhaftiert?«, fragte Hilde.

»Ja, noch ist der Prozess nicht abgeschlossen, aber er wird verurteilt werden. Unsere größte Angst ist, dass sie ihn nach Dachau schicken.«

»Ist es wirklich so schlimm, wie man hört? Sind das nicht alles Gerüchte? Propaganda?«

Ruth sah sie an, biss sich auf die Lippen. »Es ist schlimmer, viel schlimmer. Im November, in dieser grauenvollen Nacht, sind etwa siebzig Krefelder Juden verhaftet und nach Dachau gebracht worden. Zwanzig sind dort inzwischen gestorben. In den Mitteilungen stand immer nur, dass sie an Krankheiten gestorben wären, aber nie, welche Krankheiten es waren.« Sie schluckte. »Einige wenige konnten sich freikaufen und nach Krefeld zurückkehren, aber nur, wenn sie den Nazis ihr ganzes Hab und Gut überließen und eine Möglichkeit hatten, das Land zu verlassen – was ja immer schwieriger und schwieriger wird. Sie erzählten, dass sie stundenlang in der Eiseskälte auf dem Hof stehen mussten oder dass sie den Schnee mit den Händen räumen mussten. Es gibt nur wenig zu essen – die hygienischen Verhältnisse müssen furchtbar sein. Die erfrieren oder verhungern, wenn sie nicht krank werden und an Typhus sterben.«

»Das ist furchtbar.«

»Unser Anwalt sagte, dass Vati, wenn er eine Ausreisegenehmigung hat, wahrscheinlich aus der Haft entlassen wird. Deshalb muss ich unbedingt Papiere für meine Familie bekommen.«

»Das ist nicht so einfach. Wir haben das auch schon versucht und sind gescheitert. Hildes Verwandte sind noch in Anrath«, sagte Onkel Werner. »Wir hoffen alle, dass die Gesetze etwas gelockert werden, jetzt, wo Churchill Prime Minister ist und nicht mehr der ängstliche Chamberlain mit seiner Appeasement-Politik.«

»Es gibt eine Organisation, die bei diesen Anträgen hilft. Ich kenne da eine Frau, sie wohnt in London«, sagte Tante Hilde. »Du musst sie kennenlernen, sie weiß sicher, was man machen kann.«

Ruth seufzte, dann schaute sie auf die Kaminuhr und zuckte zusammen. Über die Gespräche hatte sie ganz die Zeit vergessen. Sie sprang auf. »Ich muss Essen machen«, sagte sie hektisch. »Sonst bekomme ich Ärger.«

»Gehen sie nicht gut mit dir um?«, fragte Tante Hilde besorgt.

»Sie ist streng, er ist nett«, sagte Ruth. »Es geht schon. Ich bin ja froh, dass ich die Stelle habe.«

Sie setzte einen großen Topf auf den Herd, befeuerte ihn. In den letzten Tagen waren etliche Lammböcke geschlachtet worden, die nun nach und nach verarbeitet wurden. Übermorgen würden die Frauen der Knechte kommen und wursten, hatte Olivia ihr angekündigt.

Ruth hatte schon Kartoffeln, Zwiebeln und Rüben geschält und kleingeschnitten, briet nun die Lammkeule ordentlich an, löschte ab und gab das Gemüse hinzu. Schon bald duftete es köstlich.

»Du musst uns besuchen kommen«, sagte Hilde wieder. Mit dem Zug geht es ganz gut.«

»Aber es dauert. Ich habe mich schon erkundigt. Sechs Stunden fährt man, und ich muss in London umsteigen.«

»Wenn du morgens fährst, bist du mittags da«, sagte Onkel Werner. »Und am anderen Tag fährst du dann zurück.«

»Ich habe nur einen halben freien Tag«, sagte Ruth leise.

»Wie bitte? Das ist ja die Höhe.«

Ruth zuckte mit den Schultern. »Mrs Sanderson ist etwas schwierig.« Sie kontrollierte den Eintopf, salzte nach. »Habt ihr etwas von den Hirschs gehört?«, fragte sie dann.

In der nächsten Stunde tauschten sie Informationen aus, Neuigkeiten von Freunden und Verwandten. Einige hatten es geschafft auszuwandern – nach England, Amerika, Palästina oder nach Skandinavien. Viele aber suchten noch nach Möglichkeiten.

Um kurz vor sechs fuhr Mrs Sanderson mit dem kleinen Ford in den Hof. Das Essen war zum Glück fertig geworden.

Jill lief ihrer Mutter plappernd und freudig entgegen, streckte die Arme aus, um hochgehoben zu werden. Doch Olivia nahm sie nur an der Hand und kam mit ihr in die Küche.

Die Koppels standen auf und begrüßten Mrs Sanderson. Onkel Werner hatte sogar ein paar Pralinen mitgebracht.

»Wir wollten gerade gehen«, sagte Tante Hilde mit deutlichem deutschem Akzent, aber sehr viel flüssiger als Ruth.

»Aber nein«, sagte Mrs Sanderson. »Sie müssen zum Essen bleiben. Ich hoffe, Ruth hat genug gekocht.«

»Die Heimfahrt ist lang«, sagte Onkel Werner.

»Noch ein Grund, nicht mit leerem Magen zu fahren. Ich bestehe darauf: Sie bleiben zum Essen.« Dann entschuldigte sie sich und ging nach oben, um sich umzuziehen.

»Ich weiß gar nicht, was du hast«, sagte Tante Hilde. »Sie ist doch sehr nett.«

»Sie ist eine gute Schauspielerin«, sagte Ruth. »Sie kann auch ganz anders, glaubt mir.«

Zum Essen kam auch Mr Sanderson in die Küche. Er begrüßte die Gäste herzlich, und schon bald war man in anregende Gespräche vertieft. Mrs Sanderson erstaunte Ruth – sie war eine höfliche und freundliche Gastgeberin.

»Wir möchten gern, dass Ruth uns besuchen kommt«, sagte Tante Hilde. »Das wird doch wohl möglich sein.«

»Sie könnte mit dem Zug fahren«, meinte Onkel Werner. »Den einen Tag morgens zu uns, den nächsten Tag dann zurück.«

Nun runzelte Mrs Sanderson die Stirn.

»Aber natürlich«, sagte Mr Sanderson. »Natürlich soll sie Sie besuchen. Sie haben sich ja lange nicht gesehen, sagte Ruth, und sich sicherlich viel zu erzählen.«

»Ja, das stimmt.«

Sanderson sah seine Frau an. »Nächste Woche? Nach dem Wursten? Dann steht ja hier nicht so viel an, was meinst du?«

»Es steht immer viel an. Das begreift ihr Männer nur nicht. Der Haushalt macht sich ja nicht von allein«, sagte Mrs Sanderson mit einem verkniffenen Lächeln.

»Es wären doch nur knapp zwei Tage, einer und ein halber«, sagte Sanderson. »Sie ist ja schon am nächsten Mittag zurück.«

»Nun gut, ja.« Das Lächeln auf ihrem Gesicht erreichte die Augen nicht.

Ruth triumphierte innerlich und war so froh, dass Tante Hilde und Onkel Werner dies so hatten regeln können.

Tatsächlich saß sie eine Woche später aufgeregt in der Bahn. Von Frinton-on-Sea ging es nach London. Ruth saß am Fenster und sah nach draußen. Es war das erste Mal, dass sie mehr von diesem Land sah, in dem sie nun lebte. Die Küstenlandschaft war hügelig und grün, sie fuhren durch kleine Städtchen mit manchmal schiefen Häusern, die meist in Reihe gebaut waren. In der Ferne sah sie vereinzelt Gehöfte. Dann nahm die Bebauung zu. Der Bahnhof Colchester war groß, hier stiegen viele Leute zu. Dann ging es weiter in Richtung London. Ruth konnte sich kaum sattsehen. In London klebte sie fast mit der Nase am Fenster. Zu gern wäre sie ausgestiegen und hätte das Bloomsbury House gesucht – dort befand sich das »Central Committee for Refugees«, und dort würde sie hoffentlich Hilfe bekommen. Aber noch war es nicht so weit.

Die Fahrt ging weiter, sie fuhren durch London, hielten an mehreren Bahnhöfen. Nachdem Ruth die letzten Monate so einsam auf dem Land gewohnt hatte, fühlte sie sich von den Menschenmassen, den vielen Autos und Fuhrwerken auf den Straßen überfordert. Immer wieder schaute sie auf die Namen der Bahnhöfe. Ihre größte Angst war, Ealing zu verpassen – dort musste sie umsteigen.

Doch auch das gelang ihr. Die Erleichterung war groß, als sie nun im Zug nach Slough saß. Auch die Umgebung veränderte sich, wurde wieder ländlicher, die Städte wurden kleiner und die Felder weiter.

Als sie in Slough ankamen, und Ruth aus dem Zug stieg, war sie von den vielen verschiedenen Eindrücken erschöpft.

Zum Glück wartete Tante Hilde schon auf sie.

Ruth konnte sich frisch machen, und dann gab es Kaffee und Kuchen.

»Ich habe die Frau, von der ich dir erzählt habe, erreichen können. Sie kommt nachher vorbei.«

»Das ist ja einzig, phänomenal«, sagte Ruth begeistert. »Ich hoffe, sie kann mir helfen.«

»Ganz bestimmt kann sie das. Ihr Mann war früher im diplomatischen Dienst – das ging nach dreiunddreißig natürlich nicht mehr. Er arbeitet hier in irgendeiner Form für die Regierung, aber ich weiß nicht so genau, was. Das spielt ja auch keine Rolle, solange sie nur helfen können. Diese Bürokratie ist manchmal so verflixt kompliziert.«

Dann klingelte es – ein Geräusch, das Ruth immer noch zusammenzucken ließ. Hier gab es keine Gestapo, aber die Erinnerungen daran ließen Ruth nicht los.

»Da sind Sie ja«, begrüßte Tante Hilde den Gast freudig. »Meine Großnichte wartet schon auf Sie.«

»Nun, dann schauen wir mal, ob ich helfen kann.«

Verblüfft sah Ruth den Gast an, und auch Frau Nebel war nicht minder erstaunt.

»Dich kenne ich doch«, sagte sie nachdenklich. »Dich habe ich schon einmal irgendwo gesehen.«

»Auf der Fähre …«

»Aber natürlich«, sagte Edith Nebel nun und lachte auf. »Das Mädchen mit den vielen Koffern.«

Tante Hilde brühte noch einmal Kaffee auf, Frau Nebel setzte sich zu Ruth an den Tisch. »Was hat dich damals so erschreckt? Du wirktest wie ein Kaninchen, das vor einer Schlange sitzt.«

»Ich hatte Angst«, gestand Ruth. »Ich habe immer noch Angst, aber sie wird weniger.«

»Angst vor mir?«

»Vor jedem, der Fragen stellt.«

»Warum?«

Ruth druckste herum, schließlich aber gestand sie: »Ich habe eine ›working permit‹, eine Arbeitserlaubnis.«

Frau Nebel nickte.

»Ich habe am 30. Juni Geburtstag. Ich bin 1921 geboren«, sagte Ruth. »So steht es auch in meinem Pass.«

»Dann bist du ja noch keine achtzehn«, sagte Edith Nebel.

Ruth schüttelte den Kopf. »Noch nicht ganz.«

»Wie bist du an die Papiere gekommen?«

»Ich habe mein Geburtsdatum gefälscht und mich ein Jahr älter gemacht.«

Edith nickte anerkennend. »Das war einerseits clever, andererseits auch ziemlich gefährlich.«

»Ich musste. Ich konnte es nicht mehr in Deutschland aushalten. Wir Juden dürfen gar nichts mehr, haben überhaupt keine Rechte, werden angepöbelt, verleumdet, angegriffen. Und dann der neunte November – sie haben unser Haus zerstört, alles, was wir hatten. Seitdem ist da nur noch die große Unsicherheit. Und dann haben sie auch noch meinen Vater verhaftet. Nur wenn ich Ausreisepapiere für ihn bekomme, hat er eine Chance, aus der Haft entlassen zu werden, sonst droht ihm womöglich …«, Ruth konnte nicht mehr weitersprechen. Tränen standen in ihren Augen. Da war sie wieder, diese unendliche Angst, die sie zerfraß.

»Ich verstehe«, sagte Edith sanft.

»Und ich verspreche dir, dass ich dir helfen werde. Du kannst einen Besucherantrag stellen. Allerdings nur für deine Eltern.«

»Meine Mutter wird nicht ohne meine Schwester gehen.«

»Oh, du hast noch eine Schwester?«

»Sie ist vierzehn.«

»Für sie kannst du auch einen Antrag stellen.«

»Und was ist mit meinen Großeltern? Mit meiner Tante und meinem Cousin?«

Edith schüttelte den Kopf. »Das geht leider nicht. Wenn deine Eltern hier sind und einer von ihnen eine Arbeitserlaubnis hat, kann er Anträge für die Großeltern stellen. Ist die Tante mütterlicherseits, kann es deine Mutter versuchen.«

»Sie ist die Schwester meines Vaters.«

»Dann könnte er einen Antrag stellen. Aber diese Anträge haben keine Garantien. Man kann es versuchen, aber man ist auf den guten Willen des Beamten angewiesen. Die Bescheide ergehen ziemlich willkürlich.«

»Ich muss es wenigstens versuchen, und zwar schnell, bevor mein Vater nach Dachau transportiert wird oder in eines der anderen Lager.« Ruth musste innehalten, schloss kurz die Augen. Wieder spürte sie die Tränen, aber sie blinzelte sie tapfer weg. Sie musste sich jetzt konzentrieren und so viele Informationen wie möglich von Frau Nebel bekommen.

»Da ist tatsächlich Eile geboten, zumal es Krieg geben wird, das ist gewiss.«

Ruth atmete tief ein. »Was muss ich machen?«

»Ich werde dir die Anträge besorgen. Wohnst du hier in Slough?«

»Nein, in Frinton-on-Sea.«

»Ein reizendes kleines Städtchen«, sagte Edith. »Hast du irgendeine Möglichkeit, dort eine Wohnung für deine Eltern zu finden? Gibt es dort jemanden, der sie aufnehmen würde?«

»Nein«, sagte Ruth. »Der Farmer, bei dem ich arbeite, würde es vielleicht machen – aber seine Frau würde dem nie und nimmer zustimmen.«

»Sie müssen irgendwo unterkommen – das musst du schon vorher gesichert haben, sonst hat der Antrag gar keinen Wert.«

»Wir könnten sie aufnehmen«, sagte Tante Hilde. »Zumindest vorerst. Und dann könnten wir hier eine kleine

Wohnung für sie suchen. In der Innenstadt stehen einige leer.«

»Das könnte gehen. Dann müssten Sie eine Erklärung unterschreiben, dass Sie Ruths Eltern bei sich aufnehmen.«

Edith sah Ruth an. »Haben deine Eltern Geld?«

»Mein Vater hat einige Sachen nach Holland bringen lassen – dort sind sie bei einer befreundeten Familie. Auch Bargeld, glaube ich.«

»Es wäre gut, wenn wir Geld hätten. 500 Pfund als eine Art Kaution sind fast schon eine Garantie für ein Besuchervisum.«

»Ich werde mich mit den Bekannten in Verbindung setzen. Aber … ich habe kein Konto, ich bin ja noch nicht volljährig.«

Edith sah Hilde an. »Dann muss das über Sie gehen.«

»Natürlich. Wir tun alles, was in unserer Macht steht – aber 500 Pfund haben wir nicht.«

»Die Kruitmans könnten dir Geld anweisen. Ob es 500 Pfund sind, weiß ich aber nicht.«

»Das klingt doch alles nach einem guten Plan. Ich kümmere mich um die Anträge, und dann hören wir wieder voneinander.«

Edith verbrachte den ganzen Abend in Slough. Sie und Ruth redeten viel miteinander. Ruth erzählte ihr von Krefeld, von ihrer Familie, ihrem Leben – ja sogar von Kurt und Manfred. Sie zeigte Edith die Geheimschrift, die sie erfunden hatte, und einige Familienfotos, die sie nach Slough mitgebracht hatte. Es war schon nach Mitternacht, als Edith ging, und Ruth hatte das Gefühl, eine langjährige mütterliche Freundin zu verabschieden.

In dieser Nacht schöpfte Ruth zum ersten Mal ein wenig Hoffnung. Die Möglichkeit, dass ihre Eltern und Ilse hierherkommen könnten, war zumindest in greifbare Nähe gerückt.

Sie hatte am Abend noch bei den Kruitmans anrufen dürfen. Irene versprach ihr, sich darum zu kümmern. Viel Bargeld war nicht da, aber es gab einige Wertgegenstände, die sie veräußern konnten. Allerdings sank der Wert ständig, die Meyers waren nicht die Einzigen, die Bargeld brauchten, und so waren viel Silberbesteck, Münzen und andere Dinge auf dem Markt.

Am nächsten Morgen fuhr Ruth in aller Frühe zurück nach Frinton-on-Sea. Sie hatte ihr Fahrrad am Bahnhof abgeschlossen und fuhr durch die Felder zur Farm auf dem Great Holland Hill. Mrs Sanderson erwartete sie schon.

»Gut, dass du kommst«, sagte sie. »Heute Nacht ist ein Fohlen geboren worden, und Freddie ist mehrfach mit seinen matschigen Stiefeln durch die Küche gestapft.«

Ohne zu murren, schrubbte Ruth die Küche, setzte dann das Essen auf und kümmerte sich um Jill. Es war ihr alles egal, wenn sie nur ihre Eltern wiedersehen würde.

Sie schrieb ihrer Mutter einen Brief, deutete die Entwicklung an. Sie wollte ihr Hoffnung machen, aber auch noch nicht zu viel – denn schließlich lagen noch einige Steine im Weg, die beiseitegeschafft werden mussten.

In den nächsten Tagen wartete sie ungeduldig auf eine Nachricht von Frau Nebel. Schließlich kam ein Anruf von ihr.

Ruth war es untersagt, an das Telefon zu gehen. Außer zum Putzen hatte sie in der großen Diele nichts verloren. Olivia ging zum Telefon, kam dann in die Küche.

»Es ist für dich, Ruth«, sagte sie.

Ruth lief in die Diele. »Hallo?«, sprach sie atemlos in den Hörer.

»Guten Tag, Ruth«, hörte sie die Stimme mit dem undefinierbaren Akzent. Es war Frau Nebel. »Ich habe die Anträge. Können wir uns treffen? Dann helfe ich dir beim Ausfüllen.«

»Ich komme so schlecht hier weg«, gestand Ruth. »Mrs Sanderson gibt mir immer nur einen halben Tag frei.«

»Das ist nicht wirklich rechtens, aber nun ja, so ist das manchmal. Wann hast du deinen nächsten halben freien Tag?«

»Übermorgen.«

»Dann komme ich nach Frinton. Soweit ich mich erinnere, gibt es dort ein reizendes Café am Strand.«

»Ich komme zum Bahnhof«, sagte Ruth aufgeregt.

Sie konnte es kaum erwarten. Die Tage, die wie immer mit Arbeit gefüllt waren, schienen kaum vergehen zu wollen. Doch dann war es so weit. Tiefe Wolken lagen über der Küste, der Wind jagte die Schauer über das Land, aber das alles hinderte Ruth nicht daran, ihren Mantel anzuziehen und das Fahrrad aus dem Schuppen zu holen.

»Fährst du nach Frinton?«, fragte Mrs Sanderson. »Dann kannst du ein paar Besorgungen für mich erledigen.«

»Keine Zeit«, sagte Ruth und schwang sich auf ihr Fahrrad, trat in die Pedale.

»Das ist ja die Höhe!«, rief ihr Mrs Sanderson erbost nach, aber das störte Ruth nicht.

Sie musste gegen den Wind ankämpfen, hatte immer wieder Sand zwischen den Zähnen, wurde klatschnass, aber sie erreichte den Bahnhof in dem Moment, als der Zug aus London eintraf.

»Englisches Sommerwetter«, begrüßte Edith sie amüsiert. »Es gibt durchaus schönere Länder, in denen man den Sommer verbringen kann. Aber sei's drum.«

»Ich weiß nicht, ob es das Café noch gibt, von dem Sie sprachen. Ich bin nicht so oft im Städtchen.«

»Städtchen? Das ist ein Dorf«, lachte Edith. »Nun gut, finden wir heraus, ob es hier irgendwo etwas Warmes zu trinken gibt.«

Tatsächlich existierte der kleine Pub, an den sich Edith erinnerte, noch. Sie nahmen an einem Tisch Platz, bestellten Tee. Edith holte die Anträge aus der Tasche.

»Wie gut ist dein Englisch?«

»Ich verstehe viel, aber schreiben kann ich nur wenig.«

»Gut, dafür bin ich dann da.«

Gemeinsam füllten sie die Anträge aus. Endlos viele Fragen waren zu beantworten. Zum Glück hatte Edith die Unterlagen von Koppels schon erhalten – dass sie den Meyers eine Wohnmöglichkeit boten –, aber noch keinen Kontoauszug, auf dem die 500 Pfund ersichtlich wurden.

»Hilde meinte, dass das Geld noch käme. Dieses Geld müssen sie dann noch auf ein Anderkonto einzahlen – es dient als Sicherheit, falls deine Eltern krank werden und keine Kosten zahlen können – und solche Sachen.«

»Das Geld bekommt der Staat?«, fragte Ruth. »Und behält es?«

»Er behält das Geld nur, wenn durch deine Eltern Kosten anfallen, die ansonsten der englische Steuerzahler übernehmen müsste.«

»Ich verstehe, danke Frau Nebel, wie kann ich Ihnen danken?«, fragte Ruth.

»Willst du mich nicht Edith nennen?«, fragte sie leise.

Ruth sah sie an, nickte. »Natürlich. Gern, Edith.«

Nachdem sie alles ausgefüllt hatten, packte Edith die Unterlagen wieder ein und lehnte sich zurück. »Ich werde das noch einmal von einem Freund prüfen lassen, der versiert ist«, erklärte sie. »Dann schicke ich es dir zu, oder du holst die Anträge bei mir in London ab. Du musst sie persönlich zum Bloomsbury House bringen, sonst landen sie nur in irgendeiner Ablage.«

»Das mache ich. Wird es lange dauern?«

»Das weiß ich nicht – das ist mal so, mal so. Wichtig wäre,

dass wir Geld auf dieses Anderkonto einzahlen können, selbst wenn es nicht ganz 500 Pfund sind.«

Ruth nickte. »Ich versuche, mich darum zu kümmern.«

»Du weißt«, sagte Edith nachdenklich, »dass diese Anträge keine Garantie sind? Keine Garantie dafür, dass deine Eltern ein Besuchervisum bekommen?«

»Ja, das weiß ich. Aber ich muss es versuchen.«

»Ich finde dich außerordentlich, ich finde dich ganz besonders tapfer. Und stark.«

»Danke.«

»Ich habe mir etwas überlegt – weißt du, ich habe keine eigenen Kinder. Deshalb engagiere ich mich sehr für die Kindertransporte. Aber jemand wie du, der sollte in Freiheit und Sicherheit leben.«

»Das kann ich ja jetzt.«

»Aber deine Zukunft ist nicht die eines Hausmädchens«, sagte Edith leise. »Du solltest studieren, etwas mit deinem Leben anfangen. Du hast das Zeug dazu, das spüre ich.«

Ruth wusste gar nicht, was sie sagen sollte.

»Ich würde dich adoptieren. Das geht über das Rote Kreuz, ich habe mich schon erkundigt. Ich würde mich um dich kümmern, bis du eine ordentliche Ausbildung hast und fest im Leben stehst.«

Ruth konnte gar nicht fassen, was sie da hörte. »Ich, also … ich …«, stotterte sie.

Edith hob die Hände. »Das ist nichts, was du hier und jetzt entscheiden musst. Denk in Ruhe darüber nach.«

»Aber ... was ist mit deinem Mann? Was sagt er dazu?«

»Ich habe ihm von dir erzählt. Er ist sehr beeindruckt und unterstützt das auch.« Sie sah Ruth an. »Wir haben die britische Staatsbürgerschaft. Wenn wir dich adoptieren, hast du sie auch. Du bist dann Engländerin, und die Nazis können dir nichts mehr anhaben. Viele Freunde von uns machen das gerade, um andere Juden zu retten.«

»Danke«, sagte Ruth fast tonlos. »Danke, ich werde darüber nachdenken.«

Gerade noch rechtzeitig schaffte es Edith zum Abendzug, der sie wieder zurück nach London brachte. Sie umarmte Ruth zum Abschied herzlich, und Ruth erwiderte die Umarmung. Inzwischen regnete es in Strömen.

Sie brachte das Fahrrad in den Schuppen, hängte den triefenden Mantel an einen Haken, zog vor der Küchentür die Schuhe aus und schlüpfte in die Küche. Hier war es warm und heimelig, im großen Herd knackte das Holz. Es duftete nach Harz und nach der Suppe, die auf dem Herd blubberte.

Die Tür zur Diele stand auf. Mrs Sanderson saß dort auf dem Sessel neben dem Tischchen und telefonierte.

»O ja«, sagte sie. »Wir haben ein neues Hausmädchen. Aus Deutschland. Sie ist zwar Jüdin, aber sie stellt sich ganz geschickt an.«

Die Worte erreichten Ruth und bohrten sich in sie hinein.

Warum hat sie das gesagt? Warum? Warum bin ich nicht nur das Hausmädchen aus Deutschland? Warum musste sie erwähnen, dass ich Jüdin bin?

Ihr Mund wurde trocken. War alles eine Illusion gewesen? Würde es denn immer so bleiben? Sie hatte Deutschland verlassen, um nicht mehr nur Jüdin zu sein, sondern vor allem der Mensch, der sie war.

In diesem Moment hätte sie am liebsten sofort Edith angerufen und sie gebeten, sie zu adoptieren. Sofort. Dann müsste sie nicht mehr hier arbeiten, wäre nicht das *jüdische* Hausmädchen.

Schnell lief sie nach oben, heiße, bittere Tränen auf ihren Wangen.

Am nächsten Morgen schien die Sonne wieder. Der Regen hatte den Staub weggewaschen, und das Gras, die Blumen und Blätter leuchteten. Ruth hatte lange nachgedacht. Ihre Eltern lebten. Und sie hatten eine Chance, nach England zu kommen. Die Anträge waren ausgefüllt, das Geld, da war sie sich sicher, würden die Kruitmans auftreiben – auch wenn es nur ein Teil sein würde.

Sie konnte sich nicht adoptieren lassen, solange ihre Eltern noch lebten und herkommen würden.

Diese Arbeit bei den Sandersons würde Ruth nicht für ewig machen müssen. Sie war noch jung, andere Chancen würden sich ergeben. Ihr stand zwar nicht die ganze Welt offen, aber zumindest hatte sie Möglichkeiten, etwas zu erreichen.

Hans, ihr Cousin, hatte das in diesem Moment nicht. Onkel Berthold hatte sich immer noch nicht bei Hedwig und Hans gemeldet, obwohl sie von Bekannten sicher wussten, dass er in Palästina war, das hatte Mutti ihr geschrieben. Hans war auch erst siebzehn, so wie Ruth. Im November würde er achtzehn werden. Er saß in Deutschland fest ohne die Möglichkeit auf Ausreise. Was aber, wenn Edith *ihn* adoptieren würde? Dann könnte er ausreisen, dann wäre auch er in Sicherheit. Und wenn er hier wäre, könnte er Tante Hedwig zu sich holen – da gab es bestimmt Wege und Möglichkeiten.

Ruth hatte unruhig geschlafen und stand schon beim Morgengrauen auf, schrieb einen langen Brief an Edith Nebel, erklärte ihre Gedanken und bat sie, Hans zu adoptieren. Sie steckte den Brief in einen Umschlag und ging nach unten, um das Herdfeuer zu entzünden und das Frühstück vorzubereiten. Die nächsten Tage hatte sie wahrscheinlich keine Gelegenheit, zum Postamt zu kommen, und Mrs Sanderson wollte sie den Brief nur ungern mitgeben. Nachdenklich rührte sie im Porridge, einer Speise, an die sie sich immer noch nicht gewöhnt hatte, als die Tür aufging und einer der Knechte in die Küche kam.

»Die Kuh kalbt und hat Schwierigkeiten«, nuschelte er. »Ist Sanderson schon wach?«

»Ich hole ihn«, sagte Ruth und lief zur Hintertreppe. Sie blieb vor der Tür des Schlafzimmers stehen, klopfte. »Mr Sanderson. Eine Kuh kalbt und hat Probleme«, sagte sie leise, aber eindringlich.

»Ich komme!«, rief er zurück, laut und deutlich. Aus Mrs Sandersons Schlafzimmer kam ein brüskiertes Zischen. Ruth lief wieder zurück in die Küche, aber der Knecht war schon zurück in den Stall gegangen. Schnell setzte sie Wasser auf – ein starker Tee war Nervennahrung für die Engländer, hatte sie inzwischen herausgefunden.

Sanderson eilte an ihr vorbei in den Stall. Erst eine Stunde später, der Porridge war gerade fertig, kam er zurück und wusch sich die schmutzigen Hände in der Spüle. Auch Mrs Sanderson war inzwischen aufgestanden.

»Wie oft soll ich dir noch sagen, dass du die Stiefel draußen ausziehen sollst? Schau dir den Küchenboden an. Nur gut, dass Ruth noch nicht geschrubbt hat.«

»Mir ist der Küchenboden egal, wir hätten beinahe eine unserer besten Milchkühe verloren«, gab er zurück.

»Und mir sind die Kühe egal«, sagte sie schnippisch.

»Ich muss gleich nach Frinton und Medikamente beim Arzt holen. Ich hoffe, wir können die Gute noch retten.« Sanderson schaufelte sich den warmen Getreidebrei auf den Teller, aß hastig. Nach dem Essen stand er auf, nahm seine Jacke vom Haken und griff nach den Autoschlüsseln.

»Mr Sanderson«, sagte Ruth schüchtern. »Können Sie bitte diesen Brief für mich einwerfen?«

Er nickte knapp, nahm den Brief. Kurz darauf hörte man das Aufheulen des Motors des Fords.

»Ich hoffe, er kommt bald zurück«, sagte Mrs Sanderson. »Ich brauche das Auto, ich muss auch nach Frinton.«

»Warum sind Sie nicht mit ihm mitgefahren?«, fragte Ruth.

»So übel gelaunt, wie er war? Das tu ich mir nicht an. Und nun sieh zu, dass du die Küche sauber bekommst. Es sieht ja aus wie im Schweinestall.«

Was für ein Leben, dachte Ruth. Ob die beiden wirklich glücklich sind? Sie konnte es sich nicht vorstellen. Sie haben alles, haben sich, Land und ein Einkommen. Sie werden nicht verfolgt, dürfen ins Kino, ins Schwimmbad, in den Pub. Keiner fragt nach ihrer Herkunft, ihrer Religion oder Rasse. Aber sie machen sich das Leben gegenseitig schwer. So möchte ich niemals sein.

Kapitel 19

Am 30. Juni 1939 wurde Ruth achtzehn Jahre alt. An diesem Morgen regnete es erst, dann kam die Sonne heraus, und ein leuchtender Regenbogen strahlte über den Himmel.

Das ist ein gutes Zeichen, dachte sie. Ein Omen.

Von Edith hatte sie nichts mehr gehört, auch auf ihren Brief bezüglich Hans hatte sie nicht geantwortet. Ruth befürchtete, dass die warmherzige Frau gekränkt war. Vermutlich zu Recht. Sie hatte Ruth eine neue Lebensperspektive angeboten, eine Perspektive, die für Edith mit Pflichten und Kosten verbunden war, aber Ruth hatte ihr Angebot abgelehnt und einen Stellvertreter benannt. Das war vielleicht nicht sehr geschickt gewesen.

Auch von Kruitmans hatte Ruth nichts mehr gehört, aber über Dinge wie Geld schrieb man vermutlich keine Karte, vor allem, wenn es sich um so viel Geld handelte.

Die Briefe aus Krefeld waren in den letzten Wochen

spärlicher gekommen, sie waren kürzer und klangen traurig.

Das hing sicherlich mit ihrem Vater zusammen, aber wie bei so vielen anderen Dingen war es schwer, die Wahrheit zu schreiben oder zu erfahren. Die Sorgen wurden größer und größer, sie lasteten schwer auf Ruth.

Langsam ging sie die Treppe nach unten, versuchte, sich an das Bild des Regenbogens zu erinnern, es weiter wirken zu lassen. Die Küche war kalt. Auch im Sommer blieb dieser große, gekachelte Raum, der nach Norden ging, kühl. Gut für das Fleisch, aber ungemütlich für die Menschen.

Ruth heizte den Herd an. Es war ihr Geburtstag, aber es würde vermutlich ein ganz normaler Tag auf der Farm werden. Wahrscheinlich wussten die Sandersons noch nicht einmal, dass sie Geburtstag hatte.

Wie anders war das früher gewesen. Wie aufregend und wie schön. Ruth erinnerte sich an den Tag, als sie die Tischtennisplatte von ihren Eltern bekommen hatte. Die Platte hatte im Wintergarten gestanden, und Ruth war schier verrückt vor Freude gewesen – Aretz hatte die Platte damals gebaut. Oder der andere Geburtstag, an dem sie ihre Kamera bekommen hatte. Zwei Filme hatte sie an dem Tag verknipst, voller Begeisterung, Stolz und Freude. Die Kamera lag oben in einem der Koffer. Sie hatte sie noch nicht einmal ausgepackt.

In Gedanken versunken kochte sie Porridge und Tee, deckte den Tisch. Die Familie kam zum Frühstück – alles war so wie immer. Bis auf einmal das Telefon klingelte. Mrs Sanderson ging in die Diele, nahm ab.

»Es ist für dich, Ruth«, sagte sie.

Mit klopfendem Herzen ging Ruth in die Diele.

»Herzlichen Glückwunsch zum Geburtstag, meine Süße«, sagte Mutti mit gepresster Stimme. Es war das erste Mal seit ihrer Ankunft, dass Ruth mit ihrer Mutter sprach.

»Mutti …«

»Geht es dir gut, mein Kind? Meine Ruth? Geht es dir gut?«

»Ja. Es ist so schön, deine Stimme zu hören. Wie geht es euch?«

»Es ist schön, deine Stimme zu hören. Sag, wie geht es dir?«

Ruth schaute aus dem Fenster, dann kniff sie die Augen zusammen, verdrängte die Tränen. »Wir haben wundervolles Wetter. Du weißt ja, wir sind hier direkt an der See. Heute Nachmittag werden wir ein Picknick am Strand machen«, log sie.

»Das klingt wundervoll. Feiere schön, in Gedanken bin ich bei dir.«

»Und euch? Wie geht es euch?«

Plötzlich schluchzte Mutti auf. »Vati ist verurteilt worden. Drei Jahre wegen Schmuggels. Er wird erst einmal nach Willich verlegt.«

»Oh.« Ruth stockte der Atem. »Ich werde mich heute noch an eine Bekannte in London wenden.«

»Alles wird gut werden, meine Süße. Alles. Ich liebe dich. Ich muss jetzt Schluss machen.«

»Ich liebe dich auch«, sagte Ruth, aber ihre Mutter hatte schon aufgelegt.

Langsam ging Ruth zurück in die Küche.

»Ist etwas passiert?«, fragte Freddie Sanderson besorgt.

Ruth schüttelte den Kopf.

»Wer hat denn angerufen?«, fragte Olivia Sanderson nach.

»Das war meine Mutter.«

»Ach, wie nett«, sagte Olivia und nahm sich noch ein geröstetes Toastbrot. »Heute müssen wir den Hühnerstall gründlich saubermachen, und ich will, dass du mir dabei hilfst.«

»Ja«, sagte Ruth nur.

Mr Sanderson hatte sich gerade seine dritte Tasse Tee genommen, sie ausgetrunken und stand nun auf, als das Telefon erneut klingelte.

»Ich gehe«, sagte er und stapfte in die Diele. »Ruth, für dich!«

Überrascht lief Ruth zum Telefon. Rief Mutti noch einmal an? Aber es war die etwas rauchige Stimme Edith Nebels.

»Herzlichen Glückwunsch«, sagte Edith. »Nun bist du achtzehn. Und nun ist deine Arbeitserlaubnis gültig – keiner kann dich mehr zurückschicken.«

»Danke«, sagte Ruth. »Bist du ... mir böse?«

»Böse?«, fragte Edith erstaunt. »Warum?«

»Hast du meinen Brief nicht bekommen?«, fragte Ruth leise.

Edith lachte auf. »Doch. Natürlich. Ich wollte auch antworten – aber hier ist so viel los. Es kann nicht mehr lange dauern, bis es Krieg gibt.«

»O nein«, sagte Ruth entsetzt.

»Wir können es nicht verhindern, Kindchen. Wir können nur versuchen, die Schäden so gering wie möglich zu halten. Vor allem für uns Juden. Ich habe schon einen Antrag beim Roten Kreuz gestellt, um Hans zu adoptieren. Jakub und ich machen das, deine Argumente waren überzeugend, und wenn er nur halb so clever ist wie du, wird es sich lohnen.«

»Wirklich? Ganz ehrlich?«

»Ich würde dich doch an deinem Geburtstag nicht belügen, Ruth. Ja, ganz ehrlich.« Sie stockte. »Die Papiere für deine Eltern sind fertig. Es ist auch schon Geld auf dem Anderkonto – keine 500, aber genug, würde ich meinen. Du solltest nach London kommen und die Anträge einreichen.«

Ruth dachte kurz nach. »Ich bitte um einen freien Tag.«

»Mach es so schnell wie möglich, meine Liebe. Die Zeit drängt leider.«

Ruth verabschiedete sich und legte auf. Freddie stand in der Tür, schaute sie neugierig an. »Es ist doch etwas, nicht wahr? Was ist es?«, fragte er nach. »Zwei Anrufe so kurz hintereinander …«

Ruth sah ihn an. »Ich habe heute Geburtstag«, sagte sie dann.

»Oh.« Freddie sah Olivia an, dann wieder zurück zu Ruth. »Oh, das wusste ich nicht. Herzlichen Glückwunsch.«

»Herzlichen Glückwunsch auch von mir«, sagte Olivia mit zusammengekniffenen Lippen. »Trotzdem müssen wir heute den Hühnerstall machen.«

Ruth bat um einen freien Tag, doch Mrs Sanderson wollte sie nicht gehen lassen. Schließlich wusste sich Ruth nicht anders zu helfen und fragte Mr Sanderson.

»Du willst nach London?«, sagte er überrascht. »Allein? London ist eine riesige Stadt.«

»Ich muss nach London, ich muss die Besuchsanträge für meine Eltern einreichen. Das muss ich persönlich machen«, erklärte Ruth ihm verzweifelt.

»Unter diesen Umständen ... du darfst morgen früh fahren.«

»Darf ich einmal telefonieren, bitte. Mit London?«
Er nickte.

Ruth rief Edith an, und Edith versprach, sie vom Bahnhof abzuholen und mit ihr zum Bloomsbury House zu gehen.

Der Morgennebel lag über der Küste, als Ruth zum Bahnhof in Frinton fuhr. Sie schloss das Fahrrad ab, eilte zum Zug. Drei Stunden dauerte die Fahrt bis zum Bahnhof an der Liverpool Street.

Ruth stieg aus dem Zug wie viele Hunderte andere Menschen auch. Es war ein riesiger, ein imposanter Bahnhof mit seinen vier schmiedeeisernen und verglasten Satteldächern, durch die das trübe Licht der Stadt fiel.

»Ruth! Hier bin ich!«, hörte sie erleichtert Ediths Stimme.

Sie begrüßten sich herzlich. »Komm«, sagte Edith dann. »Wir gehen in ein Café, da kannst du dann die Anträge durchlesen und unterschreiben. Bis zum Bloomsbury House läuft man etwa vierzig Minuten von hier aus. Wir wohnen am anderen Ende der Stadt.«

Sie zog Ruth mit sich. Schnell fanden sie eines der kleinen Cafés in der Liverpool Street.

Edith bestellte Tee. »Hast du etwas gegessen?«, fragte sie.

»Nein, ich war zu aufgeregt. Außerdem wollte ich so schnell wie möglich aus dem Haus. Mrs Sanderson war wütend, weil ihr Mann mir freigegeben hat.«

»Was für eine missgünstige Person«, sagte Edith kopfschüttelnd und bestellte Scones und Sandwiches. »Das sind die Formulare. Ich habe gleich zwei Sätze ausgefüllt.«

»Warum?«, fragte Ruth.

»Ach, nur zur Vorsicht. Anträge gehen immer mal verloren.«

Ruth biss mit großem Appetit in das Sandwich, obwohl sie sich immer noch nicht an das weiße, weiche Brot in England gewöhnt hatte.

Edith erklärte ihr verschiedene Absätze des Besucherantrags. »Wenn sie es genehmigen, dürfen deine Eltern und deine Schwester einreisen. Nur für eine begrenzte Zeit – denn es ist keine Aufenthaltsgenehmigung. Aber bisher wurde noch niemand zurückgeschickt, wenn er erst einmal hier war.«

»Hoffentlich geht es schnell«, sagte Ruth besorgt. »Wenn Vati erst einmal in Dachau ist …« Sie schluckte.

Edith tätschelte ihre Hand. »Es wird schon werden, mein Kind. Es wird sicher schon werden.«

»Wer bearbeitet die Anträge?«, wollte Ruth wissen. Sie leerte ihre Teetasse und sah unruhig aus dem Fenster.

Edith verstand ihren Blick. Sie hatte schon gezahlt, also konnten sie aufbrechen. »Es sind ehemalige Deutsche – wie du und ich. Sie haben inzwischen die britische Staatsangehörigkeit. Und viele von ihnen sind Juden.«

»Dann stehen die Chancen gut, dass sie dem Antrag zustimmen«, sagte Ruth erleichtert.

»Leider sind einige von ihnen engstirnige Geizhals. Außerdem gehen jeden Tag viele Anträge ein. Aber wir wollen das Beste hoffen.«

Bloomsbury House war ein ehemaliges Hotel, in dem alle Verbände für jüdische Auswanderer zusammengeführt worden waren. Es war ein imposantes Gebäude aus grauen Steinen, vor dem Haus begrenzte ein schmiedeeiserner Zaun die beiden Abgänge zum Keller.

Ruth holte tief Luft, öffnete dann die Rundbogentür und trat ein. Es ging durch einen schmalen Flur und durch eine weitere verglaste Tür in die Eingangshalle. Dort waren Bänke aufgestellt worden. Der dunkle Granitboden glänzte.

»Dorthin«, sagte Edith und führte sie einen Gang entlang. Vor einer Tür blieb sie stehen und klopfte.

»Yes?«

Edith öffnete die Tür. »Guten Tag«, sagte sie.

»Wie kann ich Ihnen helfen?« Der Mann in einem dunklen Anzug saß an einem großen Schreibtisch, der mitten im Zimmer stand. Der Schreibtisch war bedeckt mit Akten. Weitere Akten türmten sich auf dem Regal hinter ihm. Er sah sie mit gerunzelter Stirn an, stand nicht auf und reichte ihnen auch nicht die Hand.

Ruths Zuversicht sank.

»Ich möchte einen Besucherantrag für meine Eltern stellen«, sagte sie.

»Haben Sie eine Arbeitserlaubnis?«

»Ja, ich habe eine Bestätigung zu den Anträgen gelegt.«

»Legen Sie die Anträge da vorn in den Korb«, sagte er.

Ruth sah ihn an. »Wollen Sie die Anträge nicht auf Vollständigkeit prüfen? Und den Eingang bestätigen?«

»Das mache ich später. Siehst du nicht, dass ich keine Zeit habe, Mädchen?«, sagte er unwirsch.

Verschreckt von seiner Art, legte Ruth alles in die Ablage, die auf dem Schreibtisch stand.

Er wedelte mit der Hand als Zeichen, dass sie den Raum verlassen sollten.

»Ich wünsche noch einen schönen Tag«, sagte Edith freundlich, dann gingen sie.

»Hoffentlich bearbeitet er die Anträge schnell«, flehte Ruth.

»Das hoffe ich auch«, sagte Edith nachdenklich. Sie brachte Ruth zurück zum Bahnhof. Ruths Ausflug nach London hatte gerade einmal drei Stunden gedauert.

Irgendwann, dachte sie während der Rückfahrt nach Frinton, irgendwann werde ich mehr Zeit haben und all die Sehenswürdigkeiten der Stadt sehen. Den Palast, den Tower, die Tower Bridge und all die anderen imposanten Gebäude. Mit Mutti, Vati und Ilse zusammen.

Die Wochen vergingen. Der Sommer war arbeitsreich, und Ruth hatte kaum eine Verschnaufpause. Ihre freien Stunden verbrachte sie meist am Strand. Jeden Tag wartete sie gespannt auf den Postboten. Er brachte ihr Briefe – Briefe von Mutti, von Omi, Tante Hilde schrieb, und Edith schickte hin und wieder eine Postkarte. Aber vom Amt kam nichts.

Mutti berichtete ihr, dass Vati sie angewiesen hatte, die Möbel zu verschicken. Die eine Hälfte sollte sie nach Amerika zu den Gompetz schicken, die andere Hälfte nach England zu den Koppels. Schon Anfang August würden die Möbel abgeholt werden.

»Dann werden wir wieder auf Kisten sitzen und nur noch den alten, klapprigen Küchentisch haben«, schrieb Mutti. »Ganz so wie am Anfang. Es ist eine seltsame Vorstellung, dass der letzte Besitz, den wir noch haben, in fremden Ländern sein wird – wir aber nicht. Wir hoffen alle so sehr, bald ausreisen zu dürfen. Die Stimmung hier ist sehr schlecht.«

Von Edith kam immer wieder die Nachricht, dass Ruth Geduld haben solle. Aber Ruth wurde immer unruhiger und nervöser.

Der Juli endete, der August brachte große Hitze, doch hier an der See blies immer ein erfrischendes Lüftchen. Der kleine, verschlafene Ort wurde nun von vielen Städtern zur Sommerfrische aufgesucht. In Frinton fuhr ein Eiswagen bimmelnd durch die Straßen, und an Ständen wurden Würstchen und Sandwiches angeboten. Es herrschte ein fröhliches, buntes Treiben.

Dennoch war auch hier der drohende Krieg immer wieder ein Thema. Mit Sorge blickte man nach Deutschland. Hitler hatte den deutsch-polnischen Nichtangriffspakt gekündigt, und Chamberlain hatte Polen britische Unterstützung im Fall eines Angriffs versprochen. Aber nun war Churchill Prime Minister. Wie würde er sich verhalten?

Und dann klingelte wieder einmal das Telefon in der Diele. Ruth scheuerte im Hof die großen Töpfe mit Sand aus, überrascht schaute sie auf, als Olivia Sanderson zur Küchentür herausschaute und sie rief.

»Telefon!«

War das der ersehnte Anruf vom Amt? Ruths Herz pochte. Schnell lief sie in die Diele, vorbei an der missbilligend schauenden Olivia.

»Hallo?«

»Ruth?« Es war Mutti. Sie schluchzte.

»Mutti? Was ist passiert?«

Es dauerte einen Moment, bis Mutti die Fassung wiedererlangt hatte, ihre Stimme zitterte und drohte zu kippen.

»Schmidt hat angerufen, der Anwalt«, sagte sie. »Vati soll nach Dachau verlegt werden.« Sie schluchzte auf.

»O nein!«, schrie Ruth.

»Aber ja doch. Schmidt hat sich mit dem Reichsverein der Juden in Verbindung gesetzt, und sie haben einen kleinen Aufschub erreicht. Wenn Vati innerhalb von vierundzwanzig Stunden eine Einreiseerlaubnis hat, wird er entlassen, und wir dürfen fahren. Aber wir haben nur diese vierundzwanzig Stunden.«

»Ab wann?«

»Morgen.«

»Ich fahre morgen nach London«, sagte Ruth und atmete tief durch. »Ich fahre nach London und werde die Genehmigung beschaffen.«

Der erste Zug fuhr um fünf. Ruth war schon um halb fünf am Bahnhof und wartete voller Ungeduld. In dieser Nacht hatte sie kein Auge zugemacht. In ihrer Handtasche hatte sie den zweiten Satz Antragsformulare. Sie war froh, dass Edith alles doppelt ausgefüllt hatte. Edith war mit ihrem Mann nach Schottland gefahren und konnte ihr heute nicht helfen.

Im Zug faltete Ruth die Hände und betete tief und innig. Sie bat um Unterstützung, um einen guten Ausgang. Sie bat um das Leben ihres Vaters.

Der Zug erreichte den Bahnhof in der Liverpool Street, und Ruth eilte zum Bloomsbury House. Diesmal hatte sie weder Zeit noch den Kopf für einen Imbiss.

Kurz vor neun erreichte sie das Gebäude, es war zum Glück schon geöffnet. In der Halle warteten einige Menschen. Ohne auf sie zu achten, ging Ruth zu dem Zimmer, wo sie schon das erste Mal die Anträge abgegeben hatte. Sie klopfte, wartete aber nicht darauf, hereingebeten zu werden, sondern öffnete die Tür.

Wieder schaute ihr der grimmig blickende Mann entgegen.

»Entschuldigung«, sagte sie und schluckte, holte tief Luft. »Dies ist ein Notfall. Mein Vater wird nach Dachau gebracht, wenn er nicht innerhalb von vierundzwanzig Stunden eine Einreisegenehmigung für England vorweisen kann.« Wieder holte sie tief Luft. »Hier sind alle Papiere. Ich habe sie schon einmal abgegeben, das war vor einem Monat. Aber ich habe noch nichts von Ihnen gehört.«

»Leg die Papiere in die Ablage«, sagte er. »Ich werde mich darum kümmern.«

»Heute«, sagte Ruth mit Nachdruck. »Sie müssen es heute tun. Sofort. Sonst wird mein Vater nach Dachau gebracht. Wissen Sie, was Dachau ist?«

»Ja, ja«, sagte er. »Ich kümmere mich darum.«

Ruth legte die Papiere in die Ablage. Sie sah ihn an, aber er erwiderte den Blick nicht.

»Nun geh schon«, sagte er und wirkte verärgert.

Langsam verließ Ruth den Raum. Sie ging zurück in die Eingangshalle. Was sollte sie nun tun? Sie hatte ein ungutes Gefühl, glaubte nicht, dass er die Papiere schnell bearbeiten würde – aber ihr lief die Zeit davon. Sie setzte sich auf den kalten Granitboden und wartete. Der Tag verging, es wurde Mittag. Leute kamen und gingen. Manche schienen einen Termin zu haben, andere brachten Unterlagen. Ruth saß dort, beobachtete das Treiben. Ihr Herz pochte, und ihr Magen schmerzte.

Dann wurde es Nachmittag. Ein Mann kam aus einem Büro und sah sie dort sitzen.

»Was tust du hier?«, fragte er.

»Ich warte darauf, dass die Besuchserlaubnis für meine Familie bearbeitet wird.«

»Nun, das kann dauern«, sagte er freundlich und schaute auf seine Armbanduhr. »Wir schließen in einer halben Stunde. Du solltest gehen.«

Ruth schüttelte den Kopf. »Nein«, sagte sie. »Ich gehe erst, wenn die Papiere genehmigt wurden. Es ist ein Notfall – mein Vater hat nur vierundzwanzig Stunden, um auszureisen, ansonsten stecken sie ihn in ein Konzentrationslager.«

»Aber wir schließen gleich«, sagte der Mann verblüfft. »Du kannst nicht hierbleiben.«

»Ich bleibe. Ich bleibe so lange, bis die Erlaubnis erteilt und nach Deutschland gekabelt worden ist. Zur Not schlafe ich hier.« Sie legte sich auf den Boden, schloss die Augen.

Der Mann ging, kam nach einigen Minuten wieder. Ruth lag immer noch auf dem Boden.

»Gute Güte«, sagte er. »Du kannst hier nicht schlafen.«

Sie antwortete nicht, starrte ihn nur an.

Er seufzte. »Wir schließen gleich. Alle gehen dann nach Hause, und das solltest du auch tun.«

»Ich bleibe.«

»Dann müssen wir dich raustragen.«

»Wenn mich jemand anfasst, wenn Sie mich hier raustragen, dann werde ich so laut schreien, dass ich hier gefoltert wurde, dass es ganz England hört. Alle Zeitungen werden darüber berichten.«

»Du bist ja meschugge«, murmelte er. Wieder ging er in das Büro, kam nach kurzer Zeit zurück und lächelte. »Wir haben die Papiere bearbeitet. Es ist alles in Ordnung, du kannst jetzt gehen.«

Ruth stand auf, strich ihren Rock glatt. Dann ging sie schnurstracks an ihm vorbei in das Büro. Der andere Beamte hatte schon seinen Hut aufgesetzt und wollte gerade seine Aktentasche nehmen. Ruth schaute in die Ablage: Dort lagen die Papiere – unberührt.

»Ich gehe nicht«, schrie sie. »Ich gehe nicht, bevor meine Eltern und meine kleine Schwester nicht die Besuchserlaubnis haben.«

Die beiden Männer sahen sich an und seufzten.

»Nun gut«, sagte der grimmige, legte seinen Hut ab, setzte sich wieder und nahm die Papiere. Er prüfte alles, prüfte es noch einmal. Dann schließlich nahm er den Stempel und stempelte die Papiere ab.

»Wir werden es sofort nach Deutschland kabeln«, versprach der freundlichere der beiden. »Das verspreche ich dir. Hoch und heilig.«

»Danke«, hauchte Ruth, die sich plötzlich ganz klein und schwach fühlte. »Ich danke Ihnen so sehr!«

Er nickte und tätschelte ihren Arm. »Aber du weißt, dass das nicht unbedingt bedeutet, dass die Nazis deine Eltern wirklich ausreisen lassen?«

Ruth nickte. Die Nazis waren unberechenbar, und Versprechen, die sie Juden machten, galten nichts. Das wusste sie zur Genüge.

Aber sie hatte getan, was sie konnte, um ihre Eltern und ihre Schwester zu sich zu holen. Jetzt blieb ihr nur noch, zu hoffen und zu beten, dass sie sie tatsächlich wiedersehen würde.

NACHWORT

Wie die Leser des ersten Bandes sicherlich wissen, besuchte ich 2017 die Villa Merländer, die NS-Dokumentationsstelle in Krefeld. Die damalige Leiterin, Frau Doktor Schupetta, führte mich durch die Ausstellung. Die Villa ist das ehemalige Wohngebäude von Richard Merländer – einem Seidenfabrikanten aus Krefeld, der nicht nur wohlhabend, gutmütig, ein wenig spielsüchtig, hundeverliebt – sondern auch jüdisch war.

In der Ausstellung stehen filigrane Möbel – denen nachgebildet, die der später als entartet verrufene Künstler Heinrich Campendonk für Merländer entworfen hatte. In den Schubladen und Vitrinen befinden sich die unterschiedlichsten Ausstellungsstücke – es sind Zeugnisse des jüdischen Lebens in Krefeld, Zeugnisse der scheußlichen Naziherrschaft – nicht nur über die Juden, sondern auch über andere verfolgte Gruppen: politisch, religiös oder sexuell abweichend vom Ideal der Nationalsozialisten.

Die kleinen Puzzlestücke stehen für Leben, Leben, die vernichtet wurden, Leben, die eingeschränkt wurden, Leben, die verfolgt, diffamiert, genötigt und schließlich ausgelöscht wurden. Menschen, die in Krefeld gelebt haben – so wie die Familie Meyer.

Wie das Schicksal es wollte, fand ich an diesem Tag viele Ausstellungsstücke, die zur Familie Meyer gehören. Als Krönung dieser für mich schicksalhaften Begehung der NS-Dokumentationsstätte lernte ich auch noch Larry Wolfson kennen – ein Nachfahre von Ruth Meyer, der aus Amerika zu Besuch kam.

Das alles hat mich sehr bewegt. Ich habe Kontakt mit der Familie aufgenommen, habe mit David Elcott – Ruths Sohn – viel gemailt und telefoniert. Ich habe Diane Karpel, Ruths Tochter, treffen dürfen.

Die Familie hat mir Ruths Tagebücher und etliche andere Dokumente zur Verfügung gestellt, und auch von der NS-Dokumentationsstelle habe ich viel Hilfe und Unterstützung erfahren.

Ich habe viel Material erhalten und wollte unbedingt diese Bücher schreiben. Es ist die Geschichte der Familie Meyer – einer Familie, die von beiden Seiten her seit dem frühen Mittelalter in Deutschland lebte. Sie waren Juden – aber sie waren vor allem eins: Deutsche.

Sie, ihre Nachbarn, ihre Freunde und Bekannte und viele andere Juden auch waren zuerst einmal Deutsche … und dann Juden. Viele waren in der gehobenen Bürgerschicht, erfolgreiche Geschäftsleute, Menschen, die das soziale Netz des Landes gestützt und getragen haben – und die Wirtschaft. Jüdisch waren sie nach Feierabend. Es wurde nicht strikt nach den Regeln geschaut, man hat nicht wirklich koscher gelebt. Manche – wie Richard Merländer – haben sich überhaupt nicht als Juden gesehen.

Die Meyers waren im Rahmen gläubig – sie gingen zur Gemeinde, feierten mehr oder weniger den Sabbat. Mutter Martha mehr als Vater Karl.

Ich wollte unbedingt über diese starke, über diese besondere Familie schreiben und sah dennoch das große Hindernis: Ich bin keine Jüdin. Ich habe mich mit dem Glauben befasst, viel gelesen, viel dazu gesehen und gehört, aber dennoch bin ich keine Jüdin.

Durfte ich aus Ruths Sicht schreiben? Ich habe ihre Tagebücher, viele ihrer Briefe … aber … ich bin Deutsche, ich bin aus der Enkelgeneration der Leute, die Ruths Familie das angetan haben, was sie erleben musste.

Das war ein großer Zwiespalt für mich. Und dennoch – da war diese Geschichte, die Ruth auch immer wieder in die Welt getragen hat. Sie war bis zum Ende ihres Lebens unterwegs, um zu mahnen, um zu erzählen – damit das Schicksal der Juden in Deutschland nicht vergessen wird. Niemals sollen wir vergessen, was damals passiert ist.

Niemals.

Schon gar nicht jetzt, wo es immer mehr Leute gibt, die das Dritte Reich als einen Vogelschiss bezeichnen, und in einer Zeit, in der der Antisemitismus wieder zunimmt. Das darf nie, nie, nie wieder geschehen. Wir müssen aus der Geschichte lernen, und das geht nur, wenn man sie nicht vergisst.

Und deshalb schreibe ich die Geschichte der Familie Meyer, die in Krefeld gelebt hat, die es gab, die gelacht und geweint hat, die sich gestritten und geliebt hat. Sie waren mutig und voller Furcht, sie waren traurig und manchmal albern. Sie waren Menschen. Sie haben gelebt und sollten nicht vergessen werden – denn solange wir uns an sie erinnern, leben sie weiter – in uns und unseren Gedanken. Sie werden nicht vergessen und ihre Geschichte, die sich nicht wiederholen sollte, auch nicht.

Dieses Buch sowie der erste Band »Jahre aus Seide« und auch der folgende Band »Tage des Lichts« sind Romane, keine Biografien. Die Geschichten beruhen auf der wahren Lebensgeschichte von Ruth Meyer. Sie beruhen auf ihren Tagebüchern, Erinnerungen, Briefen und den Erzählungen der Familie. Dennoch ist es auch Fiktion.

In der Villa Merländer gibt es einen Raum, in dem man sich Videos ansehen kann. Mitglieder des Düsseldorfer Stadttheaters haben Aufzeichnungen nachgesprochen – Aufzeichnungen von Menschen, die die Pogromnacht in Krefeld miterlebt haben. Verschiedene Menschen aus verschiedenen Schichten. Darunter ist auch Ruth Meyers Tagebucheintrag zu der Nacht. Ich habe das so übernommen. Ich habe diese Tagebücher wieder und wieder gelesen, habe Interviews, die

Ruth hier in Krefeld vor Schulklassen gegeben hat, immer wieder gehört. Ich habe ihre Angst gespürt, und ich hoffe, ihr, die ihr das Buch gelesen habt, spürt sie auch. Die Angst, die Beklemmung, die Hoffnungslosigkeit.

Viel von dem, was ich geschrieben habe, ist wahr. Einiges habe ich dazuerfunden. Ich hatte nicht alle Namen, nicht alle Orte. Manches war schwierig zu recherchieren, einiges unmöglich zu rekonstruieren, zu chaotisch war die Zeit damals.

Fakt ist:
– Es gab Ruth, ihre Schwester Ilse, ihre Eltern Martha und Karl. Es gab Großmutter Emilie, eine ehemals tüchtige Geschäftsfrau, später verbittert und ohne viel Familiensinn.

– Es gab Wilhelmine (Minnie, Omi) und Valentin Meyer – Karls Eltern. Auch gab es Hedwig, Berthold und Hans. Es gab noch mehr Geschwister, aber ich habe sie nicht in die Geschichte aufgenommen, da sie keine große Rolle spielten.

– Wahr ist, dass Berthold nach Palästina ging. Er hatte zwei Visa – eins für sich und eins für Hans. Hans wollte und durfte nicht gehen. Berthold hat das zweite Visum seinem Cousin gegeben.

– Wahr ist, dass es die Familie Aretz gab. Hans, Josefine, Helmuth und Rita (die allerdings auch Ruth hieß und nicht Rita; der lieben Lesbarkeit willen habe ich sie in Rita umbenannt).

Hans Aretz war der Chauffeur der Familie Meyer. Karl Meyer hatte ein schweres Augenleiden und hatte deshalb nie einen Führerschein. Weil er aber ein tüchtiger Geschäftsmann war, erkannte er früh den Vorteil eines Automobils. Die Kosten für den Chauffeur haben seine Einnahmen wohl ordentlich wettgemacht.

Die Familien Meyer und Aretz freundeten sich an, verbrachten so manchen Urlaub gemeinsam und auch viel Freizeit. Die Kinder waren befreundet, und Hans Aretz hat immer eine ganz besondere Bedeutung für Ruth Meyer gehabt.

– Wahr ist, dass die Aretz Ruth und Ilse nach der Pogromnacht bei sich aufnahmen, sie haben dort mindestens zwei Wochen gewohnt.

– Wahr ist, dass Karl Meyer seinem Nachbarn Theißen einen zinslosen Kredit gab, damit dieser sein Haus fertigbauen konnte. Es ist nicht bewiesen, dass der Nationalsozialist Theißen tatsächlich die Tür vom Haus der Meyers für die Sturmtruppen öffnete – aber es gibt darüber einige Berichte.

– Wahr ist auch, dass Richard und Karl Merländer in der Kristallnacht von den Nazis schwer gefoltert wurden. Karl Merländer verstarb ein paar Tage später.

– Wahr ist, dass Ruth ihre Papiere fälschte, dass ihr Vater inhaftiert wurde, dass sie sich von ihm im Gefängnis verabschieden musste.

– Wahr ist auch, dass Martha zwei Nervenzusammenbrüche hatte. Es war keine leichte Zeit für die Familie.

– Wahr sind ganz viele Dinge in diesem Buch – dass Josefine Aretz für die Meyers geschmuggelt hat, und auch die Geheimschrift, die Ruth erfunden hat, gab es. Es sind so viele Dinge wahr, ich kann sie nicht alle auflisten.

Erfunden habe ich natürlich auch das ein oder andere. Die Verbindung zu Rosi Sander gab es so nicht, das Mädchen, die Tochter des Chauffeurs von Richard Merländer und ihre Familie gab es schon. Sie lebten in der Villa. Aber Rosi war tatsächlich acht Jahre jünger als Ruth – vermutlich kannten sie sich vom Sehen, aber waren nie befreundet.

Rosis Bericht von der Kristallnacht ist allerdings belegt. Das hat sich so ereignet.

Wahr ist die Geschichte von Ruths gefälschten Papieren und auch, dass sie wirklich Glück hatte, weil sie ganz vorne saß und in Venlo waren, bevor ihre Papiere überprüft werden konnten.

Es gab die Familien in Holland, sie haben sehr geholfen. Auch mit den elf Koffern, die es tatsächlich so gab.

Ruth hatte die Stelle als Hausmädchen bei der Familie

Sanderson in Frinton-on-Sea. Von dort hat sie alles versucht, um ihre Familie zu retten. Es gab eine Person, die ihr geholfen hat, die Ruth adoptieren wollte und die schließlich auch bereit war, Hans zu adoptieren. Diese Person hieß nicht Edith Nebel – ich habe sie so genannt – aus Gründen.

Es gab auch die Familie Koppel in Slough. Wie sie sich getroffen haben, weiß ich nicht – das entspringt meiner Phantasie.

Allerdings ist es wahr, wie Ruth zu den Papieren für ihre Eltern im Bloomsburry House kam – sie war einfach sehr penetrant und damit erfolgreich.

Die Meyers und auch viele, viele andere Juden und auch andere Verfolgte der Nazis wollten das Land verlassen. Das war möglich. Bis Kriegsbeginn konnten sie ausreisen – mit großen finanziellen Verlusten, aber sie hätten alle ausreisen können. Doch es gab kaum ein Land, das sie aufnehmen wollte. Die Flüchtlinge konnten nirgendwohin.

In Amerika, der Schweiz, in fast allen Ländern gab es Beschränkungen. Man wollte die gut gebildete Oberschicht, die Akademiker, manche Künstler. Aber die einfachen Menschen wollte man nicht. Es gab Obergrenzen, und sie wurden strikt eingehalten, auch nach der Pogromnacht.

Geschichte wiederholt sich.

Das ist so erschreckend.

Menschen, die ihr Land verlassen und vor Verfolgung, Krieg, vor Giftgas, Vergewaltigung und Diskriminierung flüchten, tun das nicht, weil sie es wollen – sie würden lieber friedlich in ihrem Land weiterhin leben. So wie die Meyers. So wie viele andere Juden und Verfolgte.

Die Meyers wollten erst gehen, als es in Deutschland keine Zukunft mehr für sie gab.

Und heute gibt es andere Flüchtlinge, denen es ähnlich geht. Darüber sollten wir nachdenken, denn grausame Geschichte darf sich nicht wiederholen. Niemals. Sie tut es aber. Heute. Leider.

Ich habe Experten befragt, mit Fachleuten gesprochen und auch mit der Familie. Trotzdem habe ich bestimmt Fehler gemacht. Mea culpa – sie gehen alle auf meine Kappe.

DANKSAGUNG

Immer, wenn ich ein Buch beende, nehme ich mir fest vor, das nächste früher abzugeben, in einem besseren Zeitrahmen. Mit mehr Muße und Zeit, um alles schick zu machen. Noch nie ist mir das so sehr in die Hose gegangen wie dieses Mal. Diesmal war es aus verschiedenen persönlichen und irgendwie auch blöden Gründen mehr als knapp. Ohne Hilfe hätte ich das nicht geschafft.

Das größte Lob verdient meine wunderbare Lektorin Anne Sudmann vom Aufbau Verlag – die jedes Buch von mir noch besser macht.

Danke, danke, danke, Anne. Es tut mir so leid. Und es wird nie wieder so knapp werden. Hoffe ich.

Dieses Buch hätte ich natürlich auch nicht schreiben können, wenn mir die Nachkommen der Familie Meyer nicht so sehr geholfen hätten – David, thank you so much for taking time, answering mails, phoning. You are great.

Und dann das Treffen mit Diane, die Telefonate und Mails – thanks for everything. Thanks so much.

Lieber Larry – du bist so herrlich unkompliziert. Thank you for everything and the pictures.

Liebe Ingrid (Frau Doktor Schupetta) – ohne dich gäbe es die Bücher gar nicht, noch nicht einmal die Idee dazu. Herzlichen Dank für deine Unterstützung.

Auch Burkhard Ostrowski vom NS-Dokumentationszentrum mit seinen Aufsätzen und Tonaufnahmen verdanke ich viel. Ganz herzlichen Dank.

Diese Bücher gäbe es nicht ohne diesen tollen Verlag – lieber Reinhard Rohn, ich bin froh, ein Teil von Aufbau zu sein.

Und natürlich gäbe es die Bücher nicht ohne meine Agentur.

Mich gäbe es als Autorin so nicht ohne dich, lieber Gerald Drews. Bussi. Du weißt schon.

Und dann meine Conny. Ich könnte jetzt viel schreiben – aber das weißt du alles. Danke, dass du an meinem Geburtstag hier warst. Wir sehen uns einfach viel zu wenig, das müssen wir ändern. Dringend.

Liebste Joan, du weißt – du und ich, ich und du, unsere Bücher noch dazu. Wir rocken das. Seltener, aber nicht weniger herzlich.

Wenn ich meine Freunde und die Familie nicht hätte, würde ich keine Bücher schreiben können. Ihr seid da, ihr nehmt mich, so anstrengend ich auch bin.

Wir haben uns in den letzten Monaten zu wenig gesehen, das müssen wir ändern.

Andrea, Claudia, Bärbel, Michael, Susanne, Fred ... ich drück euch und: Danke, dass ihr die Freundschaft haltet.

Kirsten und Klaus. Meine Schnegge, Engelchen und Isy – DANKE. Ohne euch, ihr wisst schon ... immer und immer und immer.

Meinen Eltern möchte ich danken, sie sind da – für mich, aber vor allem auch für meine Kinder. Danke.

Regina – du bist meine Schwiegermutter, und ich schätze dich so sehr. Du bist so geduldig, wenn ich Fragen stelle, und bist da und hörst zu. Ich bin froh, so eine Schwiegermutter zu haben.

Mein Lieblingsbruder hilft mir wie immer aus der Patsche, egal, worum es geht. Ich drück dich und deine Frau Ela. Ihr seid mir viel wert.

Und dann sind da noch meine drei Jungs.

Philipp.

Tim.

Robin.

Ich liebe euch, und alles andere sagen wir uns persönlich. Bei einem guten Essen. Hier. Ich bin froh, dass es euch gibt. <3

Und dann Claus. Was soll ich sagen? Ich lasse es Oasis sagen.

»Because maybe, you're gonna be the one that saves me
And after all, you're my wonderwall.«

Ich liebe dich!

Die große Ostpreußen-Saga

Ulrike Renk
Das Lied der Störche
Roman
512 Seiten, Broschur
ISBN 978-3-7466-3246-9
Auch als E-Book erhältlich

Ostpreußen 1920: Frederike verbringt eine glückliche und unbeschwerte Kindheit auf dem Gut ihres Stiefvaters in der Nähe von Graudenz. Bis sie eines Tages erfährt, dass ihre Zukunft mehr als ungewiss ist: Ihr Erbe ist nach dem Krieg verloren gegangen, sie hat weder Auskommen noch Mitgift. Während ihre Freundinnen sich in Berlin vergnügen und ihre Jugend genießen, fühlt sich Frederike ausgeschlossen. Umso mehr freut sie sich über die Aufmerksamkeit des Gutsbesitzers Ax von Stieglitz. Wäre da nur nicht das beunruhigende Gefühl, dass den deutlich älteren Mann ein dunkles Geheimnis umgibt …

Eine berührende Familien-Saga, die auf wahren Begebenheiten beruht

Kapitel 1

In der Nacht, in der Frederikes Stiefvater starb, hatte das Wolfsrudel auf dem Nachbargut geheult. An diese Nacht erinnerte sie sich auch jetzt noch – sechs Jahre später.

Hektor hatte mit gesträubtem Nackenfell an der Tür gelauert und geknurrt. Sie hatte den jungen Hund zu sich ins Bett genommen, ihn an sich gedrückt. Hektor hatte sich augenblicklich beruhigt und damit auch sie. Damals waren sie nur zu Besuch auf dem Gut der Familie ihres Stiefvaters gewesen. Ab heute sollte das Gut der von Fennhusens offiziell ihr Zuhause werden.

Hektor lag in der Sonne auf dem Hof und schien das hektische Treiben um sich herum nicht wahrzunehmen. Ob es die Wölfe auf dem Nachbargut noch gab? Und lebte das Rudel immer noch in dem großen Gehege im Wald?, dachte Frederike, während sie sich auf der Eingangstreppe in die Sonne setzte.

»Träumst du, Freddy?« Leni, die Dienstmagd, die einen Korb voll frischer Tischwäsche trug, stupste sie an. »Du kannst helfen, es gibt alle Hände voll zu tun.«

Langsam stand Frederike auf, strich den Rock glatt und ging ins Haus. Hektor sprang auf und folgte ihr. Ihre Mutter flatterte wie ein aufgeregter Kanarienvogel, vor dessen Käfig eine Katze hockt, durch die Diele, in die immer mehr Koffer und Kisten gebracht wurden.

»Vorsicht«, rief die Mutter. »Das ist mein gutes Porzellan, die Aussteuer meiner ersten Ehe.«

»Ja, Gnädigste«, brummte der Knecht und stellte die Kiste unsanft zu Boden. Die Mutter seufzte auf. »Wo sind deine Geschwister, Freddy?« Frederike zuckte mit den Achseln. »Geh sie suchen und pass auf sie auf. Die Mädchen haben genug zu tun und können sich nicht auch noch um euch kümmern. Und der Hund hat im Haus nichts verloren.« Mit einer ungeduldigen Handbewegung scheuchte sie ihre älteste Tochter davon.

Ich bin doch kein Huhn, dachte Frederike empört und schaute sich suchend um. Wo mochten Fritz und Gerta sein? Dicht gefolgt von Hektor ging sie durch das Gartenzimmer auf den Hof.

Sie, Frederike, stammte, genau wie das Porzellan, aus der ersten Ehe ihrer Mutter. Ihren leiblichen Vater hatte sie nie kennengelernt. Als junges Mädchen hatte ihre Mutter Fred von Weidenfels geehelicht und erwartete schon bald ein Kind. Drei Monate vor Frederikes Geburt war ihr Vater auf die Jagd geritten, verfolgte mit erhobenem Kopf den Flug der Falken, statt auf den Weg zu achten. So brach sich nicht nur sein Pferd, sondern auch er den Hals.

Ihre Mutter tröstete sich schon bald in den Armen Egberts von Fennhusen, heiratete ihn nach einer angemessenen, aber sehr kurzen Trauerzeit und gebar zwei weitere Kinder, Fritz und Gerta. Doch Egbert starb in den ersten Tagen des großen Krieges, der ganz Europa verwüstete.

Jetzt, drei Jahre nach Kriegsende, hatte die Mutter schließlich den dritten Versuch gewagt. Ihr Name änderte sich indes nicht, sie blieb eine von Fennhusen, denn ihr dritter Mann war der Vetter ihres zweiten Gatten. Ihm gehörte das Gut der Familie, das so weit im Osten lag, dass es fast einer Weltreise gleichkam, hierherzureisen. Mit dem Zug von Berlin, zweimal umsteigen und schließlich mit Kutschen und Karren über holperige Wege, die im Frühjahr zu Schlammbahnen wurden.

Es ist eine Strafe, dachte die elfjährige Frederike, hier wohnen zu müssen, wo sich Fuchs und Hase gute Nacht sagen.

Ihr Halbbruder Fritz, der gerade neun geworden war, schien das anders zu sehen. Er hatte sich Schuhe und Strümpfe ausgezogen und stand bis zu den Knien im Teich hinter dem Haus.

»Freddy, schau mal«, rief er begeistert. »Hier gibt es Fische. Und einen Salamander habe ich auch schon gesehen. Und in den Wiesen klappern die Störche.«

»Bei dir klappert wohl auch was. Du wirst dich schmutzig machen.«
Frederike rümpfte die Nase. »Und wenn du nicht aufpasst, fällst du in
die Brühe, dann setzt es bestimmt was.«

»Und wenn schon. Mutter wird es nicht bemerken, sie ist viel zu beschäftigt mit ihren Kisten.« Fritz grinste. »Der Hauslehrer kommt auch
erst in ein paar Tagen.«

Frederike sah sich um. »Wo ist Gerta?«

Fritz zuckte nur mit den Achseln und stocherte mit einem Ast im
Schlamm. Hinter dem Haus befand sich der Ziergarten mit der Ter-
rasse, dem sanft abfallenden Rasen bis hin zum Teich, der von großen Weiden überschattet wurde. Dahinter schloss sich der Nutzgarten
an, neben dem die Stallungen waren. Die Türen standen weit auf,
Schwärme von Mücken hoben und senkten sich wie eine Wolke im
Sonnenlicht. Frederike ging zum Stall, schaute in den ersten Gang. Es
roch süßlich nach Pferden und es duftete nach Heu. Gerta saß auf
einem Strohballen und hielt ein Kätzchen in den Armen.

»Schau mal«, sagte sie zu ihrer Schwester. »Da sind noch welche, dort
in der Ecke. Sie sind so weich. Ob Onkel Erik mich eins haben lässt?«

»Willst du es etwa mit ins Haus nehmen?« Frederike lachte und
setzte sich zu ihr auf den Strohballen.

Gerta nickte. »Du hast doch Hektor und Fritz hat seinen Arco. Warum sollte ich nicht auch ein Tier haben?«

»Aber eine Katze? Die gehören in die Stallungen oder den Keller, im
Haus fühlen sie sich nicht wohl.«

»Gräfin zu Steinfels hat zwei Katzen in ihrer Wohnung in Berlin.«
Gerta streckte trotzig das Kinn nach vorne.

»Das sind aber Zuchtkatzen. Und diese hier sollen Mäuse fangen.«
Frederike seufzte. »Davon wird es hier genügend geben.«

»Ich will aber ein Kätzchen. Ob Onkel Erik es mir erlaubt?«

»Er bestimmt, aber die Mamsell wird es nicht zulassen. Willst du es
etwa an der Leine führen?« Frederike kicherte leise bei der Vorstellung,
dann beugte sie sich vor und nahm auch eins der Katzenkinder in den
Arm. Es schnurrte und ließ sich von ihr kraulen.

»Welches würdest du nehmen? Das Getigerte oder das Helle dort vorne?«

»Ich würde gar keins haben wollen.« Frederike schnaufte. Der Staub kitzelte in ihrer Nase, das Stroh stach ihr in die Unterschenkel, dennoch hatte sie keine Lust, wieder zurück in das hektische Haus zu gehen. In den Boxen stampften zwei Pferde, streckten die Köpfe neugierig zu ihnen. Hier am Haus waren nur die Reit- und Kutschpferde untergebracht. Das Gestüt war ein Stück weit die Straße herunter. Onkel Erik, den die Kinder schon seit jeher kannten, züchtete Pferde für die Armee, das wusste Frederike. Außerdem betrieb er Landwirtschaft, hatte sie gehört. Was man sich genau darunter vorzustellen hatte, wusste sie jedoch nicht. Schon öfters war die Familie hier zu Besuch gewesen. Auch zu Beginn des Krieges waren sie aufs Land gezogen. Damals, als alles noch anders war, und der Papa, der zwar nicht ihr leiblicher war, aber der Einzige, den sie kannte, noch lebte. Hier hatte die Mutter von seinem Tod erfahren, fast zwei Tage nachdem die Wölfe geheult hatten, denn solange brauchte der Bote bis hierher, trotz Telegramm.

»Fritz!«, rief plötzlich die empörte Leni. »Was machst du denn da? Bist du des Wahnsinns?«

Frederike beugte sich nach rechts, schaute durch die Stalltür zum Teich. Ihr Bruder drehte sich erschrocken um, verlor auf dem schlammigen Grund den Halt, fiel mit fuchtelnden Armen nach hinten und klatschte mit dem Rücken aufs Wasser.

Frederike lachte laut auf, Leni schrie und Fritz kreischte.

»Komm, wir müssen ihm helfen.« Frederike sprang auf, lief zum Teich. Prustend saß ihr Bruder im Wasser, von Schlamm und Entengrütze bedeckt. Er grinste breit.

»Du holst dir den Tod. Komm sofort heraus«, rief Leni. »Wenn das deine Mutter sieht.«

»Das Wasser ist gar nicht so kalt. Wird es dort hinten tiefer? Dann könnte man glatt schwimmen.« Fritz drehte sich auf den Bauch und paddelte ein wenig. »Herrlich ist es. Ganz erfrischend, Leni. Magst du nicht auch reinkommen?«

»Komm sofort da raus, Junge.« Leni stand am Ufer und schaute zu ihm, raffte die Röcke und schien zu überlegen, ob sie hineinwaten solle. »Ich ziehe dir die Ohren lang.«

»Dafür musst du mich erst einmal kriegen.« Fritz lachte.

»Komm jetzt raus.« Die Stimme des Mädchens klang auf einmal flehentlich, sie schaute sich unsicher zum Haus um. »Deine Mutter … die gnädige Frau …«

»Nun komm schon«, sagte Frederike und verkniff sich das Lachen. »Mach es Leni nicht noch schwerer. Raus mit dir.«

Fritz stand langsam auf, der Schlamm und das Wasser liefen ihm über den Körper und aus den Beinen der kurzen Hose. Er zuckte zusammen, als ein kleiner Fisch sich zappelnd den Weg nach unten und zurück ins Wasser suchte. Dann stapfte er ans Ufer.

»Mutter wird schimpfen«, sagte Gerta, die sich neben Frederike gestellt hatte. Sie hielt immer noch das Kätzchen im Arm.

»Mit dir auch, wenn du weiterhin den Flohteppich festhältst«, sagte Fritz. Gerta sah ihn entsetzt an, dann ließ sie das Kätzchen fallen. Es miaute erschrocken auf, tapste dann zurück zur Scheune.

Aus der Ferne hörte man den schrillen Ton einer Hupe, gefolgt vom Knattern eines Motors.

»Onkel Erik!« Fritz lief zum Haus. »Schnell, Leni, lass mir ein Bad ein, wir müssen ihn begrüßen.«

»Kannst dich am Brunnen waschen«, rief Leni ihm kopfschüttelnd hinterher.

Gerta strich sich wieder und wieder über das Kleid, kratzte sich am Kopf. »Flöhe?«, murmelte sie entsetzt.

Frederike seufzte. »Flöhe hast du im Kopf, mehr nicht. Komm, lass uns Mutter suchen.«

Die nächsten Tage herrschte Hektik und Chaos im Gutshaus, aber seit Erik da war, beruhigte sich zumindest die Mutter. Frederike dagegen konnte sich nicht so schnell eingewöhnen. Sie teilte kein Zimmer mehr mit Gerta. Zuerst hatte ihr der Gedanke sehr gefallen, ein eigenes Zimmer zu haben. Aber hier, auf dem riesigen Gutshof, fühlte sie sich verloren und einsam. Vorletzte Nacht hatte sich ihre kleine Schwester heimlich zu ihr geschlichen. Kuschelig und warm war es unter dem großen Plumeau, sie hatten geflüstert und gekichert und waren dann Arm in Arm eingeschlafen.

Aber am Morgen danach war nicht Leni zum Wecken gekommen, sondern die Mamsell. Missbilligend hatte sie die Mädchen angesehen. Nach dem Frühstück dann hatte Onkel Erik sie zu sich gerufen.

»Freddy, Gerta, ich hoffe, ihr habt euch schon an das neue Zuhause gewöhnt«, sagte er freundlich.

»Ja, Onkel Erik«, sagte Gerta. Frederike schwieg.

»Nun, die Mamsell hat mir gesagt, dass ihr zusammen in einem Bett geschlafen habt. Stimmt das?«

Die beiden Mädchen sahen sich verwirrt an und dann nickten sie.

»Seht ihr, wir haben ein großes Haus, das viel zu lange leer gestanden hat. Und nun soll das anders werden, meine Täubchen. Hier wird jetzt die Familie leben, wir alle zusammen. Aber es müssen gewisse Regeln eingehalten werden. Dazu gehört auch, dass ihr nicht wie die Bauerskinder in einem Bett schlaft. Ich weiß«, er nickte, »ihr hattet bis jetzt ein turbulentes Leben. Der Tod eures Vaters, der Krieg und so weiter und so weiter. Aber nun ist es anders. Nun leben wir hier als eine Familie und können zur Ruhe kommen. Aber es gibt bestimmte Regeln zu beachten.« Er lächelte ihnen zu, trank einen Schluck aus seiner Kaffeetasse. »Ich möchte, dass ihr euch fügt und euch wie Gutsherrenkinder benehmt und nicht wie Leute.« Er sah sie voller Erwartungen an.

Frederike und Gerta nickten, obwohl sie nicht wirklich verstanden, was er von ihnen wollte.

»Ich sehe, ihr versteht mich«, sagte er zufrieden. »Gut, dann bitte verhaltet euch entsprechend. Und jetzt dürft ihr gehen.«

Am nächsten Abend schlich Frederike, die nicht schlafen konnte, die Treppen hinunter, hockte sich in der Diele auf einen der Sessel vor dem Salon und lauschte Mutter und Stiefvater. Hektor war ihr gefolgt und legte sich zu ihren Füßen.

»Wir müssen eine Gesellschaft geben, Erik«, sagte die Mutter. »Schon alleine, um unsere Hochzeit nachzufeiern.«

»Liegt dir viel daran?« Er klang amüsiert.

»Nein. Nicht so, wie du es jetzt meinst. Aber wir müssen die Nachbarn einladen, es offiziell machen, das verstehst du doch?«

»Vermutlich hast du recht«, sagte er nachdenklich. »Jedoch … nun, du wirst das mit der Mamsell besprechen müssen.« Er räusperte sich.

»Mit der Mamsell, natürlich.« Mutters Stimme klang auf einmal gar nicht mehr vergnügt. »Ich glaube, die Mamsell und ich werden keine engen Freunde werden.«

Wieder räusperte sich Onkel Erik. »Sie steht dem Haushalt schon lange vor. Seit dem Tod meiner Mutter hat sie alles alleine bewältigt, denn Edeltraut mag sich ja nicht mit solchen Sachen befassen.«

Tante Edeltraut war Onkel Eriks unverheiratete Schwester, die mit auf dem Gut lebte. Ihr Verlobter war im Krieg gefallen, seitdem trug sie Trauer. Meistens saß sie auf der Veranda und strickte, stickte oder versah andere Tätigkeiten.

»Ich weiß, Erik. Aber nun bin ich da. Und ich werde diesen Haushalt auf meine Weise führen«, antwortete die Mutter fest.

»Es ist wirklich schwer, vernünftiges Personal zu bekommen.« Onkel Erik klang etwas mürrisch.

»Was genau möchtest du mir damit sagen?«

»Nun, ich möchte, dass du versuchst, mit der Mamsell auszukommen. Sie hat sich bei mir auch über die Kinder beklagt. Freddy und Gerta haben zusammen in einem Bett geschlafen, das gehört sich nicht.«

Frederike zuckte zusammen. Würden sie jetzt Ärger bekommen?

»Papperlapapp. Und wenn schon? Sie haben sich in Potsdam ein Zimmer geteilt. Hier ist alles neu für sie, sie brauchen Zeit, um sich einzugewöhnen.« Die Mutter stockte, dann fuhr sie langsamer fort: »Aber was meinst du mit ›auch‹? Worüber hat die Mamsell noch mit dir gesprochen?«

Wieder räusperte sich Onkel Erik. »Ich weiß, ihr seid erst ein paar Tage hier und vieles ist neu für euch …«

»Ja?«

»Wir haben gewisse Regeln, einen Tagesablauf, den die Leute so kennen und auch so weiterführen möchten.«

»Ja?« Frederike konnte die Anspannung in der Stimme ihrer Mutter hören.

»Zum Beispiel stehen wir immer um halb sieben auf. Ich halte um sieben vor dem Hauspersonal, der Familie und eventuellen Besuchern eine kleine Andacht, jeden Morgen. Danach gibt es das erste Frühstück.«

»Ist das so? Und alle haben teilzunehmen?«

»Genau, Liebes. Es wäre schön, auch für das Personal – unsere Leute, wenn wir das weiterhin so halten könnten.«

»Nun gut. Was gibt es sonst noch?«

»Der Hauslehrer hat sich für morgen angekündigt. Er ist ein gebildeter Mann, allerdings ein Kriegsveteran.«

»Das ist gut, dann haben die Kinder auch endlich wieder Struktur in ihrem Tagesablauf.«

»Und zu der Gesellschaft – das musst du mit der Mamsell besprechen, genauso wie die tägliche Haushaltsführung. Am besten nach dem ersten Frühstück, wenn ich mich mit dem Inspektor treffe.«

»Erik, ich weiß, wie man einen Haushalt führt.«

»Sicher, sicher, Liebes, aber ein Gut ist doch etwas anderes als dein kleiner Stadthaushalt in Potsdam. Die Mamsell meint es sicher nur gut und wird dir helfen, dich besser zurechtzufinden.«

»Wie du meinst …«

»Freddy?«, zischte es plötzlich hinter ihr in der Diele. »Was zum Kuckuck machst du denn hier?«, fragte Leni. »Du gehst sofort nach oben und in dein Bett. Das ist ja ungehörig, hier im Dunkeln den Erwachsenen zu lauschen, wo hat man so etwas schon gesehen?«

Frederike raffte ihr Nachhemd und lief, so leise es ging, die Treppe hoch in ihr Zimmer. Hatten Mama und Onkel Erik Streit wegen der Mamsell, fragte sie sich, bevor sie einschlief. Und was würde aus der Gesellschaft werden? Sie hoffte, dass die Mutter sich durchsetzen würde. Eine Gesellschaft – wie traumhaft und aufregend.

Kapitel 2

Am folgenden Morgen weckte das Mädchen die Kinder in aller Frühe.

»Wie spät ist es denn?«, fragte Frederike verschlafen.

»Gleich sechs. Beeil dich, wasch dich und zieh dich an. Um sieben hält der gnädige Herr die Morgenandacht.« Leni zog die Vorhänge beiseite und öffnete das Fenster.

»Um sieben?« Frederike war entsetzt. »So früh?«

»Das ist hier so üblich. In der Erntezeit sogar noch ein wenig früher.«

Ach ja, dachte Frederike, das hatte Onkel Erik gestern Abend mit Mutter besprochen. »Ich fürchte, einige Dinge werden sich von nun an gründlich ändern«, murmelte Leni.

Die Leute, so nannten sie hier die Angestellten, hatten sich schon im kleinen Salon versammelt. Auch Mutter, ihre Geschwister und Tante Edeltraut waren da. Fritz hatte die Haare nicht gekämmt und sah so verschlafen aus, wie Frederike sich fühlte.

Onkel Erik las die Tageslosung vor und ein Kapitel aus der Lesung, dann durften sie zum Frühstück gehen. Es gab eine Scheibe Brot mit Wurst, Malzkaffee für die Kinder, Kaffee für die Erwachsenen und etwas Milchsuppe.

Im Anschluss ging Onkel Erik in sein Büro, wo der Verwalter des Guts schon wartete, und die Mutter nahm das Haushaltsbuch aus der Schublade und ließ die Mamsell zu sich rufen.

»Wann kommt der Hauslehrer?«, fragte Fritz Gerulis, den ersten Hausdiener.

»Mit dem ersten Zug soll er kommen. Hans hat schon angespannt und fährt gleich zum Bahnhof.«

»Darf ich mit?«, fragte Fritz aufgeregt.

»Nur, wenn du dir die Haare kämmst«, entgegnete Leni. Sie schaute zu Gerulis, dieser nickte.

»Warum nicht? So lernst du die Gegend auch gleich besser kennen.«

»Dürfen wir auch mit?«, wollte Gerta wissen.

Doch zu ihrer und Frederikes Enttäuschung schüttelte das Kindermädchen den Kopf. »Das ist nichts für euch junge Damen. Aber ihr dürft in die Küche gehen, wenn ihr wollt.«

Gerta nickte eifrig. Bisher waren sie noch nicht im Souterrain gewesen.

Sie gingen die Treppe hinunter und durch den Gang. Vorne waren die Kellerräume, wo Wein und Vorräte gelagert wurden. Nach hinten raus fiel das Grundstück etwas ab, so dass die Küche durch große Fenster erhellt wurde. Rechts gab es den Gesinderaum mit einem großen Tisch, an dem die unverheirateten Arbeiter des Gutes ihre Mahlzeiten bekamen.

An der Fensterseite der Küche befanden sich die Spültische. Der große Herd stand in der Mitte des Raumes, auf ihm ein großer Kessel, in dem immer Wasser warmgehalten wurde.

Frederike sah sich um. Die Küche war viel größer als die in Potsdam, und es herrschte eifriges Treiben. Zwei Mädchen spülten das Geschirr. Zwei weitere schmierten Brote, die die Arbeiter als zweites Frühstück bekamen. Ein anderes packte die Brote in Blechdosen und brachte diese in den Gesinderaum.

»Die jungen Herrschaftchen«, sagte eine korpulente Frau mit einer weißen Haube und einer Schürze, die ihren Leib zusammenzuhalten schien. »Was fier eine Ehre.« Aber sie lächelte freundlich.

»Guten Tag«, sagte Gerta und knickste. »Ich bin Gerta von Fennhusen und dies ist meine Schwester Frederike von Weidenfels.«

Auch Frederike, eingeschüchtert von so viel Masse hinter der Schürze, knickste.

»Ich bin Meta Schneider, die Kechin. Für die Mamsell bin ich allerdings nur ›Schneider‹.« Sie lachte. »Ei, dann kommt mal mit.«

Erstaunt schaute Frederike zu einer Schranktür, die in der Wand eingelassen war.

Die Köchin sah Frederikes Blick. »Das ist der Speisenaufzug.«

»Was?«

»Ei, schau mal.« Sie schob die Tür auf und zeigte in den kleinen Aufzug, der drei Fächer hatte. »Da kommen die fetijen Speisen rein und werden hochjezogen. Frieher haben wir een Seilzug gehabt, aber der gnedige Herr mag es modern und nu haben wir Elektrizität. Erbarmung, dass er noch mehr Leitungen in die Kiche legt. Dann kündige ich. Deuwelszeug, jenau wie de Fernsprecher. So was gab es frieher och nüscht und wir haben alle ieberlebt.« Sie seufzte. »Aber praktisch ist es. Die beschmadderten Teller kommen so auch wieder runter. Hattet ihr das in Berlin nich, Marjellchens?« Sie sah die Mädchen neugierig an.

»Wir kommen doch aus Potsdam«, sagte Gerta empört. »Nicht aus Berlin.«

»Das ist doch dasselbe«, sagte die Köchin und lachte. »Ei, dann kommt mal, ihr Potsdamerinnen. Ich seh, ihr seid jankrich nach Stullen und sießer Butter. Muss schwer fier euch sein, nich? Alles ist anders hier.«

»Oh ja«, seufzte Gerta. »Gibt es auch Milch?«

Wieder lachte die Köchin. »Milch? Ob wir Milch haben? Wir haben dreißig Kiehe im Stall, da werden wir doch Milch haben.«

Sie führte die Mädchen in den Gesinderaum. An dem großen Tisch lasen zwei Mädchen die ersten Bohnen und Erbsen, ein Knecht brachte frisches Feuerholz, ein anderer nahm die Asche, die noch glühte, mit auf den Hof. Am rechten Tischende lag ein dickes Buch, ein Tintenfass und eine Feder.

»Das ist mein Platz«, sagte die Köchin gewichtig. »Und mein Haushaltsbuch. Da hat niemand außer mir was verloren. Ihr könnt euch auf die Bank setzen. Inge, bring Sauermilch, Brot und Butter fier die Herrschaften.«

Gerta rutschte auf die Bank, aber Frederike blieb vor einem Schränkchen stehen. Aus dem Schränkchen schien es zu piepsen.

»Was ist das?«

»Ein Brutschrank. Erbarmung. Das kennste nich? Obwohl du aus Potsdam kommst?«, wieder lachte die Köchin, aber es klang nur belustigt, nicht abwertend.

»Nein. Was ist das denn?«, fragte Frederike nach.

»Pischkachel, darin werden die Eier vonne Puten und Jänsen ausjebrietet. Mit kienstliche Hitze. Das ist eine Kunst fier sich, weil es immer die gleiche Temperatur braucht. Deshalb darf auch niemand annen Schrank – außer mir. Es missen immer jenau 38,5 Grad sein. Ei, hier oben ist ein Thermometerchen einjebaut und es zeigt an, wie warm es ist. Mehr als ein halbes Grad darfet aber nicht abweichen. Dann muss ich Wasser inne Kiehlung oder Kohlen inne Pfanne jeben. Und wenn alles gut läuft, schlüpfen die Kieken.«

»Phänomenal«, sagte Frederike beeindruckt. »Und dann?«

»Ei, dann kommen sie hierher, die Kieken.« Die Köchin öffnete eine Tür, die zu einem Vorraum führte. Von da aus ging es fünf Treppenstufen nach oben in den Hof. An der Seite war eine Art kleines Gehege gebaut, dick gepolstert mit Heu und Stroh. Darin piepste es eifrig.

»Das sind unsere künftigen Gänse und Puten.« Die Köchin klang stolz. »Frieher mussten wir hoffen, dass wir eine gute Henne mit einem guten Gelege haben. Heite können wir das selbst inne Hand nehmen. Das is wahrer Fortschritt.«

»Toll!«, Frederike nickte, schaute aber dann zurück in die Küche, dort saß Gerta und stopfte sich mit süßem Brot und Butter voll. Aber die Köchin ließ Frederike noch nicht gehen.

»Wie habt ihr das in Potsdam jemacht?«, wollte sie wissen.

»Oh … ähm. Wir hatten nur einen kleinen Nutzgarten. Ein paar Hühner. Über den Sommer legten sie Eier, im Herbst kamen sie in die Suppe, glaube ich. Das weiß Leni sicher besser.«

Die Köchin schnaufte. »Leni will nicht darüber reden. Erbarmung. Dabei habe ich jedacht, im Westen wäre alles viel moderner. Ich weiß ja noch nich emal, was ich kochen soll. So ein Kuddelmuddel, seit der Gnädigste die Gnädigste jeheiratet hat. Jahrelang war alles gut so, wie es war. Nur der Gnädigste und seine Schwester, das gute Freilein Edeltraut. Und die Jäste zur Sommerfrische. Ihr wart ja auch schon ein paar Mal hier.«

Frederike nickte. Aber es war etwas anderes, ob man für eine oder zwei Wochen irgendwo zu Besuch war, oder ob man dort leben musste. Das sah die Köchin wohl ähnlich. Endlich schob sie Frederike wieder in die Küche, führte sie zur Bank unter dem Fenster.

»Nu hock dich hin und iss, Marjellchen. Kannst ja nuscht fier«, grummelte die Köchin. »Fier Jäste, die in die Sommerfrische hierher fahren, zu kochen, ist eines, fier Herrschaften das janze Jahr ieber zu kochen, was anderes. Wie soll das nur werden? Die Mamsell dreht schier durch. Und sie lässt alles an uns aus.« Wieder seufzte sie. »Hattet ihr in Potsdam viele Feierlichkeiten? Viele Jäste?«

Frederike hatte sich gerade das köstliche, noch warme süße Brot in den Mund gestopft und konnte nicht antworten. Wie lecker es war, so ganz anders als das Schwarzbrot, das sie zum ersten Frühstück bekamen. Das war zwar manchmal mit Marmelade, aber so hart, dass man jeden Bissen fast endlos kauen musste, bis man ihn hinunterbekam. Hatten die Leute etwa bessere Verpflegung als sie? Solch süßes Brot hatte sie nur hier in der Sommerfrische bekommen.

Die Köchin schien ihre Gedanken erraten zu haben. »Das is frisch gebacken. Heute frieh. Auf Anweisung von der Mamsell. Nich, dass ihr glaubt, wir hätten so etwas ständig in der Kieche. Ihr braucht gar nicht kommen. Ich lasse mir nichts ablunkern.« Dann lachte sie. »Aber ich sehe, dass ihr noch Janker habt, auf mehr. Inge, bring noch was.«

Eine Stunde verbrachten sie in der wohligen Wärme der Küche, die Luft gefüllt mit Gerüchen aller Art. Speck wurde ausgelassen, Mehlschwitze bereitet, Butter gebräunt, Eier gestockt. Es duftete aus allen Ecken und Enden.

»Der Herr Lehrer kommt«, rief dann plötzlich aufgeregt eines der Küchenmädchen, das gerade von draußen hereinkam. »Hab den Wagen auf der Chaussee gehört.«

»Lass uns nach oben gehen«, meinte Frederike zu Gerta und fasste sie bei der Hand. »Von meinem Zimmer aus können wir auf den Eingang sehen.«

Sie bedankten sich artig bei der Köchin, huschten dann schnell die

Treppen nach oben bis in den ersten Stock. Im Flur kamen ihnen Leni und ein weiteres Mädchen entgegen, die frische Bettwäsche trugen.

»Na, wohin wollt ihr denn so eilig?«, fragte Leni belustigt. »Ist etwa jemand hinter euch her? Die Mamsell vielleicht?«

»Der Hauslehrer kommt. Wir wollen seine Ankunft beobachten.«

»Oh«, meinte Rita, das Zimmermädchen. »Das will ich auch sehen.«

»Schnell«, sagte nun auch Leni.

Sie eilten in Frederikes Zimmer, schoben die Gardinen beiseite und öffneten das Fenster. In diesem Moment fuhr die Kutsche vor. Auf dem Kutschbock saß Fritz neben Hans, dem Kutscher, und schwenkte seine Mütze.

Hans sprang vom Landauer und öffnete dem Lehrer die Tür.

»Jetzt kommt er«, flüsterte Rita. »Wie er wohl aussehen mag? Ob er jung oder alt ist?«

»Du wirst es ja gleich sehen«, entgegnete Leni und beugte sich noch ein Stückchen weiter vor.

Ulrike Renk
Die Jahre der Schwalben
Roman
560 Seiten. Broschur
ISBN 978-3-7466-3351-0
Auch als E-Book erhältlich

Eine starke junge Frau zwischen Liebe und Verlust

Kurz nach ihrer Hochzeit erfährt Frederike, dass ihr Mann eine schwere Krankheit hat. Er geht in ein Sanatorium, und Frederike hofft auf seine Genesung. Doch als er stirbt, steht Frederike vor den Trümmern ihres Lebens. Allein und ohne eigenes Vermögen muss sie das Gut mit der großen Trakehnerzucht bewirtschaften. Jahre der Verzweiflung und Einsamkeit folgen, bis sie Gebhard von Mansfeld kennenlernt. Ganz langsam gelingt es ihr, wieder an das Glück zu glauben. Doch dann kommt Hitler an die Macht, und plötzlich weiß Frederike nicht, ob sie und ihre Liebsten noch sicher sind.

Die große emotionale Familiensaga aus Ostpreußen, die auf wahren Begebenheiten beruht.

Regelmäßige Informationen erhalten Sie über unseren Newsletter. Jetzt anmelden unter: www.aufbau-verlag.de/newsletter

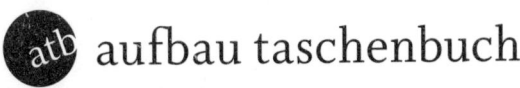

aufbau taschenbuch

Ulrike Renk
Die Zeit der Kraniche
Roman
515 Seiten. Broschur
ISBN 978-3-7466-3356-5
Auch als E-Book erhältlich

Zeiten des Aufruhrs

Nach dem dringlich herbeigesehnten Ende des Krieges besetzen die sowjetischen Truppen das Land. Viele Gutsfamilien verlassen ihre Heimat und ziehen in den Westen. Auch Gebhards Brüder und seine Mutter. Er jedoch kann sich einfach nicht dazu entschließen, das Land seiner Väter zu verlassen. Dann wird er denunziert und verhaftet. Frederike droht das gleiche Schicksal. In letzter Sekunde schafft sie es zu fliehen – aber wird ihr ein Neuanfang gelingen? Und was ist mit Gebhard?

Der Abschluss der großen Ostpreußen-Saga von Bestsellerautorin Ulrike Renk

Regelmäßige Informationen erhalten Sie über unseren Newsletter. Jetzt anmelden unter: www.aufbau-verlag.de/newsletter

atb aufbau taschenbuch

Ulrike Renk
Jahre aus Seide
Das Schicksal einer Familie
Roman
576 Seiten. Broschur
ISBN 978-3-7466-3441-8
Auch als E-Book erhältlich

Träume aus Seide in Zeiten des Aufruhrs

1932: Ruth hat eine unbeschwerte Jugend. Die meiste Zeit verbringt sie in der Villa des benachbarten Seidenhändlers Merländer. Sie ist fasziniert von den kunstvoll bedruckten Stoffen, lernt Schnittmuster zu entwerfen und Taschen und Zierrat zu fertigen. Und sie begegnet Kurt, ihrer ersten großen Liebe. Als die Nazis an die Macht kommen, scheint es für sie keine Zukunft zu geben, denn sie sind beide Juden. Kurts Familie trägt sich mit dem Gedanken auszuwandern, auch Ruth soll gegen ihren Willen ihr Elternhaus verlassen. Und dann kommt der Tag, an dem das Schicksal ihrer Familie in Ruths Händen liegt.

Eine dramatische Familiengeschichte, die auf wahren Begebenheiten beruht.

Regelmäßige Informationen erhalten Sie über unseren Newsletter. Jetzt anmelden unter: www.aufbau-verlag.de/newsletter

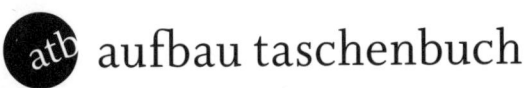